CANDACE CAMP
Un perverso ENCANTO

Editado por Harlequin Ibérica.
Una división de HarperCollins Ibérica, S.A.
Núñez de Balboa, 56
28001 Madrid

© 2018 Candace Camp
© 2019 Harlequin Ibérica, una división de HarperCollins Ibérica, S.A.
Un perverso encanto, n.º 255 - 9.10.19
Título original: His Wicked Charm
Publicada originalmente por HQN™ Books
Traducido por Fernando Hernández Holgado

Todos los derechos están reservados incluidos los de reproducción, total o parcial.
Esta edición ha sido publicada con autorización de Harlequin Books S.A.
Esta es una obra de ficción. Nombres, caracteres, lugares, y situaciones son producto de la imaginación del autor o son utilizados ficticiamente, y cualquier parecido con personas, vivas o muertas, establecimientos de negocios (comerciales), hechos o situaciones son pura coincidencia.
® Harlequin, TOP NOVEL y logotipo Harlequin son marcas registradas por Harlequin Enterprises Limited.
® y ™ son marcas registradas por Harlequin Enterprises Limited y sus filiales, utilizadas con licencia. Las marcas que lleven ® están registradas en la Oficina Española de Patentes y Marcas y en otros países.
Imagen de cubierta utilizada con permiso de Harlequin Enterprises Limited. Todos los derechos están reservados.

I.S.B.N.: 978-84-1328-311-1
Depósito legal: M-27215-2019

PRÓLOGO

1892

La puerta se abrió. La sala se hallaba envuelta en una oscuridad rota únicamente por un rayo de luz de luna. Con no tenía razón alguna para sentir miedo, y sin embargo una especie de terror sin nombre, sin cara, le heló las venas. Pese a ello, entró. Porque el miedo que sentía en su interior era aún peor.

Las paredes de la estancia eran curvas, y por todas partes, allá donde posaba la mirada, había relojes: de pie, colgados, dispersos por mesas, alineados dentro de pequeños armarios. Sus manecillas de bronce despedían destellos a la débil luz reinante. Con siguió avanzando, con el corazón acelerado, y se detuvo ante una estrecha mesa. Los estantes escalonados estaban forrados de terciopelo, y sobre ellos descansaban no ya relojes, sino brújulas, con sus agujas apuntando a la vez hacia la ventana. Al volverse, descubrió más brújulas en los armarios y colgados en las paredes entre los relojes.

Era demasiado tarde. Lo sabía con una absoluta certidumbre que le cerró la garganta: fracasaría. Intentó correr hacia la ventana, pero no podía moverse. Las agujas de las brújulas empezaron a girar rápidamente. Corriendo, jadeando, intentó llegar hasta ella, sabiendo que nunca la alcanzaría a tiempo. Alguien chilló.

Con abrió los ojos de golpe y se incorporó rápidamente

en la cama. Respiraba a jadeos, le atronaba el pulso, cerró con tanta fuerza los puños que se clavó las uñas en las palmas. Un sudor frío bañaba su piel.

Una pesadilla.

Miró a su alrededor. Estaba en su propia cama, en su propia habitación. Solo había sido una pesadilla.

Al otro lado de la puerta que se abría a su salón contiguo, podía ver a Wellie en su jaula, mirándolo con sus brillantes ojos negros. El chillido que oyó debía de haber sido el graznido del loro.

—Wellie. Bonito pajarito —graznó en ese momento el pájaro.

—Sí. Pajarito lindo —la voz de Con sonaba casi tan roca como la de Wellington. Se recostó en su almohada, cerrando los ojos. No había sido más que una pesadilla, y además muy fácil de explicar: aquel día era el de la boda de Alex. Le preocupaba la posibilidad de quedarse dormido y faltar a sus obligaciones. El problema era que llevaba ya semanas teniendo exactamente aquella misma pesadilla.

CAPÍTULO 1

Cuando Con volvió a despertarse, una rayo de sol penetraba por una rendija entre las cortinajes yendo a incidir directamente contra sus ojos. Por segunda vez, se despertó sobresaltado. Que el cielo lo ayudara. Finalmente, se había quedado dormido. Saltó rápidamente de la cama y empezó a afeitarse.

Wellington llamó a Con por su nombre y voló hasta el dormitorio, para ocupar su posición favorita sobre el cabecero de su cama.

—Pájaro desgraciado... ¡Te pones a chillar como un hada llorona en mitad de la noche y luego no me despiertas a la hora!

Wellie emitió un sonido que sonó desagradablemente a risa humana. Con no pudo menos que sonreírse y se palmeó un hombro para que el loro se posara sobre él. Le acarició el lomo con un dedo.

—Solo estamos tú y yo, chico —susurró—. Alex tiene mejores cosas que hacer.

No por primera vez, sintió una extraña punzada en el pecho. Con no podía alegrarse más por su hermano gemelo. Sabrina era perfecta para Alex y lo amaba con locura. Alex no cabía de contento ante la inminente boda. No había nada en el mundo que Con anhelara más que la felicidad de su hermano. Y sin embargo... no podía evitar sentirse como si estuviera a punto de perder una parte vital de sí mismo.

Con un suspiro de disgusto por aquella actitud suya tan egoísta, Con hizo a Wellie a un lado y subió al piso superior. Encontró a Alex sentado en el comedor, mirando por la ventana: afeitado, vestido y preparado para salir ocho horas antes de que empezara la ceremonia.

—¿Anhelante o aterrado? ——le preguntó Con.

—Un poco de ambas cosas —suspiró Alex—. Gracias a Dios que por fin te has levantado.

—¿Por qué no me despertaste? —quiso saber Con, acercándose al aparador para servirse el desayuno.

—Porque eran las cuatro de la mañana. Wellie me despertó con sus chillidos y ya no pude volver a dormirme. Pensé que no te gustaría que te despertase tan pronto.

—¿Dónde está todo el mundo?

—Las mujeres han ido a casa de Kyria para ayudar con los preparativos de última hora. Aunque dudo que cualquiera de ellas tenga alguna idea de cómo se monta una fiesta.

—Ummm. Quizá Thisbe tenga alguna fórmula para ello.

Alex sonrió.

—O quizá Megan y Olivia hayan investigado sobre el tema...

—Estoy seguro de que nuestra madre disfrutará intentando convencer al servicio de que se declare en huelga —comentó Con, volviendo a la mesa.

Alex tomó asiento frente a él.

—No me gusta que Wellie suelte esos gritos en plena noche. No puedo menos que preguntarme por lo que le pone tan nervioso. Con... ¿has vuelto a tener esa pesadilla?

—Sí. Pero no es importante.

Alex gruñó por lo bajo.

—Ciertamente, no parece haber afectado a tu apetito.

—No suelo perderlo con nada —Con señaló la mesa—. ¿Qué me dices de ti? ¿Has comido algo?

—He tomado una taza de café.

—Sin duda eso tranquilizará tus nervios —repuso, irónico.

Alex puso los ojos en blanco y tomó una tostada.

—No conseguirás distraerme del asunto de tu pesadilla.

—Ya lo sé. Pero no hay nada nuevo que contarte. Es el mismo sueño que he tenido ya cuatro veces antes. Estoy en una extraña estancia redonda. Hay relojes y brújulas por todas partes. Y experimento una sensación de miedo absoluto —se interrumpió—. Quizá más pánico que miedo. La sensación es la de no llegar a tiempo. Como si me preocupara no llegar a la joyería a tiempo de recoger el anillo. No poder reunir a la familia a tiempo. Llegar tarde a la iglesia. Esas cosas.

—Jamás en toda mi vida te he visto preocupado por llegar tarde a algo —declaró Alex, rotundo.

—Bueno, tampoco tú te has casado nunca, ¿no? —Con se encogió de hombros—. Hablando de llegar tarde, ¿qué diablos estás haciendo vestido con tu traje de boda tan temprano? Para cuando llegue el momento de la ceremonia, lo tendrás todo arrugado y manchado.

—Lo sé. Ya me cambiaré. Es solo que… no sabía qué otra cosa hacer —suspiró Alex—. Este va a ser el día más largo de mi vida.

—¿Por qué estás tan nervioso? Llevabas semanas anhelando este día. Espero que no te estés arrepintiendo…

—Dios, no, no es nada de eso. Pero no puedo librarme del temor de que algo no termine funcionando como es debido. De que Sabrina decida cancelar la boda a última hora.

—Esa mujer está loca por ti. Cualquiera puede verlo.

—Esta mañana me desperté pensando: ¿y si los Dearborn vuelven a secuestrarla?

—Qué idiotez. Ella está en casa de Kyria, con toda su gente para protegerla.

—Lo sé. Por no hablar de su amiga la señorita Holcutt.

—Por supuesto. Puedo garantizarte que la señorita Holcutt sería perfectamente capaz de ahuyentar a cualquier individuo con aviesas intenciones.

Alex sonrió.

—Eres extraordinariamente duro con Lilah.

—Es extraordinariamente fácil ser duro con Lilah —replicó Con.

—Yo creo más bien que la razón es que te gusta bastante —el desdeñoso resoplido de su hermano gemelo no sirvió más que para ampliar su sonrisa—. Por no hablar de que es la única mujer que ha rechazado tus insinuaciones.

—Eso no es cierto.

—¿Ah, no? ¿Qué otra muchacha te ha dicho que no cuando le has propuesto un paseo por los jardines? Es más, ¿qué otra muchacha ha respondido con una negativa a cualquier propuesta tuya? A excepción de nuestras hermanas, claro.

—Docenas, te lo puedo asegurar —Con se interrumpió—. Bueno, unas pocas. Pero mi presencia no es universalmente aprobada, ya lo sabes. Eres tú el partido perfecto.

—Lo que no soy, desde luego, es un bribón seductor.

—¿Perdón? Por supuesto que soy seductor, pero en absoluto un bribón.

Alex se echó a reír y estiró una mano para robar una salchicha del plato de su hermano.

—De hecho, me sorprende que no estés pretendiendo a Lilah. Yo pensaba que constituiría un estimulante desafío para ti.

—Quizá yo también llegara a pensarlo —los labios de Con se curvaron en una leve sonrisa—, si no fuera la mejor amiga de tu futura esposa. Eso complica un poco las cosas.

—No necesariamente. No si los dos sois tal para cual.

Con soltó otro resoplido.

—¿Qué es lo que os pasa a los solteros redimidos que siempre estáis queriendo arrastrarnos al resto con vosotros?

Alex ignoró su lastimera pregunta.

—La señorita Holcutt es una mujer bastante atractiva.

Con pensó en su cabello rubio claro, de un indescriptible color entre dorado y rojizo. En su piel nacarada. En su alto y esbelto cuerpo escondido bajo sus discretos vestidos. «Bastante atractiva» era una expresión demasiado pobre para Lilah.

—Ese es el problema. Lilah Holcutt es de la clase de mujeres difíciles de perseguir a las que, una vez que las cazas, ya ni recuerdas por qué habías decidido hacerlo. Es puritana, pagada de sí misma, hipercrítica y además carece de humor alguno. Haría desgraciado a cualquier hombre. Además de que ha dejado bastante claro que me detesta.

Alex se cruzó de brazos, mirándolo pensativo. Con agradeció entonces la interrupción de su madre, que entró en aquel momento en la estancia.

—Alex. Queridos...

Ambos se levantaron.

—Madre. Creía que habías ido a casa de Kyria.

—No, querido, allí sería de poca utilidad. Como las demás, por supuesto. Kyria y la señorita Holcutt podrían fácilmente ocuparse de todo ellas solas, pero es bonito que las mujeres pasen un rato juntas. Yo no pienso pasar el día de tu boda lejos de ti —acunó el rostro de Alex entre sus manos. Le brillaban los ojos por las lágrimas—. Todavía no me puedo creer que vayas a casarte... Me parece que fue ayer cuando estabas todavía en pañales...

—No soy el primero de tus hijos que se casa —protestó Alex.

—Lo sé. Pero, en aquellas ocasiones, yo seguía teniendo a mis bebés.... Ahora es mi bebé el que se casa.

—Tienes a Con.

La duquesa sonrió a su otro hijo.

—Sí, pero no pasará mucho tiempo antes de que te cases tú también, Con.

—Tonterías. Me tendrás a tu lado para seguir molestándote durante años —bromeó—. No soy carne de matrimonio.

Emmeline Moreland soltó una risita.

—Vaya, ¿dónde he oído eso antes? —le dio unas palmaditas en la mejilla—. Y tú nunca has sido una molestia para mí. Ninguno de los dos.

—Madre, ¿cómo podría casarme yo? —rio Con—. Nunca encontraré a una mujer que pueda compararse contigo.

Horas después, Con esperaba junto a su hermano mientras la novia de Alex desfilaba lentamente hacia el altar del brazo del tío Bellard. No sabía muy bien si Bellard la sostenía a ella o si era Sabrina la que ayudaba a caminar a su tímido y diminuto tío abuelo. Bellard se había mostrado encantado cuando Sabrina, que carecía de parientes propios, le pidió que la acompañase, pero aquella tarde el anciano se había mostrado un tanto titubeante, y bastante más pálido que el propio novio.

Alex, cosa extraña, perdió su nerviosismo en el preciso instante en que vio a la novia. De cabello negro y ojos azules, tez cremosa y encantadora sonrisa, Sabrina era una auténtica beldad, y Alex se encontró con que no podía apartar la mirada de ella.

Con desvió la vista hacia la dama de honor de Sabrina. Lilah Holcutt era alta y esbelta, y, cuando sonreía, sus labios se curvaban en una sonrisa sesgada que siempre conseguía electrizarlo. Resultaba una suerte para él, suponía, que no fuera proclive a sonreír demasiado… al menos en su presencia. A lo que sí era proclive era a lanzarle *aquella* mirada. Una mirada que venía a decirle que lo encontraba irremediablemente estúpido. Lo cual, extrañamente, también conseguía electrizarlo.

Ese día estaba especialmente atractiva. Sus rasgos eran demasiado perfectos, su figura demasiado tentadora, demasiado fascinante el color de su cabello. Pero ese día tenía algo distinto. Con sospechaba que su hermana Kyria tenía algo que ver en ello. Esa vez Lilah no llevaba su cabello rojo dorado recogido en su habitual moño apretado, de un estilo casi severo. Como tampoco el discreto vestido azul oscuro que generalmente lucía.

En esa ocasión llevaba un vestido de un azul claro que acentuaba el color de sus ojos, con un escote redondo y mangas de fino encaje que dejaban buena parte de sus brazos al descubierto. Unos brazos preciosos, por cierto. Y su pelo, con aquella luminosa mezcla de rojo y oro que Con no había visto nunca antes, recogido holgadamente con un pequeño tirabuzón a cada lado, junto a la oreja, que cualquier hombre se habría muerto de ganas de acariciar.

La mirada de Lilah había estado posada tanto en el novio

como en la novia, pero en aquel momento recayó sobre Con. Él le hizo un guiño amable, y ella frunció el ceño. Obviamente, había vuelto a ganarse su desaprobación. Con Lilah, eso siempre resultaba fácil. Una de las muchas razones por las que era prudente evitarla.

Pero la prudencia nunca había guiado las acciones de Con.

CAPÍTULO 2

La fiesta que siguió a la ceremonia se celebró en la casa de Kyria. El toque de la anfitriona resultaba obvio. Grandes gasas de blanco satén y celajes plateados adornaban artísticamente el salón de baile, refulgiendo a la cálida luz de las lámparas de pared. El perfume de cientos de rosas blancas creaba un delicioso ambiente romántico. En el jardín, diminutos farolillos flanqueaban los senderos y colgaban de ramas de árboles y arbustos.

Una pequeña orquesta empezó a tocar en un extremo de la estancia. El salón estaba aún vacío cuando Alex abrió el baile con Sabrina: su primer baile como pareja casada. Lilah observaba la escena junto a los demás.

Sabrina miraba a su marido con tanto amor que Lilah no pudo evitar sentir una especie de opresión en el pecho. Intentó imaginarse lo que sería querer a una persona tanto como para que su rostro se iluminara de pura emoción. Le costaba imaginárselo, la verdad. No carecía de pretendientes, por supuesto, muchos altamente codiciados, pero jamás había experimentado siquiera un destello de aquella clase de sentimiento.

Y Alex estaba claramente igual de enamorado de Sabrina. Lilah lo había estado observando antes, mientras Sabrina avanzaba hacia el altar, y el amor había brillado en su rostro. Había mirado en aquel entonces también a Con, preguntándose por lo que sentiría en aquella ocasión. Debía de ser extraño perder a un hermano gemelo por una boda... Por muy irritante que le resultara Con, Lilah no había podido evitar sentir una punzada de compasión hacia él.

Pero luego Con le había lanzado aquella sonrisa jactanciosa suya al tiempo que le guiñaba un ojo. En medio de la boda. Típico de él. Ignoraba por qué se molestaba en sentir compasión hacia Con. Constantine Moreland nunca se tomaba en serio nada. Bueno, casi nunca: Lilah había visto la cara que puso dos meses atrás cuando Alex fue secuestrado, y su expresión había sido absolutamente amenazadora.

Cuando acabó el primer vals, otras parejas se reunieron en la pista de baile con los recién casados. Lilah miró a su alrededor, segura de poder ver a Con entre los bailarines. Se preguntó a quién habría escogido como pareja. Nunca había demostrado favorecer a muchacha particular alguna con sus atenciones. Incluso había bailado con ella en una ocasión.

Aunque nunca volvería a pedírselo, eso era seguro. El recuerdo la hizo ruborizarse. Con la consideraba una puritana por la manera en que reaccionó cuando le pidió que paseara por los jardines en su compañía después de aquel primer y último baile. Lilah sabía ahora que en aquel momento había pecado de impulsiva y de estúpida; por entonces hacía muy poco que se habría presentado en sociedad, y su inexperiencia había resultado evidente. No se trataba de que se hubiese equivocado. Un hombre no le pedía una muchacha que saliera a pasear en su compañía por los jardines a no ser que sus intenciones fueran poco virtuosas. Pero desde entonces había aprendido a rechazar a los hombres sin necesidad de propinarles una bofetada, que era justo lo que había hecho en aquel entonces.

Lilah miró ceñuda su mano enguantada, que no dejaba de juguetear nerviosa con los botones de su vestido. Por el rabillo del ojo vio a uno de los primos de Alex dirigiéndose hacia ella. Al parecer, le gustaba a Albert: durante todo el día la había estado siguiendo como un perrillo. Ella se las había arreglado para escabullirse cada vez, pero albergaba la sombría sospecha de que en esa ocasión no iba ser capaz de evitarlo. Después de haber bailado con Albert en la fiesta del compromiso de Sabrina, Lilah sabía que compartir la pista de baile con él no significaría solamente un buen rato de aburrimiento, sino también un serio peligro para los dedos de sus pies.

Esperando que él no se hubiera dado cuenta de que lo había visto, Lilah se dispuso a volverse. Justo en aquel momento, escuchó una voz a sus espaldas:

—Señorita Holcutt, ¿me concedería este baile?

—¡Con! —se giró en redondo—. Oh, gracias a Dios.

Distinguió un brillo de diversión en sus ojos verdes.

—Qué reacción tan inesperadamente entusiasta... Me atrevería a decir que acaba de ver al primo Albert dirigiéndose hacia usted.

Lilah aceptó su brazo y Con la llevó hasta la pista de baile, para atraerla en seguida hacia sí y sumarse a los otros bailarines. Se había olvidado de lo que era bailar con él. Sus pasos rápidos y ligeros. Su mano firme sobre su cintura. Su excesiva cercanía, mayor de lo que resultaba apropiado. Era muy fácil seguir sus pasos, o la guía de su mano. Con era un experto bailarín. Una mujer solo tenía que dejarse llevar y confiar en él.

No podía dejar de sonreír. Era mejor no estimularlo, el hombre ya era demasiado pagado de sí mismo, y Lilah siempre estaba procurando no hacer nada que pudiera llamar la atención. Pero en aquel momento estaba disfrutando demasiado como para que aquello le importara.

Para cuando acabó la música, estaba ruborizada y sin aliento, electrizada de energía. Le habría gustado disfrutar de otro baile, pero, por supuesto, eso no podía ser. Hasta el propio Con lo sabía. Agitando su delicado abanico de marfil y encaje, intentó refrescar su acalorado rostro. Él la llevó al pie de los grandes ventanales abiertos de par en par, recogió dos copas de champán de la bandeja de un camarero y le entregó una.

Lilah rara vez tomaba vino de la clase que fuera, pero esa vez estaba demasiado sedienta como para no beber un buen trago. El líquido burbujeó en su boca, fresco y aromático, y le gustó tanto que se bebió el resto. Con arqueó las cejas.

—Cuidado, no vaya usted a achisparse —le quitó la copa vacía de la mano y la hizo a un lado.

—Descuide. Es que hace tanto calor aquí…

Con desvió la mirada hacia el balcón que daba a la terraza.

—¿Podría sugerirle que saliéramos a la terraza? Le aseguro que esta vez no intentaré atraerla hasta el jardín.

Lilah le lanzó una elocuente mirada y aceptó su brazo.

—Me pregunto por qué intentó hacerlo aquella primera vez, teniendo en cuenta que me tiene por una gran puritana.

Con rio por lo bajo y bebió un sorbo de champán.

—Soy, como usted tan oportunamente me señaló, demasiado impulsivo.

—No tengo respuesta para eso —pero Lilah se sentía demasiado cómoda en aquel momento como para ahondar en el tema. Su habitual disgusto hacia Con se había evaporado con el vals.

Pasearon todo a lo largo de la terraza, cruzándose con otra pareja que estaba haciendo lo mismo. Lilah alzó su ruborizado rostro al fresco aire de la noche. Por lo bajo empezó a tatarear la melodía del vals, presa de unas repentinas ganas de ponerse a bailar en la terraza. Se sonrió al pensar en la conmoción que produciría un acto así. Con se quedaría con la boca abierta. Tuvo que apretar los labios con fuerza para reprimir una carcajada.

Quizá no debería haberse bebido de golpe la copa de champán. Aquello no era propio de ella. O quizá había sido el baile, el vals que tanto había disfrutado en los brazos de Con Moreland. Eso también había sido impropio de su carácter. Más probablemente la razón debía de ser la propia compañía de Con: había algo en su persona que la incitaba a saltarse las reglas.

Con decía cosas inapropiadas que la hacían reír. Su sonrisa, sus guiños, aquel brillo en los ojos que asomaba justo antes de que dijera o hiciera algo escandaloso, y que incitaba a cualquiera a sumarse a su diversión. Era ciertamente tentador. Y peligroso.

Alzó la mirada hacia él, tan cerca en aquel momento que

hasta podía sentir el calor de su cuerpo. Como si hubiera percibido su mirada, Con ladeó la cabeza. A espaldas de la luz procedente de los ventanales, su rostro estaba medio en sombras. Pero ni siquiera eso podía ocultar la belleza de sus rasgos. El mentón firme y la mandíbula cuadrada, la manera en que sus labios se curvaban levemente hacia arriba, como si estuvieran a punto de romperse en una sonrisa.

Resultaba extraño que, teniendo en cuenta lo mucho que se parecía a su hermano gemelo, Lilah nunca hubiera sentido la menor atracción hacia Alex. La primera vez que lo conoció, había sentido casi inmediatamente la diferencia con Constantine. No había experimentado la habitual chispa en los nervios, el nudo de tensión en el estómago. Con Alex siempre resultaba demasiado fácil hablar, mientras que con su hermano gemelo, sentía siempre la necesidad de estar en guardia.

Si no llevaba cuidado, bien podría perderse. Y Lilah era una mujer a la que le gustaba tener firmemente los pies plantados en el suelo. Aquella incertidumbre resultaba desconcertante. Alarmante incluso, teniendo en cuenta lo mucho que la excitaba a la vez. Seguro que no era así como deberían ser las cosas…

Llegaron hasta el final de la terraza y se detuvieron para contemplar el jardín que se extendía debajo. Delicados farolillos de papel iluminaban los senderos, pero allí, en lo alto de la terraza, dominaban las sombras. Con dejó su copa sobre la ancha balaustrada de piedra y se apoyó con naturalidad contra una columna, con la mirada clavada en ella y no en el paisaje.

A Lilah se le aceleró el pulso. Allí se encontraban a oscuras y aislados de los demás, apenas llegaba hasta ellos alguna que otra voz lejana. Evocó la otra ocasión en que había estado en aquella misma terraza con él, casi sin aliento debido a una volátil mezcla de excitación, angustia y la certidumbre de que su tía no habría aprobado aquello.

—Dígame usted, en serio —le pidió Lilah en un impulso—. Aquella noche, ¿por qué me pidió que le concediera un baile y sobre todo que saliéramos luego a dar un paseo por los jardines? Entiendo que lo haya hecho esta noche. Soy la amiga de su cuñada, y está usted obligado a ser cortés. ¿Pero por qué me pidió bailar en aquel entonces?

—¿Se ha mirado en un espejo? —replicó Con.

—¿Se quedó acaso arrebatado por mi belleza? —Lilah alzó una ceja con gesto escéptico—. Había decenas de jóvenes bonitas allí, y apostaría a que yo no encajo en el tipo de aquellas con las que suele usted bailar. Y mucho menos invitarlas a salir a la terraza con secretas motivaciones.

—Mis motivaciones no eran nada secretas. Yo pensaba que estaban bastante claras.

Lilah recordó entonces por qué lo encontraba tan irritante. Se volvió hacia otro lado, clavando la mirada en las flores y setos del jardín.

—¿Lo hizo quizá porque yo estaba recién presentada en sociedad? ¿Porque me consideraba lo bastante ingenua como para no darme cuenta de que podía estar arruinando mi reputación?

—¡No! —la voz de Con destiló tanto asombro como indignación—. No fue eso en absoluto. Yo no le pedí bailar porque pensara engañarla o tenderle trampa alguna. ¿Tan baja opinión tiene usted de mí?

Lilah se relajó, sorprendida del alivio que le produjo su indignada respuesta.

—No. Bueno, quizá sí que llegué a planteármelo un poco. Después —cuando él ya no volvió a acercarse a ella.

—Si se lo pedí fue porque deseaba bailar aquel vals con usted. La invité a salir a la terraza para poder pasar más tiempo en su compañía alejados del bullicio de la fiesta. Y le pedí que saliera conmigo a dar un paseo por los jardines porque... está bien, esperaba conseguir quizá la oportunidad de besarla. Pero no quería besarla porque la considerara una presa fácil.

—¿Ni tampoco para añadir otra muchacha a su colección?

—¡Mi colección! —se la quedó mirando boquiabierto—. ¿Por quién diantre me ha tomado? Yo no tengo ninguna colección. No soy un bribón que se dedica a seducir a jóvenes damas. Dios mío, Lilah, mire que llega usted a ser una mujer suspicaz...

—No es ningún absurdo sospechar algo así —replicó ella—. Usted me encuentra rígida, puritana y mojigata.

—Y sentenciosa también.

—Oh, claro… sentenciosa —cruzó los brazos, fulminándolo con la mirada—. Entonces, ¿por qué habría de desear usted hablar con una mujer así?

—Si quiere saberlo, se lo diré: porque esa noche llevaba medias de color lila.

—¿Qué? —se lo quedó mirando fijamente.

Con se encogió de hombros y esa vez él fue él quien volvió la cabeza hacia el paisaje.

—Me lo ha preguntado usted, ¿no?

—¿Pero por qué…? ¿Cómo…?

—Es agradable saber que puedo dejarla muda de asombro.

—Eso es absurdo. ¿Cómo podía saber usted de qué color llevaba las medias? Yo ni siquiera me acuerdo de ello.

—Evidentemente la vista de las mismas me produjo una impresión mucho mayor a mí que a usted —Con se volvió para mirarla—. Yo estaba al pie de las escaleras cuando entró usted. Tenía un aspecto tan terriblemente formal y remilgado, vestida toda de un blanco impoluto, pudorosamente cubierta hasta el cuello, el cabello trenzado y recogido en un apretado moño tal que una institutriz, bien protegida por su carabina… En aquel momento, yo me dije: he aquí una auténtica belleza, pero con el aspecto de ser la mujer más aburrida del mundo.

—Qué amable es usted —comentó Lilah, irónica.

—Pero entonces empezó a subir las escaleras, recogiéndose ligeramente las faldas para no pisárselas, y le vi los tobillos. Llevaba unas medias de color lila brillante. Y me dije entonces: vaya, hay aquí mucho más de lo que se ofrece a primera vista —se interrumpió, reflexionando—. Además, tiene usted unos tobillos preciosos.

Lilah lo miró perpleja y se echó a reír. Su razonamiento era tan extraño, tan típico de él, tan halagador, ofensivo y engreído a la vez que no sabía si sentirse furiosa, ofendida o, simplemente, divertida.

—Debería hacer eso más a menudo —observó Con.
—¿El qué?
—Reírse. Es usted hermosa.
—Oh —esperaba que las sombras de la terraza disimularan su rubor. De lo contrario, Con se burlaría sin duda de ella cada vez que volvieran a encontrarse.

Solo que, por supuesto, una vez celebrada ya la boda, era muy probable que no volviera a verlo más. Constantine Moreland no frecuentaba el mismo tipo de fiestas a las que asistía Lilah con su tía. Él prefería entretenimientos mucho más excitantes. Incluso en caso de que coincidieran en el mismo evento, Con haría todo lo posible por evitarla. Su vida volvería a su patrón habitual. Lilah suspiró al pensar en las semanas que tenía por delante, haciendo visitas y recibiéndolas en el salón de la casa de su tía.

—¿Qué le pasa? —quiso saber Con. Cuando ella le lanzó una mirada inquisitiva, él se explicó—. Acaba usted de suspirar. ¿Ocurre algo malo?

—¿Qué? No me había dado cuenta —sus mejillas, ya rosadas, enrojecieron furiosamente—. Estaba… er, pensando en que todo volverá a la normalidad una vez pasada la boda.

—Sí, probablemente será más aburrido.

—No quería decir eso —protestó ella—. Quería decir que será más tranquilo. Más sereno, pero es una buena cosa. Porque una puede descansar y relajarse y, er…

—¿Bordar pañuelos? —sugirió Con, arqueando una ceja.

—Seguro que usted no se dedicará a algo tan vulgar —estalló de pronto, indignada—. Saldrá a cazar fantasmas o a descubrir el significado de Stonehenge.

—Con un poco de suerte encontraré una aventura o dos con las que pasar el tiempo —la miró, sonriente—. Vamos, no ponga esa cara tan mustia —delineó su ceño con la punta de un dedo, que bajó luego hasta su mejilla, acariciando delicadamente un mechón suelto.

De manera inconsciente, Lilah alzó una mano para volver a colocar el rizo en su lugar, pero él se lo impidió.

—No lo haga. Así está preciosa.

—¿Así cómo? ¿Hecha un desastre? —se obligó a adoptar un tono brusco para combatir el súbito ardor que le había despertado su contacto.

—Dudo que nada que tenga que ver con usted pueda ser un desastre.

Con le acarició entonces lentamente un pómulo con el pulgar. Seguía sonriendo, pero esa vez de manera diferente. No era ya una sonrisa divertida, sino cálida e invitadora. Y sus ojos tenían la misma mirada que Lilah había visto en los de Alex cada vez que había mirado a Sabrina. Oscura y levemente nublada de deseo...

Lilah se quedó sin respiración y sus pensamientos empezaron a girar alocados. Definitivamente no debería haberse bebido aquella copa de champán. Con se acercó aún mas. Ella alzó el rostro y...

Unas risas masculinas resonaron de golpe cuando tres caballeros salieron a la terraza, charlando entre ellos. Lilah se quedó helada. ¿Qué estaba haciendo? Con había estado a punto de besarla. Y ella había estado a punto de consentírselo. Peor aún, había estado a punto de devolverle el beso.

—Yo... lo siento... No he debido... ¡Adiós!

Lo rodeó y regresó apresuradamente al baile.

CAPÍTULO 3

Lilah estaba aburrida. Había pasado la mañana en el salón con su tía, atendiendo la correspondencia. Que era muy poca, ya que su padre, a quien ella antaño había escrito fielmente, había fallecido un par de años atrás, y habían pasado muchos años desde que la última vez que había cruzado cartas con Vesta, la hermana de su padre. Sabrina, con quien ella había mantenido la correspondencia más larga y prolija, se encontraba fuera, de luna de miel.

La echaba de menos. Su amiga solamente había pasado un par de meses en Londres, pero durante ese tiempo había sido como si hubieran estado otra vez juntas en la academia para damas jóvenes de la señorita Angerman. Sabrina no era la única amiga a la que echaba de menos. Mientras estuvo preparando la boda de Sabrina, Lilah también había hecho amistad con las Moreland. Los Moreland al completo habían vuelto a Londres para la boda, junto con sus cónyuges y sus hijos. Aquello había creado un ambiente que a veces había resultado algo caótico, pero siempre entretenido y afable.

Había disfrutado de animadas conversaciones con la duquesa, sobre un gran número de temas, y aunque Lilah y la demasiado sincera duquesa de Broughton habían disentido de cuando en cuando, sus discusiones habían sido estimulantes y hasta iluminadoras. Megan, a su vez, le había contado entretenidas historias sobre los años que había pasado viajando y haciendo reportajes periodísticos por el mundo en compañía de su marido, Theo Moreland. En cuanto a Kyria, siempre tan animada y tan simpática, habría sido imposible que no le hubiera caído bien. Y lo mismo regía para el duque y su tío Bellard, todo un pozo de sabiduría una vez que alguien conseguía que se arrancara a hablar.

Thisbe, la hermana melliza de Theo, era una científica que pasaba gran parte de su tiempo en su laboratorio trabajando con cosas que Lilah ni entendía ni, esa era la verdad, le importaba no entender. Pero Thisbe poseía también un gran ingenio y un carácter abierto y expansivo que rivalizaba con el de su hermano. Por su parte, Anna, la mujer de Reed Moreland, era una tranquila fuente de serenidad y placidez en medio del bullicio de actividad que solía reinar en Broughton House.

A Lilah había llegado a gustarle especialmente Olivia, la más joven de las hermanas Moreland. Olivia, aunque compartía con Constantine un extraño interés por las ciencias ocultas, era una lectora tan apasionada como ella. Una vez que descubrieron su mutuo interés por las novelas de misterio, habían pasado más de una tarde sumidas en amenísimas conversaciones.

Los días transcurridos desde la boda se le habían antojado de lo más vacíos. Lilah no había tenido razón alguna para visitar Broughton House. Sin su amiga Sabrina allí, le parecía un tanto indiscreto visitar la casa de un duque, a no ser que la llamaran. Lilah habría detestado que la tomaran por una arribista.

Y peor aún... ¿Y si Con se encontraba en casa? ¿Y si pensaba que ella había ido allí con la esperanza de verlo? Dado su comportamiento de la otra noche, y se ruborizaba solo de recordarlo, Con bien podría pensar que estaba interesada en él. Y no había nada más lejos de la realidad. Lilah no perseguía a hombre alguno, y menos a alguien como Constantine Moreland. Él sería el último hombre con quien querría casarse, en caso de que se le ocurriera alguna vez pedir la mano de una mujer como ella.

Con probablemente consideraría divertido que una mujer tan formal y puritana como Lilah se hubiera comportado de una forma tan impropia. Sabía que ella había estado a punto de besarlo, y era seguro que se burlaría por ello. Se echaría a reír, con aquella risa vibrante y cálida que resultaba tan contagiosa, con aquel malicioso brillo en los ojos. Resultaba singularmente injusto que su actitud burlona lo volviera aún más atractivo.

Aquella era la raíz del verdadero problema con Constantine Moreland: su abrumador atractivo. A Lilah le gustaban los firmes trazos negros de sus cejas, la manera en que se alzaban de diversión o se juntaban ferozmente cuando fruncía el ceño. Más de una vez había experimentado un extraño deseo de delineárselas con un dedo. Sus ojos eran de un verde intenso, oscurecido por la sombra de sus largas pestañas. Aquellos pómulos, aquella mandíbula, aquel mentón... Aquella boca. Gracias a Dios que tenía un fuerte control de sí misma y había conseguido guardarse bien sus pensamientos.

Pero luego había destruido todos aquellos esfuerzos saliendo a la terraza con él aquella última noche. Permaneciendo en aquel oscuro rincón en su compañía, en una situación íntima, cálida, propicia a la seducción. Alzando el rostro para recibir su beso. Si no se hubiera emborrachado con aquel champán... Si él no le hubiera pedido aquel baile...

No. No debía visitar Broughton House, incluso si llegara a tener una buena razón para hacerlo. Debía instalarse nuevamente en su rutina normal. Tal vez le llevara algo de tiempo, pero terminaría por acostumbrarse. Frecuentar a los Moreland había sido algo excitante. Entretenido. Pero no era así como vivía ella. No era una mujer extravagante, no anhelaba las aventuras ni las emociones fuertes; no se dejaba arrastrar por pasiones indómitas e incontroladas. Lo único que quería era una vida tranquila, agradable, racional. El tipo de vida que ya tenía.

Asintió ligeramente con la cabeza, sintiéndose como si acabara de ganar una discusión. Desvió la mirada hacia su tía Helena, que tenía la cabeza inclinada sobre su bordado. Aquello no pudo menos que recordarle el comentario de Con sobre que iba a pasarse los días bordando pañuelos.

—¿Necesitas que haga algo? —le preguntó Lilah—. ¿Algún recado que pueda hacer por ti?

La tía Helena alzó la mirada y sonrió. Era una mujer menuda y arreglada, con su rubio cabello salpicado de gris en las sienes. La tía Helena la había acogido y educado, y Lilah nunca podría estarle lo suficientemente agradecida por ello. No había sido tarea fácil hacerse cargo de una chiquilla de doce años y guiarla en su transición a la edad adulta, entrenándola en lo que se consideraba un adecuado comportamiento tanto en el ámbito social como en el privado. Con podría burlarse de cosas tan vulgares como la labor de aguja y, francamente, la propia Lilah no era una gran entusiasta de ello, pero pasar el día bordando no tenía nada de malo. Y la labor de su tía era excelente.

—Oh, no, querida, no hay necesidad. Cuddington ha ido a recoger mi tónico a la farmacia, y la señora Humphrey tiene la casa en orden, como siempre. ¿Por qué no hablamos de las visitas de esta tarde?

Aquellas visitas no eran precisamente lo que Lilah tenía en mente para aliviar el tedio. Pero reprimió un suspiro. Visitar y recibir visitas era una de las rutinas de su vida.

—¿Sir Jasper nos visitará esta tarde? —preguntó Lilah, consternada por dentro—. Estuvo aquí ya el otro día…

—Bueno, por supuesto, yo no sé si él te hará una visita tan pronto —su tía le lanzó una leve sonrisa de complicidad—. Pero dado su reciente comportamiento…

La tía Helena albergaba esperanzas de que el matrimonio figurara entre las intenciones de sir Jasper. Desafortunadamente, Lilah sospechaba que estaba en lo cierto. Le habría gustado que su tía no estimulara las expectativas del hombre. Pero no tenía deseo alguno de sacar a colación ese tema, así que se limitó a preguntar:

—¿A quién tenías intención de visitar?

—A la señora Blythe, claro está, para darle las gracias por la encantadora cena de anoche. Y ha transcurrido ya algún tiempo desde la última vez que estuvimos en la casa de la señora Pierce.

Lilah no pudo evitar soltar un leve gruñido al escuchar aquel nombre, y su tía se sonrió.

—Sí, ya lo sé, querida. Elspeth Pierce es una terrible chismosa. Pero esa es precisamente la razón por la que no debemos enemistarnos con ella.

—Supongo que tienes razón —en realidad a Lilah no le importaban los cotilleos: era lo insípido de su conversación lo que le enervaba. Pero su tía tenía razón: cuando la señora Pierce la tomaba con alguien, terminaba fulminándolo.

—Debería hacer una visita a la mujer del vicario —continuó Helena—. Pero su hija está indispuesta, así que eso nos excusará.

—Me parece a mí que visitar a alguien no debería significar un… esfuerzo.

La tía Helena sonrió.

—Sería maravilloso que no lo fuera. Pero no podemos sustraernos a nuestras obligaciones sociales, ¿no?

Lilah pensó con cierto resentimiento que los Moreland parecían gente capaz de hacerlo todo muy fácil. Pero, por supuesto, Lilah no quería que la vieran a ella como la gente veía a los Moreland. Intentó pensar en alguna ocupación que la mantuviera entretenida hasta la visita de la primera hora de la tarde.

—Quizá me acerque antes a la librería —se levantó del sofá de golpe cuando un repentino pensamiento se le pasó por la cabeza—. De camino, le dejaré un libro a lady St. Leger. Tengo un Wilkie Collins que aún no ha leído, y le prometí que se lo prestaría.

Olivia quería ese libro. No sería ninguna grosería por su parte visitar a los Moreland siempre y cuando tuviera una buena razón para hacerlo. El comportamiento formal exigía llevar ese libro a Olivia, cumpliendo así una promesa hecha antes. Y tampoco tenía por qué preocuparse de encontrarse con Constantine. Indudablemente estaría fuera de Londres, corriendo alguna de sus aventuras.

—¿Lady St. Leger? —la frente de su tía se arrugó ligeramente—. ¿La conozco yo?

—Es una de las cuñadas de Sabrina. Su familia y ella vinieron a Broughton House para la boda.

El ceño de su tía se profundizó.

—¿Una Moreland? Querida, ¿crees que es prudente?

—Se lo prometí, tía Helena. No puedo incumplir una promesa —Lilah se sentía más animada por momentos. Sería estupendo volver a ver a Olivia, mantener una larga y agradable conversación con ella sobre libros. Por mucho que amara y respetara a su tía, Helena no era aficionada ala lectura. Quizá Kyria estuviera allí, también. O la duquesa.

—Por supuesto —su tía le dio la razón, reacia—. Simplemente pensé que, ahora que ya se había celebrado la boda, no los verías ya tanto.

—No los he visto. Han pasado cuatro días —le recordó Lilah—. Me marcharé ya, para poder estar a tiempo para las visitas de la tarde —se volvió hacia la puerta.

—Es demasiado temprano para visitar a alguien, ¿no te parece? No es ni mediodía.

—Oh, los Moreland no prestan atención a esos detalles.

—Ya lo sé —repuso la tía Helena, sombría—. Bueno, si tienes que ir, llévate a la doncella contigo.

—Tía Helena... no necesito una carabina para acercarme a Broughton House a plena luz del día.

—Claro que no, querida. Pero hay que guardar las apariencias.

—Las reglas sociales no son tan rígidas en estos tiempos —protestó Lilah.

—Tal vez. Pero no hay razón alguna para que rebajemos las nuestras.

—Poppy tiene cosas que hacer. Er... remendar la ropa y... er...

—Ojalá no hubiera enviado a Cuddington a la farmacia. Ella podía acompañarte.

—No, no, me llevaré a Poppy —lo último que deseaba Lilah era llevarse a la amargada doncella de su tía consigo.

Subió apresurada las escaleras, llamó a su doncella y abrió su armario ropero. Su sencillo vestido mañanero no serviría para hacer una visita. Necesitaba algo con más estilo... Como por ejemplo el de paseo color miel con las costuras marrón óxido. Iría bien con el color rojo dorado de su pelo, además de que su talle estrecho resaltaría su figura, al estilo reloj de arena que tanto estaba de moda.

Llevaría sus nuevas botas de media caña. Eran, quizá, un poquitín extravagantes, con su estampado de cachemira y la línea curva de sus botones dorados, pero el color combinaría bien con el vestido, aparte de que nadie los vería bajo las faldas. Bueno, nadie que no fuera Con, por supuesto, que al parecer tenía por costumbre echar un ojo a los tobillos de las damas. Pero aquella clase de hombres no estaban interesados ni en la moda ni en el pudor.

Salió hacia la casa de los Moreland, con Poppy detrás. Resultaba irritante tener que llevársela a todas partes. Quizá debería hacer un viaje a su casa de Somerset, donde podría pasear por donde se le antojara sin preocuparse de lo que pudiera pensar la buena sociedad. Eso le proporcionaría una escapatoria de la tediosa ronda diaria de las visitas de cortesía, por no hablar de las atenciones de sir Jasper. Se curraría de su aburrimiento.

El problema, por supuesto, era que su tía Vesta estaría allí. Lilah no había vuelto a quedarse en Barrow House desde que volvió la hermana de su padre. De niña había estado muy encariñada con ella, pero los niños eran siempre fáciles de complacer. Y en aquel entonces su tía Vesta no había hundido todavía a la familia en el escándalo.

Smeggars, el mayordomo de los Moreland, saludó a Lilah con una sonrisa.

—Me temo que la duquesa ha salido.

—En realidad era a lady St. Leger a quien deseaba ver.

—Lady St. Leger está con la duquesa.

—Lo siento, debí haber avisado antes de venir —reconoció Lilah, decepcionada.

—Quizá le gustaría hablar con el duque o con er...

—No, yo solo quería dejarle esto... —empezó Lilah, mostrándole el libro.

En aquel momento Con bajó las escaleras trotando ligeramente.

—Señorita Holcutt —sonrió—. Las damas han salido. Me temo que tendrá que conformarse conmigo —se volvió hacia el mayordomo—. Creo que se impone un té.

—Por supuesto, señor.

—No —protestó Lilah en cuanto se hubo retirado el mayordomo—. No debo quedarme. Tenía intención de ir a la librería, pero luego recordé que Olivia... lady St. Leger, esto es, había expresado su interés en leer uno de mis libros —se dio cuenta de que estaba parloteando y apretó los labios. Resultaba irritante que se hubiera puesto tan nerviosa solo de ver de nuevo a Con, cuando este, obviamente, parecía tan poco afectado.

—Típico de Livvy —alzó una mano y tomó el libro—. Ah, Wilkie Collins. Sí, le encantará leerlo.

—Me comentó que era su novelista favorito, pero que este no lo había leído.

—Por favor, tome asiento —la tomó del brazo sin pedirle permiso para guiarla por el pasillo hasta el salón—. Todas las mujeres excepto Anna se marcharon hace un rato. Anna tuvo que quedarse debido a una de sus horribles jaquecas.

—Lo siento —Lilah resistió el impulso de sentarse tal como él le había sugerido. No tenía motivo alguno para quedarse. Había cumplido ya con su recado. No debería sentarse para charlar a solas con un hombre, y, sin embargo, se quedó—. ¿Una expedición de compras?

Con soltó una carcajada.

—No, mi madre se las ha llevado a una de sus manifestaciones sufragistas. Harán una vigilia de protesta ante la casa de Edmond Edmington.

—¿Edmond Edmington? —Lilah no pudo reprimir una sonrisa.

—Sí, tuvo unos padres burdos e iletrados. Siéntese, señorita Holcutt, por favor. Smeggars se quedará devastado si no se queda a tomar el té con pastas. Siempre está intentando convertir las reuniones de mi madre en fiestas, con poco éxito.

—No, debo marcharme. Yo solo iba a... —señaló la puerta, retrocediendo un paso.

—A la librería. Sí, lo sé —un brillo de diversión asomó a sus ojos—. Vamos, Lilah. No le haré ninguna indeseada insinuación... no con Smeggars acechando, al menos.

«¿Y si esas insinuaciones no son tan indeseadas por mi parte?», se preguntó Lilah, y se ruborizó por aquel curso de pensamientos.

—Quizá no, pero sí que podría burlarse.

—¿De qué? —inquirió él con tono inocente, acercándose.

—Lo sabe perfectamente —frunció el ceño—. Sobre lo que nosotros... sobre lo que ocurrió la otra noche en la terraza.

—Ah —se inclinó hacia ella, demasiado cerca para lo que exigían las buenas formas—. ¿Se refiere a nuestra conversación? —abrió mucho los ojos con una expresión de burlón asombro—. Sin carabina.

—Sí —la palabra le salió en un susurro. Irritada consigo misma, se aclaró la garganta y añadió con voz más firme—: No. Quiero decir que hubo algo más que eso. Estuvimos a punto de...

—¿Sí? —le brillaban los ojos—. ¿A punto de...?

Había estado segura de que se burlaría de ella. No debería haber venido.

—Oh, basta. Déjeme en paz.

—Por supuesto —suspiró y retrocedió un paso.

Era lo que ella quería, y sin embargo, perversamente, su fácil aquiescencia la decepcionó.

Debería irse ya. Era estúpido que se mostrara tan reacia a hacerlo. Tomó aire para despedirse, pero se lo impidió un grito procedente de lo alto de la escalera.

—¡Reed! ¡Que venga alguien!

—¡Anna! —Con abandonó la estancia a la carrera.

Lilah lo siguió. Cuando llegó al pie de la escalera, Con ya había subido la mitad al encuentro de su cuñada, que estaba mortalmente pálida.

—¡Se las han llevado! —gritó Anna—. Tienes que salvarlas.

Inmediatamente se dobló sobre sí misma, y Con la agarró para sentarla en los escalones.

—Así, mantén baja la cabeza. Respira. Lentamente.

Unos pasos resonaron a lo largo de la galería. Era Reed, casi tan pálido como su esposa.

—¡Anna! ¿Qué ha pasado?

Reed subió también las escaleras, abrazó a su esposa y la estrechó contra su pecho. Con se apartó.

—Reed, estaba diciendo que… Creo que ha tenido otra de sus visiones.

«¿Otra de sus visiones?», repitió Lilah para sus adentros. Las palabras de Con no parecieron sorprender a Reed, que simplemente maldijo por lo bajo y continuó acariciando la espalda de Anna.

—No pasa nada, corazón. Todo está bien.

—¡No! —exclamó Anna, retirándose. Su rostro había recuperado algo de color y no tenía ya los ojos desorbitados, aunque seguía claramente conmocionada—. Tienes que encontrarlas. Tienes que…

—¿Quién? —inquirió Con, enérgico. Lilah podía ver que todo su cuerpo se había tensado como un resorte de acero—. ¿Quién está en problemas, Anna?

—¡Todas! —desvió la mirada de su marido a Con, y otra vez al primero—. La duquesa. Kyria. Olivia. Todas. ¡Las han secuestrado!

CAPÍTULO 4

Con se giró en redondo y salió corriendo fuera de la casa, seguido de cerca por Lilah. Detuvo un coche de punto y subió cuando el vehículo aún no se había detenido del todo. Lilah subió tras él. Con le lanzó una rápida mirada y, por un momento, Lilah pensó que iba a protestar por su presencia, pero simplemente se volvió y dio unas señas al cochero.

Su aspecto no tenía nada que ver con el suyo habitual. Sus ojos, de ordinario llenos de diversión, tenían en aquel momento una mirada fiera; sus rasgos eran duros y severos; su cuerpo estaba tenso. Había experimentado la misma transformación de la que ella había sido testigo dos meses atrás, cuando había corrido a rescatar a su hermano gemelo.

Lilah quería preguntarle por la extraña declaración de Anna. Anna parecía la más tranquila de las Moreland, pero sus ojos desorbitados y sus aterradoras palabras habían sugerido un verdadero estado de locura. Y sin embargo Con y su hermano Reed, aunque alarmados, no se habían mostrado especialmente sorprendidos. Más aún, resultaba evidente que Con había creído en sus palabras, para partir inmediatamente en busca de su madre y hermanas.

Pero aquello era absurdo, ¿no? Anna no podía haber sido testigo de un acontecimiento supuestamente ocurrido en otro lugar. Sin duda que Con y ella llegarían a su destino para descubrir que las damas se encontraban perfectamente, como era de esperar. Todas terminarían riéndose de la falsa alarma.

—Anna ha debido de tener una pesadilla. La culpa la habrá tenido su jaqueca. La indisposición provoca extrañas pesadillas.

Con sacudió la cabeza.

—Lo ha visto.

Aquello no tenía sentido alguno, por supuesto, pero Lilah no deseaba discutir con él cuando parecía tan preocupado.

—¿Por qué alguien querría hacer daño a la duquesa?

Con le lanzó una elocuente mirada.

—Bueno, sí, la duquesa ha podido haberse enfrentado con unas cuantas personas, pero no hasta el punto de que alguien quisiera hacerle algún daño, en mi opinión —Lilah frunció el ceño—. ¿Cree usted que la policía detuvo a las sufragistas? ¿Solo por plantarse ante la casa de alguien en señal de protesta? —se dio cuenta de que en aquel momento estaba hablando como si eso realmente hubiera sucedido.

—Solo Dios sabe lo que estarán haciendo. Pero no, dudo que fuera la policía —replicó, sombrío.

El carruaje había marchado a buen ritmo pero, en aquel momento, tras doblar una esquina, se detuvo de golpe. Lilah se asomó a la ventanilla y vio a un grupo de mujeres arremolinándose en la calle ante una mansión de aspecto señorial. Distinguió carteles aquí y allá. Todo el mundo estaba hablando excitado. Un policía discutía con una de las mujeres, mientras que otras rodeaban un bulto en la acera. ¿Sería un cuerpo?

—¡Oiga! —protestó el cochero cuando Con bajó bruscamente sin pagarle la carrera.

—Quédese aquí —ordenó secamente Lily. Necesitarían un transporte de vuelta a casa una vez que Con localizara a su familia.

Alcanzó a Con cuando ya había llegado hasta el policía. Le estaba acribillando a preguntas.

—¿Qué ha pasado aquí? ¿Dónde está la duquesa?

—¿Qui… quién? ¡No lo sé, señor! Yo acabo de llegar.

La mujer que había estado hablando con el agente, sólida y de aspecto fuerte, ataviada al estilo de la liga sufragista, soltó un resoplido.

—¡Mejor haría usted en escuchar y no hablar tanto, joven!
—Señora Ellerby —se le acercó Con.
—¡Lord Moreland! Gracias a Dios que ha venido. ¡Nos han atacado!
—¿Quiénes?
—La policía, muy probablemente —se volvió para fulminar con la mirada al infortunado agente, que empezó a balbucear.
—¡No, no iban de uniforme! —terció otra mujer.
—¡Era un banda de rufianes! Yo los vi, todos de negro, con máscaras.
—¡Oh, Ernestine, qué tontería! —exclamó la señora Ellerby—. No eran máscaras. Tan solo llevaban las gorras muy caladas, para que no pudierais ver sus rostros.
—Muy bien habrían podido ser máscaras.
—Señora Ellerby —pronunció Con entre dientes—. ¿Dónde está mi madre?
—¡Ha desaparecido! Llegaron en un carruaje, saltaron del mismo y se las llevaron. A la duquesa y a sus hijas, a todas... menos a lady Raine —señaló a las mujeres que seguían arremolinadas alrededor del bulto de la acera.
—¡Megan! —Con palideció visiblemente y se dirigió hacia allí.

Así que el bulto era un cuerpo... Lilah se quedó sin aliento, y corrió también tras Con. Las mujeres se hicieron a un lado al verlo acercarse, revelando a la mujer que yacía en el suelo. Era indudablemente Megan, que en ese momento estaba haciendo esfuerzos por sentarse.
—Gracias a Dios. Megan —Con la incorporó y la hizo sentarse en el bajo murete de piedra que rodeaba la propiedad. Se agachó para poder mirarla a los ojos—. ¿Te encuentras bien?
—Por supuesto que no —dijo Lilah, sentándose junto a ella—. ¿Por qué la gente siempre tiene que preguntar eso?

Polvo y suciedad decoraban el vestido de Megan. En una mejilla tenía un moratón rojo, cuyos bordes estaban empezando a hincharse. El otro lado de la cara estaba arañado y sucio. Tenía el sombrero medio caído, apenas sujeto por el largo alfiler, revelando mechones de su cabello castaño rojizo. Sus ojos tenían una mirada vidriosa que no podía preocupar más a Lilah, que sacó su pañuelo y empezó a limpiarle delicadamente el rostro.

—Megan —Con le tomó una mano—. Di algo. Lo que sea. Por favor. Dime aunque sea que me calle.

Aquello hizo que una leve sonrisa se dibujara en los labios de Megan.

—Estoy bien —se aclaró la garganta y empezó a erguirse—. De verdad que sí. Yo... solo estoy un poquito mareada. Creo que me golpeé en la cabeza —se señaló la nuca.

Lilah se volvió para mirársela y se quedó sin aliento.

—¡Con! ¡Tiene el pelo lleno de sangre!

Con se levantó al instante para inclinarse sobre Megan. Sacó un inmaculado pañuelo blanco de un bolsillo y lo aplicó delicadamente sobre la herida. Con la misma ternura, inquirió de nuevo:

—¿Qué ha pasado, Megan?

—Oí a alguien gritar, y me volví. Vi a esos hombres: habían agarrado a Kyria, y todas las demás estaban intentando detenerlos. Corrí para ayudar, pero estaba demasiado lejos, así que me puse a recoger piedras del suelo y a lanzárselas al hombre con quien estaba forcejeando Thisbe. Olivia, por su parte, se esforzaba por liberar a Kyria. Luego aquel tipo fue a por mí y me golpeó.

Lilah vio la furia brillar en los ojos de Con, pero mantuvo un tono de voz tranquilo.

—¿Te derribó?

Megan asintió, y esbozó una mueca de dolor por culpa del movimiento.

—Sí. Me golpeé al caer al suelo. No recuerdo nada de lo que sucedió después. Debí de haberme golpeado la cabeza entonces. Lo siguiente que supe fue que estaba tendida en el suelo mientras la señorita Withers intentaba reanimarme.

Con miró a las demás mujeres.

—¿Qué sucedió después?

—Aquellos hombres las metieron a todas en el carruaje y se marcharon. Desaparecieron antes de que cualquiera de nosotras pudiera mover un músculo. Lo siento mucho —dijo la señorita Withers entre lágrimas—. No he sido de ninguna utilidad.

—¿Qué dirección tomaron?

—Calle abajo —señaló.

—Giraron por la primera calle a la izquierda —informó otra de las mujeres—. Y entonces los perdimos de vista.

Con puso el pañuelo en manos de Lilah y arrancó a correr.

—No los verá. Hace tiempo que se fueron —replicó Megan. Lilah la miró a los ojos y pudo ver que su mirada se estaba aclarando por momentos.

Con se detuvo al final del edificio y permaneció de pie durante largo rato, mirando a su izquierda, antes de volver con ellas. Lilah ayudó a Megan a levantarse.

Con tenía la mandíbula apretada. Le brillaban los ojos de ira.

—Lilah, llévate a Megan a casa. Yo iré tras ellos.

—¿Cómo pretendes hacer eso? —quiso saber Lilah—. No sabes qué dirección han tomado.

—Lo averiguaré.

—Vaya, esto es estupendo —repuso secamente Lilah, tomando a Megan del codo y guiándola hacia el carruaje—. Piensas parar un carruaje para dirigirte en la ambigua dirección que hace un momento nos han dado. Sin un plan, sin información, sin idea alguna de lo que puedan pensar el duque y los demás maridos sobre todo esto, ni del motivo de que tu madre y hermanas han podido ser secuestradas. Estoy segura de que te irá de maravilla.

A su lado, Megan esbozó una sonrisa irónica. El rostro de Con era un verdadero estudio de frustración, pero alzó de pronto a Megan en brazos y se dirigió hacia el coche que esperaba, mientras mascullaba con tono ofendido:

—Sí, ya lo sé. Tengo un carácter demasiado impulsivo y temperamental mientras que tú, por supuesto, eres una persona lógica y racional.

El coche partió en cuanto estuvieron instalados los tres.

Con se recostó en el asiento, con los brazos cruzados, sumido en profundas meditaciones. El cochero aceleró tanto la marcha que Megan no pudo evitar una mueca de dolor con el traqueteo de las ruedas en los adoquines, pero no protestó en ningún momento. Cuando llegaron a la casa, Megan devolvió a Con el pañuelo ensangrentado e insistió en entrar sin ayuda alguna.

—No me portaréis en brazos como si fuera una inválida. Si lo hacéis, Theo me atenderá tan preocupado como si estuviera a las puertas de la muerte.

Encontraron a un alarmadísimo Smeggars esperando cerca de la puerta. Los recibió con una exclamación de deleite y los hizo pasar al Salón del Sultán. Ya antes de llegar, Lilah escuchó unas voces masculinas con tono alterado. Una vez dentro, la estancia parecía llena de hombres preocupados: de pie, paseando, discutiendo. Todos de aspecto sombrío.

El mayordomo entró entonces y anunció pomposo:

—¡Caballeros! La marquesa de Raine.

De repente se hizo un silencio y todos se giraron para mirar a Megan, flanqueada por Lilah y por Con.

—¡Gracias a Dios! —Theo atravesó la habitación en dos zancadas y estrechó a su esposa en sus brazos, apretándola con tanta fuerza que le arrancó un grito de protesta.

—¿Qué ha pasado, Con? ¿Qué diantre está pasando? —se adelantó Reed. Lilah vio por primera vez a su esposa, Anna, también presente en la sala, sentada contra una pared. Estaba muy pálida, con la preocupación pintada en su rostro.

Mientras Theo examinaba las heridas de su esposa, el resto de los hombres bombardearon a Con a preguntas. Lilah aprovechó entonces para acercarse a Anna.

—¿Cómo estás?

La mujer ensayó una sonrisa.

—Mejor. El dolor de cabeza ya se me ha ido. Habitualmente no tarda en desaparecer. Pero siempre me deja agotada.

—Deberías descansar.

—Gracias. Aquí estaré bien. No podría echarme a dormir, sabiendo que ellas ya no están. Me siento tan mal por no haberlas acompañado... Si lo hubiera descubierto antes...

—No debes culparte a ti misma. De haber estado allí, ¿cómo habrías podido evitarlo? Es mucho mejor que ni tú ni Megan hayáis sido secuestradas.

—No dudo de que tienes razón. Cuéntame lo que ha pasado. ¿Solo encontrasteis a Megan?

Lilah le relató todo lo que habían hecho y descubierto, bastante más eficaz y ordenadamente de lo que lo estaba haciendo Con, enfrentado a los hombres furiosos y frenéticos que lo interpelaban. Afortunadamente, Smeggars entró en ese momento con el carrito del servicio del té y material de cura para las heridas de Megan, yodo y vendas.

—No es este momento para el té —protestó Rafe McIntyre, el marido de Kyria.

—Oh, no, señor, creo que descubrirá usted que es este precisamente el momento adecuado —sonrió Smeggars con expresión bondadosa.

—Sí, sí, tiene usted razón, Smeggars, como siempre —consintió el duque—. No estamos consiguiendo nada poniéndonos así. Sentémonos y reflexionemos con calma sobre todo esto. Tiene que haber una solución. No van a hacer daño alguno a mis chicas.

Rafe se dispuso a objetar, pero Stephen St. Leger le puso una mano en el hombro al tiempo que le lanzaba una elocuente mirada. Rafe asintió, resignado.

—Tiene usted razón, señor —dijo Stephen—. No debemos entrar en pánico. Eso es precisamente lo que ellos quieren: ponernos tan nerviosos que seamos incapaces de pensar.

Mientras Smeggars servía el té, el tío Bellard volvió a sentarse y miró a Megan con su bondadosa expresión.

—Megan, querida, ¿hay algo más que puedas decirme sobre esos hombres, ahora que ya estás recuperada? Seguro que tu talento como periodista te capacitó para advertir más detalles de lo que podría hacer una persona normal.

Megan suspiró profundo.

—Tienes razón. Debería pensar como una periodista —cerró los ojos—. Eran tres. Llevaban ropas como de obrero, oscuras, y gorras caladas sobre los ojos para esconder sus rostros. Su carruaje... no, espera, no era un carruaje, era más bien un furgón. Pero cerrado, como un... desorbitó los ojos y se sentó muy derecha—. Como un *Black Maria*.

—¿Un qué? —el duque y los demás se la quedaron mirando perplejos.

—Un furgón de la policía —explicó Rafe. Dejó a un lado su té y se levantó. Su presencia parecía desprender una energía casi palpable—. Es la denominación coloquial en los Estados Unidos para los furgones de transporte de prisioneros. Van pintados de negro y están construidos para evitar que los presos escapen. Las puertas del fondo solo se abren desde fuera y las ventanas son altas, pequeñas y con barrotes.

Megan asintió.

—Sí. Eso es. Era más pequeño que la mayoría de los que he visto, pero estoy seguro de que tenía ventanucos altos con barrotes.

—No me extraña que algunas de las mujeres pensaran que era de la policía —comentó Con—. Pero al menos un vehículo así debería resultar fácil de rastrear.

—¿Qué más puedes recordar? —el habitual acento lánguido de Rafe había desaparecido: sus palabras resonaban tan duras y contundentes como el acero. Empezó a pasear de un lado a otro de la habitación, lo cual le recordó a Lilah la imagen de un tigre enjaulado—. ¿Iban a por Kyria? Con dijo que se la llevaron a rastras.

—Yo... no estoy segura —titubeó Megan—. La primera vez que los vi, estaban arrastrando a Kyria y a la duquesa hacia el furgón. Por supuesto, se resistían las dos. No sé si lo que pretendían era llevarse a una solamente, a las dos o a todo el mundo.

—Es evidente que estaba planeado —observó Reed—. Tenían el furgón celular. Fueron directamente a por las mujeres Moreland. Actuaron rápidamente.

—Esa clase de manifestación constituía un excelente escenario para secuestrarlas. Sabían que la gente pensaría que se trataba de la policía. Por eso las mujeres vacilaron antes de dar un paso para impedirlo.

—Un hombre se quedó sentado en el pescante del furgón, al principio. Supongo que para poder marcharse con rapidez de allí —dijo Megan—. No se bajó hasta que las mujeres se arremolinaron alrededor del primer hombre. ¿Cómo podían pensar en llevarnos a todas con solo dos hombres?

—Ni siquiera con tres habrían podido —terció Stephen—. Había cuatro mujeres, cinco contándote a ti, y habrían sido seis si Anna hubiera estado allí.

—Quizá no conocían a las Moreland lo suficiente como para saber que la operación no sería tan sencilla —adivinó Theo—. Debieron de imaginar que las damas se quedarían tan consternadas y asustadas que no se resistirían.

—¿Cómo se las llevaron? —preguntó de pronto Lilah. Cuando los demás se volvieron para mirarla, tomó conciencia de que se había inmiscuido en la conversación—. Lo siento, no quería interrumpir. Es solo que… ¿cómo se las arreglaron para forcejear con cinco mujeres y meter a cuatro de ellas en el furgón con tanta rapidez?

—Cierto —aseveró el duque, frunciendo el ceño.

—¡Cloroformo! —Megan se levantó de golpe—. El hombre que estaba sujetando a Kyria tenía una mano sobre su boca. Yo pensé que estaba intentando ahogar sus gritos, pero ahora recuerdo que tenía un pañuelo en la mano. Se quedó como desmayada casi inmediatamente.

—Mataré a ese canalla —masculló Rafe en una voz baja que resultó aún más amenazadora que un grito. Miró al duque—. ¿Durante cuánto tiempo más vamos a seguir sentados aquí, parloteando? Voy a por ellos.

—¿Y cómo piensas hacerlo? Ignoramos a dónde han ido, y llevamos mucho tiempo de retraso —opuso Reed con tono razonable.

—Ya encontraré a alguien que me diga algo. Puedo llegar a ser muy persuasivo.

—Rafe, espera —le pidió Stephen, saliendo tras él.
—Son los Dearborn —declaró de pronto Con, rotundo.
—¿Qué? —Rafe se giró en redondo—. ¿Cómo lo sabes?
—No lo sé. Pero, ¿quién alberga algún tipo de resentimiento contra los Moreland? ¿Quién se encuentra desesperadamente necesitado de dinero? ¿Quién tiene inclinación a secuestrar a la gente para salirse con la suya? La respuesta a cada una de estas preguntas es Niles Dearborn.
—Yo habría reconocido a los Dearborn —señaló Megan.
—No debieron de hacerlo ellos. Contrataron a alguien.
—Es lo que hicieron con Alex —se mostró de acuerdo Theo.
—Entonces ellos serán mi primer objetivo —anunció Rafe.
Todo el mundo empezó a hablar a la vez.
—¡Silencio! —el marido de Thisbe, Desmond, se levantó. Por lo general era una persona tan silenciosa que su estallido consiguió acallar a todo el mundo—. No podemos salir corriendo como locos. Necesitamos organizarnos. Quizá sean los Dearborn, o quizá solo sean unos tipos esperando sacar beneficio de todo esto. Necesitamos estar preparados para todo tipo de contingencias, incluyendo una demanda de rescate. Todavía no hemos recibido ninguna, pero apostaría a que terminaremos recibiéndola. Dividámonos. Theo, Alex me mostró dónde te retuvieron. Reed y tú, aseguraos de que no tienen a Thisbe y a las demás allí —los dos hombres se marcharon inmediatamente, sin esperar a que Desmond terminara de hablar—. El duque debería quedarse aquí, porque será a él a quien pidan el rescate. Y lo mismo rige para el tío Bellard, porque necesitamos de su cerebro.
—Y del tuyo, también —observó Con—. Para mantenernos a todos con la cabeza sobre los hombros.
Desmond suspiró, lanzando una mirada al duque, que estaba pálido y estremecido.
—Sí. Me temo que debo quedarme. Con, ¿podrás seguir la pista de los secuestradores?
—Es lo que pretendo. Con el furgón que ha descrito Megan resultará más fácil.

—Yo te acompañaré —se levantó Megan.

—¿Qué? —Con se giró hacia ella—. No. Absolutamente no.

—¿Me estás diciendo que no soy capaz? —Megan alzó la barbilla—. ¿Que soy demasiado delicada?

—Te estoy diciendo que Theo me cortará la cabeza si te paseo por toda la ciudad en tu estado actual, dolorida, conmocionada y manchada de sangre.

—Eso es... Esto es...

—Es inteligente —dijo Lilah, levantándose también—. Megan, ya has sufrido suficiente por hoy. Estás exhausta. Solo conseguirías retrasar a Constantine. Piensa en todo el tiempo y en los esfuerzos que se malgastarían si llegaras a desmayarte de nuevo y tuvieran que traerte otra vez de vuelta.

Megan se la quedó mirando fijamente por un momento.

—Oh, diantre... —se hundió de nuevo en el sofá.

—Anna tampoco puede acompañarte —continuó Lilah antes de que Anna pudiera hablar—. Ambas necesitáis descansar.

—Exactamente —dijo Con, y empezó a dirigirse hacia la puerta.

—Es por eso por lo que pienso acompañarte yo —añadió Lilah.

Con se detuvo bruscamente.

—No.

—¿Por qué no? Espero que no irás a decirme que porque soy una mujer.

Megan ahogó una carcajada.

—Sí, Con, ¿por qué no? Creo que ella debería acompañarlo. ¿No te parece, Anna?

—Sí, por supuesto.

—Al fin y al cabo... —dijo Lilah—, como tú mismo me dijiste antes, soy una persona lógica y racional. Seré por un tanto un excelente complemento a tus cualidades.

Con la fulminó con la mirada.

—Maldita sea, Lilah. Conseguirás retrasarme. ¿Y si los alcanzamos? ¿Y si se produce una pelea?

—Entonces contarás con alguien que te ayude. Yo te acompañé cuando salimos a buscar a Alex, ¿no?

—Sí, pero... ¿qué pasa con tu tía? ¿No se preguntará por lo que te ha sucedido?

—Puedo enviar a mi doncella para que le explique que me han invitado a tomar el té.

—Yo le remitiré una nota extendiendo tu invitación a cenar y a pasar la velada con nosotros —se ofreció Anna—. O, mejor aún, lo hará Megan. Una marquesa es mucho más impresionante.

—¿Lo ves? Piensa en las ventajas de mi propuesta de acompañarte —Lilah continuó con su listado de razones—. Si encontraras a tu madre y hermanas y necesitaras refuerzos, yo podría salir a buscar ayuda y tú te quedarías vigilando para asegurarte de que no escaparan.

—Oh, por todos los... —Con miró a Desmond, frustrado.

—Estoy de acuerdo —Desmond se encogió de hombros—. Mejor es que vayáis dos.

—... diablos —terminó de maldecir Con, y se volvió para mirar a Lilah—. Muy bien. Vendrás conmigo.

CAPÍTULO 5

Llevársela había sido un error: Con lo supo tan pronto como lo dijo. Lilah Holcutt nunca ponía las cosas fáciles. Protestaría, haría preguntas. Él tendría que estar pendiente de ella. Pero aquello no tenía ya arreglo. Y, extrañamente, en el fondo tampoco le molestaba tanto.

Envió a un criado a por uno de los carruajes y se acercó a Anna. Arrodillándose frente a ella, le pidió:

—Necesito que me cuentes todo lo que recuerdes de tu visión.

Anna asintió.

—Tenía jaqueca, así que estaba tumbada. Me quedé adormilada, creo, porque de repente me desperté con un sobresalto. Y vi a tu madre y a las demás.

—¿Viste cómo las secuestraban? —se quedó un tanto sorprendido al ver que Lilah se sentaba al lado de Anna y le tomaba la mano.

Anna negó con la cabeza.

—No. No me di cuenta de eso antes. No era en Londres. Era en el campo. No había ninguna otra casa cerca, pero sí árboles. Vi cómo sacaban a Thisbe y a Olivia de... algo. Estaba bastante oscuro dentro del vehículo.

—¿Un coche?

—No estoy segura. Era un espacio estrecho, pero se abría por atrás. Tenía una doble puerta, que se abría hacia fuera —se lo demostró—. Dos hombres llevaban a la duquesa y a Kyria. Estaban muy quietas. No sabía si estaban dormidas o… —se interrumpió.

—Seguro que están bien —le aseguró Con, tranquilizador—. A Kyria le hicieron respirar cloroformo. Probablemente a mi madre también. Esos hombres querrán dinero. No se arriesgarían a matarlas.

Ella asintió.

—Sí, tienes razón. Había un tercer hombre, que apuntaba con un arma a Thisbe y Olivia. Las llevaban a alguna parte, a pie.

—¿A dónde? ¿Pudiste verlo?

Anna negó con la cabeza.

—Había una casa, y supongo que las llevarían allí, pero la visión terminó antes de que pudiera ver dónde las metían.

—¿Cómo era la casa?

—De dos plantas, pero no grande. Muy sencilla. De piedra, color marrón, o tal vez fuera vieja y la piedra blanca se hubiera ensuciado. Había un edificio exterior, un granero o cuadra pequeña, a un lado. Una pared estaba cubierta de hiedra. Daba… la impresión de que no vivía nadie allí.

—¿Por qué?

Anna se encogió de hombros.

—No estoy segura. Parecía… descuidado. El edificio pequeño era muy destartalado, como torcido hacia un lado. No tenía jardín. El suelo estaba sucio, con malas hierbas y demás —cerró los ojos por un momento—. ¡Oh! Y una de las ventanas del piso bajo solamente tenía media contraventana.

—¿Alguna idea sobre la localización de esa zona de campo?

—Ninguna. Lo siento. Me temo que no te estoy siendo de gran ayuda.

—Al contrario. Me servirá cualquier dato, hasta el más pequeño. ¿Hay algo más que viste? Dijiste que había árboles.

—Sí, pero no pegados a la casa. Había un, er… un árbol muy grande, a unos diez o quince metros. Pero a lo lejos podía distinguir una espesura. Como un bosque —se interrumpió, pensativa—. ¡Oh! Justo al lado del vehículo había un tocón grande, como el de un gran árbol talado.

—Bien. Es fantástico, me será de gran ayuda.

—Ojalá pudiera ayudarte más.

—No te preocupes. Seré capaz de reconocer la casa.

Con se levantó y se volvió hacia Lilah, quien había estado asistiendo a la conversación con expresión perpleja. Estaba seguro de que, a esas alturas, debía de pensar que había que internarlos a los dos. Pero, para su sorpresa, no pronunció una palabra.

Fuera, la pequeña y elegante berlina de la familia los estaba esperando. El cochero, apostado a la cabeza del tiro, se acercó a Con para decirle:

—Los caballos se encuentran en un estado excelente, señor. Deseosos de moverse.

—No te preocupes, Jenkins, te aseguro que cuidaré de ellos.

—No lo dudo, señor —sonrió el hombre.

—¿Vas a conducir tú la berlina? —inquirió Lilah, mirándolo fijamente.

—Sí —su sonrisa destilaba un cierto desafío—. Quizá prefieras viajar dentro. O tal vez...

—No voy a quedarme aquí —replicó secamente y se acercó al pescante del cochero—. Si me ayudas...

Con la tomó sin más de la cintura y la levantó para que pudiera apoyar un pie en el primer peldaño. Lilah aferró el agarrador y se volvió para lanzarle una sombría mirada.

—Es que el primer peldaño es bastante alto —dijo él, como disculpándose.

—Y yo también —se recogió las faldas con una mano, y, agarrándose con la otra, tomó impulso y se sentó en el pescante.

Con pudo echar nuevamente un vistazo a sus medias, esa vez de un amarillo que quemaba la vista, y reprimió una sonrisa mientras se instalaba en el pescante junto a ella. El asiento del cochero era lo suficientemente cómodo pero, al estar previsto para una persona, no resultaba demasiado ancho. Podía sentir el brazo de Lilah contra su chaqueta, su muslo rozando el suyo.

Pero aquel no era el momento adecuado para pensar en esas cosas. Recogiendo las riendas, se puso en marcha.

—¿Por qué te has empeñado en conducir la berlina?

—Me resulta más fácil así —se encogió de hombros—. Tengo una mejor vista desde aquí, y no tengo que gritarle al cochero cada vez que quiera bajar a mirar algo.

—¿Pero entonces por qué la berlina? ¿Un vehículo más ligero no sería más fácil de manejar?

—La verdad es que pensé en llevarme el viejo faetón de mi abuelo. Habría sido más ligero y manejable. Pero hace años que nadie lo conduce. Padre no podía deshacerse de él y ya nadie lo utiliza. Es más fácil tomar una calesa o incluso un ómnibus.

—¿Viajas en ómnibus?

—A veces —sonrió al ver su cara de asombro—. ¿Te parece demasiado plebeyo?

—No. Simplemente me sorprende.

—Es más conveniente en ciertas zonas de la ciudad. Más apropiado.

—¿Como cuando decides vestirte como un charlatán de esos que van vendiendo medicinas? —replicó ella, conteniendo apenas un amago de sonrisa.

—Cuidado, corres peligro de sonreír.

Lilah entrecerró sus ojos azules y clavó de nuevo la mirada al frente. Con experimentó una punzada de remordimiento. Al cabo de un rato, retomó su anterior tema de conversación con tono conciliatorio.

—La berlina nos será más útil, también. Necesitaremos traer a mi madre y a mis hermanas de vuelta.

Ella le lanzó una rápida mirada de reojo. Con sospechó que la frase «eso si las encontramos» estaba bailando en la punta de su lengua, y sin embargo permanecía callada.

Ya habían llegado al lugar del secuestro, y continuó por la calle que habían tomado los secuestradores en su huida. Cuando llegaron al final del edificio, giraron a la izquierda y se sumaron al tráfico.

—Allí, en la casa, ¿cómo sabía Desmond con tanta certidumbre lo que había que hacer? Quién debía ir a buscar a los Dearborn, quién al lugar donde fue encerrado Alex y todo eso... Nadie puso la menor objeción.

—Todos nos conocemos bien. Rafe es el más intimidante. No es tan grande como Theo, pero una sola mirada suya puede helarle la sangre a cualquiera. Después de haber sobrevivido a una sangrienta guerra, así como de haber hecho una fortuna en el Salvaje Oeste, le han quedado muy pocos rasgos de lo que debería ser un comportamiento caballeroso y delicado. Sobre todo cuando Kyria está en peligro. Es eso lo que lo hace más capaz de arrancar información a los Dearborn. Stephen es amigo suyo: fueron socios en una mina de plata tras la Guerra de Secesión estadounidense. Se entienden bien y confían el uno en el otro. Stephen se asegurará de que Rafe no se meta en problemas. Theo y Reed también se complementan bien. Reed es el más equilibrado. Theo es más un hombre de acción.

—Entonces yo también sirvo bien de complemento tuyo —Lilah le lanzó otra mirada de reojo, y esa vez su sonrisa ganó la batalla.

Sorprendentemente, Con se descubrió disfrutando con tenerla a su lado en aquella aventura. Ciertamente Lilah le discutía muchas cosas, pero no hasta el punto de representar una molestia, y su conversación lo mantenía distraído de la preocupación que lo devoraba por dentro.

—¿Por qué elegiste salir en persecución de los secuestradores? —quiso saber ella.

—Estas cosas se me dan mejor. Siempre he sido bueno con los mapas, y estoy familiarizado con las calles de Londres y con las rutas de las afueras. Eso es lo que hace mi agencia: localizar objetos perdidos o robados, gente desaparecida. A menudo Alex me lo pone más fácil, por supuesto, con sus habilidades. Pero yo soy quien rastrea las pistas y decide el rumbo a seguir.

—Yo creía que investigabas cosas irracionales: fantasmas, demonios y cosas por el estilo.

—Ummm. Me gustan especialmente esas «cosas por el estilo» —sus palabras arrancaron a Lilah una carcajada—. Por desgracia, sin embargo, no hay tantas posibilidades sobrenaturales que investigar. Por eso me veo obligado a limitarme a las más útiles y prosaicas.

Mientras hablaban, Con había estado sorteando el denso tráfico de carruajes, adelantando a los más lentos, pero sin dejar de mirar en todas direcciones en busca de alguna pista.

—¿Qué estamos buscando? —inquirió Lilah.

—Cualquier señal de que un vehículo haya podido pasar a toda velocidad por aquí.

—¿Y cuál sería esa señal?

—No estoy seguro, la verdad.

—Eso ciertamente no es muy ilustrador.

—Lo siento. Es que es muy difícil de describir: puedes adivinarlo por el comportamiento de la gente, de su forma de mirar, en caso de que se haya producido algún tumulto, algo extraordinario. Por ejemplo, un vendedor enfadado porque algún vehículo circulando a toda velocidad haya volcado el suyo. O gente hablando nerviosa. No creo que encuentre alguna, dado que ha transcurrido ya algún tiempo desde que pasaron por aquí. Pero espero que mis hermanas me ayudarán.

—¿Qué quieres decir? Son cautivas. ¿Qué podrían hacer ellas?

—Son mujeres muy decididas. Sospecho que intentarán llamar la atención de la gente de una manera u otra. O dejarnos quizá alguna señal.

—¿Pero cómo puedes estar seguro de no que no te has equivocado de rumbo? ¿Y si han girado por otra calle?

—No estoy seguro. Es una suposición. No hay razón para que el furgón haya girado por otra calle en un intento de despistar a posibles perseguidores. Nadie los estaba siguiendo. Estarían deseosos de alcanzar su destino lo más rápido posible, allí donde pudieran esconder a las mujeres y desembarazarse luego de su vehículo. Esta es una calle principal, con muchos vehículos. Cuanta más gente y más carruajes, menos probable resultaría que alguien se fijase o recordase uno en especial, por muy raro que fuera. Además, esta calle desemboca al final en la carretera de Tunbridge Wells. A juzgar por lo que dijo Anna, la casa que están utilizando se encuentra en la campiña.

—En serio, Constantine... ¡no irás a decirme que crees en visiones premonitorias del futuro!

—De hecho, en este caso, se trata más del presente que del futuro —la miró—. ¿Por qué no habría de creer en algo así? Anna no es ninguna mentirosa. Nunca nos daría una pista falta, sobre todo tratándose de algo tan importante.

—Estoy segura de que ni miente ni está intentando despistarte. Pero es mucho más probable que lo haya soñado. Tuvo una jaqueca, se tumbó y se quedó dormida, y tuvo una pesadilla. Los sueños a veces pueden llegar a ser muy reales.

Con pensó entonces en la estancia de paredes curvas, llena de relojes, de sus pesadillas.

—Lo sé. Pero, al margen de que tuviera la visión dormida o despierta, ella vio que las habían secuestrado. Y nosotros sabemos que eso es verdad. Por eso me parece una estupidez desdeñar el resto de su visión.

—¿Cómo podría alguien «ver» lo que está a sucediendo a cientos de metros de distancia?

—Cosas más extrañas he visto...

—¡Con?! —de repente Lilah le agarró del brazo.

—¿Qué? —preguntó, sobresaltado—. ¿Qué pasa? —miró a su alrededor.

—Para. ¡Para! Mira —Lilah señaló a una mujer que caminaba por la calle—. Eso es de Olivia.

—¿Cómo? —tiró de las riendas.

—¡Esa mujer lleva uno de los pañuelos de Olivia!

CAPÍTULO 6

Sin esperarlo, Lilah bajó del alto pescante, apoyó un pie en la rueda delantera y saltó al suelo. Corrió después hacia la mujer y, un momento después, Con la alcanzó.

—¿Estás segura?

Ella le lanzó una mirada de impaciencia.

—Olivia llevaba ese pañuelo el otro día. Lo recuerdo porque me gustó especialmente. Además, mira a esa mujer. ¿Te parece que un pañuelo así pueda ser de su propiedad?

La mujer llevaba una ropa pobre y andrajosa, con un gastado sombrero de paja, pero lucía en el cuello un precioso pañuelo rojo de seda.

—Señora —la llamó Con—. Espere. Solo un momento.

La mujer se volvió para mirar sobre su hombro y, al verlos, echó a correr. No había dado ni tres pasos cuando Con la obligó a detenerse agarrándola de un brazo

—Yo no he hecho nada malo. No lo he robado. Es mío.

—Tranquilícese. No la estoy acusando de nada.

Ella intentó liberar su brazo. Evidentemente, no le creía.

—Con, la estás asustando —Lilah puso suavemente una mano sobre el hombro de la mujer—. No queremos hacerle ningún daño. Lo único que queremos es información.

—Sí, perdone —dijo Con, aunque no la soltó—. No pretendo quitarle ese pañuelo. Puede quedárselo. Dígame solamente dónde lo encontró.

—Yo no lo robé.

—Estoy seguro de ello. Pero lo encontró en la calle, ¿verdad?

—Estaba abandonado. No era de nadie.

—¿Dónde? ¿Puede mostrarnos dónde estaba?

La mujer señaló un lugar calle arriba.

—Allí. En aquel farol.

—Excelente —exclamó Con, radiante, y echó mano a un bolsillo para buscar una moneda—. Tome. Esto es por la información.

—¡Oh! —la mujer abrió los ojos con asombro al tiempo que aceptaba la moneda—. Gracias, señor.

—Y ahora dígame: ¿vio usted de dónde procedía el pañuelo? Dijo que lo había visto en un farol. ¿Vio usted cómo fue a parar allí?

Ya mucho más dispuesta a colaborar, se dispuso a responder, pero en seguida reconoció con un suspiro:

—No. Estaba al pie del farol. Nell fue a por él, pero yo llegué primero. Tuvimos una pequeña pelea y yo gané. Lo había visto antes que ella.

—¿Cuánto hace de eso? Desde que encontró el pañuelo, quiero decir.

—Oh. Bueno… —arrugó la frente, pensativa—. Un buen rato. Me fui a empinar un poco el codo, para celebrar mi buena suerte. Y luego, er… fui a casa de Annie a enseñárselo. Sí, un buen rato.

—Gracias. Nos ha sido usted de gran ayuda —Con sonrió y se despidió con una elegante reverencia, que hizo que la mujer soltara una risita y se la devolviera a su vez.

Evidentemente Con era un experto en encandilar a cualquier mujer.

Tardó solo unos minutos en preguntar a los tenderos de la calle antes de encontrar a uno que recordaba el vehículo negro.

—Oh, sí. Lo vi. Un trasto feo, no sé por qué alguien querría pintar un furgón de negro. Mejor de un color alegre, ¿no? ¿Y cómo es no llevaba cartel alguno?

—¿Oyó usted algo?

El tendero pareció perplejo.

—Las ruedas hacían mucho ruido en los adoquines, si se refiere usted a eso. Tanto que yo ni siquiera podía oír a mi cliente. Fue por eso por lo que me fijé en el carruaje.

—¿Cuánto tiempo hace de eso?

—Oh, un buen rato. Una hora o dos. Espere, recuerdo que fue antes de la hora de la comida. A eso del mediodía.

A Con le brillaban los ojos cuando tomó a Lilah del brazo para regresar a la berlina. Ella casi podía sentir las renovadas esperanzas y energías que parecían emanar de su cuerpo.

—¡Lo sabía! —exclamó una vez que volvieron a ponerse en marcha—. Sabía que encontrarían una manera de ayudarme.

—Tendrán que deshacerse de un buen montón de complementos para dejar un rastro aceptable.

—Son cuatro, después de todo —le lanzó una sonrisa.

—Es muy inteligente por su parte.

—Nuestra familia tiene alguna experiencia en estas cosas —comentó, irónico.

Continuaron examinando con atención la calle, esperando encontrar alguna otra señal de las mujeres Moreland. Cada vez que detectaban alguna posibilidad, Con saltaba del carruaje para investigar, pero ninguno de los objetos que encontraron se revelaron como pertenecientes a sus hermanas. El problema era que cualquier pieza de ropa tirada en la calle corría el riesgo de ser recogida rápidamente por alguien antes de que ellos pudieran localizarla. Además, ¿durante cuánto tiempo habrían podido las damas seguir lanzando pistas antes de que se vieran descubiertas por alguno de sus captores?

El tráfico se fue despejando y las casas se hicieron menos numerosas, lo cual reducía las posibilidades de que una pieza de ropa fuera recogida inmediatamente por algún viandante. Con identificó el siguiente objeto, un arrugado sombrero de paja que, según pensaba, bien podía pertenecer a Thisbe.

—Es muy sencillo, como a ella le gusta.

Con estaba cada vez más preocupado por el tiempo, debido a la lentitud de la marcha. El sol parecía descender en el cielo cada vez a mayor velocidad. Lilah decidió que era mejor no preguntarle por lo que harían una vez que se les echara encima la noche. Lo siguiente que encontraron fue una chaquetilla de mujer.

Lilah la levantó, estudiándola.

—Es muy elegante. A la moda.

—Entonces es de Kyria.

Al cabo de un rato, tropezaron con un pañuelo enganchado a un saliente de una pared.

—Definitivamente, esto es de Kyria —Con lo alisó sobre su rodilla—. ¿Ves el monograma?

Animados por aquellos descubrimientos, prosiguieron la marcha. Los viajeros eran cada vez más escasos. Cuando se cruzaban con algún carruaje, Con se detenía para preguntar por el furgón negro. Un muchacho de campo, que caminaba tranquilamente al lado de su carro de bueyes, afirmó haberlo visto pasar no muy lejos de la ciudad.

—Nos estamos alejando cada vez más de la ciudad —dijo Con, sombrío—. Pero no me atrevo a ir más rápido por temor a perder alguna pista.

Al cabo de un rato se removió inquieto, mirando a su alrededor.

—No estoy seguro…

—¿Qué pasa? —Lilah se volvió hacia él, poniéndole una mano en el brazo.

Con la miró con expresión sobresaltada, y Lilah se apresuró a retirar la mano.

—Creo que nos hemos equivocado —se giró para lanzar una mirada atrás—. Llevamos ya un buen rato sin encontrar pista alguna —se detuvo—. Y antes dejamos atrás un cruce, el de otro camino.

—¿Crees que deberíamos tomarlo?

—No lo sé. Pero en algún momento tuvieron que desviarse. Dudo que la casa de campo se encuentre en la carretera principal. Y… tengo la sensación de que hemos equivocado el rumbo.

Dio media vuelta, una maniobra engorrosa con el carruaje, y volvieron sobre sus pasos. Cuando llegaron al cruce, siguió por la senda más pequeña.

—¿No pudieron haber tomado el otro sentido?

—Desde luego. Eso si es que llegaron a girar. Ya probaremos más tarde con el otro si es que... ¡Mira! —señaló una pieza de enagua blanca tirada en la cuneta embarrada—. La lanzaron tan pronto como hicieron el giro. ¡Chicas listas!

—Estamos recogiendo una buena colección de ropa.

—Nos estamos acercando, creo, pero estamos tardando demasiado —lanzó una mirada al crepúsculo y aceleró el paso.

Lilah descubrió un pañuelo blanco justo antes del arranque de un camino aún más estrecho.

—¿Crees que lo tiraron aquí para señalar que se habían desviado o que seguían por la misma carretera?

—Es ambiguo —reconoció Con—. Tal vez lo dejaron caer en otro lugar y el viento lo arrastró hasta aquí. Creo que seguiré por el desvío. Megan dijo que los ventanucos del furgón eran altos. No creo que llegaran a ver la carretera. No serían conscientes de haber tomado el desvío a no ser por el traqueteo del carruaje.

La fronda de los árboles atenuaba aún más la ya débil luz del crepúsculo. Lilah se mantenía inclinada hacia delante, forzando la vista. El carruaje se bamboleó cuando atravesaron un profundo surco, y ella tuvo que apoyar una mano en la pierna de Con. Avergonzada, se irguió rápidamente y lo miró de reojo. Pero él no parecía haber notado lo impropio de aquel contacto demasiado familiar, dada la atención con que estaba mirando, con los ojos entrecerrados, cierto camino estrecho y bordeado de arbustos.

—Creo que... voy a seguir por aquí.

—Esto es casi más una pista que un camino. ¿Por qué piensas que pasaron por aquí? ¿Has visto algo?

—En realidad, no. Esto está bastante oscuro.

¿*Bastante* oscuro? Lilah apenas podía distinguir el sendero. Era todavía más oscuro que el camino, sombreado por los altos setos que se alzaban a cada lado.

—¿Por qué crees que es por aquí?

—No estoy seguro. Este camino casi escondido me recuerda lo que dijo Anna acerca de que estaban aisladas.

Carecía de sentido iniciar otra discusión sobre la veracidad de las «visiones» de Anna, así que Lilah se quedó callada. Ya era plena noche, la luna se estaba alzando. Afortunadamente, era llena. Los setos se acabaron y el camino torció para rodear un árbol. De repente distinguieron una oscura silueta ante ellos, al fondo.

Todo estaba en silencio, el único sonido era el de los cascos de los caballos y las ruedas del carruaje, e incluso estos eran ahogados por el barro. Ninguno de los dos hablaba. La oscura silueta resultó ser una casa de campo de dos plantas, un sencillo edificio de piedra clara.

Lilah contuvo la respiración, aferrando sin darse cuenta el brazo de Con. La casa tenía una contraventana medio rota y, no muy lejos, se alzaba un gran árbol. En la otra dirección, alcanzó a distinguir una pequeña estructura exterior. Con se volvió para mirarla y señaló un grueso tocón cerca de ellos.

Todo era exactamente como lo había descrito Anna. Lilah experimentó un escalofrío.

Por si aquello no fuera prueba suficiente, descubrieron un furgón oscuro cerca del tocón, con un par de caballos pastando cerca. Con bajó y guio el tiro del cabezal, dando la vuelta para colocarlo en sentido opuesto.

—En caso de que necesitemos hacer una escapada rápida —explicó a Lilah.

—¿Es que piensas enfrentarte con ellos? —le susurró a su vez.

—Solo son tres.

—Y tú solo uno —replicó—. Eso si no cuentan con algún cómplice que se haya reunido aquí con ellos.

Con ladeó la cabeza, pensativo.

—Aun así, cuento con la ventaja de la sorpresa, y mis madres y hermanas ayudarán —su sonrisa relampagueó en la oscuridad—. Deberías haber visto a mi madre blandiendo un bate de críquet —extrajo la larga fusta del carruaje de su funda—.

Esto no se puede usar así —dijo, y desenroscó el grueso mango de bronce de la larga vara que terminaba en las tiras de cuero, para poder usarlo como arma. Se volvió luego hacia ella—. Quédate aquí. Si las cosas se ponen feas, huye. No imaginarán que hay alguien más.

—Voy contigo.

—¿Qué? —alzó las cejas—. Dijiste que correrías a buscar ayuda en caso necesario.

—No. Solo dije que podría hacerlo.

—¡Maldita sea! —siseó—. Me molestarás. Tendré que preocuparme de protegerte. ¡Quédate aquí!

—Dijiste que tu madre y tus hermanas te serían de ayuda —Lilah agarró la larga fusta y se enfrentó a él, desafiante—. ¿Pretendes decirme que yo soy menos capaz que ellas?

—No cuando llevas esa fusta en la mano —dijo Con, resignado, y echó a andar hacia la casa. Lilah lo siguió con el corazón acelerado.

Tropezó con una raíz del suelo y a punto estuvo de caerse. Con se giró de golpe y Lilah se preparó para escuchar algún cáustico comentario, pero, para su sorpresa, él le tomó una mano y se inclinó para susurrarle:

—Pégate a mí. Tengo una excelente visión nocturna.

—Claro. Por supuesto —replicó, irónica, molesta por el estremecimiento de placer que le había provocado la caricia de su aliento en la oreja. No había tiempo para pensar en cosas así, como tampoco de sentir aquel vibrante calor que la recorría por dentro.

Recogiéndose las faldas con una mano, lo acompañó en su recorrido hacia la casa, sorprendida de lo natural y fácil que resultaba caminar junto a él de la mano, con sus hombros casi tocándose. La sensación casi le quitaba el aliento: el calor de su cuerpo, el contacto de su piel contra la suya… Pero de alguna manera al mismo tiempo la reconfortaba también. No podía contar con que se comportara correctamente en un salón o en un baile, pero allí, en una situación como aquella, confiaba completamente en él.

Rodearon el patio al amparo de los árboles y los arbustos. Era probablemente una precaución innecesaria, porque la parte delantera de la casa estaba a oscuras, pero evidentemente Con no querría correr riesgos. Se asomó sigilosamente a la ventana frontal.

—Nada.

Rodearon la casa. En una habitación trasera, distinguieron una luz. Con se acercó a la pared para asomarse con cuidado. Retirando rápidamente la cabeza, susurró:

—Dos hombres sentados a la mesa de la cocina, jugando a los dados.

—¿Cuál es tu plan? —musitó Lilah.

—Abrir la puerta y golpearles en la cabeza.

Antes de que ella pudiera señalarle que aquello no era ningún plan, Con pasó por debajo de la ventana y se acercó a la puerta. Lilah se agachó también, esforzándose por imitarlo. Habría resultado mucho más fácil si no hubiera llevado corsé. Mientras ella volvía a incorporarse, Con cerró los dedos sobre el picaporte de la puerta y empezó a girarlo lentamente. Alzando el mango de bronce de la fusta, lanzó una mirada inquisitiva a Lilah.

Ella asintió y agarró con fuerza la fusta. Nunca antes había golpeado a nadie, pero estaba segura de poder hacerlo. Soltando un juramento, Con abrió de golpe la puerta y entró en tromba.

CAPÍTULO 7

En la cocina, los dos hombres se levantaron y se volvieron hacia la puerta. Varios golpes y ruidos resonaron en la planta superior mientras Con corría hacia el más corpulento de los tipos, blandiendo el mango de la fusta como si fuera una maza.

El otro hombre agarró una jarra de la mesa y fue a tomar impulso para lanzársela a Con, pero Lilah alzó la larga fusta y le golpeó fuertemente en la muñeca. La jarra cayó al suelo, derramando la cerveza. Con un gruñido, el matón cargó contra ella.

Lilah alzó de nuevo la fusta y le azotó el torso, pero el hombre consiguió agarrarla por un extremo y se la arrebató para utilizarla contra ella. Saltando hacia un lado, ella evitó el golpe, que fue a cortar el aire. Huyó luego rápidamente; recogiendo de camino un pequeño tarro de metal, se giró para lanzarlo contra su perseguidor.

El tipo fue lo bastante rápido para como alzar un brazo y protegerse, pero la fuerza del impacto hizo saltar la tapa del tarro, que estaba lleno de harina. Tosiendo y maldiciendo por la nube de polvo, se llevó las manos a los ojos. Lilah pudo ver de reojo a Con intercambiando puñetazos con el otro matón. No iba a poder recibir ayuda de él. Tendría que arreglárselas sola.

Frenéticamente, miró a su alrededor y descubrió una escoba. Recogiéndola, blandió el largo palo de madera como si fuera una lanza y lo hundió en el estómago de su oponente, momentáneamente cegado por el polvo de harina.

El hombre se dobló sobre sí mismo y Lilah volvió a cargar contra él.

Esa vez sabía que el matón intentaría arrebatarle el palo como antes había hecho con la fusta, así que, cuando lo consiguió y tiró de él, aguantó todo lo que pudo antes de soltarlo de golpe. Como resultado, el hombre cayó hacia atrás por la fuerza del impulso.

Se giró en redondo, buscando un arma, y sonrió levemente cuando su mirada se posó en una gran sartén de hierro. Pero, cuando se volvió para hacer frente a su enemigo, esgrimiendo la sartén, vio que Con, que ya había despachado al suyo, estaba corriendo hacia ellos. Sin esperarlo, descargó la sartén sobre la cabeza del rufián, que puso los ojos en blanco y se derrumbó en el suelo.

—¡Con! —corrió también hacia él, eufórica por la victoria conseguida.

Riendo, Con la alzó en brazos. Cuando la bajó al suelo, permanecieron así durante un buen rato, con sus manos aún sobre su cintura, muy juntos. A Lilah se le aceleró el corazón cuando vio su mirada clavada en sus labios.

Justo en aquel instante, un grito masculino cortó el aire. Ambos se volvieron para descubrir a un hombre rodando escaleras abajo, que finalmente aterrizó como un guiñapo a los pies. Su cabeza y hombros, advirtió Lilah, estaban extrañamente mojados. Un momento después la duquesa bajó trotando las escaleras, portando una jarra de cerámica rota en una mano.

—Hola, madre.

Emmeline Moreland sonrió.

—Hola, Con —dijo, como si estuviera en un elegante salón y no pasando por encima de un cuerpo inerte tirado en el suelo—. Querido. Y la señorita Holcutt. Qué agradable sorpresa —besó a su hijo en la mejilla.

—Sí, Con, has llegado justo a tiempo —secundó Kyria, seguida de las demás hijas de la duquesa. Todas ellas portaban armas improvisadas. Kyria se dedicó a estudiar al primer matón que había despachado Con—. Te has adelantado. A este me moría de ganas de propinarle un buen golpe en la cabeza.

—Puedes hacerlo ahora, si quieres —le sugirió Con, alegre.

—No resultaría muy deportivo.

Con abrazó a sus hermanas. Los Moreland, según había advertido Lilah durante el curso de las últimas semanas, eran muy inclinados a prodigar abrazos. Eso le había chocado mucho en su principio, pero a esas alturas ya se estaba acostumbrando, de manera que no se sorprendió cuando las mujeres se apresuraron a abrazarla a ella también.

Thisbe dio a su hermano una palmadita en la mejilla.

—Sabía que nos localizarías, pese a que el rastro ya se había quedado algo frío.

—Seguimos vuestras miguitas de pan.

—Eso fue idea de Olivia —dijo Thisbe.

—Una idea estupenda —Olivia fue la última a la que abrazó, levantándola en vilo.

—Temía que el viento se llevara las piezas de ropa, pero fue lo único que se me ocurrió.

—Parece que os las habéis arreglado muy bien solas —Con lanzó una mirada al hombre que había rodado escaleras abajo—. Casi me siento como si estuviera de más.

—Oh, pues vas a ser de lo más útil —replicó Olivia—. Tenemos que atar a estos hombres.

—Sí, empezando por este —Con señaló al hombre con el que se había enfrentado, que acababa de soltar un gruñido y estaba empezando a removerse inquieto. Se quitó el pañuelo del cuello y se agachó para atarle las manos a la espalda—. ¿Qué pasa con aquel? —señaló al rufián que había bajado rodando las escaleras—. ¿Lo habéis matado?

—Oh, no. Respira —contestó Thisbe—. Madre lo golpeó en el cabeza con la jarra del aguamanil.

—¿Estos son todos?

—No, había otro que estaba aquí cuando llegamos —explicó Thisbe—, pero escapó por la ventana y bajó por una cañería.

—¿Cómo está Meg? —quiso saber la duquesa—. No sabíamos qué le había sucedido.

—Probablemente se le forme un moratón en el ojo. Estuvo

algún tiempo inconsciente, ya que se dio un golpe en la cabeza al caer al suelo por culpa del matón. Pero fue capaz de explicarnos lo que había sucedido.

Pasaron los minutos siguientes buscando y encontrando cosas con las que atar a los hombres. Para cuando terminaron, estaban empezando a despertarse.

—¿Qué vamos a hacer con ellos? —preguntó Kyria, usando el espejo de un armario para atusarse un poco el pelo.

—Sospecho que vuestros maridos estarán muy interesados en mantener una conversación con ellos —dijo Con—. Así que será mejor que los carguemos en el furgón y nos los llevemos —frunció el caso—. El caso es que tenemos dos vehículos... Podríamos dejar a estos individuos aquí mientras yo os llevo a casa. Luego Rafe, Stephen y yo volveríamos a recogerlos.

—¿Dejarlos aquí atados todo el tiempo? —inquirió la duquesa, ceñuda—. Eso no me parece seguro. ¿Y si les sucediera algo?

—Madre, estos tipos acaban de secuestrarte a ti y a tus hijas.

—Obviamente son delincuentes, pero el objetivo debería ser reformarlos y no...

—Y lo más importante —terció Olivia antes de que la duquesa pudiera continuar—: Podrían escapar si los dejamos solos.

—Pero, si me los llevo yo, vosotras tendréis que quedaros aquí.

—Con, ¿realmente me consideras incapaz de conducir un furgón? —inquirió Emmeline—. Sabes que soy la hija de un conde de campo. Aprendí a manejar todo tipo de carros y carretas en la granja.

Lilah dudaba que conducir carretas formara parte de la educación de las hijas de los condes, pero no le sorprendía nada que la duquesa hubiera efectivamente aprendido a hacerlo.

—Llévate entonces tú a las mujeres en el carruaje, que yo os seguiré con el furgón —sentenció la duquesa.

—Muy bien, pero solo si aceptas llevar a alguien contigo, solo por si acaso —replicó Con, claramente acostumbrado a negociar con su madre—. Has pasado por una prueba muy dura.

Emmeline sonrió con expresión indulgente.

—La señorita Holcutt viajará conmigo. Ella empuñará las riendas en caso de que yo flaquee, dado que a ella no la secuestraron.

—Eso es cierto. Aunque estoy segura de que viajar con mi hermano no ha sido precisamente un descanso —comentó Kyria, irónica, lanzando una sonrisa a Con.

—Gracias. Me encantará acompañarla —aseguró Lilah a la duquesa. Era mejor que no acompañara a Con en el trayecto de vuelta. Al menos no mentiría a su tía cuando le dijera que había pasado buena parte de la velada con la duquesa.

—Muy bien. Todo arreglado. Metamos a esos felones en el furgón y volvamos a casa. No he probado bocado desde el desayuno.

Con había atado las manos a los hombres a la espalda, y además había trabado sus pies, para dificultar su huida. No tuvo mayores problemas en subirlos al furgón. La duquesa y Lilah subieron al pescante, que era mucho más alto y menos cómodo que el del carruaje, y partieron.

Para asombro de Lilah, la duquesa parecía alegre, casi eufórica.

—La verdad es que la tarea de Con es la más dura —le dijo a Lilah, manejando hábilmente las riendas—. Los caballos de carruaje son mucho más briosos y asustadizos que estos percherones. Aunque tiene mejor amortiguación —añadió mientras daban botes en el pescante por culpa de los baches de la pista—. ¿Quieres aprender? Podría cederte las riendas cuando lleguemos a un camino más llano.

Lilah parpadeó sorprendida.

—No se me había ocurrido. Pero sí, creo que sí.

Sus guantes, por supuesto, no eran del tipo apropiado para la tarea, e ignoraba cómo le explicaría su estado a su tía cuando ella se los viera, pero Lilah disfrutó mucho con la lección. La duquesa era una profesora muy paciente y los caballos eran mansos y dóciles.

Al cabo de un rato, sin embargo, los hombros empezaron a dolerle y una vez más se resintió de la incomodidad del corsé. El pensamiento de la reacción de Con cuando descubriera su novedosa habilidad para conducir carruajes la animó a aguantar.

La duquesa volvió a empuñar las riendas cuando el tráfico se hizo más denso en las cercanías de Londres. Lilah se sorprendió de lo rápido que pasó el tiempo, cuando antes se le había antojado interminable.

Un sirviente de librea que estaba esperando a la puerta de Broughton House entró apresurado en la casa nada más verlas llegar. Para cuando la duquesa frenó el furgón, la calle se había llenado ya de criados y familiares dándole la bienvenida. La acribillaron a preguntas, risas y abrazos. Tras los saludos iniciales, la mayoría de los hombres salieron a hacerse cargo de los secuestradores, mientras las damas subían al piso superior a cambiarse de ropa.

Con se volvió entonces hacia Lilah:

—Le dije a Jenkins que dejara el carruaje aparcado frente a la puerta. Pensé que querrías volver a casa lo antes posible.

—Oh, por supuesto. Es tardísimo.

Con tenía razón. Sin duda la tía Helena se enfadaría mucho cuando se enterara de la forma en que Lilah había pasado el día; llegar tan tarde solo empeoraría las cosas. Por lo demás, tampoco tenía razón alguna para quedarse más tiempo allí. Lilah había hecho todo lo que había podido. Y sin embargo, se sentía algo decepcionada por la manera en que Con la estaba despachando. Quizá pensara que su sitio no era aquel, que se había inmiscuido en un asunto puramente familiar, cosa que, evidentemente, era cierta.

Un leve rubor se extendió por sus mejillas. Contra su costumbre, se había comportado de una manera absolutamente inapropiada. Incómoda, continuó:

—Me marcharé. Por favor, despídeme de tu familia. Estoy muy contenta de que tu madre y hermanas hayan podido volver sanas y salvas a casa —se dirigió hacia la puerta, y volvió la mirada hacia Con un gesto de sorpresa al ver que se había apresurado a seguirla—. No hay necesidad de que me acompañes hasta el carruaje...

—Sí que la hay, dado que pretendo subir contigo —arqueó una ceja.

—No necesitas acompañarme hasta casa, Con, quiero decir... lord Moreland.

—Bueno, *señorita* Holcutt —replicó, irónico—, ¿no crees que después de haber peleado codo a codo, nos hemos familiarizado lo suficiente como para que me llames por mi nombre de pila?

—Muy bien. Con, entonces —sabía que se estaba burlando de ella, como tenía por costumbre, y sin embargo el brillo de sus ojos y la curva de sus labios le hacían querer sonreír a su vez. Le hacían querer hacer cosas que era preferible no nombrar. La compañía de Con resultaba siempre demasiado perturbadora.

Él se la quedó mirando con expresión elocuente, para preguntarle al cabo de un momento:

—¿Y yo puedo llamarte Lilah?

—Oh. Sí —su nombre sonaba diferente cuando él lo pronunciaba con aquel acento tan dulce y vibrante. ¿Qué diantre le pasaba?—. Por lo demás, estoy segura de que ya lo has hecho antes —añadió con tono serio.

—Es muy posible. Ya sabes cómo funcionan estas cosas en el calor del momento —su expresión era perfectamente inocente, cosa que le hacía dudar del presunto doble sentido de sus palabras. Continuó con voz suave—: pero te equivocas en lo otro. Necesito acompañarte hasta casa. Por muy grosero que me consideres, no lo soy tanto como para permitir que una dama salga sola a la calle de noche.

—Yo nunca dije que fueras grosero —protestó Lilah mientras él la ayudaba a subir al vehículo, para sentarse luego a su lado.

—¿Ah, no?

Otra vez aquella mirada tan típica suya, tan inescrutable, pero con aquella latente diversión suya burbujeando bajo la superficie.

—Bueno, quizá sí —apretó los labios———. Tal vez en alguna ocasión, en respuesta a tu estrafalario comportamiento. Pero lo dije…

—¿En el calor del momento?

Lo fulminó con la mirada.

—¿Podrías por favor, solo por un instante, dejar de mostrarte tan provocador?

—Creo que sí —rio por lo bajo. Inclinándose, le tomó una mano—. Tengo que decirte que me has impresionado muchísimo esta noche.

—¿De veras?

—Así es. Cuando te vi aporreando a aquel tipo con una escoba, el corazón se me inflamó de orgullo.

—Calla —ordenó, pero fue incapaz de reprimir una sonrisa—. Estás diciendo tonterías.

—Eras una verdadera valquiria. Una amazona. Una diosa guerrera rediviva —su expresión se tornó seria—. Hoy fuiste de enorme ayuda, y me disculpo por haber pensado que serías una molestia,

—Constantine… —sabía que era una estupidez sentirse tan emocionada por aquellas palabras.

Él se inclinó aún más.

—Dígame, señorita Holcutt, ¿me abofetearía esta vez si intentara besarla?

El corazón de Lilah dio un vuelco. Debería alejarlo de sí. Darle una lección por su atrevimiento. Pero lo que salió de sus labios fue solamente un susurro.

—No, no te abofetearía…

Con bajó la cabeza y ella cerró los ojos, como si quisiera esconderse a sí misma lo que estaba haciendo. Sus labios rozaron los suyos con suavidad, una vez, dos. Sintió su sonrisa, y entonces Con se apoderó completamente de su boca, rodeándola con sus brazos y acercándola hacia sí.

Fue un beso lento, fluido, intenso, con su lengua invadiendo el interior de su boca y desatando una tormenta de placenteras sensaciones. Fue algo abrumador, un beso tan mareante como el champán que había bebido. Una extraña avidez se apoderó de ella. Impulsos que nunca antes había imaginado que existían empezaron a bullir en su interior. No sabía qué hacer, pero quería sentir más, recibir más...

Lilah no había sido consciente de haber puesto las manos sobre sus brazos, pero en aquel momento estaba clavando los dedos en la tela, reteniéndolo. Tuvo la sensación de que aquello iba a durar para siempre, pero que sería también, sin embargo, demasiado rápido. Con alzó la cabeza y se la quedó mirando fijamente, con una expresión entre sorprendida y consternada.

Acto seguido la estrechó contra su pecho y la sentó sobre su regazo. Esa vez el beso no fue dulce ni tierno, pero, para su asombro, Lilah lo acogió encantada. Le echó los brazos al cuello y sus labios respondieron con abandono. El corazón le martilleaba en el pecho, la sangre corría como fuego por sus venas. Se sentía impetuosa y salvaje, todo lo contrario de lo que era ella, y la sensación era gloriosa.

La boca de Con abandonó la suya para besarle la mejilla, la mandíbula, el cuello... El delicado contacto en su sensible piel la hizo estremecerse. De pronto alguien gimió suavemente, y Lilah se dio cuenta con un sobresalto de que el sonido lo había proferido ella misma. Con fue trazando un sendero descendente de besos hasta llegar a la base del cuello. Su lengua acarició la zona que rodeaba la perla que allí descansaba, delineando un círculo.

Lilah sintió que el vientre le ardía. Subió las manos hasta sus hombros, no sabía si para alejarlo o para acercarlo más aún. En aquel momento no estaba segura de nada... excepto del calor de su boca, de la aterciopelada tersura de sus labios, de la caricia de sus manos en su rostro. Lo único que sabía era que quería seguir adelante con aquello.

Demasiado pronto, sin embargo, Con se apartó de golpe, con sus ojos brillando en la oscuridad, respirando agotado. Durante un buen rato, simplemente se la quedó mirando. Dejó caer las manos. Aclarándose la garganta, dijo:

—Ya hemos llegado.

Solo entonces se dio cuenta Lilah de que el carruaje se había detenido frente a la casa de su tía. ¿Cómo habían podido tardar tan poco? Oyó al cochero bajando del pescante, y rápidamente se levantó del regazo de Con. Segundos después el hombre abría la portezuela.

Lilah bajó apresurada, baja la cabeza, temerosa de lo que el cochero pudiera ver en su rostro. Al ver que Con se disponía a seguirla, se volvió con la mano levantada como para impedírselo.

—No, no salgas. Yo... bueno, buenas noches.

Corrió hacia el portal y se deslizó dentro de la casa. Le temblaban las piernas. Tuvo buen cuidado de no mirar atrás.

CAPÍTULO 8

Para cuando con volvió a la casa, el furgón ya no estaba. Encontró a su familia sentada en torno a la mesa del comedor, terminando de dar cuenta de la improvisada comida que les había servido Smeggars.

—Ah, aquí tenemos al protagonista del día —dijo Theo, sonriendo.

—Lo dudo. Las damas ya habían escapado por su cuenta. Lo único que hice fue traerlas de vuelta a casa.

—Hiciste mucho más que eso —protestó Thisbe—. Te encargaste de los matones de la planta baja. Las cosas habrían sido muy distintas si hubiéramos tenido que enfrentarnos con ellos también.

—Conté con la gran ayuda de Lilah... er, la señorita Holcutt —Con se volvió, tomó un plato y se sirvió de las bandejas del aparador—. Cargó contra uno de ellos con el látigo del carruaje, y lo atizó luego con una escoba. Además de lanzarle a la cara un tarro de harina.

—Ya me extrañó a mí ver al tipo cubierto todo de blanco —dijo Olivia, riendo.

—Me sorprendió mucho ver a la señorita Holcutt allí —confesó Thisbe.

—Resultó que estuvo aquí en el momento adecuado —comentó Con sin levantar la comida de su plato—. Una insignificancia, en realidad.

—¿Una insignificancia? Yo creía que habías dicho que te ayudó mucho.

—Claro que sí —jugueteó con el panecillo de su plato y se sirvió otro. mecánicamente—. Me refería a que si estaba aquí era por casualidad. Había venido a ver a Olivia. Tenía un libro para ella.

—¿De veras? —la expresión de Olivia se iluminó—. Qué amable. Se había ofrecido a prestarme un libro, pero yo pensaba que me lo había dicho por pura cortesía. Me sorprende que se acordara.

—La señorita Holcutt se acuerda de todo —dijo Con con tono hosco, llevando su plato a la mesa y sentándose.

—Dios mío, Con, ¿piensas comerte todo eso? —le preguntó Kyria.

—¿Qué? Oh... —Con miró su plato con expresión sorprendida—. Bueno, tengo hambre.

—A mí no me sorprende demasiado que Lilah se nos uniera —dijo la duquesa—. Me gusta mucho. Es una gran muchacha. Quizá un poquito rígida, pero el único culpable de eso es la educación recibida.

—¿Por qué? —quiso saber Con—. ¿Qué pasa con su educación?

—Nada —replicó su madre—. Ese es el problema. Que recibió la clásica educación insustancial que recibe toda dama, combinada con el adoctrinamiento en toda una serie de estúpidas reglas sociales. Es una lástima que una muchacha tan brillante como Lilah se haya visto constreñida de esa manera.

—Tengo entendido que la crio su tía —añadió Kyria—. A mí la señora Summersley me parece una mujer bastante agradable. Demasiado formal, quizá.

La duquesa señaló a su hija con su tenedor.

—Exacto. Perpetuando así una versión inútil y descerebrada de la feminidad.

Con resopló por lo bajo.

—Yo no calificaría a Lilah ni de inútil ni de descerebrada.

—Yo tampoco, desde luego. Tengo esperanzas con esa chica

—se mostró de acuerdo Emmeline—. Tal vez debería invitarla a nuestra siguiente manifestación sufragista.

—No creo que nuestra experiencia de hoy la anime a acompañarte —observó Olivia.

—Bueno, ¡no todos los días secuestran a las sufragistas! —protestó la duquesa.

—Espero que no empiecen a hacerlo ahora —comentó Reed, irónico.

—¿Qué es lo que averiguasteis de los secuestradores? —quiso saber Con, volviéndose hacia Stephen y Rafe.

—¡Bah! —el marido de Kyria soltó una exclamación de disgusto—. Nada de importancia. Eran matones a sueldo.

—Y tampoco se mostraron especialmente iluminadores —apuntó Theo—. No tenían idea alguna de quién les pagó para secuestrar a las mujeres. Juraron que ni siquiera conocían la identidad de las damas.

—El tipo ni siquiera pudo darnos una descripción del hombre que los contrató —añadió Stephen—. Dijo que todo se hizo mediante cartas, entregadas por un mensajero.

Con arqueó una ceja.

—¿Y os lo creísteis?

—Es ciertamente extraño, pero sí —Theo se encogió de hombros—. El tipo parecía bastante desmoralizado. Creo que madre le metió aún más miedo que Rafe —un brillo divertido asomó a sus ojos verdes.

—En serio, Theo, sabes que aborrezco la violencia. Pero no puedo soportar que alguien amenace a mis hijas —intervino la duquesa.

—¿Qué dijeron los Dearborn? —preguntó Con.

—Lo negaron vehementemente —contestó Rafe.

—Incluso cuando Rafe los amenazó de diversas maneras —agregó Stephen.

—Yo no les creí del todo. Nos dejaron registrar su casa —prosiguió Rafe—, eso sí, solo después de hacerse los ofendidos. Pero eso solo demostraría que pusieron cuidado suficiente en guardar las distancias con el delito.

—No se me ocurre nadie más que pudiera tener algo contra nosotros —dijo Reed—. Al menos, nadie que no esté ya en la cárcel.

—Los Dearborn andan desesperadamente necesitados de dinero.

—Eso es lo más singular —apuntó el tío Bellard—. No recibimos ninguna nota de rescate.

—Es extraño —se mostró de acuerdo el duque.

—Quizá no tuvieron oportunidad de enviarla antes de que las damas escaparan.

—Quizá —dijo Megan, pensativa—. ¿Pero qué clase de delincuentes no tendrían una nota preparada para despacharla tan pronto como se apoderaran de sus víctimas?

—Una clase de delincuentes de lo más incompetente —sugirió su marido—. Que es lo que parecen ser estos tipos.

—Quizá quisieran que padre esperara y se preocupara terriblemente, para que así estuviera mejor dispuesto a darles lo que pidieran —sugirió Reed.

—Pero yo lo habría hecho al momento, sin necesidad de esperar —replicó el duque.

—No creo que buscaran dinero —todas las cabezas se volvieron hacia Olivia cuando pronunció esas palabras—. Interrogaron a Kyria. Dos veces. Andaban a la busca de información.

—¿Te interrogaron? —Rafe se tensó, mirando alarmado a su mujer—. ¿Qué te hicieron?

—En realidad, nada —respondió Kyria con tono calmo—. Así que quítate esa expresión asesina del rostro. Gritaron bastante, pero no me amenazaron físicamente. Simplemente no dejaron de preguntarme sobre la maldita llave.

—¿Llave? ¿Qué llave? —inquirió Rafe.

—Exacto —asintió, enérgica—. Eso mismo fue lo que yo les pregunté. Pero, en vez de responderme, volvían a preguntármelo a gritos.

—¿Cómo es que no te describieron la llave ni lo que debía abrir? —preguntó Desmond, frunciendo el ceño con expresión perpleja.

—Simplemente me dijeron que yo sabía de qué llave se trataba. La que me dio mi padre.

—¿Que yo te...? —exclamó el duque, asombrado—. ¿Por qué habría de darte una llave? ¿Para qué? Qué extraño.

—Eso mismo fue lo que pensé yo —repuso Kyria.

—Yo no sé nada de ninguna llave —continuó el duque—. Excepto una llave griega, claro, pero dudo que estuvieran interesados por reliquias tan antiguas.

—Quizá se referían a la llave de tu gabinete de coleccionista —sugirió Bellard.

—¿Qué interés podría tener una banda de rufianes por unos cacharros griegos y romanos?

—¿Y por qué interrogaron a Kyria? Quizá les encargaron que agarraran a una cualquiera de las mujeres, al azar.

—¿Pero por qué no nos interrogaron al resto una vez que Kyria se mostró tan remisa a contestar? —quiso saber Thisbe—. Eso habría sido lo lógico.

—Quizá pretendían apoderarse de Emmeline —sugirió el duque—. Y se equivocaron de pelirroja.

La duquesa sonrió a su marido.

—Querido Henry, creo que esos hombres habrían notado en seguida que Kyria es bastante más joven que yo.

—¡Uno de ellos hasta tuvo el descaro de decir que yo era demasiado vieja! —exclamó Kyria, indignada.

Sus hermanos se echaron a reír.

—Supongo que era el mismo al que querías aplastar la cabeza —adivinó Con.

—Así es. Los oí discutir en el pasillo después de la última vez que me interrogaron. Uno soltó algunos comentarios muy poco corteses sobre mi terquedad, y el otro le aseguró que podría hacerme hablar. Pero luego el rufián número uno, la futura víctima de mi madre, dijo que no, que no podían hacerme daño. Fue entonces cuando el rufián número dos dijo que yo era demasiado vieja. Y el primero le respondió que era un estúpido, y luego ambos se sumergieron en una discusión sobre cuál de los dos lo era más.

—Algo bastante difícil de determinar, por cierto —bromeó Theo.

—Aquello terminó con el rufián número dos rodando por las escaleras. Un hombre odioso. No dejaba de quejarse de que Thisbe le hubiera roto la sombrilla en la cabeza. ¿Qué se pensaba que íbamos a hacer? ¿Negarnos a resistirnos?

—Siento haber roto la sombrilla de Sabrina —comentó Thisbe—. Era una preciosidad.

—Debí haber cogido el paraguas de papá —reflexionó en voz alta Kyria—. Es mucho más sólido. La próxima vez tomaré más precauciones.

Con frunció el ceño.

—Espera. ¿Kyria llevaba la sombrilla de Sabrina?

—Sí. La tomé cuando nos íbamos porque había olvidado la mía.

—Es una sombrilla muy particular, ¿verdad?

—Sí. Tiene una encantadora escena pintada.

—Así que es el característico artículo que podría servir para identificar a alguien. Y él te dijo que eras «demasiado vieja». Creo que se equivocaron de persona. Quizá pretendían secuestrar a Sabrina.

Lilah se fue a la cama pensando en el beso de Con y se despertó por la mañana con el mismo pensamiento. Resultaba turbador, tanto más por lo muy excitante que había sido. Con tenía una habilidad especial para desconcertarla.

Lo desaprobaba. Era demasiado impulsivo. Albergaba las nociones más extravagantes. No podía importarle menos su propia imagen. Lejos de ello, parecía regodearse en llamar la atención. Pensó en su exagerado mostacho y en el llamativo traje que le había visto lucir la primera vez que visitó Brighton House.

¿Qué importaba que fuera guapo e ingenioso, o que su sonrisa tuviera el efecto de alterarla tanto? Eso no le hacía ni más normal ni más aceptable. De hecho, era, en resumidas cuentas, raro. Empezando por su nombre: Constantine. Decididamente un nombre nada británico.

Con no le gustaba más de lo que ella le gustaba a él. La consideraba irritante y de nociones anticuadas. No podían aguantar más de dos minutos juntos sin que encontraran algún punto de disensión.

¿Por qué la había besado? ¿Por qué le había dicho que la admiraba? Se había estado burlando, según suponía. Había estado jugando con ella. Y sin embargo había parecido sincero. La había mirado de una forma que le había quitado el aliento.

Lilah no era una chiquilla ingenua haciendo su debut en la alta sociedad. Sabía ya demasiado como para tomarse en serio cualquier cumplido, sobre todo los de un hombre tan encantador como Constantine Moreland. Se había esforzado por informarse bien sobre él, y era bien consciente de su reputación como inveterado seductor. Nunca había cortejado a joven alguna en particular: un día bailaba con una, flirteaba con otra otro día...

Suponía que esa era precisamente la respuesta que estaba buscando: Con había estado flirteando con ella, y Lilah no era inclinada a los flirteos. Se lo había tomado demasiado en serio. O quizá él la había estado probando, viendo hasta qué punto podía llegar a forzar su sentido del decoro. Y ese era un pensamiento muy irritante. Y decepcionante también.

Lo mejor que podía hacer era quitárselo de la cabeza, sobre todo teniendo en cuenta que había dormido demasiado y corría peligro de bajar tarde a desayunar. El desayuno se servía siempre a las ocho en punto. Llamó a su doncella y se vistió rápidamente, recogiéndose en el pelo en un sencillo moño. Entró en el comedor a las ocho en punto.

El tío Horace alzó la mirada y sonrió.

—Ah, Delilah. Justo a tiempo.

—Buenos días, tío. Tía Helena...

Su tío era un buen hombre, aunque de costumbres algo rígidas. Había asumido la tutela y educación de la hija de otro hombre, tarea que seguro no había sido fácil para alguien acostumbrado a una vida ordenada y sin hijos.

—No hay muchas cosas interesantes en el periódico de hoy —anunció el tío Horace. Tenía por costumbre leer en voz alta a su esposa y a su sobrina las historias que estimaba adecuadas para los delicados oídos de las damas... sin saber que, tras su retirada, Lilah se apoderaría del periódico para leerlo a placer—. Ayer vi a sir Jasper en el club. Puede que hoy se deje caer por casa.

Lilah mantuvo una expresión cortés, refunfuñando para sus adentros. Su tío siguió hablando de algún que otro conocido con el que se había encontrado. Y la tía Helena elogió el vestido que había lucido la señora Baldwin durante la velada musical de la víspera.

—Baldwin es un tipo estupendo —afirmó el tío Horace—. Aunque tengo entendido que su hijo pequeño es un tanto alocado. Desde luego, no es el hombre que yo desearía que te cortejara... —palmeó cariñoso la mano de su sobrina.

—Naturalmente que no —aunque Lilah no sentía deseo alguno de ser cortejada por Terence Baldwin, a quien tenía por un tipo aburrido y libertino a la vez, le sacaba de quicio que tu tío tuviera siempre que decidir por ella. En aquel momento se imaginó la reacción de la duquesa si hubiera estado allí y hubiera escuchado el comentario del tío Horace, y tuvo que llevarse su pañuelo a la boca para disimular una sonrisa.

—Tu tía me ha contado que ayer cenaste con los duques de Broughton.

—Lady Anna tuvo la amabilidad de invitarme a quedarme para la cena —Lilah evitó mentirles directamente.

—Creo sinceramente que no deberías haberlo hecho —dijo la tía Helena, frunciendo el ceño—. Por supuesto, yo no pude negarme cuando lady Moreland me pidió permiso para que lo hicieras, sobre todo cuando me recalcó lo mucho que ello la complacería. Pero así no es como deben hacerse las cosas.

Lilah experimentó otra punzada de disgusto. Ya tenía veintiún años. No necesitaba del permiso de su tía.

—Cualquiera pensaría que una duquesa conocería mejor que nadie las reglas del comportamiento cortés —prosiguió la tía Helena—. Pero, por supuesto, su familia procede de la pequeña nobleza rural. Todo el mundo se quedó sorprendido cuando Broughton la desposó.

Pero sí que sabía conducir un furgón de caballos, pensó Lilah. Cosa que la noche anterior se había revelado mucho más útil que la labor de aguja. Inmediatamente experimentó una punzada de culpa por haber pensado algo tan desleal para con su tía.

—Una familia curiosa, los Moreland —comentó el tío Horace—. No hay linaje más puro que el suyo en Inglaterra, por supuesto, pero aun así… no puede negarse que son ciertamente peculiares —y a continuación cambió de tema de conversación, para alivio de Lilah.

Sin embargo después, cuando Lilah y su tía estuvieron instaladas en el salón matutino, como tenían por costumbre, la tía Helen se volvió hacia ella con expresión preocupada.

—Delilah… no puedo menos que preguntarme si no cometí un error al permitirte que pasaras tanto tiempo con los Moreland.

Lilah tuvo que tragarse su irritación.

—Oh. El tío Horace nos comentó hace un momento que los Moreland son una de las mejores familias de Inglaterra…

—Sí, pero relacionarse con esa familia es como una espada de doble filo. Que te relaciones con una duquesa es algo que eleva tu estatus, por supuesto. Pero también corres el riesgo de que su reputación enturbie la tuya.

Lilah se tensó al oír aquello.

—Lo dices como si estuvieran mal considerados en sociedad.

—Claro que están bien considerados. Pero él es un duque. Un duque tiene que montar un gran escándalo para ganarse el desaire de la sociedad. Cosa que no ocurre con una joven dama como tú.

—Considero que mi reputación es intachable. Los Holcutt también proceden de un antiguo linaje.

—Sí, pero una dama siempre tiene que llevar un especial cuidado con su reputación. Y tú, en particular, debes mostrarte especialmente circunspecta, dado el comportamiento de la hermana de tu padre.

—Eso fue hace años. Seguro que todo está olvidado…

—Y no debes hacer nada que pueda recordárselo a la gente —inclinándose hacia ella, le tomó la mano—. Entiendo, corazón, que es difícil tener esa espada de Damocles pendiendo sobre ti. Pero hasta ahora hemos sido muy cuidadosos a la hora de asegurar tu perfecta reputación. Detestaría ver cómo la echas a perder por un capricho.

—No la he echado a perder, te lo aseguro —un rubor se extendió por las mejillas de Lilah—. No he hecho nada malo.

—Lo sé. ¡Pero tus actos de ayer! Ir a verlos, y quedarte luego a cenar con ellos de manera improvisada. No tenías otra cosa para ponerte para la cena que tu vestido de paseo.

—Los Moreland son mucho más naturales en esas cosas.

—Es a eso a lo que me refiero. Me temo que representan una influencia pésima sobre ti. Tus actos de ayer fueron impulsivos e inapropiados. Me faltaste al respeto a mí, cosa que nunca antes habías hecho —las lágrimas asomaron a sus ojos—. Me temo que tu sangre Holcutt ha hecho que te descarríes del buen camino.

El resentimiento anterior de Lilah quedó barrido por una marea de remordimientos.

—Lo siento. Nunca fue mi intención faltarte al respeto. Por nada del mundo te haría el menor daño. Soy bien consciente de todo lo que habéis hecho por mí.

—Mi querida niña, yo no te pido gratitud. Si lo hice fue porque quería a mi hermana, y te quiero a ti. No podía permitir que tu padre arruinara tus oportunidades. Lo único que quiero para ti es que hagas un buen matrimonio y vivas una vida honesta y agradable.

—Lo sé. Yo también quiero eso —su tía tenía razón: eso era lo razonable, lo que ella quería también. La compañía de los Moreland era estimulante, pero llevaban una vida demasiado caótica para ella. Con ellos, Lilah no era ella misma. Y no estaba dispuesta a que el rasgo Holcutt que llevaba consigo saliera a la luz—. No volveré a visitarlos.

CAPÍTULO 9

Ese día, Con no iba a pensar en Lilah. Ni a recrearse en el recuerdo de aquel beso. Había sido una estupidez por su parte. Se había dejado arrastrar por el momento... y sí, Lilah, le había parecido absolutamente deseable cuando la vio cargar contra aquellos matones, con las mejillas enrojecidas y los ojos brillantes, sin preocuparse ni de su aspecto ni de lo que pudieran pensar los demás.

Pero besarla había sido un error. La había evitado cuidadosamente después de la boda, y había llegado un momento en que apenas había pensado en ella. Hasta que de repente, en un instante, había bajado todas las barreras para dejarla entrar de nuevo.

Por muy diferente que le hubiera parecido durante el episodio del rescate de su familia, por mucho que le hubieran turbado sus besos, Lilah había vuelto a ser ella misma. Una dama de gesto desaprobador. Rígida. Fría. Al igual que el día anterior, cuando entró en la habitación. Como si aquellos instantes de cercanía en la terraza después de la boda nunca hubieran tenido lugar, Lilah había retomado su habitual actitud de frialdad. Hasta se había negado a sentarse con él para charlar, mientras que él había acudido corriendo como un cachorro al sonido de su voz. Esperaba que ella no hubiera notado el apresuramiento con que él había entrado en aquella habitación, desesperado por verla.

¿Cómo podía la mujer que la noche anterior tanto se había encendido en sus brazos convertirse en un pedazo de hielo durante el resto del tiempo? Era un enigma que no dejaba, evidentemente, de intrigarlo. Pero aquel era un misterio al que debería resistirse. Una cerradura que no debía abrir.

Ese día tenía mejores cosas que hacer. La nueva pista que llevaba hasta Sabrina necesitaba de su inmediata y absoluta atención. Después de desayunar, se había dirigido a Moreland Investigative Agency, la agencia que había heredado de Olivia. Allí, tal como había esperado, encontró a Tom Quick, su empleado de tantos años, hombre de sangre fría e ingenio rápido como un látigo, capaz de seguir a cualquiera con el mayor de los sigilos. Era también un genio a la hora de aligerar bolsillos, dado que había pasado su infancia en las calles, pero era esa una práctica a la que había renunciado desde que entró a trabajar para los Moreland. Aunque era solo unos años mayor que Con y que Alex, Tom había sido su mentor en asuntos que habían resultado mucho más interesantes que la antigua Grecia o la filosofía clásica.

Tom reaccionó con lógica indignación al relato que le hizo Con del secuestro y rescate de las damas.

—¿Una llave? ¿Crees que secuestraron a tu madre ya tus hermanas por una llave?

—Sí. Ya sé que es raro.

Tom resopló por lo bajo.

—Una llave es algo muy pequeño para que alguien se arriesgue a ir a prisión por ello, y una sombrilla se me antoja una pista endeble.

—Quizá, pero es la única que tenemos por el momento. Dado que Sabrina y Alex están de viaje de luna de miel, no podemos preguntarle a ella al respecto. Pero Sabrina es la heredera del cuantioso patrimonio de su padre, y tanto Niles Dearborn como su hijo ya intentaron echarle el guante a su dinero.

—Entonces tú crees que son los Dearborn —adivinó Tom.

—Sabemos que son unos mentirosos y unos estafadores —dijo Con, y empezó a contar con los dedos—: Sabemos que siguen teniendo muchas deudas. Recurrirán a cualquier método con tal de conseguir el dinero que les falta. Y ya han cometido dos secuestros.

—Me has convencido. ¿Pero tienes alguna prueba?

—No —admitió Con—. Es por eso por lo que pienso hacer una visita a los Dearborn esta mañana. ¿Quieres acompañarme?

La sonrisa de Tom fue suficiente respuesta.

El criado que abrió la puerta palideció al ver a Con, pero en seguida los guio hasta el despacho de Niles Dearborn. Mientras lo seguían por el pasillo, Tom murmuró:

—Yo diría que el tipo se acuerda de ti.

—¿Es el mismo al que empujé?

—¿Te refieres al que recibió tu puñetazo? Sí, eso creo.

Niles Dearborn pareció igualmente alarmado cuando vio a Con entrar tras su criado. Se levantó y fulminó con la mirada al desventurado sirviente por haberle franqueado la entrada.

—¿Qué está haciendo usted aquí? No puede irrumpir de esta manera en mi casa.

—Al parecer sí que puedo —replicó Con.

—Le dije a ese maniaco que envió aquí ayer que yo no tenía nada que ver con la desaparición de su esposa.

—Dejen en paz a mi padre —el hijo de Niles, Peter, entró corriendo de pronto en la habitación—. ¿Por qué no nos dejan a todos en paz de una vez?

—Porque intentaron atacar de nuevo a la esposa de mi hermano.

—McIntyre nada dijo sobre Sabrina —protestó Niles—. Dijo que las secuestradas eran la esposa del duque y sus hijas.

—¿Sabrina se encuentra bien? —preguntó Peter—. ¿Qué le ha sucedido?

—Nada, por suerte para ustedes. Las damas están de vuelta y sus esbirros en la cárcel. Deberían más bien preocuparse por la información que nos han proporcionado sobre ustedes.

—¡Nosotros no tenemos esbirros! —ladró Niles—. No tengo la menor idea de lo que está diciendo.

—¿Por qué habríamos se secuestrar nosotros a su familia? —preguntó Peter, adoptando un tono razonable—. ¿O a Sabrina?

—Por la misma razón que todos los secuestradores —respondió Con—. Dinero. O quizá solo deseaban una llave.

Ambos hombres se lo quedaron mirando boquiabiertos.

—¿La llave? —inquirió Niles.

—¿Su llave? —preguntó Peter casi a la vez. Ambos cruzaron una mirada.

—No sé de qué está hablando —se ruborizó Niles—. ¿Para qué habría de querer yo una llave?

—No lo sé —Con entrecerró los ojos—. Pero creo que ustedes sí que lo saben.

—Absurdo. Nosotros no tenemos nada que ver con ningún secuestro y yo no ando a la busca de llave alguna. Y ahora, le agradeceré que se marche de mi casa.

—Con mucho gusto —repuso Con—. Pero antes de irme, permítanme que les recuerde lo que les dijo Alex esta última vez. Si intentan perjudicar a Sabrina o a cualquier miembro de nuestra familia, volverá a por ustedes. Y no lo hará solo. ¿Entendido? Manténganse alejados de nuestra familia.

Tan pronto como hubieron abandonado la casa, Tom comentó:

—Sabían bien de lo que estabas hablando. Juraría que sí. Cuando mencionaste la llave, un brillo extraño asomó a sus ojos.

—Sí. Hasta entonces, yo ya estaba empezando a pensar que decían la verdad. Pero es evidente que no vamos a poder sacarles más información. Niles sabe que no tenemos ninguna prueba.

—¿Qué vas a hacer entonces?

—Visitar a alguien que conoce muy bien tanto a los Dearborn como a Sabrina.

—Querida, ¿no crees que deberías cambiarte? —preguntó la tía Helena.

Sorprendida, Lilah alzó la mirada de su libro.

—Yo creía que habías decidido no visitar a nadie esta tarde —había anhelado la perspectiva de pasar la tarde entera leyendo, relajada.

—Sí, pero esa no es razón para que estés vestida así... Parece que ni siquiera llevas corsé.

—No, no lo llevo —admitió Lilah. Se había puesto un vestido ancho precisamente para evitar el corsé. Se sentía algo dolorida después de haberlo llevado puesto durante todo el día anterior—. Pero aquí nadie puede verme...

—Yo no estaría tan segura —repuso la tía Helena, haciéndole un guiño—. Tu tío mencionó que sir Jasper podría visitarnos estar tarde, ¿recuerdas? Y ayer el señor Tilden se llevó una gran decepción al no encontrarte en casa. No me extrañaría que ese joven repitiera hoy la visita.

—Tía Helena... Preferiría que no dieras tantas alas al señor Tilden.

—¿Por qué no? Es un joven muy pulcro. Posee una pequeña fortuna. Es afable y cultivado... Os he oído a los dos hablando de Shakespeare.

—Solo porque se mostró sorprendido de que yo hubiera leído las obras originales y no versiones resumidas.

Su tía frunció el ceño.

—No creo que fuera muy prudente que las profesoras de la academia autorizaran la lectura de esas obras a muchachas tan fácilmente impresionables. No todo el mundo tiene tu fortaleza de ánimo y tu firmeza de principios —empezó a rebuscar en el guardarropa de Lilah—. ¿Qué me dices del vestido de muaré, el de color teja? Combina tan bien con tu pelo... y las mangas abullonadas son muy elegantes.

Lilah suspiró ante el pensamiento de volver a ponerse toda aquella ropa: el pequeño polisón en la espalda, el corsé bien ajustado para conseguir la apropiada cintura de avispa, los refuerzos para las mangas abullonadas... Por no hablar de las múltiples enaguas y, por encima de todo, el corpiño y la falda. Era como ponerse una armadura. Una armadura social. Pero era un vestido precioso y, por supuesto, no podía recibir a los invitados con aquel sencillo vestido mañanero.

—Sí, ese será perfecto —dijo, y llamó a su doncella.

—Si no tienes una preferencia particular por el señor Tilden, siempre te quedará sir Jasper —le recordó la tía Helena—. Creo que está a punto de pedir tu mano. Parece que está muy enamorado de ti.

—Está enamorado más bien del patrimonio que heredé de mi padre.

—¡Lilah! Qué cosas dices. Sir Jasper no es un cazafortunas. Tu padre le dejó aquellas tierras en Yorkshire junto con el título, y tengo entendido que desde entonces, además, ha venido recibiendo cuantiosos ingresos. En cualquier caso, sería conveniente tener la mansión y el título reunidos de nuevo. Nunca entendí bien por qué tu padre te dejó a ti la casa en lugar de ligarla al título.

—Porque yo era su hija. Quería asegurar mi independencia —respondió Lilah con un punto de exasperación—. Y porque era su hogar y lo adoraba. No quería entregárselo a un hombre que era poco más que un desconocido. Y dado que la casa no estaba vinculada, era libre para hacer con ella lo que quisiera.

—Por supuesto que deseaba garantizar tu mantenimiento, querida, pero aun así, es algo poco habitual. Y, si te casaras con sir Jasper, el legado de tu padre volvería a estar completo.

—No es esa razón que justifique un matrimonio. Sir Jasper es mayor que yo.

—Solo quince años. Siempre es más cómodo casarse con un hombre mayor. Son más estables. Suelen estar bien instalados en la vida.

—Pero somos parientes.

—No cercanos —protestó su tía—. Puede que sir Jasper sea el último descendiente varón del linaje Holcutt, pero solo es primo tuyo en tercer grado, con lo que no habría motivo alguno para que no pudieras casarte con él.

—Lo hay en el hecho de que no lo amo.

—Delilah… seguro que no estás hablando en serio. Tú siempre has sido tan equilibrada, tan razonable…

—¿Acaso no es razonable amar al hombre con el que una se casa?

—Sí, y estoy segura de que llegarás a amarlo con el tiempo. El amor es el fruto de la semilla de un buen matrimonio. Solo las muchachas estúpidas se casan con los hombres de los que se enamoran. Eso es solo un capricho, basado en el color de los ojos de un hombre, en la manera en que sonríe o en la cantidad de cumplidos que le prodiga.

—Yo confío en no ser tan frívola, tía, ni tan incapaz de ponderar mis propios sentimientos. De distinguir lo que es una sencilla atracción, un simple deseo ——«Con Moreland, por ejemplo», añadió para sus adentros— de lo que es un sentimiento verdadero —de eso no estaba ya tan segura, porque nunca había sentido nada especial por hombre alguno.

—Por supuesto que no eres frívola. Pero eres joven, y has estado bajo la influencia del halo romántico de la boda de Sabrina. Nadie sabe cómo terminará eso, sin embargo. Un matrimonio necesita de un cimiento sólido: un nombre y un título parejos. Una semejanza de espíritu. Un marido capaz de mantenerte y de protegerte, firme y de miras altas. Y poseedor de una reputación intachable.

Aquello sonaba, pensó Lilah, a un tipo de matrimonio muy aburrido. Pero era el tipo de matrimonio de su tía, de modo que Lilah no podía criticarlo. En vez de ello, sonrió y dijo con tono burlón:

—Tía Helena, si sigues así voy a tener que pensar que pretendes librarte de mí...

Su tía sonrió con expresión cariñosa.

—Sabes que te retendría a mi lado para siempre si solo pensara en mí misma. Y tu tío igual. Pero quiero lo mejor para ti. Quiero que tengas una vida buena y feliz, y un marido que te la pueda proporcionar.

—Lo sé. Y te quiero por ello.

La tía Helena, al no tener hijos, quería a Lilah como si hubiera nacido de sus entrañas. Era lo más parecido que tenía

Lilah a una madre, ya que la suya había muerto cuando era muy pequeña.

Quizá su tía tuviera razón. Quizá fuera una ingenuidad esperar encontrar el amor, entregar su corazón a un hombre y esperar lo mismo de él. Ni siquiera estaba segura de que fuera capaz de amar. Nunca había sentido la menor brizna de ese sentimiento por ninguno de los jóvenes con los que había bailado y conversado hasta el momento.

Quizá debería ser práctica. Encontrar a un hombre que encarnara las cualidades que ella admiraba, y que fuera, como la tía Helena había dicho, sólido y de gustos parecidos. Seguro que eso sería mejor que caer en la trampa en la que había caído su padre, atado durante toda su vida a su tristemente obsesivo amor. Su tía y su tío eran felices en su matrimonio. Cuando una se hacía mayor, probablemente era mejor tener a un hombre al lado con quien sentarse al calor de la chimenea... que uno que le acelerara el corazón.

Pero entonces pensó en la manera en que se había iluminado el rostro de Sabrina cuando vio entrar a Alex en el salón. O la forma que Kyria y Rafe tenían de mirarse cuando se encontraban en la misma habitación, como si el resto del mundo hubiera cesado de existir. O la expresión con que el duque, después de casi cincuenta años de matrimonio, seguía mirando a la duquesa como si hubiera sido premiado con el regalo más maravilloso del mundo. El pensamiento de un amor semejante la aturdía de placer. Y la aterraba también.

Era eso lo que ella quería. Por muy encariñada que estuviera con su tía, Lilah no pensaba casarse con alguien solo porque fuera apropiado o conveniente. Aun así, debía ser prudente y considerada. Arrepentida de haberse irritado antes con la tía Helena, decidió que se esforzaría todo lo posible por apreciar las buenas cualidades de sir Jasper.

Fue por eso por lo que, una hora después, estaba sentada en el salón luciendo su vestido de muaré rojizo con la cintura de avispa y las mangas abullonadas, cuando su tía recibió a sir Jasper.

Su primo lejano era un caballero atractivo, y si bien su figura no era imponente, al menos era más alto que ella, lo cual era más de lo que podía decirse de su otro pretendiente, el señor Tilden. Era, según suponía, un rasgo de frivolidad por su parte que no pudiera casarse con un hombre con quien tuviera que bajar la cabeza para hablar. Si sir Jasper hubiera sonreído más o no hablara con aquella trabajosa lentitud, o si hubiera sido capaz de hacerle reír de cuando en cuando, ella quizá habría podido pensar en él en términos románticos.

—Sir Jasper —Lilah se levantó y esbozó una sonrisa cuidadosamente modulada: cortés pero no del todo amigable, como si no se alegrara demasiado de verlo. Le daría una oportunidad, sí, pero tampoco deseaba animarlo.

—Por favor, llámame Jasper. Al fin y al cabo, estamos emparentados —improvisó una inclinación, sonriendo tenso.

Hasta allí llegaba, se dijo Lilah, su sentido del humor. Su propia sonrisa resultó aún más forzada que la primera.

—Sí, por supuesto, primo Jasper.

Él frunció levemente el ceño ante aquel recordatorio de su parentesco, pese a lo lejano del mismo.

—Prima Delilah.

Los peores temores de Lilah se vieron confirmados cuando, al cabo de unos minutos de educada conversación, la tía Helena se disculpó para salir en busca de su olvidada labor de costura. Lilah sabía que estaba despejando el campo para la inminente declaración de sir Jasper.

Rápidamente, antes de que su visitante pudiera abrir la boca, Lilah dijo:

—Espero que las obras de reforma de tu casa estén marchando bien. Creo recordar que comentaste que la balaustrada tenía termitas.

Sir Jasper se mostró momentáneamente perplejo por su cambio de tema, pero respondió:

—Sí. Confío en poder enseñártelas algún día.

—Supongo que será un proyecto muy grande —se preguntó durante cuánto tiempo podrían seguir hablando de las obras de una casa que nunca había visto y en la que no tenía ningún interés.

—Estoy seguro de ello —se aclaró la garganta—. Delilah. Creo que serás consciente de que te tengo en gran estima...

—Gracias —lo interrumpió ella, esforzándose desesperadamente por encontrar alguna manera de evitar sus siguientes palabras. Aliviada, oyó el sonido de la puerta principal al abrirse, seguido de la voz del mayordomo. Quizá estuviera a punto de ser rescatada por otro visitante. A esas alturas, de buen gusto habría dado la bienvenida al señor Tilden.

Resonaron unos pasos y el mayordomo apareció en el umbral, para anunciar con gran empaque:

—Lord Moreland.

—¡Con! —Lilah se levantó rápidamente, sonriendo. Nadie habría podido interrumpir mejor aquella escena que Con Moreland.

CAPÍTULO 10

Lilah se dio cuenta de que su sonrisa era demasiado expresiva y su recibimiento demasiado familiar. Recompuso de nuevo su expresión mientras se acercaba para saludar a Con.

—Lord Moreland. Me alegro de verlo de nuevo —dijo como si hubieran transcurrido siglos desde su último encuentro.

Un brillo de diversión asomó a los ojos de Con. Lilah tenía pocas dudas de que había comprendido inmediatamente la situación. Inclinando la cabeza sobre su mano, le dijo con voz melosa:

—Señorita Holcutt. ¿Cómo podría alejarme de usted cuando en lo único en lo que puedo pensar es en unos ojos tan azules como un cielo de verano?

Solo le faltó ponerle ojitos. Otra vez estaba sobreactuando. Lilah le lanzó una severa mirada, que solo consiguió hacerle sonreír. Se dio cuenta entonces de que no le había devuelto la mano. Liberándola, se hizo a un lado.

—Permítame que le presente a sir Jasper. Sir Jasper, le presento a Constantine, lord Moreland.

Los dos hombres se saludaron: sir Jasper tenso, y Con elegantemente.

—¿Era usted amigo del padre de la señorita Holcutt? —inquirió Con, haciéndose el inocente—. Qué amabilidad la suya al honrar a su hija con su visita.

Sir Jasper pareció como si estuviera a punto de tragarse la lengua. Lilah saltó para romper el silencio:

—Sir Jasper está emparentado conmigo.

—Ah, entiendo. Al principio eché en falta la carabina. Pero tratándose de un tío suyo, la situación es perfectamente apropiada.

—Soy un pariente muy lejano —aseveró sir Jasper con una forzada ligereza que le hizo sonar tan paternal como Con había sugerido.

—Debe usted de haber tenido entonces el placer de haber conocido a la señorita Holcutt con coletas —comentó Con mientras sir Jasper y Lilah volvían a tomar asiento.

En lugar de sentarse en la silla libre que estaba al lado de la de sir Jasper, Con escogió hacerlo en un diván cercano, a menos de medio metro de distancia de Lilah. Allí recostado, con elegancia atlética y absoluta naturalidad, en rotundo contraste con la creciente rigidez de sir Jasper, comenzó a flirtear con Lilah de una manera tan escandalosa que casi la hizo reír. A duras penas pudo contener una carcajada.

Resultaba obvio que ninguno de los dos hombres estaba dispuesto a despejar el campo al otro. Al cabo de unos minutos de obsequiar a Lilah con los cumplidos más exagerados, Con dejó escapar un dramático suspiro.

—Ay, señorita Holcutt, me doy cuenta de que ha olvidado usted su promesa.

—¿Mi promesa? —repitió Lilah, recelosa.

—Claro. Aseguró usted a mis sobrinas que nos acompañaría a tomar un helado en Gunter's y a pasear después por el parque —adoptó una expresión dolida—. Pobrecitas Brigid y Athena, se llevarán una decepción tan grande…

—Oh, Dios mío —exclamó Lilah con un tono igualmente teatral, llevándose una mano al pecho. Claramente su tía tenía razón: Con Moreland representaba una influencia negativa—. Eso no podemos consentirlo, ¿verdad? Por supuesto, debemos irnos. Lamento tanto haberme olvidado… —levantándose, se volvió hacia sir Jasper—. Espero me perdones, primo Jasper—.

Debo marcharme. Brigid y Athena son unas criaturas verdaderamente adorables —también eran terriblemente alocadas y salvajes, pero Lilah no veía razón alguna para mencionar ese detalle. Apenas esperó la cortés respuesta de sir Jasper antes de volverse hacia Con—. Permítame que vaya a buscar mi sombrero y a dejar un mensaje para mi tía con el mayordomo.

Se dirigió apresurada hacia la puerta, seguida por ambos hombres. Sir Jasper los acompañó hasta la calle, y Lilah llegó a temer que decidiera sumarse al paseo. Volviéndose hacia él, le tendió la mano.

—Adiós, primo Jasper. Ha sido un placer hablar contigo.

Poco pudo hacer sir Jasper salvo despedirse de los dos.

—Que pasen un buen día. Estoy seguro de que volveré a verte pronto, prima Delilah.

Lilah lo maldijo para sus adentros. La había llamado por su nombre completo. Miró de reojo a Con. Por supuesto que el detalle no le habría pasado desapercibido… Se giró en redondo y empezó a andar a paso rápido, pero él se mantuvo tranquilamente a su altura. Un brillo de diversión ardía en sus ojos.

—¿Delilah? —inquirió con un tono cargado de perverso deleite—. ¿Te llamas Delilah?

Lilah soltó un resoplido de disgusto.

—Sí, así es. Mira quién ha hablado: Constantine.

Él rio por lo bajo.

—Prefiero ser un emperador.

—Eso es ciertamente bastante menos embarazoso que ser una… una…

—¿Seductora? —sonrió—. ¿Vampiresa?

Lilah le lanzó una mirada helada, desaparecido su anterior buen humor.

—Embustera. Mentirosa. Traicionera.

—Tú no eres nada de todo eso. Aunque puedo imaginarte sin problema poniendo a cualquier hombre de rodillas —al ver que no respondía, añadió con tono pensativo—: Probablemente debería tenerte miedo. Pero creo que me arriesgaré.

—Eres un hombre de lo más irritante.

—Eso ya me lo has dicho. Por eso me extraña tanto que estés tan dispuesta a ir a cualquier parte conmigo.

—Me encontraba en una situación desesperada.

Él se echó a reír.

—Ya me había dado cuenta. ¿Estaba a punto de pedir tu mano?

Lilah soltó un suspiro, y el nudo que le había apretado el pecho sin que ella se hubiera dado cuenta, se aflojó. Aminoró el paso.

—No quise arriesgarme a que sucediera.

—Entiendo. Me sorprende que no lo mantuvieras a raya con una carabina. En mi familia tenemos unas cuantas damas ancianas que yo te prestaría con mucho gusto.

—Gracias, pero no es necesario. Por lo general suele estar presente mi tía. Pero creo que ella estaba esperando a que sir Jasper se me declarara.

—Favorece entonces su pretensión.

—Sí. Piensa que sería un matrimonio muy apropiado.

—Cielos.

—Sería de lo más conveniente.

—No lo entiendo. A mí me pareció un tipo de lo más aburrido.

—Heredó el título de mi padre. Pero mi padre me dejó a mí la mansión familiar, pertenece a los Holcutt desde hace siglos. Así que desposándome con él, volveríamos a reunir casa y título. Todo volvería a estar en la línea directa de nuestro linaje.

—Eso no me parece razón que justifique una boda.

—A mí tampoco. Aunque quizá mi primo resulte algo menos rígido y estirado, una vez que llegue a conocerlo mejor.

Con frunció el ceño.

—No dejes que te convenzan de que lo aceptes. Sería una pérdida terrible —comentó con tono serio, algo poco frecuente en él.

Lilah lo miró sorprendida.

—Yo pensaba que dirías que los dos somos tal para cual.

—Dios, no. Tú eres irritante, pero nunca aburrida —son-

rió—. Que sepas que yo siempre estaré disponible para ahuyentar pretendientes, en caso de que me necesites.
Una carcajada le subió por la garganta.
—Da la impresión de que te sientes muy cómodo en ese papel. Aunque debo decir que has sobreactuado un poco. ¿Ojos tan azules como un cielo de verano?
—En mi defensa, debo decir que no estaba preparado. Pero tienes razón, tus ojos son más bien del color del mar —una irreprimible sonrisa relampagueó en sus labios—. Un tempestuoso océano.
—¿No son como estrellas en un cielo aterciopelado? —se burló—. ¿Y mi pelo del color de un atardecer de otoño? Por favor...
—Estoy diciendo la verdad —posó la mirada en su pelo, con una sutil transformación en su expresión—. Tienes un pelo precioso. Es lo primero que llamó mi atención.
—Yo creía que eran mis medias de color lila —replicó irónica, esforzándose por ignorar la ardiente e inquietante sensación que le estaba provocando su mirada.
—No. Eso fue después.
—No tienes vergüenza alguna, ¿verdad?
—Seguro que sí. En alguna parte.
—Pues está bien oculta.
Con se desvió hacia un parquecillo, poco más que un oasis de césped con unos cuantos árboles en pleno centro de la ciudad, y la guio hacia un banco de hierro forjado. Ella se sentó y él lo hizo a su lado, con una expresión tan seria que no pudo menos que alarmarla levemente.
—Con, ¿qué pasa? ¿A qué se debía tu visita de hoy?
—Venía a pedirte un favor.
La había sorprendido de nuevo.
—¿Qué? Espero que nadie de tu familia haya sido secuestrado de nuevo...
—No. Se trata de Sabrina —la miró a los ojos—. Necesito tu ayuda.
—Sí, por supuesto. Lo que quieras.

—Tú la conoces mejor que cualquiera de nosotros. ¿Puedes hablarme de su llave?

Lilah se lo quedó mirando perpleja.

—¿Su llave? ¿Qué llave? No entiendo.

—Diantre. Había esperado otra reacción de ti —se recostó en el banco con un suspiro—. Creo que los rufianes de ayer iban en realidad a por Sabrina.

—¿Qué? ¿Por qué?

—Parecían estar interesados únicamente en Kyria. Creo que probablemente no habían esperado que las otras mujeres se les resistieran y que, con tal de reducirlas, se vieron obligados a meterlas también en el furgón. Pero Kyria fue la única a la que interrogaron. Le preguntaron repetidamente por una llave. Kyria no tenía la menor idea de lo que le estaban diciendo. Nunca hubo demanda alguna de rescate, que era lo que cualquiera esperaría de unos secuestradores. Parece que lo único que querían era esa llave en particular.

—Eso es ciertamente curioso, pero... ¿qué tiene que ver con Sabrina?

—Kyria llevaba la sombrilla de Sabrina. Es muy característica.

—La blanca con la escena pintada en azul y el mango de Fabergé?

Con asintió.

—No sé si es Fabergé, pero el mango está tallado en una piedra de color azul.

—Lapislázuli.

—Kyria dice que Sabrina la lleva a menudo.

—Le encanta. Se la regaló su madre. ¿Pero estás diciendo que aquellos hombres confundieron a Kyria con Sabrina porque llevaba su sombrilla? Es un poco raro, ¿no? ¿Y por qué habría de saber algo Sabrina sobre esa llave?

—No lo sé. Eso es lo que esperaba que me contaras tú. El interrogador de Kyria insistió en que su padre se la había entregado. Pero nuestro padre nunca entregó a Kyria ninguna llave.

—Eso no quiere decir que pensaran que era Sabrina.

—¿Quién entonces? Esos tipos eran solo unos matones contratados. No dudo de que les dijeron cuándo y dónde debían secuestrar a su víctima. El plan de mi madre de asistir a aquella reunión con sus hijas y nueras era bien conocido. Pero tenían que ser capaces de identificar a su víctima. De manera que cierta sombrilla característica, tan fácil de reconocer...

—Sí, eso lo entiendo. ¿Preguntasteis a los secuestradores por qué eligieron a Kyria para interrogarla?

—No —respondió con tono contrariado—. Kyria nos habló de ello después de que los hubiéramos llevado a la cárcel. Intentaré hacerlo allí. Pero no tengo nada con qué amenazarlos, así que dudo que estén dispuestos a hablar.

—Aun así...

—¿Quién ha estado en peligro recientemente? ¿Quién ostenta la condición de rica heredera? ¿Quién ha tenido que enfrentarse previamente con unos cuantos enemigos?

—Sé que sospechas de los Dearborn, pero...

—Son los Dearborn. Alex los dejó marchar antes porque no quería que se produjera escándalo alguno relacionado con Sabrina. Tal vez pensaron que podían salirse con la suya si lo intentaban de nuevo. Albergan un fuerte resentimiento contra los Moreland, Sabrina y Alex en particular. Y siguen estando muy necesitados de dinero para pagar sus deudas.

—Pero ese es un argumento circular. Dices que Sabrina fue el objetivo porque tiene a los Dearborn como enemigos y que los Dearborn son los culpables porque la víctima era Sabrina.

—¿Por qué siempre te muestras tan inclinada a defenderlos? —le espetó Con, frunciendo el ceño.

—No los defiendo. No me gruñas a mí porque tu argumento sea débil.

—No estoy gruñendo...

—Los Dearborn se comportaron como unos auténticos villanos con Sabrina —afirmó Lilah—. Eso es algo que nunca les perdonaré. Y es probable que estén también detrás de este último incidente.

—¡Ajá! ¿Lo ves? Tú también crees que fueron ellos. Solo querías discutir.

—Creo que es importante abordar este asunto de una manera lógica —lo corrigió—. Que lo pienses bien y a fondo antes de correr a acusar a los Dearborn.

—Ya he acusado a los Dearborn.

Lilah suspiró.

—Naturalmente. Espero que esta vez no le hayas puesto un ojo morado al pobre mayordomo.

—No —adoptó una expresión digna—. Me mostré sereno y controlado.

—Ya y, ante tu despliegue de serenidad y de control, ellos admitieron su culpa.

—Por supuesto que no —replicó Con—. Sin embargo —alzó un dedo como para ilustrar un punto especialmente interesante—. Cuando mencioné la llave, resultó obvio que sabían de qué estaba hablando.

—¿Te dijeron lo que abría esa llave?

—No. Pero cuando les dije que los esbirros estuvieron preguntando por una llave, Niles preguntó: «¿la llave?». Y Dearborn el joven inquirió: «¿su llave?». Es decir, no una llave, sino «su llave», o «la llave», como refiriéndose a una muy concreta. Y había una expresión en sus ojos... No era perplejidad, como la tuya hace tan solo un momento. Hubo inteligencia en su mirada. Tom Quick también lo vio. Aunque, y esto es muy improbable, no fueran ellos los secuestradores, estoy seguro de que sabían lo de esa llave.

Lilah frunció el ceño, pensando.

—¿De qué tipo de llave estamos hablando? ¿Qué podría abrir?

—Algo que contiene dinero. ¿Por qué si no habrían de estar interesados los Dearborn? ¿Una caja fuerte? ¿Una estancia? ¿Un cofre lleno de doblones de oro?

—Claro, es de eso de lo que se trata —Lilah entrecerró los ojos—. Quieres ir a la caza de un tesoro.

—Ya. De un tesoro pirata —sonrió.

—Oh, calla...

—Yo quedaría bien de pirata, creo. Podría ponerme un parche. Y el loro ya lo tengo.

Lilah empezó a reír.

—¿Es que nunca puedes hablar en serio?

—Solo cuando es absolutamente imprescindible —pero en seguida volvió a ponerse serio—. El cuarto secuestrador escapó. Todavía anda por ahí suelto. ¿Y si lo intenta de nuevo? ¿Y si aún sigue buscando la llave? Tanto si estoy en lo cierto sobre los Dearborn como si no, alguien contrató a aquellos hombres, y estoy seguro de que ese tipo aún sigue buscando esa llave. No tengo intención de dejar que le robe algo a Sabrina. Además, ese hombre es peligroso y, si yo encuentro lo que busca, no tendrá ningún motivo para molestar a Sabrina, ni a mi madre ni a mis hermanas... de nuevo.

—Si consigues esa llave, a por quien irá será a por ti.

—Exacto —esa vez su sonrisa no contenía rastro alguno de humor.

—Pero si no sabes cómo es esa llave ni lo que abre, ¿cómo vas a encontrarla?

—Por eso he acudido a ti. Tú conoces a Sabrina, a su padre y a los Dearborn mejor que yo. Me serás de gran ayuda cuando registre la casa de Sabrina.

Lilah se lo quedó mirando boquiabierta.

—¿Carmoor?

—No, la casa Blair, aquí, en la capital. Voy a ir allí esta tarde.

—Pero no tienes la llave, ¿verdad?

—No. Manipularé la cerradura.

CAPÍTULO 11

Con echó mano al bolsillo interior de su chaqueta y sacó una pequeña cartera piel. Abriéndola, le mostró las dos finas ganzúas de metal que contenía.

—¡Con! —exclamó Lilah, consternada—. Eso es ilegal.

—Ya sabes que ni a Alex ni a Sabrina les importaría.

—Aun así sigue siendo ilegal.

—Es por eso por lo que pretendo que no me atrapen —le sonrió mientras volvía a guardarse la cartera. Sabía que no debería burlarse de Lilah: ella siempre se lo tomaba todo demasiado en serio y él le estaba pidiendo su ayuda. Pero cuando la veía al borde de la indignación, toda ruborizada y con los ojos brillantes, una especie de primitivo instinto se despertaba en su interior. No podía evitarlo.

Lilah le lanzó una mirada de reproche, que él también encontró perversamente deliciosa, pero le dijo:

—Bueno, si el señor Blair escondía algo, no creo que lo encuentres en su casa de la capital. Estará en su residencia campestre.

—¿Por qué?

—Es allí donde prefería vivir —empezó a contar con los dedos—. En Carmoor hay muchos más lugares ocultos, escondrijos. La casa es más grande e incluye amplios terrenos. Pero, sobre todo, es la casa que Sabrina mejor conoce. Ella nunca ha vivido en la residencia de la capital. Ni siquiera estoy segura de que la haya visitado alguna vez.

—Tienes razón —reconoció Con, reflexionando sobre sus palabras.

—De todas formas, Con, esto es absurdo. ¿Por qué el señor Blair habría de atesorar oro en un cofre, cerrarlo con llave y esconderlo en alguna parte?

—Me niego a renunciar a mi tesoro pirata —replicó él—. Pero admito que es absurdo. ¿Y si eso, fuera lo que fuese, no perteneciera al señor Blair? Dearborn y él eran amigos, ¿verdad?

—Sí, eran tres amigos: el señor Dearborn, el señor Blair y mi padre.

—Si el padre de Sabrina era una persona tan cercana a Dearborn que cuando aquel murió le confió a su hija, ¿no habría podido Dearborn también confiarle a él algún legado familiar querido o algún otro objeto de valor?

—¿Por qué?

—No lo sé. Quizá Dearborn fuera lo suficientemente listo como para saber que no podía evitar gastárselo o venderlo si se lo quedaba él mismo. O quizá entregó a Blair el dinero para que lo invirtiera por él, ya que su amigo era mucho más hábil en cuestiones de finanzas que él. Y ahora, con los acreedores pisándole los talones y la fortuna de Sabrina fuera de su alcance, Dearborn querrá recuperar lo prestado. Al diablo el honor familiar. Querrá el dinero en mano.

Lilah tomó aire para hablar, pero él la interrumpió alzando un dedo.

—Sin embargo... su amigo Blair quizá lo puso a buen recaudo en alguna parte, escondió la llave, y luego falleció sin haberle dicho a Dearborn dónde estaba. El padre de Sabrina murió de manera inesperada, ¿verdad?

—Sí. De una apoplejía, creo.

—Ahí lo tienes. Blair murió joven, no imaginaba que su fin estaba tan cerca, así que no le dijo a Dearborn dónde había escondido la llave. Ni siquiera se le ocurrió dejar una carta.

—¿Pero por qué consideró necesario no solamente guardar esa «cosa» desconocida en un lugar secreto, sino también esconder la llave?

—Por miedo a los ladrones —se apresuró a replicar Con.

—Deberías escribir novelas.

Con se echó a reír.

—Dudo que tenga la paciencia necesaria. Además, entiendo que eso requiere al menos un cierto talento.

—Si tienes razón, eso haría aún más probable que lo hubiera escondido en el campo. Era allí donde siempre se reunían.

—¿Quiénes?

—Los Dearborn siempre pasaban una o dos semanas al año con la familia de Sabrina.

—¿Una fiesta familiar?

—Yo no lo llamaría así: no invitaban a nadie más. No eran cacerías ni veladas de entretenimiento. Simplemente se reunían las familias. Comían, jugaban a cartas, ese tipo de cosas. El señor Blair y el señor Dearborn a menudo cabalgaban hasta nuestra casa para pasar allí la tarde: supongo que así podían deshacerse de sus esposas y pasar un rato agradable bebiendo y charlando. A veces el señor Blair daba un baile e invitaba a gente de la localidad, pero la mayor parte del tiempo solo estaban ellos, mi padre y mi tía.

—¿La señora Summersley vivía contigo?

—No, no —rio Lilah—. La hermana de mi padre, la tía Vesta.

—La tía Vesta… ese nombre me suena.

—No dudo de que te caería bien —comentó Lilah, mordaz.

—Apuesto a que tuvo algo que ver en que te pusieran Delilah —al ver que no se dignaba a responder a eso, continuó—: ¿Lo hacían a menudo?

—Oh, sí, yo diría que unas tres veces al año.

—Dios mío. Ni siquiera a la tía Hermione se le ocurre visitarnos más de una vez al año para atormentarnos.

—Es extraño —reflexionó en voz alta Lilah—. Yo dudo que a mi padre le gustara el señor Dearborn.

—Un hombre inteligente. ¿Por qué crees que no le gustaba?

—No estoy segura de que le disgustara. Pero nunca tuve la impresión de que mi padre estuviera encariñado con él. El sentimiento o la falta del mismo era mutuo, y mi padre nunca iba a Londres a verlo, mientras que él y el señor Blair sí se visitaban con frecuencia. Mi padre y Niles eran muy distintos.

—Afortunadamente para ti.

—No quiero decir solamente que los Dearborn fueran mentirosos y estafadores y mi padre no, aunque eso fuera cierto. Quiero decir que tenían hábitos y gustos muy distintos. Mi padre era un hombre solitario. Era muy callado y solía quedarse tranquilamente en casa, rara vez bajaba a Londres. Niles Dearborn, por el contrario, gozaba con las actividades sociales. Tengo entendido que daba fiestas magníficas. Gastaba mucho dinero en la capital, yendo al club, a fiestas y al teatro. Y en el juego.

—Quizá tu padre y Dearborn eran amigos del padre de Sabrina cada uno por su parte, de manera que simplemente coincidían.

—Pero mi padre y el señor Dearborn continuaron viéndose después del fallecimiento del señor Blair. Mi padre mencionaba ocasionalmente a los Dearborn en sus cartas y yo recuerdo haberlos visto juntos una vez, cuando fui a Barrow House a visitarlo.

—¿Visitarlo, dices? —Con se la quedó mirando sorprendido—. ¿No vivías con tu padre?

—No —el rostro de Lilah recuperó su habitual expresión fría—. Cuando yo tenía doce años, tía Helena y él acordaron que sería mejor que yo viviera con ella. Un toque femenino en mi educación, ya sabes.

Con sospechaba que detrás había alguna historia oculta, pero se limitó a comentar:

—Entonces, si no eran amigos, tal vez sus encuentros se debieran a otra razón. Como algún negocio, por ejemplo.

—¿Qué negocio?

—No lo sé. Pero reunirse regularmente de esa manera suena más a reuniones de trabajo que de ocio. Como las reuniones de una junta. Mi padre es miembro de la junta de una fundación benéfica, por ejemplo. Cada trimestre se reúnen para tratar de sus asuntos: establecer normas o adjudicar dinero. El tío Bellard pertenece a una sociedad de historiadores que se reúnen cada mes, y dos veces al año también celebran una reunión de junta.

—¿Así que crees que se juntaban porque eran socios de... algo?

—Tal vez se tratara de un negocio conjunto, del que fueran copropietarios.

—Si ese es el caso, mi padre no me legó su participación en el mismo. Quizá sí lo hiciera con sir Jasper, aunque no estoy muy segura de las razones que habría tenido para hacerlo. Él le cedió el título a regañadientes, eso es lo que yo recuerdo.

—Examiné los libros del patrimonio de Sabrina cuando estuve investigando los derechos de tutela de Dearborn sobre ella —explicó Con—. No recuerdo que su padre compartiera propiedad alguna con tu padre y con Dearborn... aunque Dearborn pudo habérsela robado a esas alturas —frunció el ceño—. Debería rebuscar más.

—¿Investigaste tú el fraude? —le preguntó ella, arqueando las cejas.

—Sí. Siempre pareces sorprendida por mis investigaciones. Supongo que pensarás que en mi agencia trabajamos poco.

—Imaginaba que era el señor Quick quien se encargaba de la mayor parte.

—Ya. Y que yo me dedicaba a disfrazarme, a ponerme barbas postizas y a andar a la caza de fenómenos raros.

—Bueno... sí.

—Tu fe en mí es pasmosa. Pero ignoraré eso. Volviendo al tema que nos atañe, no tenían por qué compartir un negocio. Habría podido ser una fundación. O un club... eso implicaría una llave. Algunos clubes celebran extrañas ceremonias, ¿no? Quizá esa llave abra alguna estancia en la que se reunían... como el club Hellfire.

—¡El club Hellfire! —Lilah se lo quedó mirando bizca.

—Sí, era un club donde... —se interrumpió, consciente de que iba a resultar difícil explicárselo con términos elegantes.

—Sé lo que era el club Hellfire —replicó Lilah—. Y puedo

asegurarte que mi padre nunca… —se ruborizó—. Y el señor Blair tampoco.

—No, por supuesto que no —¿cómo era que siempre se las arreglaba para explicarse mal con aquella mujer?—. No me refería a que estuvieran relacionados con algún asunto nefando. Solo me refería a un club localizado en algún lugar secreto del campo. Dijiste que la propiedad del señor Blair incluía amplios terrenos.

—Sí, y la nuestra también, pero no hay cuevas ni bodegas. ¿Y qué clase de club tendría solamente tres socios?

—Buena observación. Bueno, ya lo averiguaremos más adelante. Ahora mismo debo registrar Carmoor.

—Pero Carmoor está cerrado.

—Al igual que la casa de la capital —le recordó él.

—Por mí puedes proseguir con tu carrera criminal en Somerset, si ese es tu deseo. Lo que quería decir es que no hay lugar allí para que te quedes.

Con le lanzó una sonrisa.

—Vaya, señorita Holcutt, yo más bien estaba esperando una invitación de usted.

—¿De mí? —alzó la voz.

—Sí. Tu casa está cerca de la de Sabrina, según tengo entendido —se la quedó mirando expectante. ¿Qué era lo que había puesto aquella expresión de pánico en su rostro?

—Bueno, sí. Somos vecinas. Pero, er… yo no estoy en Barrow House.

—He oído que los trenes constituyen un medio de transporte muy conveniente para desplazarse de un lugar a otro.

—Sí, pero está lejos, y tú ni siquiera sabes que esa llave está en Carmoor.

—Tú misma dijiste hace un momento que era el lugar más probable. Y creo que ambos podremos sobrevivir a un viaje a las bosques de Somerset.

—Todo esto es demasiado precipitado. Impulsivo. Hay cosas que tendría que hacer antes… una maleta, er… Y deberíamos pensar bien antes de actuar. Sería una descortesía dejarnos caer por allí así como así. Ni siquiera he escrito a mi tía.

—Oh, ¿es la propiedad de tu tía? Yo creía que te pertenecía a ti.

—Y me pertenece. Pero la hermana de mi padre está viviendo allí ahora.

—Entonces mucho mejor. Contarás con una carabina, de manera que todo será de lo más correcto y apropiado.

—Evidentemente no conoces a la tía Vesta —Lilah entrelazó las manos con fuerza—. El caso es que Barrow House es una casa vieja y… Bueno, eso no te importaría. Pero es anticuada. Incómoda.

—Yo puedo dormir en cualquier parte. Hasta he dormido en una tienda de campaña en pleno campo —estudió su rostro—. No quieres que yo vaya allí, ¿verdad? —sabía que la simple idea no debería provocarle aquella punzada en el pecho; era bien consciente de la antipatía que le profesaba Lilah. Procuró disimularla detrás de una expresión cómicamente trágica—. Señorita Holcutt… me siento devastado ante su descortesía. Me obligará a tener que dormir en una cuneta del camino.

Lilah puso los ojos en blanco.

—Con… Nunca había conocido a nadie que sobreactuara tanto.

—¿Yo? ¡Señorita Holcutt!

—Deja de llamarme «señorita Holcutt» a cada frase.

—Ya, pero entiendo que «Lilah» sería demasiado familiar, dada su descortesía hacia mí, ¿no le parece? Aunque quizá prefiera «Delilah» —y movió las cejas con expresión ridícula.

—Si no cesas ahora mismo de decir tonterías, creo que te pegaré.

—Estoy temblando de miedo —repuso él, pero descubrió de repente que estaba cansado de jugar con ella. Por desgracia, no podía obligar a Lilah a que le cayera bien—. Lo siento. No he debido burlarme —esbozó una fácil e impersonal sonrisa como para demostrarle su falta de resentimiento y se levantó—. Estoy seguro de que habrá alguna posada en la villa en la que pueda alojarme.

Lilah se levantó también.

—No es realmente una posada. Solo un par de habitaciones encima de la taberna. Un lugar muy ruidoso, sin duda.

«¿Ahora es ese el problema?», se preguntó Con.

—Yo tengo un sueño muy profundo —repuso, echando a andar hacia la salida del parque.

Lilah lo siguió.

—Dudo que sea cómodo. Quizá ni siquiera limpio.

—Lilah... —se volvió hacia ella, exasperado—. Tú misma dijiste que lo más probable era que esa llave estuviera en Carmoor, así que... ¿por qué diantres están tan deseosa ahora de evitar que yo registre el lugar?

—No es eso. Es solo que... Entrarás allí y seguro que te sorprenderán. Eres siempre tan impetuoso...

Con se lo quedó mirando. Había algo más allí. No se trataba de que él no le cayera bien... o al menos no era solamente eso. Estaba pálida, casi aterrorizada. Suavizando su expresión, se acercó a ella.

—Lilah, ¿qué te pasa? ¿De qué tienes miedo?

—¡Miedo! —se enardeció, apartándose—. ¡Qué tontería! —giró sobre sus talones y empezó a andar a paso rápido—. ¡Diantres! —se giró de nuevo para mirarlo—. Oh, por cierto... Tú ganas. Puedes quedarte en Barrow House.

Con arqueó aún más las cejas, y le entró la risa.

—Vaya, señorita Holcutt, ¿cómo podría rechazar tan generosa invitación?

CAPÍTULO 12

Se arrepintió inmediatamente de su decisión. No podía llevar a Con a su casa. Pensó en Barrow House, se lo imaginó saludando a su tía... Se burlaría de Lilah de manera inmisericorde. No había tenido razón alguna para ceder a sus pretensiones.

Cuando ella le expresó su negativa, Con no había discutido, ni siquiera había continuado burlándose. En lugar de ello, se había contentado con esbozar una fría y cortés sonrisa que ella jamás le había visto antes. La clase de sonrisa indiferente que habría podido lanzar a un desconocido. Y aquello la había atravesado por dentro.

Era absurdo preocuparse por la posibilidad de que hubiera herido sus sentimientos. Con era un hombre duro, con espinas. Y sin embargo ella se había sentido como una arpía egoísta.

Era una estupidez. Con siempre estaba de alguna manera irritado o molesto con ella. Indudablemente, una vez que Con hubiera reflexionado a fondo sobre ello, se habría sentido aliviado de verse libre de la intromisión de ella. Fácilmente habría podido partir solo a explorar la casa de Carmoor, para escudriñar a su gusto cualquier rincón.

Mientras que ella se habría quedado en Londres, haciendo y recibiendo visitas, eludiendo la declaración de sir Jasper. Había dicho que haría lo que fuera para ayudar a Sabrina, ¿cómo habría podido negarse entonces a pisar su propio hogar con tal de ayudarla? ¿Qué clase de amiga habría sido?

Fue precisamente ese pensamiento el que la movió a ceder. Por un instante, viéndolo reír, se había sentido feliz, casi eufórica. Pero en aquel momento, con Con charlando amigablemente sobre horarios y billetes de tren, en lo único en lo que podía pensar era en lo que diría su tía. A la tía Helena le disgustaban los Moreland, y sin embargo ella pensaba presentarse allí, de excursión en Somerset, en compañía del peor de todos ellos.

Había prometido a su tía Helena que no volvería a visitar a la familia Moreland, de modo que aquel viaje a Barrow House no rompería la letra de aquella promesa, aunque ciertamente vulneraría su espíritu. Tampoco podía revelar a su tía el verdadero propósito de aquel viaje; con ello solamente conseguiría empeorar las cosas. Su tía se quedaría consternada ante la idea de Lilah vagando por la campiña y persiguiendo el rastro de un imaginario tesoro.

Para desazón de Lilah, Con insistió en acompañarla hasta la puerta, y su tía inmediatamente salió del salón en cuanto los vio entrar, como si los hubiera estado esperando. Lilah forzó una sonrisa.

—Tía Helena.

—Delilah.

Sí, su tía estaba contrariada. Entrecerrando los ojos, miró a Con.

A Lilah no le quedó otro remedio que presentárselo.

—Señora Summersley —la saludó con una elegante inclinación—, es un verdadero placer conocerla. Resulta evidente que la hermosura manda en la familia de la señorita Holcutt.

Para sorpresa de Lilah, la actitud de su tía se suavizó de inmediato y ofreció su mano a Con. Aparentemente no era más inmune a sus encantos que las demás mujeres.

—Lord Moreland, qué amable es usted… Me arrepiento de no haber estado en el salón hace un rato, cuando nos visitó. Ojalá Lilah me hubiera avisado —lanzó una sombría mirada a su sobrina—. Pensará usted que me he relajado en mis obligaciones como carabina…

—En absoluto. El tío de la señorita Holcutt… ¿o era su primo?, estaba allí, así que todo fue muy formal y muy correcto —le aseguró Con.

—Me disculpo por haberme marchado tan bruscamente —se dirigió Lilah a su tía—. Me había olvidado de que había prometido a las sobrinas de lord Raine que las invitaría a un helado en Gunter's.

—Mis sobrinas se habrían llevado un gran disgusto si no lo hubiera hecho —prosiguió Con haciendo alarde de un exquisito comportamiento durante los siguientes diez minutos, tomando asiento en el salón para intercambiar insulsas galanterías. Terminó su visita, sin embargo, diciendo—: Su sobrina ha tenido la amabilidad de invitarme a visitar Barrow House —ignorando la estupefacta expresión de la tía Helena, añadió—: Anhelo la oportunidad de conocer a la otra tía de la señorita Holcutt.

—Oh. Yo… qué inesperado —la tía Helena se volvió para mirar a su sobrina.

—Sí, Co… lord Moreland está muy interesado en la arquitectura de Barrow House —se apresuró a añadir Lilah—. La arquitectura isabelina es uno de sus… er… intereses.

—Indudablemente —confirmó él—. Una de mis pasiones, incluso —lanzó una deslumbrante mirada a la tía de Lilah—. Espero que me perdonará usted por robarle a su sobrina por unos pocos días.

—Sí. Por supuesto —replicó la tía Helena con voz débil.

—Lamento que tenga usted que marcharse tan pronto, lord Moreland —dijo de pronto Lilah, levantándose—. Pero sé que anda muy presionado de tiempo.

Con le lanzó una mirada divertida, pero se levantó de todas formas.

—Gracias por recordármelo, señorita Holcutt. Hay mucho que hacer si pretendemos partir dentro de dos días.

—¿Dos días? —repitió la tía Helena, mirándolo bizca.

Con esbozó una sonrisa triunfal.

—Así es. Su sobrina es un modelo de eficacia.

—Por supuesto —repuso Helena con aspecto perplejo—. Pero no entiendo la necesidad de tanto apresuramiento…

Con se dispuso a responder, pero Lilah encajó la mano debajo de su brazo y le dio un pequeño tirón.

—Dejaré que la señorita Holcutt se lo explique ella misma. Lo siento, pero debo marcharme. Ha sido un verdadero placer conocerla, señora Summersley. Confío en volver a verla pronto.

Volvió a hacer una inclinación sobre la mano de su tía. Lilah enterró los dedos en su manga y tiró de nuevo de él.

—Le acompaño hasta la puerta.

Atravesaron el pasillo del brazo. Inclinándose hacia ella, Con murmuró:

—Mucho me temo que sus dedos me van a dejar marca, mi querida señorita Holcutt.

—¿Qué? Oh —se dio cuenta de la fuerza con que le estaba agarrando el brazo y se lo soltó en seguida—. Lo siento. Nunca en toda mi vida había dicho tantas mentiras en una misma tarde.

—No te preocupes. Ya te acostumbrarás.

—No quiero acostumbrarme —deteniéndose, se volvió hacia él—. No creo que esta sea una buena idea.

—No te eches atrás ahora, Lilah —le sonrió—. Míralo de esta manera. Al menos conseguirás evitar la proposición de sir Jasper.

Lilah sabía que no debía hacerlo, pero no pudo menos que reírse.

—Anda, vete ya.

Él le tomó la mano e hizo una inclinación. Pero no se la soltó de inmediato; en lugar de ello, la acercó lentamente hacia sí hasta que sus labios quedaron a solo unos centímetros de su oreja. La caricia de su aliento en la piel le provocó un estremecimiento.

—Te prometo que no te importunaré... no demasiado, al menos.

Su tía la estaba esperando en el salón, con los brazos cruzados y gesto severo.

—Lilah... ¿te has vuelto loca? Primero, te escabulles fuera de casa con un hombre, sin carabina y sin mi conocimiento.

La indignación hizo presa en Lilah, pero la reprimió con firmeza.

—Tengo veintiún años. Creo que no necesito permiso para salir de casa.

—La cortesía ordenaba que me hubieras avisado al menos.

—Te dejé un mensaje. En cuando a lo de salir sin carabina, tú misma consideraste correcto que me quedara a solas con un hombre en el salón, al retirarte.

—Era sir Jasper. Eso es algo completamente diferente.

—¿Por qué?

—Porque sir Jasper no constituye una tentación —respondió Helena con candorosa inocencia, mayor de la que tenía por costumbre. Suspiró—. Esperemos que nadie llegue a enterarse del episodio de esta tarde. Podemos contar con que sir Jasper no dirá nada. ¡Pero luego vas y te propones viajar a Somerset en compañía de Constantine Moreland!

—La gente suele invitar a hombres y mujeres a sus casas. Solteros y solteras, incluso.

—Pero con carabina...

—Nosotros tendremos carabina. Mi tía vive allí.

—¿Vesta? —Helena emitió un sonido que habría podido calificarse de bufido en alguien menos refinado. Ella es todavía peor que no llevar carabina. Fue ella la que desató la tormenta que lo estropeó todo. ¡Y la manera en que estuvo exhibiéndose por toda Europa desde entonces! Autotitulándose *madame* Le Claire, pese a que todo el mundo sabe que nunca ha estado casada.

—Yo no me dejaré influir por la tía Vesta. Creo que me he ganado una reputación lo bastante sólida como para que no lo desluzca algo tan simple como estar en una misma casa en compañía de mi tía por una semana o dos.

—Yo nunca me atrevería a cuestionar tu moralidad, querida. Pero se trata de lo que *parecerá*...

—¿Y acaso lo importante no es lo que *será?* —le espetó Lilah—. ¿Es que eso no te preocupa?

Helena desorbitó los ojos de asombro.

—Lilah, ¿cómo puedes preguntarme eso?

—Lo siento. De verdad que sí.Yo no cuestiono tu amor, ni tu preocupación. Pero creo que debería poder disfrutar de un mínimo de libertad —los sentimientos que la habían estado asaltando durante los últimos días, o mejor semanas, parecieron brotar de golpe—. Decidir por mí misma lo que quiero hacer.

—Yo no tengo ningún deseo de enjaularte... Pero me preocupo por ti. Recuerdo lo muy triste y asustada que te sentías la primera vez que te traje a esta casa. Las veces que te despertabas por culpa de las pesadillas. Las lágrimas que derramaste...

Algunas de aquellas lágrimas habían sido de nostalgia por su padre y su hogar, aunque dudaba de que la tía Helena se hubiera dado cuenta de ello. Pero Lilah recordaba, también, cómo su tía la había despertado de sus pesadillas para abrazarla y consolarla, cómo la había cuidado y protegido. Fue por eso por lo que se esforzó por dominar su irritación.

—Lo sé. Pero ya no soy una niña, tía Helena, y no tienes por qué protegerme tanto. La tía Vesta me ha escrito varias veces pidiéndome que vaya a verla.

La tía Helena soltó otro poco delicado resoplido.

—No dudo que querrá algo de ti. Esa mujer solo se preocupa de sí misma.

—Soy bien consciente de ello. Pero ella es, después de todo, la hermana de mi padre, y como tal, debo mostrarle respeto. Ha sido una descortesía por mi parte no haberla visitado antes —sabía que eso, más que ninguna otra cosa, terminaría por convencer a la tía Helena—. No me dejaré influenciar ni perjudicar por la tíaVesta.Y tampoco seré tan débil ni tan estúpida como para permitir que lord Moreland se tome libertades conmigo —ya lo había hecho, por supuesto, pero eso no necesitaba decírselo—. ¿Es que no confías en mí?

—Por supuesto que confío en ti —le tomó una mano—. Es lord Moreland en quien no confío. He oído que se comporta de manera harto peculiar. La agencia que dirige… se dice que se disfraza para adoptar otras identidades, todo tipo de criaturas de baja estofa. Ya sabes que la gente les llama «Los locos Moreland».

—Eso es injusto a la par que desagradable —protestó Lilah, acalorada—. No están locos.

—Son raros. No se comportan como es debido. Son distintos —la tía Helena se volvió con un hondo suspiro y se dejó caer en su silla—. ¡Cómo me gustaría que nunca te hubieras mezclado con los Moreland! ¿Por qué Sabrina no pudo casarse con un joven bueno y normal?

—Alex es normal.

—Me temo que ese hombre te enredará y te romperá el corazón.

—¿Con? —Lilah soltó una corta carcajada—. Hay poco peligro de que ocurra eso.

—Es un joven muy agradable, guapo, como parece que son todos los Moreland, y tiene ese aire salvaje que lo hace tan misterioso…

—¡Tía Helena! —Lilah se la quedó mirando boquiabierta.

Su tía hizo un mohín.

—¿Crees que no recuerdo lo que es ser joven? ¿O lo muy seductor que puede llegar a resultar un bribón? También sé que es de la clase de hombres que te dejará llorando desconsolada. Tiene amistad con los Hetherton, gente que solo está interesada en pasárselo bien. Me temo que no está pensando en el matrimonio.

—Entonces es una suerte que yo tampoco lo esté pensando. Sé que Con va de chica en chica como una mariposa. Pero no es un mentiroso. Es honesto, a veces hasta brutalmente sincero. No me dejaré encandilar por él. Nos llevamos bien, desde que Sabrina se casó con su hermano, pero hasta ahí llega nuestra «amistad».

—¿Entonces cómo es que te marchas corriendo a Somerset en su compañía? —le preguntó la tía Helena, entrecerrando los ojos—. Y no intentes embaucarme con esa estúpida historia de la arquitectura de esa monstruosidad de casa.

Lilah se esforzó desesperadamente por pensar en algo.

—No, ese no es el verdadero motivo. Es la versión oficial. En realidad tiene que ver con Sabrina, lo que pasa es que no queríamos que se supiera.

Eso, al menos, era verdad.

—¿Sabrina? —su tía frunció el ceño—. Pero Sabrina ni siquiera está aquí.

—No, y es precisamente por eso por lo que él tiene que ir a Somerset —las propias palabras de Helena le dieron la inspiración—. Con Alex ausente, Constantine es el administrador de los asuntos de su hermano gemelo. Y eso ahora incluye asimismo a Sabrina —eso también bordeaba la verdad.

—¿Pero qué tiene eso que ver contigo y con Barrow House?

—Aparentemente alguien ha entrado secretamente en Carmoor. Más de una vez —Lilah detestaba mentir a su tía, pero no podía revelarle la verdad. Era demasiado extravagante. La verdad resultaba aún más improbable que la falsedad. en todo lo que rodeaba a Con. La tía Helena no estimaría la simple búsqueda de una llave como una razón aceptable para una excursión a Somerset con Constantine Moreland.

—¿Ladrones? ¿Qué está pasando aquí? ¿Qué sucedió? ¿Se llevaron algo?

Su tía parecía tan preocupada que Lilah se vio asaltada por la culpa. Las mentiras acudían a su lengua con demasiada facilidad.

—No estoy segura. Lord Moreland no me contó los detalles. Se mostró reacio, naturalmente, a asustarme —aquella era la mayor mentira de todas.

—Naturalmente.

—Pero está preocupado por el asunto. Debe partir inmediatamente para comprobarlo todo. En Carmoor no puede quedarse, ya que no hay sirvientes y la casa lleva años cerrada. La posada del pueblo sería un alojamiento completamente inaceptable para el hijo de un duque.

—Sí, puedo entender que te sintieras obligada a invitarlo a Barrow House, pero tú no necesitas acompañarlo.

—Debo hacerlo. No puedo dejar que se presente solo con la tía Vesta. Imagínate lo que pensaría.

—Oh. Sí, tienes razón —la tía Helena pareció más alarmada por esa posibilidad que por la entrada de ladrones en Carmoor—. Supongo que deberías acompañarlo, sí, pero la perspectiva me resulta al mismo tiempo terriblemente preocupante —cuadró los hombros—. Quizá yo debería ir también.

Lilah casi se echó a reír ante la expresión de mártir que adoptó solemnemente su tía.

—No, eres muy amable, pero yo nunca te impondría la obligación de pasar todo ese tiempo en la compañía de la tía Vesta —decir que las dos no se llevaban bien era un auténtico eufemismo—. Nos amargaríamos la vida.

La expresión de su tía se iluminó.

—Debes llevarte a Cuddington contigo.

—¿Tu doncella? —inquirió Lilah, horrorizada. Cuddington era la persona más gris que conocía, extremadamente rígida e hipercrítica.

—Sí —la tía Helena asintió con firmeza, complacida con la idea—. Yo me quedaré mucho más tranquila sabiendo que te la llevas.

—¿Pero qué harás tú sin ella? —protestó Lilah—. Me llevaré a Poppy.

—Ya me las arreglaré —le aseguró, decidida—. Poppy es una muchacha dulce, pero demasiado joven y fácilmente influenciable. Cuddington es la respuesta.

—Lilah suspiró.

—Muy bien. Me la llevaré.

Le proporcionó al menos cierta diversión imaginarse la cara que pondría Con cuando se encontrara frente a frente con Cuddington.

CAPÍTULO 13

Con estaba apoyado en una columna, contemplando el flujo de viajeros en la estación de tren de Paddington. Había llegado demasiado temprano. Después de comprar los billetes, no había tenido otra cosa que hacer salvo esperar, algo que nunca se le había dado bien. Ojalá hubiera podido recoger a Lilah en su casa en lugar de citarse con ella en la estación.

Pero no había necesidad de preocuparse. Sacó su reloj de bolsillo y lo chequeó con el gran reloj que colgaba del techo de la estación. Lilah no tenía por qué haber aparecido todavía. El hecho de que no hubiera llegado no significaba que se hubiera echado atrás. Le había dicho que iría, y ella sería fiel a la palabra dada, aunque no lo hubiera querido en Barrow House.

Su resistencia a invitarlo a que la recogiera en su casa había resultado bastante desmoralizadora. Habían congeniado bastante bien hasta el momento, por supuesto, pese a que a veces ella se hubiera mostrado terriblemente irritante... pero, aun así, no había imaginado que su presencia pudiera disgustarla tanto. Las mujeres, habitualmente, disfrutaban con su compañía. Le abroncaban y le decían que era un granuja, esa parecía ser la palabra preferida de las damas tanto mayores como jóvenes, pero siempre sonreían cuando la pronunciaban. Flirteaban con él, bailaban con él, se colgaban de su brazo. Indudablemente, algunas de ellas hasta lo habían arrastrado a alguna recoleta estancia para robarle un beso, y no al contrario.

Pero Lilah no figuraba entre aquellas mujeres. Era tercamente inmune a sus encantos. Aprovechaba la menor oportunidad para criticarlo. Con la irritaba. La ponía furiosa. Tal parecía que lo único que le gustaba de él eran sus besos...

Se sonrió. De eso sí que estaba seguro. Sospechaba que ella lo negaría, pero él había sentido su respuesta: la llama de calor en su piel, la manera en que se había derretido su cuerpo contra el suyo, los movimientos de sus labios contra su boca...

Se irguió, recuperándose de aquellas ensoñaciones. No importaba que Lilah hubiera disfrutado con sus besos. Por lo que a ella se refería, el placer físico no pesaba lo suficiente para contrarrestar su desaprobación. No debería por tanto haber supuesto ninguna sorpresa que ella se hubiera resistido a la perspectiva de verse atrapada durante días en una misma casa con él.

Como tampoco debería haber traído consecuencias la punzada de dolor que atravesó su pecho ante aquella reacción.

No se trataba tampoco de que Con quisiera realmente enredarse con Lilah. Era una mujer rígida y de mal genio. Respondona, negativa, con poca imaginación... y aparentemente falta de todo sentido del humor. Resultaba entretenido intercambiar pullas con ella, ver cómo se le encendían los ojos de furia o arrancarle alguna sonrisa o carcajada, pero estaba seguro de que su compañía terminaría por resultarle cansina al cabo de un tiempo.

Tampoco le molestaban, en general, las opiniones de los demás. Alex y él tenían unos cuantos primos que los detestaban, a veces con justificación, así como una verdadera tropa de tutores que habían marchado indignados de su casa. Por no hablar de un conde vecino suyo, que los había calificado de «diablillos de Satán».

El disgusto y desagrado de los demás jamás le había molestado. Ni una sola vez se había preocupado de los charlatanes que habían escupido veneno sobre él. Jamás había experimentado un sordo resentimiento o deseado que las cosas fueran distintas.

Las mujeres lo habían rechazado antes. Estaba por ejemplo

aquella lánguida muchacha Farthingham, que le había dicho que era demasiado intenso. Y Genevieve Winters, que solía hacer pucheros porque decía que no le prestaba tanta atención como los demás jóvenes. Y otras… él sabía que había habido otras. Pero ninguna le había provocado aquella extraña punzada de dolor.

El dolor era algo que tenía que ver con la gente a la que quería. La decepción en los ojos de su padre cuando le creaba problemas o la tristeza en los de su madre cuando su hermano murió, o lo muy vacía que quedó la casa cuando se casaron sus hermanas. El brusco corte de separación cuando Alex se casó. El dolor era algo duro y profundo, que nada tenía que ver con la gente que no le importaba.

Contra toda razón, de alguna perversa manera le gustaba Lilah Holcutt, pero ella no era alguien que le importara. Que pudiera importarle. Ella estaba en la periferia de su vida. Una simple amiga de su cuñada.

Se irguió de pronto, apartándose de la columna. Ya había llegado. Lilah se dirigía hacia él, seguida no solo por su tía, sino por un corpulento caballero de mediana edad y una mujer alta vestida de negro.

Distinguió unas pequeñas arrugas en su frente. Tenía la boca tensa, su paso era ligero. Esta hirviendo de furia, sospechó Con, y por algún motivo eso le hizo sonreír. Adoptando su expresión más inocua e insulsa, se adelantó para saludarlos.

Lilah se mostró impresionantemente lacónica con las presentaciones y las despedidas. La enjuta mujer vestida de negro se mantuvo aparte durante todo el tiempo, con sus glaciales ojos horadando a Con. Tenía una cara larga y los labios finos. Las cejas, de un crudo color negro que no podía contrastar más con su palidez, parecían haberse acostumbrado a permanecer perpetuamente fruncidas. Lilah no procedió a presentarla, y eso, junto con su actitud hacia el grupo, le hizo suponer que se trataba de una doncella.

Fue entonces cuando tuvo una oscura premonición sobre su función, que quedó confirmada cuando los tíos de Lilah subieron a su carruaje dejando a la mujer allí, a cargo del equipaje de su sobrina. Con desvió la mirada hacia Lilah.

Pudo ver que una comisura de sus labios se alzaba levemente, ignoraba si por diversión o irritación, mientras explicaba:

—Cuddington es la doncella de mi tía. Va a viajar con nosotros.

—Ah. Muy apropiado —Con ensayó una sonrisa.

El rostro de Cuddington permaneció pétreo.

—Recogeré nuestros billetes y me ocuparé de sus cosas, señorita —dijo Cuddington y se volvió para llamar a un mozo.

Con sacó los billetes que ya había adquirido, reconociendo que no había sacado el de la doncella.

—Lo siento, pero no sabía que vendría también una gorgona —bromeó. Empezaron a caminar hacia el andén, donde esperaba ya su tren—. Estaba empezando a pensar que habías decidido no venir, después de todo.

Ella lo miró sorprendida.

—Te dije que lo haría.

—Lo sé. Pero... —la miró—. No lo decía en serio, ya sabes... Lo que te dije cuando me marché. No te molestaré con mis atenciones. Yo solo...

—¿Te estabas burlando?

—No, yo no...

—¿No? —Lilah arqueó una ceja—. ¿No estabas satirizando mis puritanas maneras? ¿Mi estúpida y excesiva consideración hacia las reglas sociales? ¿No te estabas riendo de mi deseo de proteger mi reputación?

Con buscó algo qué decir. Suponía, sí, que se había estado burlando de aquellas cosas. Pero no había querido hacerlo de la manera que ella decía.

—No te preocupes —le dijo Lilah con tono seco—. Yo nunca me tomo en serio nada de lo que dices.

Con se dio cuenta de que aquella idea le gustaba aún menos. Caminó a su lado en silencio, preguntándose por qué le había ofendido tanto aquello. Lilah, naturalmente, parecía perfectamente conforme con su silencio, mirando a cualquier parte menos a él. Estaba rígida, con aquella silente tensión bullendo en su interior. Algo la había enfurecido. Él, por supuesto.

Localizaron su compartimento en el tren. El cubículo parecía aún más pequeño de lo usual, y Con pensó que probablemente no debería haber cerrado la puerta a su espalda. Pero tampoco estaba dispuesto a abrirla de nuevo. Permanecieron sumidos en un incómodo silencio. Luego, esbozando una mueca, Con se volvió para mirar por la ventanilla. No había señal de la doncella. Quizá perdería el tren. Ese pensamiento lo animó un tanto.

—Supongo que no hay ninguna esperanza de que tu doncella se siente en otra parte.

—Eso difícilmente serviría a su propósito —respondió Lilah.

—No podremos hablar con ella delante.

—No seas absurdo.

—No sobre nada importante, al menos. Puedo imaginarme lo bien que recibiría tu tía un informe sobre llaves ocultas y secuestradores.

—Cuddington no informará a mi tía sobre mí —la voz le falló al final, pero añadió con tono cortante—: Parece que hoy estás de un humor pésimo.

—Quería partir ayer —Con se dio cuenta de que había sonado petulante, pero no podía sobreponerse a su mal humor para decir algo más agradable—. ¿Nunca te cansas de tener siempre alguien detrás vayas a donde vayas?

—¡Por supuesto que sí!

Había tanta sentida irritación en su voz que se volvió hacia ella, sorprendido.

—¿Entonces por qué lo haces? Dudo que seas tan sumisa como para dejar que tu tía dicte todos y cada uno de tus movimientos.

—Por supuesto que no. No siempre me llevo a mi doncella conmigo.

—Entiendo. Así que solo es conmigo, entonces —se dispuso a volverse de nuevo hacia la ventanilla—. ¡Maldita sea,

Lilah! —de alguna manera no pudo obligarse a ignorarlo, no pudo evitar las palabras que empezaron a brotar de su boca—. ¿Por qué diantre te disgusta tanto mi presencia? ¿Tanto te repugno?

Ella se lo quedó mirando sorprendida.

—No seas ridículo.

Lilah se volvió hacia otro lado, y él la rodeó para encararla.

—No lo soy. Es evidente. No eres tan crítica con ningún otro. A Alex no le arrancas la cabeza cuando te hace una broma.

—A ti tampoco.

—Oh, sí, a veces te ríes, pero solo como si te hubiese arrancado la carcajada contra tu voluntad. Sonríes, pero luego te apartas. Parece que te caen bien todos los miembros de mi familia. Eres dulce como la miel cuando hablas con mi padre. Pero conmigo eres una reina de hielo.

—Tu padre es un hombre maravilloso.

—Sí que lo es. Pero no se trata de eso.

—¿De qué se trata entonces? —Lilah lo estaba mirando furiosa, algo que le producía al menos una cierta satisfacción. Ella bien podía desdeñarlo, pero él siempre acababa por causar su enfado.

—Eres cordial con los demás. No simpática, por supuesto, pero si agradable. No cuestionas cada una de las frases de los demás, no discutes hasta la saciedad. Así que… ¿por qué te muestras tan desdeñosa conmigo? Yo me tengo por un tipo bastante decente. Las mujeres no me rehuyen.

—Todas están locas por ti, estoy segura.

—Yo no he dicho…

—Obviamente tienes una opinión muy alta de ti mismo. No dudo de que el hecho de que yo no te pretenda como todas las demás damas hiera tu orgullo —cerró los puños contra los costados y volvió a darle la espalda. Esa vez Con se quedó donde estaba—. No. Me niego a dejarme provocar por ti. No permitiré que me incites a montar una escena.

—¿Por qué no? No te vendría mal que te liberases por una vez y dejases de mostrarte tan condenadamente estirada.

Lilah se giró en redondo con un brillo de furia en los ojos, ruborizadas las mejillas. Incluso en medio de su furor, Con no pudo menos que admirar lo muy bella que parecía.

—Muy bien. ¿Quieres saber por qué no me dejo arrastrar por tus encantos? Yo te lo diré.

Con tuvo una súbita duda. ¿Realmente quería saberlo? Pero apretó la mandíbula, dispuesto a enfrentarse a su rapapolvo.

—Eres como todos esos jóvenes ricos y vanos que malgastan sus vidas en absurdos objetivos, preparando estúpidas tretas, jugando a juegos sin sentido. Eres como los Hetherton. No te importan los rumores a los que des pie ni el efecto que puedas tener sobre los demás.

—¿Me estás culpando de lo que hacen otros hombres? ¿Me estás condenando por Freddy Hetherton? El hecho de que haya hablado o me haya entretenido con ellos no me convierte en componente del grupo.

—Eres encantador. Eres todo flirteo, vanos cumplidos y besos robados a la luz de la luna.

—¿Así que soy culpable de mi propio encanto?

—Mariposeas de dama en dama sin quedarte con ninguna, sin que ninguna te importe.

—¿Crees que sería mejor que persiguiera ávidamente a una en concreto, exponiéndola a rumores y especulaciones?

—¡Creo que sería mejor que mostraras un mínimo de constancia! Una mínima profundidad de sentimientos. Siempre estás disimulando, adoptando poses, mintiendo por una razón o por otra, aparentemente todo por simple diversión. Ni siquiera sé si nada sobre lo que se dice de ti es cierto.

—¿No confías en mí? —recibió sus palabras como un puñetazo.

—¿Cómo podría confiar nadie? Te burlas de todo. Eres impulsivo. Vas detrás de un rumor de fantasmas o persigues alguna absurda teoría sobre que el mundo está a punto de acabarse. No tienes dignidad. Eres una vergüenza para tu familia.

—A mi familia le importa un bledo la dignidad. No se avergüenzan de mí. Eres tú quien lo hace.

—Me avergonzaría si llegaras a importarme, que no es el caso —alzó la barbilla, beligerante.

Una roja marea de furia barrió a Con por dentro.

—Soy bien consciente de que no te importo. Pero está claro que tú tienes un montón de opiniones formadas sobre alguien al que ni siquiera conoces. ¿Cómo puedes saber algo sobre mis sentimientos, sobre mis lealtades o sobre esa preciada «constancia» cuando me evitas como si fuera la peste?

—¿Que yo te evito? Esta sí que es buena —dio un paso hacia él—. Eres tú el único que se levanta y abandona la habitación en cuanto me ve entrar. El único que ni siquiera se queda a dormir en su propia casa cuando yo estoy allí.

Con se ruborizó, sabiendo que indudablemente había hecho todas esas cosas durante las semanas previas a la boda, cuando había estado constantemente en su casa.

—Estaba intentando mantener la armonía en casa. Pensaba que tú agradecerías mi ausencia, dado el desdén que me demostrabas.

—Y así fue.

—¿Entonces de qué te estás quejando?

—Yo no...

—Y es mentira que no haya pasado tiempo contigo. Pasamos medio día juntos cuando salimos en pos de los secuestradores.

—Porque te impuse mi presencia. Tú no me querías a tu lado. Eso me lo dejaste muy claro.

—¿Acaso no te pedí que registráramos la casa de Sabrina? ¿Acaso no me estoy dirigiendo ahora mismo a ese maldito Somerset... contigo?

—Sí, pero solo porque necesitabas algo de mí.

—Yo no te estoy utilizando —le espetó Con, tenso como una cuerda de arco, embargado por la furia—. Fácilmente habría podido ir a Carmoor y registrar la casa yo solo. No necesito que me acompañes. De hecho, todo esto me resultaría muchísimo más fácil si tú no estuvieras aquí. Eres condenadamente irritante y he sido un estúpido por haberte pedido que me acompañaras.

—¿Por qué lo hiciste entonces?
Le brillaban los ojos. Había en ellos una mirada que le provocó un extraño y sordo dolor en el pecho.
—Porque fui lo suficientemente imbécil como para quererte a mi lado.
Lilah suspiró profundo.
Se estaba comportando como un estúpido. Como un estúpido integral. Lo sabía y, sin embargo, no podía evitarlo. La atrajo hacia sus brazos y la besó.
Lilah se tensó el principio, pero luego se fundió contra su pecho y abrió la boca para recibirlo. Deslizó los brazos bajo su chaqueta y él se estremeció, barrido por el deseo. Su aroma, su contacto, su sabor lo embriagaron. No pensó en nada: de repente solo existía ardor y anhelo, una pulsante necesidad. No interrumpió el beso más que el tiempo preciso para cambiar el ángulo del mismo.
Con no había sido consciente de haberse movido, pero en aquel momento estaban contra la puerta. La presionaba con su cuerpo. Alzó una mano para enterrarla en su pelo. Oyó el sonido que hicieron las horquillas al caer al suelo. No era suficiente, no le bastaba. Le besó la boca y las mejillas, se apoderó del carnoso lóbulo de su oreja con un leve mordisqueo, y el sobresaltado gemido que oyó escapar de su garganta casi lo perdió del todo. Se imaginó resbalando hasta el suelo con ella, pero un minúsculo residuo de cordura lo obligó a contenerse. En lugar de ello, empezó a trazar un sendero descendente de besos todo a lo largo de su cuello.
Su sensible piel era tan dulce, tan suave, tan cálida… Sintió el leve movimiento de su pulso contra sus labios. Su otra mano se alzó para acunar el tierno bulto de un seno. Lo habría dado todo por estar en cualquier otra parte con ella, en algún lugar donde pudiera seguir el curso de su anhelo hasta su mismo corazón. Sabía que debía detenerse, retirarse.
En seguida lo haría. Solo un momento más…
El silbato del tren cortó de pronto el aire. Con se quedó paralizado. La nueva llamada rasgó también la neblina de su

cerebro. Se apartó por fin, volviéndose hacia la ventanilla y pasándose una temblorosa mano por el pelo. Se estiró el chaleco, las mangas. Podía ver a Lilah en el reflejo del cristal. Estaba volviendo a sujetarse el pelo con las horquillas, aquel pelo que él había liberado con sus dedos. Flexionó los dedos varias veces, deseosos de enterrarse de nuevo en aquella tersura.

Aspiró profundo, intentando tranquilizarse. Medio volviéndose, se arriesgó a mirar a Lilah. Parecía acalorada y sin aliento, lo cual le hizo desearla aún más. No sabía qué decir, ni qué debía hacer. Estaba completamente desorientado.

Alguien llamó entonces bruscamente a la puerta y, un instante después, Cuddington entraba en el compartimento con expresión severa y desconfiada. Aquel iba a ser, pensó Con, un viaje infernalmente largo.

CAPÍTULO 14

El viaje a Somerset resultó casi tan horrible como Lilah había imaginado que sería. Peor. Se había imaginado una tensa y mustia conversación con Cuddington presente. Lo que no había esperado era la multitud de emociones que empezaron a bullir en su interior, buscando escape.

Con no ayudó en nada. Tomó asiento junto a la ventanilla, meditabundo. Era aquella una expresión que nunca le había visto antes... y que esperaba no volver a ver. Resultaba extrañamente perturbador ver su rostro, siempre tan animado, tan quieto y hosco. No era el Constantine Moreland que conocía, el que... Sí, muy bien, se veía obligada a admitirlo: el Con Moreland que le gustaba.

A pesar de todo lo que le había dicho, la verdad era que disfrutaba con su compañía. Cada vez que lo veía entrar en una habitación, la atmósfera se volvía más vivaz, más divertida. Todo era como más incierto a su alrededor; una nunca sabía qué decir o qué hacer. Era, por supuesto, algo irritante y no la manera en que un caballero debía comportarse. Pero también era excitante. Con parecía portar consigo la posibilidad de la aventura.

Aquello era injusto por su parte. No debería sentirse atraída por alguien que la alarmaba tanto. Con era lo contrario del hombre con el que había soñado. No era un ancla sólida como una roca, sino unos fuegos artificiales que desplegaban su belleza en el aire y luego desaparecían.

Pero no había escapatoria. Deseaba a Con. Deseaba aquel rostro, aquellas manos que utilizaba para subrayar sus palabras, aquel cuerpo largo y esbelto que parecía encajar tan bien con el suyo. Lo anhelaba de la misma manera que imaginaba que un adicto al opio debía de anhelar su droga, sabiendo que era algo indeseable y provisional, pero tan placentero...

Le lanzó una mirada de reojo. ¿Qué era lo que tenía para excitarla tanto? ¿El brillo burlón de sus ojos? ¿Su sonrisa mientras esperaba su reacción a sus burlas?

Le ardieron las mejillas cuando evocó sus besos de hacía tan solo unos minutos y la manera en que su cuerpo se encendió como respuesta. La manera en que la había tocado había sido impactante, con su mano recorriendo su cuerpo, apoderándose de un seno, pero el efecto había sido aún más excitante que sorpresivo. El simple recuerdo hacía restallar sus nervios. Con tenía la capacidad de convertirla en una persona diferente.

Para ejemplo, la manera en que había saltado ante la oportunidad de dejar la casa con él el otro día. Y por poca gracia que le hubiera hecho la idea de llevarlo a Barrow House, la perspectiva de estar allí con él la llenaba de entusiasmo. Esa era, lo sabía bien, la razón principal por la que le había fastidiado tanto la insistencia de su tía en que se llevara a Cuddington. Su propia doncella, Poppy, habría acogido con gusto la idea de viajar sola en otro vagón, sin hacer de carabina.

¿Qué iba a hacer durante el resto de la visita? Lo había echado todo a perder. Después de las cosas que le había dicho, Con no desearía tenerla al lado cuando forzara la entrada en Carmoor. ¡Y lamentar la oportunidad de cometer un delito no era prueba suficiente de hasta qué punto la había convertido Con en una persona distinta!

Se arrepintió de haberle dicho lo que le había dicho. Con era inconstante, siempre moviéndose de un asunto a otro, y creía ciertamente en todas aquellas tonterías del mundo sobrenatural. A veces, sus burlas le hacían desear propinarle una buena bofetada. Pero quizá tanto ella como su tía estuvieran equivocadas sobre su presunción de que Con formaba parte del grupo de Hetherton. Lo había visto charlando y riendo con ellos en fiestas, había oído hablar de algunos de los ridículos juegos que compartían. Pero no había visto en Con señal alguna del reprensible comportamiento de aquellos, y había transcurrido ya algún tiempo desde la última vez que había oído hablar de su participación en sus ardides.

Durante los últimos meses, con la oportunidad de conocerlo mejor, había llegado a preguntarse si lo que había tomado por simple impulsividad no habría sido más bien una gran capacidad de pensar y actuar con rapidez. Si se consideraban sus flirteos desde un ángulo diferente, se le podía reconocer el mérito de no perseguir a ninguna dama con tanta intensidad como para levantar expectativas o provocar chismes. Por supuesto, la razón de que sintiera la necesidad de flirtear con cada mujer viva era un misterio, bastante irritante por cierto, pero en cualquier caso no llegaba a un nivel de perversidad. Era bastante leal, al menos a cierta gente.

Se había enfadado con su tía no solo por haberle endilgado a Cuddington, sino por haberla entretenido tanto que casi habían llegado tarde a la estación. Y luego Con había continuado provocándola, con lo que finalmente había estallado. Desgraciadamente, no podía retirar sus palabras. Con seguiría recordándolas por mucho que ella intentara explicarse o disculparse… y, realmente, disculparse con él era algo que no tenía demasiadas ganas de hacer. Lo haría de todas formas, por supuesto, porque era lo correcto, pero era seguro que él se lo pondría difícil.

Era una estupidez que se sintiera tan abatida… Tampoco podía decirse que Con hubiera estado encantado con ella antes de su furiosa e impulsiva declaración. La encontraba mustia, estirada e insulsa. Aprovechaba la menor oportunidad para reírse de ella, siempre pinchándola y provocándola. Y, dijera lo que dijera en su descargo, la había estado evitando durante todo el tiempo que pasó ella en Broughton House, cuando ayudaron a Alex y a Sabrina a escapar.

¿Pero por qué Con le había dicho eso al final? Después de

soltarle que la consideraba una molestia, había admitido que había deseado su compañía. No había tenido intención de decírselo, más bien se le había escapado sin que hubiera podido evitarlo. Como si tampoco hubiera querido sentirlo.

Entonces, de repente, la había estrechado en sus brazos y la había besado hasta hacerle perder el sentido… para lo cual, Lilah tenía que reconocerlo, no había necesitado de mucho tiempo. Si no podía negar la atracción que sentía hacia Con, tampoco podía negar el deseo que él sentía hacia ella. Recordaba bien el ardor de su mirada, la avidez con que la había besado, su duro cuerpo presionándola contra la puerta.

Si Cuddington no hubiera entrado en aquel momento, no quería ni imaginarse lo que habría podido suceder. Lilah suponía que esa era una buena razón para tener a la mujer cerca, pero realmente era incapaz de sentirse agradecida. Quería saber lo que Con le habría dicho, lo que habría hecho con ella…

Cualquier oportunidad de averiguarlo se había desvanecido. En aquel momento Con se hallaba sumido en profundos pensamientos, sin siquiera dirigirle la palabra. Era dudoso que volviera a besarla. Lo cual, por supuesto, era para bien. Lilah no debería anhelar una repetición del incidente. Había sido tan inapropiado que no sabía cómo calificarlo. ¿Vulgar? ¿Licencioso? ¿Escandaloso?

¿Y si resultaba que ella era como su tía Vesta? Ese era un pensamiento inquietante. No. No lo era. Aunque tuviese esos pensamientos tan poco apropiados. Ella podía controlarlos. Otra gente también debía de sentir esas cosas y ser capaz al mismo tiempo de dominarlas, así que ella también podría. La actual corriente de incomodidad que circulaba entre ellos debería ayudarla a hacerlo. Y ella se alegraría de ello. De verdad.

Apoyó la cabeza en la almohada del respaldo y cerró los ojos. Al menos podría escapar a aquel incómodo silencio fingiendo dormir. Para su sorpresa, su pretensión se hizo realidad. Porque se despertó solo cuando el tren se detuvo. Miró a su alrededor, desorientada.

—¿Qué…? ¿Ya estamos en Bath?

—No —Con sacudió la cabeza—. Solo es una parada para recoger pasajeros —sacó su reloj y lo abrió—. Todavía nos queda un buen trecho, si la previsión es correcta.

—Ya —se preguntó si se le habría desarreglado el pelo por quedarse dormida. Se estiró la chaqueta. Al menos Con no le había retirado la palabra—. Está haciendo buen tiempo.

Era precisamente la clase de comentario intrascendente que aborrecía Con, pero... ¿qué otra cosa podía hacer bajo la mirada de basilisco de Cuddington? Se preguntó si la mujer habría recibido instrucciones de su tía para informar sobre su comportamiento. Con gruñó algo, pero aparentemente decidió hacer también un esfuerzo porque, un momento después, le preguntó:

—¿Cómo es tu casa? Barrow House, ¿verdad?

—Sí —deseó que hubiera escogido otro tema—. Bueno, er... —retiró una invisible pelusa de su falda—. Está en los Levels. ¿Sabes algo de ellos?

—¿Los pantanos? Los drenaron, ¿no? Como los Fens.

—Sí. Lo que antes eran marismas ahora son granjas. El terreno es plano y surcado por canales y acequias.

—¿Pero qué me dices de la casa misma? ¿Cómo es?

¿Por qué insistía en hablar de Barrow House?

—Es... bueno, algo difícil de describir —por decirlo con buenas palabras—. Fue levantada durante la era Tudor. De hecho, se construyó sobre los cimientos de un antiguo castillo, en uno de los escasos lugares elevados de Los Levels. Desde nuestras tierras se puede ver hasta Glastonbury Tor, si la niebla no lo impide. No estamos muy lejos de Wells, que es muy bonita —se lanzó a una descripción tanto de la ciudad como de su catedral.

Aparentemente su marea de palabras terminó con el interés de Con por el tema de la casa, porque se quedó en silencio, pero observándola a ella más que a lo que se veía por la ventanilla. Lilah se removió incómoda mientras se preguntaba por lo que estaría pensando.

Fue un alivio llegar a Bath, donde tuvieron que cambiar de

tren. Solo salía un tren diario para Wells, lo que significó una espera de dos horas, y para cuando llegaron allí, era ya media tarde. Lilah se alegró de que el único vehículo que pudieron contratar fuera uno de un solo caballo con dos plazas, con lo que la doncella tuvo que viajar en la carreta que alquilaron para el equipaje.

Contenta de haberse visto por fin libre de la hosca presencia de Cuddington, el nudo que Lilah sentía en el pecho fue creciendo conforme se acercaban a su casa natal. Todo le resultaba nostálgico a la vez que inquietantemente familiar. Las nieblas del atardecer reptaban a su alrededor, elevándose de los canales y ocultando el camino. Sauces plantados en hileras junto a las numerosas acequias se destacaban por encima de la niebla, ondeantes sus lánguidas ramas por el viento del crepúsculo.

La tierra se iba elevando gradualmente y el manto de niebla quedó reducido a algunos retazos. Tomaron el camino que llevaba hasta la casa, y la opresión que apretaba el pecho de Lilah se acentuó. Allí estaba. Barrow House, cerniéndose sobre ellos en toda su enorme, casi ruinosa grandiosidad, como testimonio de la soberbia de las sucesivas generaciones de los Holcutt.

La construcción había empezado como un diseño clásico Tudor con planta en forma de hache, pero la familia había prolongado una de las alas. Otro Holcutt había añadido otra perpendicular a la prolongación. Como si tres edificios independientes y distintos hubieran quedado fundidos de manera incómoda.

Todas las alas miraban interiormente al escondido patio central, de manera que el visitante, en cualquier dirección que mirara, se encontraba con la parte trasera de la casa, lo que le daba un aspecto cerrado y hermético. Había sido edificada con cimientos de piedra de sillar, en un ostentoso estilo Tudor, con las dos secciones más antiguas construidas en mampostería y negras vigas de madera formando diseños geométricos. La última ala estaba construida en buena parte en madera, con bases de piedra oscura y contraventanas, molduras y marcos también negros, lo que acentuaba su carácter siniestro.

Arcos y rosas de estilo Tudor, trifolios y cuadrifolios por doquier, con recargadas chimeneas de ladrillo poblando los tejados. Ventanales con miradores se abrían aquí y allá, con decenas de gabletes. Parecía imposible que hubieran podido encajarse allí tantas vidrieras.

Había además un patio interior. En el extremo más alejado, el del ala original, las plantas estaban dispuestas en terraza, de manera que cada una sobresalía sobre la inmediatamente inferior. Como en tantos edificios de estilo Tudor, el tiempo había combado y retorcido las plantas más bajas, lo que les daba un curioso aspecto, como el de un borracho vencido por su propio peso. Una incongruente torre redonda se alzaba a un lado.

A plena luz del día resultaba un edificio ciertamente peculiar, pero en aquel momento, al atardecer y con la niebla levantándose, el efecto era fantasmal. Con soltó una exclamación y Lilah se volvió para mirarlo con recelo. Estaba contemplando Barrow House con expresión admirada, flojas las manos en las riendas.

—¿Es aquí donde creciste? —le preguntó.

—Sí.

—Increíble —se la quedó mirando pensativo.

Lilah sintió que se ruborizaba y volvió de nuevo la cabeza, algo molesta.

—¿Cómo pudiste soportar marcharte de aquí? —continuó él.

—A ti te gusta —adivinó Lilah. Había esperado que él la importunaría con Barrow House. Tanto si le disgustaba como si no, le proporcionaría buen pasto para sus pullas.

—Por supuesto. Es fantástica, el tipo de lugar donde uno se imagina que puede pasar de todo.

—Me temo que yo no tengo mucha imaginación —respondió secamente Lilah—. Es demasiado grande. Los suelos son irregulares, las estancias tan gigantescas que resulta imposible calentarlas. Es una absoluta monstruosidad de casa.

—En efecto —a Con le brillaban los ojos.

Entraron en el gran patio empedrado y detuvieron el carruaje. Lilah vio que Con lo miraba todo a su alrededor con interés, contemplando el gran tejo que allí se alzaba, la fuente de piedra ennegrecida con el hombre verde escupiendo agua y las tres anchas puertas dobles.

—Por favor, dime que si me equivoco de puerta, no me precipitaré a un foso.

—Entraremos por la central —anunció, lacónica, y bajó del vehículo.

Un sorprendido criado salió apresurado para recibir a Lilah. Con entregó al hombre las riendas del carruaje y la alcanzó. Inclinándose sobre ella, murmuró:

—Es la casa, ¿verdad? Es por esto por lo que te mostrabas tan reacia a que yo te acompañara.

Lilah se detuvo y se volvió para mirarlo. Había un brillo de inteligencia en sus ojos.

—No seas ridículo.

Él se disponía a replicar algo cuando, justo en aquel momento, se abrió la puerta dando paso a una mujer. Una expresión de sorprendido deleite se dibujó en su rostro al tiempo que abría los brazos en señal de bienvenida.

—¡Dilly! Oh, Dilly, mi pequeña...

—¿Dilly? —Con enarcó las cejas.

—No—te—atrevas —le siseó Lilah, y rápidamente se echó a un lado para evitar el abrazo de su tía.

Pero la tentativa no tuvo éxito, y la tía Vesta consiguió envolverla en sus brazos. Aunque habían pasado casi diez años, la sensación le resultó dolorosamente familiar. Olía al mismo exótico e intenso perfume de siempre y su abrazo era igual de expresivo. Lilah se quedó rígida.

—Hola, tía Vesta.

Aunque algo marchita por la edad, Vesta seguía ostentando una figura impresionante. Tan alta como Lilah, era bastante más ancha, con un busto que parecía alzarse como la proa de un barco por encima de su corsé. Diez años atrás su cabello había sido más claro que el de Lilah, pero en aquel momento lo lucía negro como el azabache, recogido en lo alto en un enorme copete y adornado con una pluma curva.

Un broche de diamante sujetaba la pluma a su pelo, y más diamantes refulgían en sus orejas, en su cuello y en sus muñecas. Su vestido era de satén negro, con un bordado en diagonal de flores rojas y doradas. El escote en forma de corazón revelaba buena parte de su impresionante busto. En una mano sostenía un abanico de plumas blancas a juego con la de su cabello.

Vesta retrocedió un paso, tomándole las manos y sonriendo con expresión radiante.

—No puedo creer que estés aquí. ¡Qué sorpresa tan maravillosa! Pero, por supuesto, las cosas siempre terminan funcionando como deberían, ¿verdad? Estoy tan contenta de volver a verte... Ha pasado mucho, muchísimo tiempo...

Lilah se contuvo de señalarle que había sido ella quien había estado lejos durante tanto tiempo.

—Yo también me alegro de verte.

—¿Y quién es tu joven galán? —Vesta lanzó entonces un insinuante mirada a Con.

Lilah se ruborizó.

—No es mi galán...

—Constantine Moreland, *madame* —Con ejecutó una inclinación tan ostentosa como la propia dama—. A sus pies.

—Oh, vaya —la tía Vesta sonrió a Con, agitando su abanico en plan flirteo—. Veo que has encontrado un gran partido, Dilly.

—¡Tía Vesta! Él no...

Con, por supuesto, ignoró las palabras de Lilah y lanzó una deslumbrante sonrisa a Vesta.

—No, *madame,* el gran partido es su sobrina. Yo simplemente tuve la suerte de estar allí donde Dilly tropezó conmigo.

—Con... —Lilah rechinó los dientes.

—Vamos dentro —la tía Vesta tomó del brazo a Con y lo hizo entrar en la casa—. Espero que dentro de poco me llames tía Vesta —lo tuteó—. Te siento ya muy cerca. Tengo la sensación de que somos almas gemelas.

Lilah los siguió, enfurruñada.

—Debéis de estar exhaustos después de un viaje tan horrible —comentó su tía como si hubieran tenido que atravesar un desierto en lugar de viajar durante unas horas en tren—. Seguro que tendréis hambre. Mandaré que nos sirvan una cena temprana. Pero antes, por supuesto, querréis refrescaros —Vesta los guio escaleras arriba y pasillo abajo—. Esta es la habitación de Delilah. Huggins se encarga de que todo esté como siempre, como si la hubieras abandonado ayer, querida. Y en cuanto a ti, querido muchacho... Seguro que Ruggins ya ha mandado preparar tu habitación —sonrió con expresión zumbona—. Al otro lado del pasillo y a una distancia conveniente, por supuesto. Tenemos que mantener las formas.

—¿Tenemos? —respondió él con el mismo tono bromista.

—Mi habitación está allá —Vesta señaló con gesto vago el largo pasillo—. Me mudé al antiguo dormitorio de tu madre, querida. Espero que no te importe.

—Por supuesto que no.

—Da al tejo del patio. Lo cual, por supuesto, resulta vital.

—Naturalmente —Lilah no miró a Con. Entrando apresuradamente en su habitación, cerró la puerta a su espalda.

Se apoyó contra la puerta, intentando relajarse. Todo estaba maravillosamente tranquilo y, aunque no había vuelto a pisar aquella casa desde la muerte de su padre ocurrida dos años atrás, la impresión era familiar y acogedora. La estantería todavía contenía sus cuentos infantiles. Si abría la pequeña puerta que había en una pared, sabía que encontraría un minúsculo cuarto de juegos abuhardillado, sin duda todavía lleno con sus muñecas y juguetes.

Acarició la idea de quedarse allí y no bajar a cenar. Pero eso significaría dejar a su tía y a Con a solas, y solo Dios sabía las extrañas ocurrencias que ella podría soltarle. Con, por supuesto, la animaría a hablar. No, tenía que estar presente para alejar la conversación de temas que sería preferible evitar.

Volviéndose, se acercó al aguamanil para quitarse el polvo del camino. Paseó luego por la habitación, acariciando su viejo joyero, el algo tosco muestrario de bordado fruto de sus primeros intentos con la costura, el plato de cristal con forma de mano de mujer para guardar botones sueltos y horquillas… El pequeño arcón de su madre que había permanecido durante años en el dormitorio de su padre y que había sido trasladado al suyo tras su muerte.

Lilah apartó la silla que había colocada delante de la puerta de su cuarto de juegos y, agachando la cabeza, entró. Estaba oscuro, iluminado únicamente por el resplandor de la luz del dormitorio, pero no tanto como para que no pudiera distinguir las filas de muñecas en los estantes, con el aro apoyado a un lado. Un gran baúl bajo la ventana contenía sus juguetes: eran muchas las veces que se había sentado allí a contemplar el paisaje. En la pared opuesta había una recargada casita de muñecas sobre una mesa baja, tamaño infantil, con una silla a juego. Había adorado aquella casita de muñecas, con aquel aspecto de tranquila y maravillosa domesticidad, tan distinta de su propio hogar…

El aire tenía un sabor rancio, olía al polvo que todo lo cubría. La luz de la tarde arrancó un reflejo al ojo de cristal de una muñeca. Aquella era una casa de tristeza. Su padre, muerto. Una madre a la que no llegó a conocer. Aquel minúsculo cuarto de juegos conteniendo los restos de la niña que había sido.

Abandonó el cuartito. Cerró la puerta y volvió a colocar la silla delante. Aquella casa, aquella propiedad, podía atraerla de una manera casi visceral, pero no pertenecía ya a ese lugar.

CAPÍTULO 15

Lilah no necesitó dirigir la conversación entre aguas turbulentas y traicioneras, porque su tía ni siquiera llegó a mencionar Barrow House o la familia Holcutt. En lugar de ello, Vesta y Con mantuvieron una animada conversación sobre Londres. ¿Cuál era el último rumor de la temporada? ¿Qué obras se estaban representando en los teatros? ¿Qué estaba de moda y qué no? A juzgar por sus risas, la charla era de lo más entretenida. Lo cual le inquietó bastante.

Fue un alivio cuando la idea de su tía de una cena sencilla, de solamente seis platos, tocó a su fin. Con rechazó la invitación de la tía Vesta a jugar a cartas y acompañó a Lilah escaleras arriba. En el pasillo, Lilah se disponía ya a desearle buenas noches y retirarse cuando él cerró una mano sobre su muñeca.

—Espera. Quería hablar contigo.

Los nervios le cerraron el estómago, pero se sentó con él en el banco de uno de los miradores. ¿Qué iría a preguntarle? Había sido una estúpida al esperar que pudiera evitar el tema de su familia. Obviamente su tía y él se habían convertido en grandes compinches.

—Lilah... —Con se sentó a su lado, vaciló y en seguida se levantó—. Esta mañana me comporté de manera abominable en el tren. Debo disculparme contigo por un comportamiento tan poco caballeroso —la frase sonó rígida, como si la hubiera ensayado previamente—. Por la manera en que yo... —contra su costumbre, pareció quedarse sin palabras.

—¿Me besaste? —Lilah suspiró de alivio. ¿Era de aquello de lo que había querido hablarle?

Él también se relajó y volvió a sentarse junto a ella.

—No, de eso no podría arrepentirme. Fue demasiado delicioso.

—Tengo que decirte, entonces, que no me parece una disculpa muy sincera.

—Me arrepiento de haberte ofendido. De haberte alarmado, o molestado. De haber sido tan rudo, tan patán. Por lo general no soy tan torpe. Perdí los estribos.

—Lo que no entiendo es por qué un estado de furia habría de empujar a una persona a besar a otra. Si la otra persona te disgusta tanto, ¿por qué habrías de querer besarla?

Con un largo suspiro, Con se apoyó en el cristal de la vidriera.

—La verdad es que me confundes. Me revuelves por dentro. No lo entiendo. Y me gusta tan poco como a ti. No puedo evitarlo —se interrumpió, para luego añadir en voz baja—: si te evité antes, no fue porque no me gustaras.

—¿Ah, no? —arqueó las cejas.

—No. Me gustas más de lo que deberías para mi propia tranquilidad de espíritu.

—Si te gusto, ¿por qué te burlas de mí todo el tiempo?

Pareció sorprendido.

—Es evidente que no tienes hermanos. ¿Ningún chico te tiró nunca de las coletas precisamente porque le gustabas?

Lilah se lo quedó mirando fijamente.

—Bueno, yo... no sé —sacudió la cabeza—. En realidad, no. En cualquier caso, no tiene sentido. ¿Por qué habrías de hacer enfadar a alguien si te gusta?

—Me burlo de ti porque... disfruto viendo cómo te brillan los ojos y se colorean tus mejillas.

—¡Pero eso es porque estoy furiosa!

—Perverso, ¿no te parece? —se inclinó hacia ella—. Me

gusta que me repliques. Tu humor. Ese ceño que pones, con estas pequeñas arrugas —rozó delicadamente con un dedo su entrecejo—. Es divertido ver cómo asoma de golpe tu verdadero ser por detrás de esa máscara social —le tomó la barbilla con el pulgar y el índice—. Me encanta hacerte perder ese control del que tanto presumes. Hacer que te sientas tan revuelta, inquieta y confusa como logras hacer tú conmigo.

Dejó caer la mano y se apartó. Un silencio se abatió sobre ellos. Lilah pensó que quizá Con se sintiera tan sorprendido por aquellas palabras como ella. Finalmente, recuperándose, le espetó cortante:

—Entonces ciertamente has tenido éxito.

—Me he pasado la vida entera perfeccionando esa habilidad en particular —Con sonrió y se levantó, tendiéndole la mano.

Lilah la aceptó. Y no le importó que él se la sostuviera durante demasiado tiempo. Mientras caminaban por el pasillo hacia el dormitorio, dijo:

—Yo también tengo que pedirte disculpas. Te dije una serie de cosas que pensaba sobre ti, pero ahora creo que ya no las pienso, en realidad. Eres extraordinariamente irritante, pero... —alzó la mirada hacia él una vez que se detuvieron en la puerta de su habitación—. Tienes un gran corazón y eres inteligente. Y tú tampoco me disgustas.

Con se echó a reír.

—Me tomaré eso como un gran elogio, viniendo de ti —le soltó la mano, apartándose—. Buenas noches. Que duermas bien.

—Con... —dijo ella cuando él ya se marchaba.

Se volvió, arqueando las cejas.

—Hoy en el tren, cuando me besaste... Yo también disfruté —y se metió en su habitación.

Bueno, aquello ciertamente había destruido cualquier posibilidad que hubiera tenido de conciliar pronto el sueño.

Había besado a Lilah antes y ciertamente había disfrutado

a fondo. Pero una cosa era robar unos pocos besos, provocar su rubor y saborear la dulzura de su boca, y otra muy distinta los besos de aquella mañana en el tren. La pasión había rugido en su interior con tanta fuerza e intensidad, con tanta avidez, que por unos minutos se había olvidado completamente del mundo.

Saber que Lilah también había estado disfrutando, sentir cómo se había encendido de pasión... bueno, eso lo había cambiado todo. Era aquella la clase de deseo que volvía ciego y estúpido a un hombre, que lo empujaba a cometer equivocaciones de todo tipo.

Todo en él parecía vibrar con el deseo de seguir sus instintos. Pero todas las complicaciones y barreras que entrañaban cortejar a una mujer como Lilah seguían intactas. Si se hubiera tratado de cualquier otra mujer... pero no lo era. Por muy temerario e impulsivo que pudiera considerarlo ella, en esa ocasión tendría que poner un especial cuidado. No era él solamente quien podría terminar sufriendo. Estaba su hermano. Sabrina. La propia Lilah.

Se quitó la chaqueta y la corbata, se desabrochó el chaleco y se sirvió luego un whisky de la licorera que generosamente Vesta le había proporcionado. Dejándose caer en la silla, reflexionó sobre el enigma que significaba Lilah Holcutt. Los enigmas siempre habían sido su debilidad: jamás se había podido resistir a uno.

Ahora que pensaba sobre ello, quizá Lilah no fuera tan diferente de su hogar. Compartían una misma cualidad: la del secretismo, la de las cosas ocultas bajo la superficie. Él había visto destellos de la personalidad que se escondía detrás de aquella cortés máscara social: en su risa, en el arrojo con que se había sumado a la persecución de los secuestradores. Y, por encima de todo, en el ardor y en la pasión de sus besos. Cuanto más la trataba y más se acercaba a ella, más se daba cuenta de que en realidad no la conocía en absoluto.

¿Por qué nunca visitaba aquella casa? Sí, era algo muy extraño, dado que se trataba del hogar de su infancia, con lo que por fuerza habría tenido que estar encariñada con él. Y luego estaba la manera en que se comportaba con su tía. Vesta se había mostrado entusiasmada de volver a verla, mientras que Lilah se había mostrado distante.

Recordaba la rigidez con que Lilah había acogido su abrazo, soportándolo más que disfrutándolo. Vesta representaba el tipo de carácter expansivo y expresivo que habría incomodado a Lilah. Pero allí había habido algo más que simple incomodidad. No exactamente disgusto, pero sí algo... duro, intenso.

¿Y por qué Lilah, a la tierna edad de doce años, se había marchado de allí para vivir con su otra tía en Londres? Lilah le había explicado que su padre había decidido que necesitaba de una tutoría y guía femeninas. ¿Pero por qué cuando ya había tenido a Vesta, su otra tía, viviendo con ella?

Se preguntó por lo que habría sentido Lilah, por la manera en que habría encajado aquella forzada marcha. Parecía encariñada con su tía Helena, pero aun así, la partida debió de ser dolorosa. Lilah hablaba muy poco de su padre. En realidad, rara vez hablaba de su familia o de su infancia. ¿No era ese un detalle ciertamente extraño?

Con debía de haberle contado por lo menos media docena de anécdotas sobre su familia y su infancia durante su larga cabalgada en pos de los secuestradores. Lilah, por el contrario, no le había contado nada. La única razón por la que se había enterado de algo sobre su padre era porque le preguntó por la llave.

Desde el principio, Lilah no había querido que viera su casa: su expresión de mortificación no le había pasado desapercibida. Estaba seguro de que esa había sido la verdadera razón de su resistencia a invitarlo. Aquello era un alivio, por supuesto, pero en aquel momento no podía menos que preguntarse por qué aquello la avergonzaba tanto.

Barrow House era peculiar, evidentemente, pero él no podía imaginarse por qué Lilah había pensado que un Moreland pondría alguna objeción a tan extraña singularidad. Y, de todos los Moreland, él precisamente. Aunque quizá se tratara más bien de lo contrario: tal vez Lilah hubiera temido que se sintiera atraído, que aquella casa excitara su curiosidad. O que pudiera ver algo en Lilah, también, algún aspecto que ella hubiera querido mantener oculto.

Aquel era un pensamiento ciertamente intrigante, sobre el que estuvo reflexionando hasta que apuró su copa. Después se acostó. Y se quedó dormido pensando en Lilah.

No estaba seguro de qué fue lo que le despertó, pero abrió los ojos de golpe y permaneció inmóvil por un momento, escuchando. Reinaba un denso silencio. Solo se oían los ruidos y crujidos típicos de una casa extraña. Pero ya estaba despierto del todo. Con un suspiro, se levantó de la cama y se dirigió al aparador para consultar su reloj de bolsillo. Las dos de la madrugada.

Acercándose a la ventana, descorrió las cortinas. El pálido resplandor de la luna casi llena bañaba el paisaje. Podía distinguir las oscuras figuras de árboles y arbustos, el ancho camino que llevaba al centro del jardín.

De repente vio una figura moverse. El corazón le dio un vuelco en el pecho, pero en seguida se sonrió. Era una persona real, no un fantasma. Solo una mujer en camisón. Acercó el rostro al cristal. ¿Por qué había salido aquella mujer a dar un paseo por el jardín en mitad de la noche?

Era Lilah. Estaba demasiado lejos y la luz era demasiado débil para que pudiera distinguirla con claridad, pero podía reconocer la forma de su cabello. ¿Qué diantre estaría haciendo fuera de la casa a las dos de la madrugada, y además en camisón?

Sorprendido, la observó avanzar por el camino para girar luego a la izquierda y desaparecer en las sombras. No se apresuraba, pero tampoco era el paso tranquilo y despreocupado de alguien que simplemente estuviera dando un paseo. Tenía un destino en mente. ¿Pero cuál? ¿Por qué? Incluso en una templada noche de verano, ¿qué habría empujado a la siempre tan formal Lilah a abandonar su dormitorio llevando solamente un sencillo camisón?

Su primer pensamiento, su único pensamiento, fue que se dirigía al encuentro de alguien. De un hombre... que debía de conocerla bastante bien, para que ella fuera a verlo vestida de esa guisa. Algo ardiente y acre pareció estallarle en el pecho, un sentimiento nada familiar que tardó un momento en reconocer como celos.

Con se sacó la camisa de dormir y empezó a vestirse, hasta que de repente se detuvo. ¿Qué estaba haciendo? ¿Pretendía seguirla? ¿Y qué pensaba hacer en caso de que la sorprendiera en brazos de un amante? Él no tenía ningún derecho sobre Lilah.

Se volvió de nuevo hacia la ventana, indeciso. No eran celos: era simplemente su insaciable necesidad de conocimiento. No tenía ningún derecho a sentirse celoso. Unos pocos besos, por muy ardientes que hubieran sido, no significaban una relación. Oh, diantre… Por supuesto que estaba celoso.

Justo en aquel momento, Lilah volvió a aparecer ante su vista. Soltó el aliento que había estado conteniendo, aligerada la presión del pecho. Gracias a Dios que no se había puesto en ridículo corriendo detrás de ella. ¿Pero por qué se había escabullido de la casa a aquellas horas, para permanecer fuera no más de quince minutos?

Si había ido a encontrarse con un amante, seguro que no habría tenido tiempo más que para intercambiar unos cuantos besos con él. Por cierto que si tenía un amante allí, ¿cómo era que no había pisado Barrow House durante los dos últimos años? Pero, si no era un amante, ¿qué o quién sería entonces? ¿Y por qué?

CAPÍTULO 16

A la mañana siguiente, Lilah se arrastró fuera de la cama sintiéndose casi tan cansada como cuando se tumbó la noche anterior. Pero estaba decidida a bajar a desayunar. Vista la actitud de su tía Vesta hacia Con, dudaba que se quedara durmiendo hasta tarde.

Llamó a Cuddington para que la ayudara a vestirse y, para su sorpresa, la doncella de expresión amargada resultó ser una verdadera artista para el peinado. Le recogió el pelo en uno de los populares estilos Pompadour, y aunque Lilah nunca antes había adoptado aquel peinado, ya que no le gustaba llamar la atención según los dictados de la última moda, se mostró tan deseosa como su doncella de probarlo allí, en el campo, donde nadie pudiera verla. Excepto Con.

El resultado bastó para arrancar una sonrisa de satisfacción a Cuddington. Y la expresión que vio en el rostro de Con cuando entró en el comedor resultó de lo más gratificante. Caballerosamente rodeó la mesa para sacarle la silla mientras contemplaba admirado su cabello.

—Buenos días. Parece que va a hacer un hermoso día.

—¿Se ha levantado la niebla? —preguntó Lilah.

—El día no puede ser más soleado, pero me estaba refiriendo a pasarlo contigo.

Lilah arqueó una ceja con gesto incrédulo, pero no pudo reprimir una sonrisa. ¿Habría hablado en serio Con la noche anterior cuando le confesó que le gustaba? O quizá no hubiera dicho eso exactamente. Quizá simplemente le había dicho que no le disgustaba. Se distraía tanto hablando con él que a veces perdía la noción de lo que le decía.

Era imposible mantener una conversación privada con el mayordomo y un criado atareados en asistirlos durante el desayuno, así que Lilah no hizo mención alguna de sus propósitos o planes.

—Espero que hayas dormido bien.

Con emitió un sonido afirmativo y fijó en ella una mirada extrañamente intensa.

—¿Qué me dices de ti? ¿Estuviste levantada hasta tarde?

—Dios mío, no. Me acosté en cuanto nos despedimos.

—La luna estaba casi llena. La luz me permitió ver claramente el jardín, incluso de madrugada —Con se detuvo casi como si estuviera esperando algo, y continuó—. Así que me levanté y dediqué unos cuantos minutos a mirar por la ventana.

—¿De veras?

—Sí. Había luz suficiente para dar un paseo.

—Me temo que yo nunca he salido al jardín a esas horas —a Lilah le estaba costando seguir aquella conversación. Deseó que los sirvientes se marcharan de una vez.

—¿Nunca? Pues anoche me pareció verte allí.

—¿A mí? —sobresaltada, alzó la mirada hacia él—. Yo no estuve en el jardín —frunció el ceño—. No sé quién pudo haber sido. Uno de los sirvientes, supongo.

Con se la quedó mirando simplemente durante un buen rato. Finalmente se encogió de hombros.

—Quizás estuviera soñando.

—Sí, probablemente fuera eso —Lilah ordenó al mayordomo que llevara más tostadas y, no bien el hombre hubo abandonado la habitación, se volvió hacia Con—. Espero que no vuelvas a mencionar eso. El servicio pensará que has visto un fantasma. Y aquí la gente ya es suficientemente supersticiosa.

Con le lanzó una mirada escrutadora, pero se limitó a responder:

—No, por supuesto. No diré una sola palabra.

Continuaron desayunando en silencio. Lilah podía sentir su mirada fija en ella, pero se esforzó todo lo posible por ignorarla. Se preguntó si realmente alguien habría salido en plena noche al jardín… ¿quizá alguna doncella en pos de alguna aventura con un amante? Esperaba que Con se atuviera a su promesa y no interrogara a los sirvientes al respecto. Peor aún: ¿y si comentaba el asunto con la tía Vesta? Solo Dios sabía qué clase de historia podría inventarse ella.

—Había pensado que quizá podríamos acercarnos a Carmoor esta mañana —cuanto antes pudiera apartarlo de su tía, mejor.

—¿Por qué no me enseñas antes Barrow House?

—¿Esto? ¿Para qué? Eso no nos ayudará a encontrar lo que, er… —se interrumpió, recordando al mayordomo, que volvía a estar apostado al pie de la puerta— lo que estamos buscando.

Con una sonrisa, Con se inclinó para murmurarle:

—Eres muy precavida, Delilah —recostándose luego en su silla, recuperó su tono normal—: En estas cosas, reconocer el terreno antes siempre ayuda. Además, Barrow House es interesante. Podríamos explorar el laberinto.

—¿Cómo sabes que hay un laberinto?

—Esta mañana di un paseo antes de desayunar y vi los setos.

—Está muy descuidado —protestó Lilah—.. No es seguro. A mí nunca me dejaron entrar allí sola.

—Más ganas tendrás entonces de hacerlo ahora, supongo.

—En realidad, no —había algo inquietante en las oscuras frondas de aquel laberinto, con sus pasajes que se estrechaban conforme se avanzaba por ellos—. Nadie querría perderse en él…

—Yo creo que la idea es más bien descubrir lo que oculta el centro. ¿No sientes curiosidad?

—No —lo miró exasperada. ¿Por qué Con tenía que arreglárselas siempre para sacar los temas de conversación más molestos?—. Mi padre me llevó allí una vez porque yo no dejaba de insistir —recordaba bien su angustia, los muros de los setos cerniéndose altos y oscuros sobre ella, las ramas sin recortar que amenazaban con atraparla. Sintió una opresión en el pecho—. No hay nada que ver allí.

—Muy bien —se encogió de hombros—. Exploraré el laberinto después yo solo.

—Con, no... Te perderás.

—Yo nunca me pierdo. ¿Sabes? Creo que deberíamos hablar antes con tu tía antes de partir.

Debería haber previsto aquello. Por supuesto que Con querría hablar con la tía Vesta, y solo Dios sabía a dónde llevaría eso. Le iba a resultar imposible mantenerlo alejado de su tía. Pero al menos sí que podría retrasar el momento.

—No, exploremos el laberinto.

Con se la quedó mirando levemente sorprendido por su cambio de actitud, pero no dijo nada. Más tarde, aquella misma mañana, Lilah lo llevó al laberinto. Los setos habían crecido demasiado. Sus ramas se disparaban en todas direcciones oscureciendo y estrechando aún más los pasajes, hasta el punto de que Con tuvo que abrirse paso a fuerza de apartarlas cuando empezó a adentrarse. Una extraña y asfixiante sensación se apoderó de ella, conformando el disgusto que sentía hacia aquel lugar.

—Lilah, no tienes por qué venir —le dijo él—. Puedo entrar solo.

—Absurdo —se irguió—. No puedo dejar que desaparezcas en el laberinto.

Con recorrió su rostro con la mirada largamente.

—Muy bien —continuaron su avance, con él encabezando la marcha—. Háblame de este laberinto. ¿Quién lo construyó?

—En realidad, no lo sé. Estaba aquí cuando mi padre era niño. De hecho, se perdió en él una vez. Es por eso por lo que nunca me dejaba entrar sola. ¿No eran los laberintos muy populares durante el siglo pasado?

Con se encogió de hombros.

—No dudo de que Alex podría informarte sobre ello mucho mejor que yo. Pero creo que ya existían desde antes. ¿No había laberintos ya con los Tudor?

—Entonces quizá lo plantara el primer Holcutt —Lilah se alegró de que Con hubiera elegido un tema tan inofensivo de conversación. Mientras se concentraba en responder sus preguntas, podía ignorar la aprensión que sentía en el pecho, vagamente consciente de los giros y vueltas que iba haciendo Con.

Llegaron a una encrucijada y Con se detuvo, frunciendo el ceño levemente mientras miraba en una y otra dirección del sendero que atravesaba el que habían estado siguiendo. Lilah señaló entonces hacia delante y continuó andando.

—Creo que es por aquí.

—No. Debemos girar aquí —la tomó del brazo, deteniéndola. Una extraña expresión se dibujó en su rostro—. Sí. Estoy seguro.

—¿Cómo puedes saberlo? —le preguntó ella. La confianza era una cosa, pero la certidumbre de Con podía llegar a resultar de una terquedad irritante.

—Tiene sentido —respondió vagamente.

Encogiéndose de hombros, Lilah lo siguió. Una secreta parte de su ser anhelaba que terminaran en un callejón sin salida. Con le soltó el brazo, pero mantenía una mano en su cintura en un gesto que ella encontraba extraña e irritantemente desconcertante.

Giraron otra vez y de repente se encontraron en el centro mismo del laberinto. Un cuadrante solar señalaba el lugar, y enfrente, un banco de hierro forjado. La hiedra se había apoderado de parte del banco, e incluso había trepado por el pedestal de piedra del reloj.

Lilah se volvió hacia él, sorprendida.

—¿Cómo lo sabías?

—¿Saber qué?

—El camino que lleva directamente al centro. En ningún momento has dado un solo giro equivocado. Mi padre me dijo que jamás nadie lo había conseguido al primer intento —Lilah entrecerró los ojos—, ¿No habrás venido esta mañana temprano para ensayar?

Con soltó una carcajada.

—Delilah Holcutt. Eres un espíritu demasiado desconfiado —se acercó a ella, sonriente—. No. No entré antes para poder dejarte luego admirado con mis habilidades para la orientación. Ya te dije que era bueno con los mapas y los rumbos. Generalmente siempre sé por intuición, sin mirar al sol, dónde está el norte.

—No hay ningún mapa del laberinto —replicó Lilah, con las manos en las caderas—. Y no sé de qué manera habría podido ayudarte saber dónde está el norte en un laberinto.

—Entonces supongo que habrá sido simple suerte —sonrió—. O quizá posea, después de todo, alguna habilidad esotérica. Soy una brújula humana —mientras ella ponía los ojos en blanco, Con se volvió para examinar el reloj solar. El pedestal estaba construido en piedra y el frontal de cobre estaba muy oxidado.

—Dudo que un reloj de sol pueda funcionar muy bien con esto setos tan altos.

—Es verdad —Lilah se reunió con él al pie del pedestal de forma triangular.

Con se agachó entonces y apartó algunas ramas de hiedra para descubrir un diseño de tres espirales en una esquina. Arrancando más ramas, descubrió que el motivo se repetía regularmente todo a lo largo del borde. Acarició con un dedo una de las espirales.

—El tres, número místico —murmuró—. Uno en cada una de las tres esquinas, más dos más a cada lado, hacen un total de nueve: tres veces tres.

—Son trisqueles —le dijo Lilah—. Se basan en antiguos objetos hallados en esta zona. Creo que las espirales representan la eternidad. Y la santísima trinidad son tres personas —arrugó el ceño—. Aunque creo que el motivo es muchísimo más antiguo.

Lilah miró a su alrededor. Los altos setos oscurecían demasiado la luz. Sentía aquellos muros vegetales como una prisión.

—Con, no hay razón para que sigamos aquí. Estoy cansada.

—¿Qué? —se volvió hacia ella—. Oh. Claro, por supuesto —empezaron a desandar el camino—. Este lugar tiene algo que te inquieta, ¿verdad? ¿Qué es lo que te está acelerando tanto el pulso? —preguntó, clavando la mirada en la base de su cuello—. ¿Entusiasmo quizá por encontrarte en mi compañía?

—Te aseguro que no tiene nada que ver contigo —le lanzó una mirada de reproche.

Con se sonrió.

—Eres una mujer dura, Delilah.

—¿Te importaría no llamarme así?

—Me gusta. Es como saborear un caramelo. Dilly es encantador, pero no tiene ese mismo efecto grandioso.

—Si empiezas a llamarme Dilly, te juro que te arrastraré hasta las mazmorras y te dejaré allí encerrado.

—De manera que hay mazmorras… Tendremos que visitarlas en la próxima ocasión.

Lilah se echó a reír.

—Espero que recuerdes que si hemos venido aquí ha sido para registrar la casa de Sabrina.

Habían llegado a la entrada del laberinto, pero Con la agarró de pronto de la muñeca para arrastrarla nuevamente a la fronda de los setos

—Cuando te ríes así, lo que me cuesta demasiado es recordar la promesa que te hice…

El pulso de Lilah se disparó de una manera que nada tenía que ver con el laberinto. Vio que su mirada se oscurecía, distinguió la maliciosa sonrisa de sus labios. Sabía que estaba a punto de besarla. Y que ella no iba a apartarse.

—¿Lilah? —era la voz de su tía Vesta, flotando en el aire—. ¿Dónde estás, querida? Es hora de tomar el té, ¿no te parece?

Con murmuró algo por lo bajo que Lilah casi se alegró de no poder entender bien, y le soltó la muñeca.

—Sí, tía —gritó—. Ahora vamos.

—Hace un día tan precioso… —la tía Vesta sonrió a Con unos momentos después, mientras servía el té en el salón—.

Llevo sintiendo el ancestral poder de la tierra durante horas—. ¿No lo sientes tú?

—No —se apresuró a responder Lilah—. Le estaba enseñando a lord Moreland el jardín.

—El laberinto —le lanzó una astuta mirada—. A las parejas les encanta internarse allí.

Lilah captó el sentido de la frase y empezó a ruborizarse. Una mirada a Con le confirmó que también había cazado la insinuación, aunque él, por supuesto, se limitó a sonreír.

—¿Sabe usted quién mandó construir el laberinto, señorita Holcutt? —preguntó Con a la tía Vesta, estirando una mano para recibir su taza.

—Señora Le Claire, querido. Soy viuda —esbozó una triste sonrisa—. ¡Pobre Henri!

—Le suplico me perdone, señora Le Claire —frunció el ceño con expresión pensativa.

—Yo le dije a Con que no sabía cuál de nuestros antepasados mandó levantar el laberinto. ¿Lo sabes tú, tía Vesta?

—No, han pasado... ¡tantos años! A papá le encantaba. Se internaba allí a menudo a reflexionar sobre la vida. Pero no lo creó él. Entiendo que sí que instaló la pequeña zona central, el banco y lo demás.

—¿Él colocó el reloj solar? —inquirió Con—. Me interesaron mucho los relieves del pedestal.

—Sí, sí —Vesta cabeceó varias veces como si Con hubiera dicho algo importante—. Trisqueles. Son símbolos muy poderosos. Creo que papá tenía una conexión con el Otro Lado también.

—Había pensado que Con y yo podríamos salir a cabalgar mañana por los alrededores —«temprano», añadió Lilah para sus adentros. Antes de que se levantara su tía.

—¡Maravilloso! Tienes tantos lugares importantes que enseñarle... Ese antiguo túmulo que da nombre a la propiedad. Y Holy Well, aunque me temo que está demasiado lejos. Pídele a la cocinera que os prepare algo de comida para el camino.

—¿Holy Well? —preguntó Con, interesado.

—Sí, se dice que José de Arimatea visitó ese lugar, pero, por supuesto, Glastonbury ya era un lugar sagrado para los antiguos antes de esa fecha.

—Ah... el Santo Grial —comentó Con.

Lilah contuvo un suspiro. Al menos se estaban apartando del tema del Otro Lado...

—¡Entonces sabes sobre ello! —exclamó Vesta, deleitada.

—Por supuesto. La leyenda dice que José de Arimatea navegó hasta Bretaña y enterró el cáliz sagrado en Glastonbury Tor.

—Sí. Algunos sostienen que Glastonbury Tor era la isla de Ávalon, donde el rey Arturo fue enterrado en su barcaza funeraria, pero por supuesto todo eso son tonterías.

—¿De veras? —Con parecía haberse olvidado de la comida de su plato.

Vesta asintió con énfasis.

—Glastonbury Tor fue en tiempos una isla, pero no era Ávalon. Era la Isla del Oeste, a donde viajaban las almas de los difuntos para obtener su recompensa.

Lilah se aclaró la garganta.

—No vamos a ir a Holy Well. Pensábamos acercarnos a Carmoor.

—¡Carmoor! —la tía Vesta se la quedó mirando fijamente—. ¿Pero por qué? No es más que una casa —se volvió hacia Con—. En la zona hay lugares mucho más interesantes. Está Faerie Track. No está lejos.

—¿Faerie Track? Nunca había oído hablar de ese sitio.

Vesta asintió,

—Sí, algunos lo llaman Fae Path o el Camino Plateado. Se dice que refulge con brillos de plata solo para aquellos que tienen el don de «ver». Es antiguo, antiquísimo. Un pasaje seguro a través de las ciénagas.

—Vamos a ir a Carmoor —insistió Lilah—. Con tiene asuntos que hacer allí. Su hermano se casó con Sabrina, y Con quedó encargado de supervisar la casa durante su ausencia. Para asegurarse de que no surja ningún problema.

—La pequeña Sabrina. Qué niña tan dulce —suspiró Vesta—. Os he echado tanto de menos a las dos...

Lilah tuvo que tragarse las palabras que le subieron por la garganta: «¿Entonces por qué te mantuviste alejada durante diez años?».

—La señorita Holcutt está en lo cierto —dijo Con—. Pero me encantaría explorar esta zona. Parece un lugar muy especial.

—Con... yo... er...

Vesta asintió con expresión entusiasmada.

—Desde luego que lo es. Ha sido un centro de poder desde hace miles años. La gente anciana lo sabe. Glastonbury Tor forma un triángulo con Stonehenge y con los megalitos de Avebury. Y, por supuesto, el número tres es...

—Sagrado —terminó Con por ella.

Vesta hizo un gesto vago con la mano.

—Todos los caminos se cruzan aquí.

—¿Como el que antes mencionó, el Fae Path?

—Tía Vesta, por favor... —intervino Lilah, rotunda. ¿Acaso su tía no se daba cuenta de lo trastornada que parecía? Y Con, por supuesto, tenía que animarla...

—Oh, no, no me refería al Faerie Track —Vesta se inclinó hacia ellos, contenta de explicarse—. Aunque seguro que correrá por encima de alguno de los de esta zona. Estoy hablando de los canales de la tierra. El poder que yace bajo nuestros pies y que discurre en forma de Líneas, muchas Líneas, desde Cornualles hasta Londres y mucho más allá. Desde el Canal de la Mancha hasta Escocia. El poder místico.

—¿El poder místico? —inquirió Con, animándola a continuar.

—Sí. Uno casi puede sentirlo vibrando bajo sus pies. Unos lo llaman magia, cosa que es una absoluta estupidez. Las Líneas conectan con La Fuente, la esencia de la vida. La mayoría de la gente no puede sentirlo, no lo siente nunca. Pero aquellos de nosotros que tenemos el don de hacerlo, lo sabemos —estiró una mano para palmear la de Con, cariñosa—. Tú lo sientes. Tú tienes ese don.

—No, me temo que no —repuso él.

—Oh, sí que lo tienes —blandió un dedo delante de su nariz con gesto juguetón—. Lo que pasa es que aún no te has dado cuenta. Pero puedo percibirlo en ti.

—Cuénteme más sobre esas Líneas. ¿Proceden de Glastonbury Tor?

—Como te dije, es un antiguo lugar sagrado. Una multitud de canales se entrecruzan allí. Glastonbury es un nudo, un lugar de poder, pero no es la fuente del mismo. La fuente está en la tierra misma y abarca todo el globo —alzó las manos para dibujar un círculo, que cerró en el aire entrelazando los dedos—. Es como una red. Uno puede sentir el poder en cualquier parte, pero siempre es más fuerte cuando te encuentras sobre un hilo de esa red. Y es especialmente potente en los nudos de la misma —se interrumpió—. Fue por eso por lo que volví aquí.

Lilah se tensó, cerrando los puños sobre su regazo, pero se no se le ocurría manera alguna de detener a su tía.

—¿Por el poder que posee esta región? —inquirió Con.

La tía Vesta se inclinó hacia él con expresión cómplice.

—Por el poder de Barrow House —tamborileó con los dedos sobre la mesa—. Este mismo terreno que estamos pisando. Estamos encima de un *tor,* un túmulo, mucho más pequeño que el de Glastonbury, pero, en cualquier caso, un nudo de Líneas. Muchísimas se cruzan aquí. Tiempo atrás, yo no era consciente de lo que potenciaba mi don. Pensaba que había nacido con él, que lo llevaba conmigo —sonrió, desdeñosa—. Pura vanidad, por supuesto. Abandoné este lugar llena de orgullo, ensoberbecida con mis éxitos. Pero descubría que no tenía el mismo poder, el mismo don, en otras partes. Seguía conectada con los espíritus, por supuesto. Podía convocarlos y me contestaban. Pero no era el mismo.

—Tía Vesta, no, por favor… —Lilah no estaba segura de qué era lo que le estaba suplicando. Tenía una mano en el estómago, atenazado por un nudo de nervios. No se atrevía a mirar a Con.

Pero Vesta no le prestó atención mientras continuaba:

—Finalmente, sin embargo, comprendí. Si poseía un gran

don era porque había nacido aquí, sobre este nudo, sobre este centro. Era por eso por lo que podía desplegar al máximo este poder. Por lo que pude convocar a Brockminster y conseguir que él me respondiera.

—¿Brockminster? —Con se irguió— ¿Elmont Brockminster? Dios mío... ¡usted es *madame* Le Claire!

La expresión de la tía Vesta se iluminó.

—Sí. Querido, ¡qué sorpresa que lo recuerdes!

—¿Cómo podría no hacerlo? No puedo creer que no reconociera su nombre de inmediato. La sesión espiritista fue todo un acontecimiento.

—Sí, fue increíble —reconoció Vesta—. No puedes imaginarte el poder que atravesó mi cuerpo, como hielo y fuego a la vez... Fue entonces cuando lo supe, cuando supe realmente lo que era capaz de hacer.

—¡Basta ya! —Lilah empujó su silla hacia atrás con tanta violencia que casi la derribó. Estaba terriblemente pálida y le brillaban los ojos—. ¿Por qué no podéis dejar los dos el tema en paz? —la furia y el resentimiento le cerraban la garganta. Sabía que estaba montando una escena, pero no podía reprimirse. Con un grito inarticulado, se volvió y se marchó corriendo.

CAPÍTULO 17

—Lilah... —Con se levantó en seguida, alarmado por su reacción—. ¡Lilah, espera! —dio un paso hacia ella, pero para entonces ya había desaparecido. Maldijo por lo bajo.

—No —le dijo Vesta, estirando una mano hacia él—. Déjala sola un rato. Nunca es prudente presionar a Dilly.

Con titubeó. Probablemente su tía estaba en lo cierto. Tenía ya suficiente experiencia con Lilah como para saber que, si insistía, provocaría su furia. Y aunque no le importaría una buena discusión, no quería irritarla más.

—Señora Le Claire, lo siento —se volvió hacia Vesta—. Yo no quería incomodar a Lilah. Simplemente me sorprendió mucho descubrir quién era usted...

—Es perfectamente normal. Pobre Lilah... —suspiró profundamente—. Me temo que tiene muy poca tolerancia hacia lo que no entiende. Por desgracia, no heredó ninguna de las habilidades de la familia.

—¿Hay más gente en su familia que comparta su... er... don?

—No hasta el nivel del mío —se pavoneó un poco—. Pero los Holcutt siempre han estado en contacto con el mundo de los espíritus. Por supuesto, muchos lo atribuían todo a las aceptadas corrientes teológicas, pero había otros más audaces.

Barrow House y sus ocupantes se estaban volviendo, a los ojos de Con, cada vez más fascinantes. ¿Por qué Lilah no le había mencionado nada de todo aquello? Bueno, en realidad conocía la respuesta a eso. Porque iba contra su visión del mundo. ¿Pero por qué había salido ella tan distinta del resto de su familia? Y, sobre todo, ¿por qué aquello ponía en sus ojos la mirada de dolor de la que acababa de ser testigo?

Tan pronto como pudo librarse de las garras conversacionales de Vesta. Con salió en busca de Lilah. Había oído del ruido de la puerta del jardín un momento después de que abandonara el salón, de modo que tomó ese rumbo. No pudo encontrarla allí, pero, cuando salía por el otro extremo, la distinguió de pie, a los lejos. Tenía los brazos cruzados y contemplaba pensativa el paisaje.

Lilah lo oyó acercarse y volvió la mirada, para en seguida clavarla nuevamente al frente sin hablar. Con decidió interpretarlo como una invitación, así que se reunió con ella.

Lilah estaba de pie al borde del promontorio sobre el cual se alzaba la casa. La tía Vesta les había dicho que el *tor* no era alto, pero sí lo suficiente para ofrecer una buena panorámica de los Levels. Desde allí Con podía distinguir el camino que llevaba a Glastonbury Tor, alzándose imponente en la lejanía.

Perfectamente llano, las tierras de labor que se extendían a sus pies estaban surcadas por canales cortos y rectos. Los sauces crecían en filas también rectas a lo largo de las riberas, y aquí y allá se podía ver alguna marisma salpicada de helechos y arbustos. El sol de la última hora de la tarde lo bañaba todo con una suave luz dorada, pero la niebla había empezado a alzarse a lo largo de los canales y en torno al cerro de Glastonbury Tor.

El lugar era de una extraña y fantasmal belleza. Nada que ver con las verdes y ondulantes praderas de la propiedad de los Moreland, con sus grandes y añejos árboles, sus pastos salpicados de florecillas silvestres. Pero el paisaje de los Levels poseía una magnificencia propia, eterna e inmóvil.

—¿Te encuentras bien? —inquirió Con. Era una pregunta estúpida porque evidentemente no era así, pero sabía bien que debía andarse con mucho cuidado.

—Sí, por supuesto —Lilah lo miró, con su verdadero rostro disimulado de nuevo bajo su cortés máscara social, la que exhibía ante el público—. Me disculpo por haberme marchado tan bruscamente —y retomó la contemplación del paisaje, como dando por cerrado el tema.

Con decidió emplear un abordaje distinto.

—Me gusta este lugar. Tiene algo que atrae. Como si tirara de uno —al ver que no respondía, continuó—: ¿Tú también lo sientes?

—Has estado haciendo demasiado caso a mi tía —repuso ella, cortante—. Es solo tierra, no un presunto terreno sagrado —suspiró—. Pero sí, me encanta. La siento como si fuera mi hogar. Lo cual no es de extrañar, ya que fue aquí donde crecí.

—¿Así que no crees que es la atracción de Glastonbury Tor? —Con sabía que la pregunta la irritaría. Pero era eso exactamente lo que quería. Le parecía la única manera de rasgar aquella serenidad tan fría y tan cortés que parecía usar como un escudo.

No se equivocó. Vio que su mirada se oscurecía.

—Por supuesto que no. La tía Vesta puede creer lo que quiera, por muy débiles que sean sus razones. Tú puedes trazar una línea de un punto a otro, pero eso no significa nada. No hay magia alguna. En cuanto al absurdo triángulo que enlaza Stonehenge, Glastonbury y Avebury, bueno, por supuesto, una línea continua que una tres lugares forma un triángulo. ¡Eso se puede hacer en cualquier sitio!

—Cierto.

—Y tú, claro está, la animaste —se puso a imitarlo—. «¿El poder místico?» —a esas alturas estaba hirviendo de furia—. No hay tal Fuente. No existe poder alguno que corra bajo nuestros pies. Y el Faerie Track no es más que un camino seguro a través de los pantanos, construido por los antiguos habitantes de este lugar. Es interesante, sí. Pero no tiene nada de sobrenatural.

—Supongo que tendrás una explicación lógica para lo que sucedió en la sesión de Brockminster.

—¿Cómo es que la conocías? Sucedió hace nueve años. Todavía llevarías pantalón corto.

Con se echó a reír.

—Da la casualidad de que largura de mis pantalones tenía muy poco que ver con lo que aprendí. Sin embargo, leí sobre ello hará unos dos o tres años, cuando me hice cargo de la agencia. En los relatos recogidos por Olivia sobre...

—¿Engaños? ¿Charlatanerías?

—Iba a decir incidentes poco habituales. Corrían rumores sobre esa sesión, rumores de los que se ocuparon los periódicos. No ocurre todos los días que un puñado de lores se sienten alrededor de una mesa para convocar a los espíritus. Y es todavía menos habitual que los espíritus entren violentamente en la estancia, destrocen las ventanas y la suman en la más completa oscuridad. Por lo que oí, el mismo aire echaba chispas de pura energía y los cabellos de todo el mudo se pusieron de punta, como electrizados.

Lilah soltó un gruñido de disgusto.

—Absurdo. No fue más que una tormenta. Convocaron una sesión espiritista en mitad de una tormenta y el viento rompió una de las viejas ventanas. La estancia solamente estaba iluminada con velas, con el objetivo de lograr la atmósfera adecuada, así que no fue de extrañar que el viento las apagara. Yo lo sé bien, porque estaba allí.

Con arqueó las cejas de golpe.

—¿Estuviste en la sesión de Brockminster? Pero si solo tendrías... ¿cuántos años? ¿Doce?

—Asistía a menudo a las sesiones de tía Vesta —esbozó una mueca—. Mi padre pensaba que mi presencia en ellas podía hacer que mi madre se mostrara más deseosa de volver. De aparecerse.

—Entiendo —desde luego que lo entendía. Aquella información clarificaba muchas cosas.

—Ya.

—Por eso te esforzaste tanto en disuadirme de que viniera aquí. Te avergonzaba no ya la casa, sino también tu tía.

—Mi familia entera —le espetó—. Por supuesto que estaba avergonzada. Parece como si Barrow House la hubiera levantado un loco. Y probablemente eso fue lo que pasó. Los Holcutt siempre han tenido reputación de gente peculiar. Mi tía piensa que está conectada con algún tipo de fuerza sobrenatural. Mi padre se pasó la vida entera intentando comunicarse con su difunta esposa —le brillaron los ojos por las lágrimas y parpadeó varias veces para contenerlas.

—Lilah... —la voz de Con no podía ser más tierna. Dio un paso hacia ella y apoyó las manos en sus brazos, para acariciárselos suavemente—. Por favor, no necesitas preocuparte de mi reacción. Probablemente sea la persona menos indicada en el mundo para sorprenderse de lo que me has contado de los Holcutt. Al fin y al cabo, mi familia es conocida en toda Inglaterra como «los locos Moreland».

Lilah se liberó bruscamente.

—Sí, pero tú no tienes una tía que montó un escándalo enorme con aquella infame sesión, para adoptar luego el nombre de *madame* Le Claire, declararse médium y largarse a Europa con el sobrino de Brockminster.

—Abandonándote además —añadió Con. Se le enterneció el corazón cuando pensó en la chiquilla, poco más que una niña, que había vivido una aterradora experiencia, por mucho que ella quisiera minimizarla, para luego perder a la tía que hasta entonces siempre se había hecho cargo de ella.

Lilah desechó su comentario con un gesto despreciativo.

—Eso no fue importante.

—Yo creo que sí —replicó Con—. Ella debió de ocupar hasta entonces el lugar de tu madre, dado lo joven que murió.

—La tía Vesta nunca fue una mujer maternal. Vivió conmigo, sí, pero yo no calificaría de «maternal» su influencia sobre mí. Ese papel pertenece a mi otra tía, la normal. Tía Helena me llevó a vivir con ella con tal de proteger mi reputación. Sabía que el escándalo mancharía mi nombre si me quedaba aquí bajo la única influencia de un padre que dedicaba todo su tiempo a intentar comunicarse con los difuntos. Peor aún, la tía Vesta podía haber regresado en cualquier momento. Hasta mi padre se dio cuenta de lo negativo que habría sido eso para mí. Nunca habría podido hacer un buen matrimonio. Tan pronto como debutara en sociedad, circularían los rumores, los comentarios. «¿Te acuerdas de su tía, verdad? De tal palo tal astilla», habrían dicho.

—Ahora lo entiendo —sin madre, largamente ignorada por su padre, abandonada por la tía que la había criado, Lilah habría sido una proscrita social. Su estricta y convencional tía Helena la había salvado, pero eso había significado abandonar su hogar y romper con todo lo que había conocido hasta entonces—. Tu antipatía hacia las ciencias ocultas, la manera en que te alejaste de tu hogar, tu horror a los escándalos. No me extraña que insistas tanto en atenerte a las reglas sociales.

—Por supuesto que quiero atenerme a las reglas sociales. Por supuesto que aborrezco los escándalos. ¿Quién no? Todo el mundo los aborrece. Excepto tú —se volvió y empezó a alejarse, pero en seguida se giró en redondo para soltarle—. Pienso salir hacia Carmoor a primera hora de la mañana.

Con ejecutó una pequeña reverencia.

—Como digas.

La observó mientras se alejaba. No le extrañaba que aquella mujer fuera todo un modelo de contrastes. Había vivido media vida de una manera nada convencional, asistiendo a sesiones de espiritismo, intentando conectar con el espíritu de su difunta madre. Y la otra media de la manera más rígida, estricta y normal posible.

Lilah contemplaba a su tía Helena como su salvadora. Y quizá la había salvado, al menos de una avalancha de rumores. Pero no podía evitar pensar que aquella mujer había apagado el espíritu de Lilah al mismo tiempo. El pensamiento asaltó su mente en forma de fogonazos: los momentos en que se echaba a reír despreocupada de su propia imagen, su pasión a la hora de dar caza a los secuestradores, el vivo interés que asomaba a sus ojos cuando se le ocurría alguna idea brillante...

Lilah era muchas más cosas que la coraza que su tía había creado a su alrededor para protegerla. Y Con estaba cada vez más interesado en descubrir lo que escondía debajo.

CAPÍTULO 18

Lilah apenas podía creer que había dicho todo aquello, y precisamente a Con. Él creía entenderla porque su propia familia era rara. Pero era precisamente por eso por lo que no podía entender lo que ella sentía: la vergüenza y la furia, el resentimiento, la pasión por encajar en la sociedad, la determinación por ser siempre perfecta y parecerlo, para que nadie pensara en ella como en una Holcutt.

Con no sentía ninguna de aquellas cosas. Los Moreland no le avergonzaban: se deleitaba más bien con su reputación. Feliz y seguro en el seno de su leal y cariñosa familia, nunca había sentido la presión de las opiniones de los demás. Con su hermano gemelo al lado, jamás se había sentido solo. Y Dios sabía que nunca había sentido miedo. Ya de niño se había embarcado con Alex en situaciones peligrosas, confiados en que saldrían indemnes, y si no, en que los rescataría su familia.

Ella no había temido que Con reaccionara con espanto a su historia. Lo que había temido era su diversión. Él la consideraría lo suficientemente rígida y estrecha de miras como para se sintiera avergonzada por el comportamiento de su tía. Disfrutaría con la ironía de la situación: la siempre tan formal y severa Lilah Holcutt tenía una familia tan extravagante como la suya.

Ahora se burlaría sobre ella a propósito de su tía Vesta, sus sesiones de espiritismo y los demás estrafalarios detalles de Barrow House. Había reconocido que disfrutaba haciéndola enfadar, algo que ella seguía sin comprender, y las últimas informaciones le proporcionarían abundante munición para ello.

¿Y si encontraba tan entretenida la historia que decidía contársela a otros? A Alex ciertamente se la contaría: eso no sería demasiado malo, dado que Sabrina conocía ya a la familia de Lilah. ¿Pero y si decidía relatarla al resto de miembros de su familia? Las mujeres con las que Lilah había empezado a entablar amistad. Olivia, que antaño se había dedicado a descubrir a fraudulentos médiums, su expansiva madre y... la peor de todas, Megan... ¡una periodista! Debía convencer a Con de que no compartiera aquella historia con nadie.

A la mañana siguiente bajó las escaleras ya ataviada con su vestimenta de montar: un vestido verde botella que combinaba bien con su pelo. Aunque el estilo era sencillo, como lo eran todos los trajes de montar, destacaba por un poco habitual juego de cuatro grandes botones de madera cruzando en diagonal todo el corpiño. El toque final era un pequeño sombrero adornando por una pluma verde y azul que se curvaba hacia delante, tocando casi su rostro.

Con se levantó rápidamente cuando la vio entrar, y el brillo que iluminó sus ojos le aceleró el pulso. Durante la cabalgada hasta Carmoor, Lilah estuvo ensayando lo que le diría. Siempre le resultaba difícil pedir un favor a alguien, pero, cuando se trataba de Con, su resistencia era doble. Ignoraba por qué, dado que él era un hombre generoso y de buen trato, pero las palabras parecían habérsele atascado en la garganta.

Finalmente, cuando llegaron a Carmoor y dejaron los caballos en las cuadras, consiguió el coraje suficiente para empezar.

—Lo siento.

Él la miró sorprendido.

—¿Por qué?

—Por lo que te dije ayer. No debí desahogar contigo la irritación que sentía hacia mi tía.

Con se encogió de hombros.

—Soy inmune a los insultos. Recuerda que tengo tres hermanas a las que he exasperado más frecuentemente que a ti. Estoy curtido en soportar los malos humores femeninos.

—Espero que… bueno, quiero pedirte un favor —volvió a interrumpirse.

—Lilah, ¿de qué se trata? Seguro que sabrás que yo te ayudaría en todo lo que pudiera.

—Sí, lo sé —era verdad, y ese súbito descubrimiento le abrigó el corazón—. Te pediría que no le contaras a nadie nada de… todo esto —hizo un gesto vago en dirección a su hogar.

—¿Todo el qué?

—Mi familia. Mi tía. Lo que pasó hace nueve años.

—¿Pensabas que iba a cuchichear sobre ti? —la voz de Con se tornó dura—. ¿Tan poco me conoces como para pensar que yo te haría algún daño?

—No —lo agarró de un brazo, haciéndolo detenerse—. Sé que nunca me lo harías de manera intencionada. Pero sé también que es la clase de tema que te intriga, y temo que puedas contárselo a tu familia en una conversación interesante. Ellos podrían repetirlo. O tú mismo podrías mencionarlo a alguien más, en tu club por ejemplo. Una simple broma. Un comentario. Me temo que todavía no entiendes lo muy importante que es para mí que nadie lo sepa.

—No entiendo por qué te preocupa tanto, pero…

—Hasta ahora he tenido muchísimo cuidado —lo interrumpió con tono urgente—. Me he esforzado mucho por mantenerme por encima de todo reproche. La tía Helena se ha tomado mucho trabajo en asegurarse de que no me toque la mancha del escándalo. Anhela que haga un buen matrimonio algún día —viendo que Con fruncía los labios de irritación, se apresuró a continuar—: Ya sé que eso es algo que a ti no te preocupa. Pero, si el escándalo vuelve a aflorar, no perjudicará ya solamente mi reputación, sino también la suya. No podría soportar que la tía Helena sufriera por mi culpa, si la gente cuchicheara a sus espaldas o la despreciara.

—¡Lilah! —Con se la quedó mirando fijamente—. Han pasado casi diez años, y el escándalo afectó a tu tía Vesta. La sociedad se ha olvidado de ello. En cualquier caso, no fue culpa tuya ni de la señora Summersley. ¿Por qué entonces habría de dañar tu reputación? ¿Cómo podría impedir eso que hicieras un «buen matrimonio»?

—Tú no conoces a la buena sociedad tan bien como crees. Pregunta a tu hermana Kyria. Ella te dirá que llevo razón. Si el tema de mi tía y su peculiaridad surge a la luz, el antiguo escándalo revivirá. Se convertirá en pasto fresco de rumores. Recordarán que los Holcutt siempre han sido peculiares. Dirán: «acordaos de lo que hizo su tía. Lilah puede parecer ahora normal, ¿pero y si cambia? ¿Y si se convierte en una nueva Vesta?» Peor aún, la historia crecerá conforme se rememore. La gente hablará de una «mala sangre» y de un linaje familiar teñido por el escándalo…

—Ya sé lo muy importante que es un matrimonio apropiado para ti —reconoció Con, tenso—. Pero el hombre que rechazara casarse contigo por culpa del antiguo escándalo de tu tía no sería, en cualquier caso, digno de hacerlo —su expresión se suavizó, y alzó una mano para acariciarle una mejilla—. No necesitas preocuparte. No contaré a nadie nada sobre ti ni sobre tu tía. No es una simple historia más o menos interesante. Se trata de ti.

—Con… —la presión que sentía Lilah en el pecho comenzó a disolverse. Inexplicablemente, las lágrimas inundaron sus ojos.

Él le enjugó una lágrima con el pulgar, y se inclinó para besarla con ternura. Cuando volvió a alzar la cabeza, mirándola a los ojos durante un buen rato, el mundo y el tiempo se detuvieron, como si ambos se estuvieran asomando a un precipicio.

Con retrocedió entonces un paso, y la magia se rompió.

—Deberíamos… La casa —señaló la mansión de ladrillo que se alzaba ante ellos. Sus movimientos eran algo crispados, su voz ronca.

—Sí, por supuesto —dijo Lilah, recuperándose—. La llave.

Atravesaron los jardines desatendidos, con las zarzas y ramas cerrando los senderos y oscureciendo las estatuas. Claramente la casa llevaba varios años cerrada. La puerta trasera estaba cerrada, pero Con sacó su juego de ganzúas y la abrió en un momento.

Sus pasos resonaron en los suelos de pizarra mientras cruzaban el vestíbulo y se asomaban a las estancias. La película de polvo que lo cubría todo confirmaba el abandono de la casa. Las alfombras habían sido enrolladas y apoyadas contra las paredes, mientras que la mayor parte del mobiliario estaba cubierto con sábanas. Mesas y estanterías aparecían libres de todo adorno. Todo transmitía una sensación de vacío y de muerte, que le provocó un escalofrío a Lilah.

—Yo… esto que estamos haciendo está mal —siseó—. Estamos allanando una propiedad privada.

—Lo sé —asintió con—. Pero, si Sabrina y Alex no estuvieran fuera, estarían aquí ahora mismo registrándola con nosotros. Quiero averiguar lo que está pasando y parar los pies a los Dearborn antes de que vuelvan.

La primera habitación que exploraron fue el despacho del señor Blair. Vagaron por la enorme estancia, retirando la sábana que cubría su escritorio para registrar los cajones. Lilah hizo lo mismo con las estanterías de libros. De cuando en cuando se volvía para mirar a Con, que poco después se puso a inspeccionar la repisa de la chimenea, palpando varios adornos en busca de resortes ocultos. A Lilah le costaba concentrarse en su tarea. Sus pensamientos no dejaban de viajar al tierno beso que le había dado Con, a la profundidad de su mirada, al contacto de su mano en su mejilla.

Se volvió y lo miró de nuevo. Se había apartado de la chimenea y estaba otra vez examinando los cajones vacíos del escritorio. Un mechón se le había caído sobre la frente. Llevaba el pelo demasiado largo y algo descuidado. Pero a Lilah le resultaba enormemente difícil apartar los ojos de la manera en que se le rizaba cerca del cuello.

Como si hubiera sentido su mirada, él alzó la cabeza y la miró a su vez. Lilah se ruborizó, avergonzada de que la hubiera sorprendido observándolo. O tal vez el calor de su rostro se debiera a algo completamente distinto, porque había una mirada tal en sus ojos, en el gesto de su boca, que hacía que le flaquearan las rodillas.

Girándose, continuó registrando los estantes. A su espalda, oyó a Con cerrar un cajón con demasiada brusquedad y alejarse. Su corazón tardó unos segundos en recuperar su ritmo normal. Se acercó a otra estantería. Al otro extremo de la estancia, Con dijo:

—Nada.

Dedicó entonces unos minutos a registrar también las estanterías, retirando los libros de dos en dos. Lilah se interrumpió para quedárselo mirando perpleja.

—¿Qué estás haciendo?

—Es fácil instalar una puerta oculta. Sobre todo aquí, donde hay tantos volúmenes. Conectas un libro a un resorte de modo que cuando sacas el libro, desbloqueas el cierre. La estantería entera suele estar fijada a la puerta.

Lilah se arrodilló en el extremo más alejado de la estantería y procedió a imitarlo, empezando por allí. Podía oír el continuado ruido sordo de los libros que él iba colocando en su lugar, tras sacarlos. Los ruidos se volvieron entonces más espaciados, y cesaron de golpe durante tanto tiempo que Lilah alzó la mirada con curiosidad. Con la estaba observando, con una mano sobre uno de los libros, y tenía una mirada en los ojos que hizo que las palabras murieran en su garganta.

Él se giró bruscamente para concentrarse en otra estantería. Volviendo el rostro en la otra dirección, empezó a registrar la fila de libros. Lilah retomó también su tarea, moviéndose rápidamente, como si así pudiera sobreponerse a las turbulentas sensaciones que la barrían por dentro. Quizá deberían registrar estancias diferentes… Le resultaría más fácil no pensar en Con si no estaba allí, con ella. Pero no se decidió a proponérselo, ni él se lo sugirió.

Continuaron registrando las demás habitaciones de la planta baja. Lilah era siempre demasiado consciente de los movimientos de Con a su espalda, y no podía evitar volverse para mirarlo de cuando en cuando. El ambiente era cada vez más caluroso, tanto que Con se despojó de la chaqueta y la arrojó sobre el respaldo de un sofá. Se quitó luego los gemelos y se los guardó en un bolsillo antes de arremangarse la camisa.

Había algo primitivamente excitante en observar cómo se desvestía, con lo que Lilah encontró todavía más difícil desviar la mirada. No podía recordar haber visto nunca a un hombre hacer eso. Por supuesto, era de lo más incorrecto que un caballero se quedara en mangas de camisa delante de una dama, pero, naturalmente, a Con le importaban muy poco aquellas reglas.

Consiguió desviar por fin la mirada para continuar con su tarea, aunque en el momento no pudo recordar exactamente qué era lo que había estado haciendo… «Ah, sí, el piano». Con dedos algo temblorosos, alisó la partitura que tenía delante en un gesto innecesario. Esperaba que Con no se hubiera dado cuenta de lo que había sentido mientras lo había estado observando. O de lo que todavía sentía.

Fue un alivio cuando abandonaron la estancia y subieron a la planta superior. Pero descubrió que eso había sido un error, sin embargo, tan pronto como puso un pie en el primer dormitorio. La habitación estaba a oscuras, con las cortinas corridas, lo que creaba una atmósfera aislada, casi íntima. La enorme cama parecía ocupar todo el espacio.

Pudo sentir un rubor subiéndole por el cuello y se arriesgó a lanzar una mirada a Con para descubrir que él, también, se había quedado mirando fijamente la cama. Lilah descorrió las cortinas, pero la luz seguía siendo escasa, ya que las contraventanas estaban cerradas. El espacio recordaba demasiado a una cueva. A la noche…

Con soltó entonces una exclamación medio ahogada, sobresaltando a Lilah, que se volvió para mirarlo. Estaba descolgando un cuadro de la pared opuesta, para revelar una caja cuadrada de metal empotrada. Lilah se apresuró a reunirse con él, contenta de volver a tener la mente ocupada con lo que se suponía estaban haciendo.

—Puede que tarde un rato en abrirla —dijo Con, mirándola—. No soy muy bueno con las combinaciones —y pegó la oreja a la caja, escuchando, mientras empezaba a girar el pomo.

Lilah se acercó también, observando el movimiento de sus dedos, expectante. Al cabo de un momento Con apoyó la frente contra la caja al tiempo que tamborileaba con los dedos en la pared.

—Lilah.

—¿Qué?

—Me estás distrayendo.

Volvió el rostro hacia ella, y fue entonces cuando Lilah se dio cuenta, sobresaltada, de que estaba a solo unos centímetros de él. Se quedó sin aliento. Le brillaban los ojos. Tenía la voz ronca.

—Puedo sentir tu respiración en mi nuca. Y así no puedo recordar una maldita cifra.

—Oh. Perdona —ruborizada, se dispuso a apartarse, pero él la tomó suavemente de la nuca, reteniéndola.

—Me gusta.

Su mente estaba girando en torbellinos, intentando encontrar una respuesta, cuando Con la besó. Sus labios no se mostraron tan tiernos como antes, en el jardín: eran ávidos y ardientes, persuasivos. Lilah sintió un súbito calor extendiéndose por su cuerpo. Pensó incluso que iba a derretirse, pero la idea no le molestó. Derretirse contra Con sería una actividad muy agradable.

Con apoyó las manos en su cintura, atrayéndola hacia sí, y dio una vuelta con ella para quedar apoyado de espaldas en la pared, mientras saqueaba su boca. Lilah podía sentir su cuerpo contra el suyo, ya despojado de la chaqueta. Era duro, todo hueso y músculo en contraste con su suavidad, y se apretó a su vez contra él, retorciéndose como si quisiera meterse dentro...

Con emitió un gruñido gutural y se volvió, de manera que fue ella la quedó ahora acorralada contra la pared mientras él seguía besándola y estrechándola en sus brazos.

Lilah enterró los dedos en su pelo, estremecida por la tempestad de sensaciones que barría su interior. Todo era tan rápido, tan centelleante, tan turbulento, que se veía incapaz de asimilarlo, de abarcarlo. Quería reducir el ritmo, saborearlo, y sin embargo al mismo tiempo ansiaba más, sentir más. Con interrumpió el beso para recorrer con los labios su rostro, su cuello. Ella podía sentir su aliento en la piel, rápido y algo tembloroso, en seductora combinación con la caricia de sus labios. La piel la ardía, rivalizando con el calor que hervía en su interior.

Su mano alcanzó uno de los grandes botones redondos que cruzaban la pechera de su vestido.

—Llevo pensando en hacer esto toda la mañana. Estos botones... —sus labios encontraron el delicado hueco de la base de su cuello—. Dios, estos botones...

Lilah no pudo hacer otra cosa que emitir un murmullo incoherente. Los dedos de Con se deslizaban bajo su vestimenta de montar, alcanzando su pecho de una manera que nunca antes había experimentado, ni imaginado siquiera. Las yemas de sus dedos rozaron el borde de encaje de su camisola y en seguida bucearon debajo, sobresaltándola tanto que se quedó paralizada. Permaneció entonces inmóvil, nada deseosa de moverse por miedo a detener tan deliciosa exploración.

Sus dedos eran duros y fuertes, de yemas ligeramente callosas, y su caricia tan leve y tan dulce que cada roce le arrancaba un estremecimiento, mientras, durante todo el tiempo, su boca saqueaba su cuello. De repente, cuando cerró la mano sobre un seno, una sonrisa se dibujó en sus labios.

Fue algo impactante. Debería sentirse impactada. Y estaba segura de que no debería gemir, como lo estaba haciendo en aquel momento, mientras enterraba los dedos en su hombro.

—Con... —perdió el aliento. No tenía idea alguna de lo que quería, más allá de su deseo de que no se detuviera. De que no se detuviera nunca.

Pero, cuando lo hizo, fue solo para volver a buscar su boca, lo que resultó igual de fascinante. Sus manos recorrieron de nuevo su cuerpo, sobre la fina tela de su camisola, delineando y cerrándose sobre sus nalgas. Clavando sus dedos en ellas, la alzó en vilo contra él, para que pudiera sentirlo pulsando contra su cuerpo. El único pensamiento coherente que la asaltó en ese momento fue lo contenta que estaba de no haberse puesto corsé.

Las manos de Lilah estaban sobre su cintura, y las subió hasta la seda de su chaleco, deseando poder deslizar las palmas por su piel desnuda, como él había hecho con ella. Aun así, resultaba deliciosa la sensación de su chaleco de seda y de su camisa como única barrera entre ellos. Y, todavía mejor, en la ancha abertura de su chaleco, solo su camisa se interponía entre su piel y la suya, de manera que podía sentir el dibujo de los músculos de su pecho. Eso, según advirtió, pareció agradarlo, porque su beso se volvió aún más tórrido, más devastador. Deslizó luego los dedos bajo los laterales de su chaleco, arrancándole un estremecimiento.

Con le quitó entonces la chaqueta, para poder acariciarla con mayor libertad. Le besó los labios, el rostro, el cuello. Le mordisqueó juguetonamente los lóbulos de las orejas mientras sus manos buceaban bajo la fina camisola de algodón, acariciando cada centímetro de su piel. En lo más profundo de su ser, Lilah sentía crecer una dolorosa ansia que la anegaba de deseo.

Con se inclinó sobre un seno, tentando su pezón con la punta de la lengua y martirizándola de placer. Lilah se quedó sin aire, sorprendida, y entonces, sorprendiéndola aún más, él se apoderó de la sensible punta con la boca. Ella se dejó caer contra la pared, nublada completamente la mente por la sensación de gozo que la barrió por dentro.

Nunca antes había experimentado nada parecido, nunca había sentido aquel doloroso placer, aquel latido, aquella ansia. Y cuando Con deslizó una mano entre sus piernas, con la fina tela de su camisola como única barrera, tuvo que apretar los labios con fuerza para no gritar. Su boca seguía succionando su pezón, al tiempo que sus dedos se movían sobre su sexo, y el ardor que había sentido Lilah por dentro estalló por fin en una marea de placer.

Esa vez sí que no pudo reprimir el grito que escapó de sus labios.

—¡Con!

Él apoyó las manos en la pared, a ambos lados de su cabeza, y se apartó de ella. Durante un buen rato ninguno se movió; solo podían mirarse fijamente. Con tenía los ojos oscurecidos de deseo, vidriosos, con los labios enrojecidos por sus besos. Todo su ser irradiaba tensión. Y el hecho de verlo así inflamó nuevamente de deseo a Lilah. Quería más. Lo deseaba.

—Lilah… No podemos… Yo no debería…

—No me importa —enterró los dedos en su pelo y se apretó contra él, besándolo apasionadamente en la boca.

CAPÍTULO 19

Después de aquello, Con no dijo nada: simplemente empezó a desnudarse mientras continuaba besándola. Nada deseosos de separarse, forcejearon cada uno con las ropas del otro, dejando piezas de las mismas dispersas por el suelo en un ondulante rastro que llevaba hasta la cama.

Rodaron por la cama besándose, acariciándose, gozando con la sensación de la piel desnuda contra la piel desnuda. Cada asalto de la boca de Con, cada aterciopelada caricia apretaba el nudo de deseo que la apretaba por dentro. Mientras su boca obraba aquella magia, él exploraba al mismo tiempo su cuerpo con caricias de pluma que la dejaban estremecida a lo largo de su recorrido.

Sus dedos resbalaron por su estómago hasta una ingle para, sobresaltándola, insinuarse entre sus piernas y vagar por la fina piel de la cara interior del muslo. Lilah se sintió perdida, expectante, mientras él proseguía la caricia hasta que finalmente encontró el más íntimo de los lugares.

Los labios de Con volvieron a los suyos en un profundo y lento beso mientras sus dedos no dejaban de acariciarla allí. Lilah se sentía en aquel momento absolutamente abierta y expuesta a él, desnuda de todas las maneras posibles, y se deleitó con la sensación. Transfigurada, transformada, se embebió de él.

Con el ansia creciendo y pulsando en su interior, movía inquieta las piernas en la cama buscando la consumación. El nudo de deseo de su vientre se apretó aún más y, de repente, una explosión de placer la atravesó en una arrolladora marea que la dejó temblando.

Pero todavía había más, porque Con se instaló entonces entre sus piernas, separándole los muslos. Su dura verga empezó a presionar contra su sensible piel, probando, abriéndose paso. Lilah perdió el aliento, entre consternada y excitada, y fue entonces cuando él la penetró. Hubo una punzada de dolor, pero en seguida quedó ahogada por la inmensa satisfacción que experimentó al sentirlo dentro de sí, llenándola, dilatándola de una manera que hizo que le entraran ganas de ponerse a ronronear como un gatito, bajo su cuerpo.

Lilah hundió los dedos en su espalda, barrida por un ansia elemental, una profunda y primitiva necesidad de acogerlo, de poseerlo y de dejarse poseer. Con cada embate, con cada ardiente jadeo, aquella salvaje avidez crecía más y más. Para su sorpresa, la explosión interna se repitió, derribando todas las barreras, todas las resistencias. Tembló y se convulsionó bajo la fuerza de la sensación, aferrándose a su cuerpo mientras él se vaciaba en su interior.

Fue un momento tan maravilloso, tan dolorosamente placentero y a la vez tan desgarrador, que se le llenaron los ojos de lágrimas.

Con se derrumbó sobre ella, con su rostro en el hueco de su cuello, la respiración acelerada. Después de besar su sensible piel, rodó a un lado y deslizó un brazo bajo su cabeza, utilizando el otro para atraerla hacia su pecho. Lilah se sintió arropada por su calor, con su corazón henchido de emociones que no podía expresar, ni siquiera identificar, y, de alguna manera, más lágrimas brotaron de sus ojos.

Sintió la súbita tensión del brazo de Con bajo su cabeza.

—¿Estás llorando?

«No, no, no», pensó Lilah indefensa, mientras él se incorporaba sobre un codo, contemplándola con algo parecido al… horror.

—Oh, Dios mío, Lilah…

Se secó los ojos con una mano.

—No —la voz le salió ronca, y tuvo que aclararse la garganta—. No es nada…

—Lo siento. Lilah, yo… por favor, perdóname. Pensé que querías… no, no tengo excusa, lo sé —cerró los ojos, llevándose las manos a la cabeza—. Me he equivocado tanto, tanto… Tú… tú no sabías cómo era esto en realidad, yo debí haber… —masculló una maldición.

Lilah se quedó quieta mirándolo, desaparecidas ya las lágrimas junto con aquel dolorosamente dulce, maravilloso momento. De repente fue consciente del frío en sus senos desnudos, y sintió una profunda vergüenza. ¿Qué había hecho? Pensó en la manera en que había actuado, arrojándose a los brazos de Con… No era de extrañar que él pensara que ella había querido hacer eso. Porque lo había querido. De manera absolutamente desvergonzada.

Cruzó los brazos sobre el pecho, deseando desesperadamente cubrirse con su ropa, una manta, lo que fuera para ocultar su desnudez. Pero su ropa estaba regada por todas partes y, aunque obviamente Con la había visto desnuda, la había tocado y hecho las cosas más íntimas posibles, de alguna manera no podía soportar la idea de saltar de la cama y pasearse desnuda ante él, para ponerse a recoger su falda, su corpiño y… oh, Dios, las variadas piezas de su ropa interior. Los dos se habían tumbado encima de la sábana que cubría la cama, con lo que estiró un brazo para envolverse en ella y cubrirse lo mejor que pudo.

—Me casaré contigo, por supuesto —dijo Con cuadrando los hombros, con un gesto, por una vez, tenso y rígido. Como el de un niño ofreciéndose para asumir su castigo. O el de un hombre enfrentándose a un pelotón de fusilamiento.

Sus palabras la dejaron helada. Se sentó en la cama, sin dejar de cubrirse con la sábana.

—No.

Con suspiró, con su rostro cambiando de la perplejidad a una especie de tristeza, otra expresión muy poco característica de él y, de alguna manera, peor todavía que la anterior.

—Lilah... sé que estás enfadada conmigo, y tienes todo el derecho a estarlo. Debí haber llevado más cuidado. Sabía que era un error. Sabía, en lo más profundo, que no eras consciente de aquello a lo que te estabas prestando.

Un error. Aquel gozo inmenso e inefable que había sentido, aquella novedosa y maravillosa experiencia, no era más que un error para él.

—No soy una niña, Con. Por supuesto que era consciente de lo que estaba haciendo —que todavía pudiera ponerse su armadura la hizo sentirse algo mejor. Podía ser muchas cosas, pero débil no—. Me sorprende que un hijo de tu madre haga un comentario tan paternalista.

—¡No soy paternalista! —protestó él, aparentemente ofendido—. Tú eres inocente, y yo no. Soy yo quien ha cometido la falta.

—Esta discusión es perfectamente absurda —replicó secamente Lilah. Estaba pisando ya terreno firme, a tenor, al menos, de la forma en que Con la estaba fulminando con la mirada.

—Maldita sea, Lilah, sé razonable. Está muy bien creer en la igualdad de los sexos, pero tú sabes tan bien como yo que es la mujer la que sufre.

—Yo no tengo intención alguna de sufrir.

—Estoy hablando de tu preciada reputación. Ya sabes, esa cosa que te tenía tan preocupada hasta hace solo un par de horas.

A Lilah le entraron ganas de fustigarlo, de devolverle aquel humillante comentario, pero desafortunadamente la pulla de Con había alcanzado su objetivo. Se había comportado como una perfecta hipócrita, lamentándose del escándalo que había causado su tía para, minutos después, comportarse como... una pícara, una descocada. Tan pronto como había recibido el beso de un hombre, aparentemente se había convertido en gelatina.

—Me sorprende verte tan preocupado de pronto por el decoro y las buenas forras.

—No me importan lo más mínimo, y lo sabes —se levantó de un salto, completamente despreocupado de su desnudez, y empezó a recoger su ropa. De espaldas a ella mientras se ponía el pantalón, dijo con voz ronca—. Es que no quiero verte sufrir.

«Es demasiado tarde para eso», pensó Lilah. Se lo había buscado ella misma. Había pecado de temeraria, de impulsiva, y en aquel momento tenía unas tremendas ganas de llorar. Pero no iba a dejarle ver lo muy dolida que se sentía. Era una suerte que no la estuviera mirando en aquel momento.

—Esto sin duda te sorprenderá, pero tengo tan pocas ganas de casarme contigo como tú de casarte conmigo.

—Menos, diría yo, ya que estás rechazando mi proposición.

—Y no resultaré herida a no ser que pienses hacer circular el rumor entre tus amigotes.

—¡Lilah! —Con se volvió hacia ella, indignado, todavía en proceso de abrocharse la camisa— ¡Yo nunca haría algo así! ¿Cómo puedes pensarlo? —estaba furioso, algo que Lilah prefería a la tristeza que, de manera tan incongruente, había visto dibujarse antes en su expresión.

—No, dudo que lo hicieras. Simplemente quería señalarte que nadie hablará de ello porque nadie lo sabrá.

—¿Y si estás encinta?

Lilah se ruborizó ante tan rotundas palabras y desvió la mirada.

—Bueno, por supuesto, eso sería asunto completamente distinto. Sería entonces necesario que nosotros nos... nos...

—¿Nos sacrificáramos? —inquirió él, sarcástico.

—¡No te atrevas...! —estalló Lilah, soltando casi la sábana con la que se cubría de tan furiosa como estaba—. No te atrevas a hacerte la víctima ahora... Como si realmente quisieras casarte conmigo... Te amargaría la vida si aceptara. Tú estás feliz de no casarte conmigo. Si ahora te has puesto a hacer pucheros es solo porque yo tampoco lo deseo.

La fulminó con la mirada durante un momento, apretando la mandíbula, para finalmente soltar un hondo suspiro y dejarse caer en la silla con la intención de ponerse sus botas. Después de pisar el suelo con demasiada fuerza, innecesaria en opinión de Lilah, para calzárselas bien, se levantó y se dedicó a recoger su ropa.

Ver cómo sus dedos recogían sus prendas íntimas le provocó a Lilah un extraño nudo en la garganta.

—Toma —le dijo él en un tono mucho más conciliatorio, dejando su ropa sobre la cama, a su lado—. Tienes razón, por supuesto. Estás siendo racional. Nunca congeniaríamos. Solo quiero que sepas que lo siento —alzó la cabeza y la miró a los ojos—. Yo no tuve nunca la intención de que sucediera esto. No planeé seducirte. Y lamento de verdad haberte causado daño o motivo de arrepentimiento alguno por lo sucedido.

—Lo sé —resultaba imposible no creer a Con. Tan imposible como que dejara de gustarle. Pero le resultaba igualmente imposible admitir que su arrebato había llegado hasta el punto de que ni siquiera se arrepentía de lo que habían hecho—. Soy una mujer adulta, Con. Soy responsable de mis actos.

Él asintió.

—Yo... er... voy a registrar otra habitación.

—Muy bien. Creo... creo que es mejor que me vuelva a casa ahora.

Ciertamente lo había enfangado todo, pensó Con mientras caminaba por el pasillo. ¿Qué diantres le estaba pasando? Sí, ciertamente había sido un tanto impulsivo, pero nunca antes había perdido el control de una forma tan absoluta. Y ciertamente tampoco nunca su desempeño sexual había hecho llorar a una mujer.

Se le revolvió el estómago cuando recordó el momento en que se volvió para mirarla, sintiéndose tan profunda, tan increíblemente saciado, pleno, para descubrir que estaba llorando. ¿Le habría hecho físicamente daño? La perspectiva de que aquellas lágrimas hubieran sido de tristeza y arrepentimiento había sido casi todavía peor...

Se pasó las manos por la cara, aguijoneado nuevamente por la culpa. Dijera lo que dijera Lilah, en realidad era demasiado inocente para haber sabido en qué se había estado metiendo. Aunque se había arrojado a sus brazos y lo había besado, él se había aprovechado de ella. Había sabido, en lo más profundo, que se estaba aprovechando. No debería haber interpretado su «sí» como un consentimiento.

Había llegado al final de pasillo, así que se metió en la última habitación y repitió el procedimiento de registro que había seguido con las demás... pese a que, en aquel momento, no podía preocuparle menos encontrar la misteriosa llave. Demasiado ocupado estaba rumiando sus pensamientos sobre Lilah.

Ella se había mostrado indulgente con lo sucedido, lo cual no casaba en absoluto con su carácter. Él habría esperado, si hubiera pensado en ello, que le haría pagar el hecho de haber vulnerado una regla tan fundamental. O, lo que era peor aún, el hecho de haberla tentado para que ella misma vulnerara esa regla. Sinceramente, habría preferido esa reacción. Mil veces habría preferido que lo abroncara o incluso que le soltara un puñetazo.

En cambio, se había mostrado tan razonable, tan serena y desapasionada... Lo único que aparentemente había despertado su ira había sido la propuesta de matrimonio que le había hecho, y... ¿qué sentido tenía eso? Aunque Con no calificaría su propia irritación como «hacer pucheros», en palabras textuales de Lilah, tenía que admitir que se había sentido picado por su afirmación de que no deseaba en absoluto casarse con él.

Ella tenía razón. Él tampoco deseaba casarse con ella, pero Lilah no había tenido ninguna necesidad de mostrarse tan terca y soberbia al respecto. Él no era un don nadie sin un penique en el bolsillo. Ni tampoco un pariente loco que hubiera vivido recluido hasta en ese momento en el ático de la casa. Por lo general era considerado un buen partido. Tenía dinero más que suficiente y era hijo de un duque. Y solo tenía que mirar a Alex para saber que no era en absoluto mal parecido. Cualquiera pensaría que un mujer tan racional como Lilah, tan respetuosa de las costumbres sociales, se mostraría más bien inclinada a hacer un ventajoso matrimonio.

Pero, oh, no... casarse con él era una perspectiva aparentemente horrorosa, una última solución provocada por la más extrema emergencia. Aunque, por supuesto, siendo razonable, ¿qué mujer querría casarse con un hombre cuyo desempeño sexual la hacía llorar?

¿Por qué había llorado? ¿Qué había hecho él para provocar esas lágrimas? Hasta aquel momento, habría jurado que Lilah había estado tan consumida por la pasión como él. La manera en que lo había besado, tocado... pensó en sus manos buceando bajo su chaleco...

Apoyó las manos en el mantel de la chimenea y se quedó mirando fijamente el frío hogar, olvidada la labor de registro. Lo peor de todo era que seguía anhelándola dolorosamente. Resultaba una amarga ironía que tuviera que sentir eso precisamente por Lilah Holcutt.

¿Cómo era posible que aquel rostro tan cuidadosamente frío, controlado, tranquilo, pudiera encenderlo tanto? ¿Cómo era posible que cada vez que lo miraba de aquella manera tan desaprobadora, él no pensara en otra cosa que no fuera convertir aquella expresión en pasión? ¿Cómo era posible que no pudiera mirarla sin desear liberar aquella luminosa melena para enterrar la cara en ella?

Dios, sí que era hermosa. Era un crimen que fuera tan hermosa. Y, si había pensado eso ya antes, ahora que había visto aquel esbelto y blanco cuerpo, ahora que la había sentido moverse bajo el suyo, el deslumbramiento que sentía era aún mayor.

Apoyó la cabeza en el borde de la chimenea. Lo cierto era que nunca se había sentido tan conmovido, tan sacudido, tan impresionado como se había sentido con Lilah. Había sido una tormenta de fuego y ansia, y cuando se enterró en su calor, cuando alcanzó el clímax dentro de ella, con su voz susurrando y gimiendo a su oído... había sido como volver a casa. No, esa expresión no hacía justicia a lo que había sentido. Se había sentido... perfecto.

¿Y no era eso una locura? Sentir semejante deseo, semejante placer, por una mujer que era precisamente la menos indicada para él.

Debería marcharse. No tenía por qué encontrar la llave justo ahora. No había peligro inmediato alguno. De hecho, tenía la sensación de que, si examinaba a fondo sus motivaciones para viajar a Carmoor en busca de la llave, era posible que tuvieran más que ver con su disparatado deseo hacia Lilah Holcutt que con su voluntad de resolver el misterio.

Lo más inteligente era sustraerse a la tentación. Sin duda Lilah preferiría no tenerlo cerca. Ciertamente, ahora que pensaba sobre ello, la misma Lilah podría pedirle muy bien que se marchase.

La idea le provocó una punzada de alarma. Por muy perverso que fuera, no quería irse. Le gustaba estar allí. Deseaba explorar la extraña casa de Lilah, quería ver los Levels más de cerca. Quería volver a internarse en aquel laberinto. El misterio de la llave le intrigaba aunque no resultara tan necesario resolverlo de manera inmediata. Quería descubrir por qué los Dearborn estaban tan interesados en ella.

La verdad era que, en el fondo, no quería separarse de Lilah. Le gustaba mirarla. Disfrutaba estando a su lado, pese a lo muy frustrante que eso podía llegar a ser. Podía controlar su deseo. No era un maniaco sexual. Después de todo, su deseo por ella había sido como un sordo y persistente calor que no lo había dejado en paz durante los últimos meses, pero no había hecho nada con él. Y tampoco lo habría hecho ese día si Lilah no se hubiera mostrado tan dispuesta, deseosa incluso. Por lo demás, dudaba que volviera a mostrarse tan receptiva. Podía contar con que Lilah no desplegaría arte de seducción alguna.

Asunto diferente sería que ella quisiera que se marchase... aunque Con confiaba en poder convencerla de lo contrario. Algo más animado, continuó pasillo abajo, sin encontrar nada, hasta que, finalmente, decidió poner término a la jornada. Era la hora del té y, francamente, resultaba aburrido registrar las estancias solo. Además, necesitaba ver a Lilah, asegurarse de que se encontraba bien.

Para su sorpresa, la encontró sentada en un banco del vestíbulo, jugueteando distraída con su fusta. La miró con cierta desconfianza.

—¿Piensas azotarme con eso?

Lilah, que había estado mirando hacia el pasillo opuesto, dio un respingo de sorpresa y se volvió hacia él.

—¿Qué? Oh, no. Por supuesto que no —se levantó dejando caer la fusta en el banco, a su lado.

—Creía que te habías ido a casa —bajó los últimos peldaños de la escalera.

—Decidí no hacerlo. Estuve paseando un poco y... pensando.

Con se tensó, haciendo acopio mental de los argumentos que pensaba utilizar para convencerla de que no lo despachara de vuelta a Londres.

—Espero que te quedes y continúes buscando la llave —dijo ella, dejándolo sin palabras—. No quiero que lo que ha sucedido hoy ponga punto final a nuestro proyecto.

—Yo tampoco —pensó que, obviamente, había intentado arreglarse el pelo sin un espejo a mano. Estaba maravillosamente desaliñada. Tentadora. Decidió no mencionarlo—. Te aseguro que mi comportamiento no se repetirá.

—Tampoco el mío —se tiró de la cintura de la chaqueta—. Ambos nos vimos... sorprendidos. En el futuro nos mostraremos más cuidadosos. Convendremos en que lo de hoy no ha sido más que un desgraciado error, y las acusaciones o las disculpas sobran —lo miró con expresión indecisa—. Supongo que no podemos tenernos exactamente por amigos, pero... quiero que las cosas entre nosotros vuelvan a ser como eran antes.

—Y yo —sonrió—. Y creo que podemos tenernos como amigos... Amigos que discrepan un poco.

—Sí. Dejémoslo así —sonrió también ella, y Con descubrió que iba a resultarle condenadamente difícil atenerse a su promesa.

Cabalgaron hasta casa, al principio en un ambiente silencioso y algo incómodo. Pero Lilah sacó el tema de la búsqueda de la llave, y poco a poco la incomodidad comenzó a desvanecerse. Ninguno de los dos había descubierto nada útil, y convinieron en que su investigación llevaba camino de convertirse en una tarea abrumadora.

—La verdad —dijo Lilah— es que esa llave podría estar en cualquier parte. Ni siquiera tiene por qué estar oculta en la casa. Alguien podría haberla escondido debajo de una piedra, por ejemplo.

—Deberíamos preguntar a tu tía por ella.

Lilah le lanzó una mirada escéptica.

—Dudo que eso nos ayude mucho. Ni siquiera estaba aquí cuando falleció el señor Blair.

—Aun así, seguro que conoció a esos tres hombres mejor que nosotros. Todos ellos crecieron juntos, al fin y al cabo —esbozó una sonrisa, mirándola de reojo—. Y yo ya he hablado con ella, de manera que tus intentos por evitarlo no son ya necesarios...

Cuando se sentaron a tomar el té los tres, Lilah sacó el tema a colación.

—Tía Vesta, Con y yo teníamos un motivo muy concreto para venir aquí.

La tía Vesta soltó una corta y cantarina carcajada.

—Eso ya lo sabía... Vamos, Lilah, no soy tan estúpida. Llevo aquí cerca de un año y jamás antes habías sentido la necesidad de visitarme. Lo que no entiendo es por qué habéis ido a Carmoor.

—Estamos buscando una llave —explicó Con—. Los Dearborn...

—¿Niles Dearborn? Ese pequeño canalla... Nunca me gustó. Parece una comadreja. ¿Lo habéis notado?

—Comparto su opinión, señora. El caso es que los Dearborn andan a la busca de una llave. Pensamos que eso tiene algo que ver con estos tres hombres: su hermano de usted, Dearborn y el señor Blair.

—¿Pero por qué habríais de buscarla en Carmoor? —lo miró perpleja—. Ellos siempre se reunían aquí. Seguro que, de los tres, era Virgil quien la tenía.

—¿Sabes algo de esa llave? —inquirió Lilah, sorprendida.

—Yo no sé nada de ninguna llave. Solo estoy diciendo que tendría sentido que tu padre...

—¡Dios mío! —exclamó Con. Acababa de verlo claro. Se levantó de golpe, derribando la silla—. ¿Cómo he podido haber estado tan ciego?

—¿De qué estás hablando? —preguntó Lilah, vagamente alarmada.

—Lilah, esos hombres no estaban intentando secuestrar a Sabrina. Es obvio. ¡Iban a por ti!

CAPÍTULO 20

Lilah se lo quedó mirando boquiabierta.

—¡Secuestro! —exclamó la tía Vesta, volviéndose hacia su sobrina—. ¿Alguien te secuestró?

—No. Se equivocaron de persona, y no era a mí a quien querían —miró ceñuda a Con—. La sombrilla de Sabrina...

—Al diablo con la sombrilla de Sabrina. El detalle importante es tu pelo.

—¡Mi pelo!

—Sí, ¿de qué color es? ¿La gente lo califica de rojo?

—Sí. A menudo —respondió Lilah con evidente disgusto—. Pero no lo es.

—Bueno, tiene tonos rojizos —intervino la tía Vesta.

Lilah frunció el ceño.

—Tiene un tono color fre....

—No importa —Con hizo un gesto con la mano, quitando importancia a la discusión—. A donde quiero llegar es que si alguien hubiera querido identificar a una mujer ante, digamos, unos rufianes de poca mollera, les habría descrito sus rasgos más característicos. El color de su cabello. Su estatura. Por muy especial que pueda ser una sombrilla, nunca sería más importante que una descripción física. Y nadie, ni siquiera un imbécil, habría confundido a Kyria, morena y bajita como es, con Sabrina. Pero si es ese tipo les hubiera dicho: «apoderaos de la alta y pelirroja»...

Vio que se quedaba pálida. Y, de repente, la excitación de Con fue reemplazada por el miedo conforme asimilaba las implicaciones de sus propias palabras. Lilah estaba en peligro.

—Oh, Dios. El tipo aún anda suelto.

—¿Quién?

—El otro secuestrador. El que escapó por la ventana, según refirieron mis hermanas —maldijo por lo bajo—. Debí haber salido en su persecución.

—No seas tonto —dijo Lilah—. Nunca habrías podido encontrarlo. Era de noche y probablemente se internó en el bosque que había detrás de la casa. Además, lo importante era traer a tu madre y hermanas a casa.

—Sí, pero sigue libre. Podría intentar secuestrarte otra vez.

—¿Qué hombre? ¿Alguien quiere hacer daño a Lilah? —Vesta había alzado la voz, alarmada—. ¿Qué significa todo esto? No entiendo.

Con reprimió su ansiedad. Estaba aterrorizando a la tía Vesta y, si seguía así, iba a conseguir aterrorizar también a Lilah. Él se aseguraría de que nada malo le sucediera. Forzando un tono de tranquilidad, dijo:

—Lo siento, señora Le Claire. No tiene ningún motivo para preocuparse, se lo aseguro. Lilah está perfectamente a salvo aquí. Permítame que le explique.

Y procedió a relatarle el episodio del secuestro y la persecución, dándole un toque más divertido del que había tenido en realidad y terminando con su decisión de encontrar la llave. La tía Vesta lo escuchó con los ojos muy abiertos y, cuando terminó, se llevó una mano al pecho, exclamando:

—¡Oh, Dios, qué excitante!

—Con, esto no tiene sentido —dijo Lilah—. ¿Por qué pensaron que yo estaría con tu madre y hermanas?

—Porque últimamente habías estado pasando mucho tiempo con ellas —señaló—. Seguramente supusieron que estarías en su compañía, y que esa sería además una buena forma de disimular el hecho de que eras tú a quien buscaban, no a ellas.

—Antes de esto, tú estabas seguro de que fueron a por Sabrina.

—Saqué una conclusión precipitada: ya sabes, ese rasgo que, según tú, es una de mis principales debilidades —le lanzó una irónica sonrisa—. Me dejé distraer por la maldita sombrilla.

—¿Pero qué tiene que ver Niles con todo esto? —inquirió la tía Vesta—. ¿Por qué quiere él esa llave?

—Suponemos que tiene que haber dinero de por medio. El señor Dearborn tiene dificultades económicas —informó Lilah.

—Siempre le ha gustado mucho el juego y, bueno, otros pasatiempos de los que no puedo hablar delante de ti, querida. Advertí encarecidamente a Alma que no se casara con él. Kalhoul me dijo que...

—¿Quién? —le espetó Con.

—Kalhoul. Mi contacto con el Otro Lado. Mi mentor y consejero.

—Ah. Entiendo.

—Pero, por supuesto, Alma no me hizo caso. Nadie me lo hace. Es la maldición de Casandra —sacudió la cabeza.

Con retomó el rumbo de la conversación.

—Señora Le Claire, ¿por qué dijo usted que tenía sentido que la llave estuviera en manos del padre de Lilah? ¿Qué es lo que abre esa llave?

—No lo sé —Vesta se encogió de hombros—. Simplemente lo supuse... porque Barrow House era el lugar donde siempre se reunía La Hermandad.

—¿La Hermandad? —Con se irguió, alarmado.

—Sí. Niles, Virgil y Hamilton. Se autodenominaban con un estúpido nombre: la Hermandad de los Benditos, la Bendita Hermandad... Algo parecido.

—¿A qué se dedicaban? ¿Qué hacían? —preguntó Con, presa del familiar entusiasmo que siempre lo asaltaba cada vez que encontraba una pista.

—Lo ignoro —Vesta alzó las manos, impotente.

—Suena a algo religioso —sugirió Lilah—. Los Benditos.

—¿Niles? —Vesta rio por lo bajo—. Lo dudo. No, sospecho que se trata de alguna locura que empezó con nuestros padres.

—¿Sus padres fundaron entonces la Hermandad? —inquirió Con.

—Eso creo, y los chicos la continuaron. Tradición familiar, ese tipo de cosas... Papá tenía mucha amistad con sus padres. Estoy segura de que quería que sus hijos continuaran la tradición. Y, por supuesto, a los hombres les encantan sus clubes y sus rituales, ¿no? Estoy seguro de que lo comprendes, mi querido muchacho —sonrió maliciosa a Con—. Lo del club tampoco llevaba tanto trabajo. Simplemente se reunían cada año para los antiguos festivales.

—¿Los antiguos festivales?

—Sí, ya sabes. La víspera de Todos Los Santos, la noche de San Juan, el solsticio de invierno, el equinoccio de primavera.

Con se la quedó mirando con la boca abierta.

—¿Eran... er...?

—¿Brujos? —rio Vesta—. Oh, no, no lo creo. Pero papá tenía un gran respeto por las antiguas tradiciones, por las religiones arcaicas. Imagino que consideraba apropiado que se reunieran en aquellas fechas. Por supuesto, es innegable que uno siente mucho más el poder de La Fuente en esas ocasiones.

—Dijo usted que celebraban rituales —recordó Con antes de que Vesta pudiera lanzarse a un discurso sobre fuerzas místicas—. ¿Qué clase de rituales?

—No lo sé, en realidad. Solo me refería a que, en general, las sociedades secretas tienen ritos del tipo de apretones de manos, contraseñas, anillos, esa clase de cosas. Yo era mucho más joven que ellos, por supuesto —lanzó una seductora sonrisa a Con, pero en seguida continuó con un dejo de amargura—: Además, ellos nunca incluían a las mujeres en su pequeño círculo.

—¿Mi padre nunca te contó nada de todo eso? —quiso saber Lilah—. ¿Ni una insinuación?

Vesta ladeó la cabeza, pensativa.

—No, querida. Lo siento, pero Virgil rara vez contaba algo sobre esas visitas salvo que a veces se quejaba porque interferían en sus planes. Yo suponía que simplemente se achispaban un poco con la bebida.

—Una llave sería el tipo de objeto que un grupo semejante compartiría —reflexionó Con en voz alta—. Una llave de entrada a algún tipo de habitación ceremonial, quizá.

—¿Una habitación secreta? —exclamó Vesta, animada—. ¡Qué excitante!

—Debí haberme dado cuenta antes. La primera vez que vi esta casa, pensé que sería el lugar perfecto para esconder algo. Olvidémonos de Carmoor —sonrió Con a Lilah—. Mañana exploraremos a fondo Barrow House.

Al día siguiente, Lilah y Con empezaron la búsqueda en el ala más moderna de la casa, registrando cada habitación, examinando repisas de chimenea y golpeando las paredes en busca de algún compartimento oculto. Para la tarde, hasta Con se estaba ya cansando de la tarea.

—Nos llevaría años encontrar algo aquí —dijo Lilah mientras se dejaba caer en una de las sillas—. Ni siquiera hemos terminado el ala.

—Esta casa tiene un montón de rincones y recovecos —se mostró de acuerdo Con—. Y parece que tu familia tenía una afición desmedida por las escaleras. Mañana quizá deberíamos concentrar nuestros esfuerzos en un objetivo más concreto —le tendió la mano—. Vamos. Seguro que tu tía nos estará esperando.

Tal y como Con había predicho, la tía Vesta estaba sentada junto al servicio del té, preparada para acribillarlos a preguntas.

—Me temo que esto no será ni rápido ni fácil —le dijo Con después de describirle todo lo que había estado registrando—. ¿Cuál es la habitación más probable donde su hermano podría haber escondido algo?

—¿Su dormitorio? —Vesta se encogió de hombros—. Solía guardar sus cosas en la caja que está encima de su aparador. Y, por supuesto, está ese pequeño arcón con las cosas de tu madre, Lilah. A Virgil le gustaba esconder cosas. Recuerdo que solía esconder un montón de golosinas detrás de los libros de la biblioteca. Se figuraba que yo no me enteraba —sonrió, pícara—.

Pero por supuesto que lo sabía. Yo se las hurtaba muy poco a poco para que no se diera cuenta.

—¿No hay escaleras ocultas en la casa? —preguntó Con—. ¿Estancias secretas? ¿Mirillas disimuladas?

—Vaya, ¡eso sería maravilloso...! Pero, si hay algo de eso, yo nunca lo encontré.

Acababan de terminar el té cuando oyeron unos fuertes porrazos en la puerta principal. Los tres se miraron extrañados. Un momento después, Ruggins soltó una exclamación, que fue seguida de un golpe, y de unos pasos resonando pesadamente en el vestíbulo.

—¡Señor! ¡No! Por favor, permítame anunciarle... No puede entrar así...

—¡Claro que puedo!

—¿No es esa la voz de...? —empezó Vesta, volviéndose hacia los demás.

—Niles Dearborn —terminó Con por ella, con tono sombrío. Empujando su silla hacia atrás, se levantó con presteza.

Mientras Con rodeaba ya la mesa, Lilah se levantó también.

—Con...

—Tranquila. No romperé ninguno de tus muebles —le aseguró.

—¡Ja! ¡Aquí estáis! —exclamó Dearborn, irrumpiendo en el salón—. ¿Cómo os atrevéis a allanar mi propiedad, a robarme mi llave? ¡Devolvédmela en seguida!

—¡Su llave! —Con se lo quedó mirando asombrado. ¿Acaso aquel hombre se había vuelto loco?

—¡Sí, mi llave! —las miradas de perplejidad de los presentes parecieron enfurecerlo aun más. Blandió un puño, rojo de ira—. ¿Creíais que no sabía que habíais sido vosotros?

—Señor Dearborn —dijo Lilah con tono contemporizador, adelantándose para tomarlo de un brazo—. Vamos. Siéntese con nosotros y tranquilícese...

—¡No quiero sentarme! —Niles se liberó de un tirón para concentrar su rabia en ella—. ¿La tienes tú? ¿Es eso? ¿Pensabas quedártelo todo?

Con se interpuso rápidamente entre Lilah y el hombre mayor. Taladrando con los ojos a Niles, pronunció con tono engañosamente tranquilo:

—No consentiré que le hable de esa manera a la señorita Holcutt.

Niles soltó un resoplido de disgusto, pero retrocedió un paso.

—Tú no eres más que un rufián, por muy aristocrático que sea el título de tu padre —se alisó el chaleco, haciendo un visible esfuerzo por dominar su ira—. Quiero mi llave. No tenías ningún derecho a apoderarte de ella.

—Yo no me apoderé de ella —Con se cruzó de brazos—. ¿Está usted diciendo que alguien se la robó?

—¿Me tomas por estúpido? Primero te presentas en mi casa, hablando no sé qué de un secuestro y de una llave que tenía Sabrina. Luego, de repente, te presentas aquí, en Barrow House, y resulta que las llaves desaparecen. Es obvio que las has robado tú —le espetó Dearborn, desdeñoso.

—*Llaves*, ha dicho usted —repuso Con, pensativo—. Hay tres llaves, ¿verdad? Y usted naturalmente robó la de Sabrina, así que ya tenía las otras dos.

—Yo no se la robé. Ella no podía usarla —Dearborn entrecerró los ojos—. Tengo razón, ¿verdad? Tu hermano y tú pretendéis usar las llaves de las muchachas.

—Señor Dearborn —Lilah se plantó junto a Con—. Si hubiéramos querido usar las llaves, nosotras, las «muchachas» que dice usted, las habríamos usado personalmente. Pero no tenemos su llave —pronunció las últimas frases con lento y pronunciado énfasis.

—¿Por qué habría de creerte? —le espetó Dearborn—. Tú, claramente, estás bajo su hechizo —señaló con el pulgar a Con. Su mirada voló entonces hacia Vesta, que había estado contemplando la escena con expresión admirada—. ¡Tú! —pronunció desdeñoso—. Indudablemente fuiste tú la que se lo contó....

—¿Contarles el qué? —Vesta se levantó de su silla. Seria y con la mandíbula apretada, su figura era todavía más imponente de lo habitual.

—¡La Hermandad! ¡Las llaves del Santuario!

—¿Cómo habría podido yo hablarles de eso? —replicó Vesta con tono amargo—. Yo nunca supe nada de todo aquello. Nadie me incluyó en vuestro círculo. Nunca me dijisteis nada. Al fin y al cabo, yo no era más que una «muchacha».

—Tú no podías entrar. Fuiste una estúpida si llegaste a albergar esa esperanza. Era un Hermandad reservada solo a varones.

—¿Por qué? —quiso saber Con—. ¿Cuáles eran las reglas? ¿A qué se dedicaban?

Dearborn se dispuso a contestar de manera automática, pero se detuvo de repente, mirándolos a los tres con astuta expresión.

—No sabéis nada sobre ello, ¿verdad? No tenéis la menor idea de aquello a lo que os estáis enfrentando.

—¿Por qué no nos lo cuenta usted?

Dearborn soltó una corta y penetrante carcajada.

—No penséis que vais a sacarme información alguna para poder usar las llaves. Pero os diré una cosa: yo soy el único de esta habitación que puede controlar lo que va a pasar dentro de dos semanas.

—Ya. ¿Y qué eso?

—Oh, no —Dearborn blandió un dedo delante de su nariz—. Vosotros entregadme esas llaves, las tres, y no haré nada. De lo contrario, durante la noche de San Juan, el Santuario desatará un verdadero infierno en la tierra —y, dicho eso, se volvió y abandonó la estancia.

Con soltó una maldición y se apresuró a salir tras él. No tardó en alcanzarlo, obligándolo a detenerse.

—Explíquenos de qué diablos está hablando o...

—¿O qué? —se burló el hombre—. ¿Me matarás? Nunca tendrás tu respuesta si lo haces, ¿verdad? O quizá me entregarás a las autoridades. Me imagino su reacción cuando les hables de llaves mágicas y estancias ocultas.

—No necesito a la ley para que me ayude.

—¿Me torturarás entonces para que confiese? No tienes estómago para ello, muchacho —su mirada voló hacia Lilah, que los había seguido hasta el vestíbulo—. Además, ¿piensas que eso le gustaría a la siempre tan formal Lilah Holcutt? Te diré solo esto, como regalo: cada tres años, en la noche de San Juan, es necesario renovar el vínculo: en caso contrario, algo muy malo quedará en libertad. Y han pasado ya casi tres años desde la última vez que lo hicimos —se apartó—. Devuélveme las llaves y lo pararé.

—¿Qué es lo que se desatará? —gruñó Con.

—Destrucción. Más poder que el que nunca has soñado con ver —Dearborn sonrió y señaló a Lilah con la cabeza—. Tu padre la llamaba la Diosa. Yo diría más bien que era el diablo en persona.

CAPÍTULO 21

Dearborn abandonó la casa de estampida. Lilah se volvió hacia Con, y luego hacia Vesta. Ambos tenían la misma expresión de perplejidad que ella sabía que estaba grabada en su propia cara.

—A mí nunca me gustó Niles —dijo Vesta con tono prosaico.

La normalidad de aquellas palabras después de la escena que acababa de tener lugar hizo reír a Lilah. Ella misma se contuvo cuando detectó el timbre histérico de su voz.

—¿A qué se refería el señor Dearborn? Tía Vesta, ¿tienes tú alguna idea? Habló de un santuario… ¿sabes tú dónde estaba?

Su tía sacudió la cabeza con un gesto algo dubitativo.

—Yo… no, papá nunca me dijo nada sobre santuario alguno. Solía hablar de una fuerza que latía bajo la tierra. Recuerdo que una vez le dijo a Virgil que fuera muy prudente. De cualquier forma, él se dio cuenta de que yo estaba allí y se interrumpió —hizo un puchero de contrariedad.

—¿Qué era eso de renovar el vínculo? —inquirió Con—. ¿Su padre o su hermano mencionaron eso alguna vez? ¿Qué vínculo era ese que mencionó Dearborn?

—No lo sé —incómoda, la tía Vesta continuó—: Pero evidentemente debemos hacer algo, y pronto. Solo faltan dos semanas para San Juan.

—Diez días, para ser exactos —repuso Con, sombrío—. No nos queda mucho tiempo.

—¿Y si no podemos encontrarlo antes de entonces? —la incomodidad de Vesta se estaba convirtiendo en pánico—. ¿Qué vamos a hacer?

—Tía Vesta, tranquilízate —le dijo Lilah con tono firme—. Estás dando por supuesto que el señor Dearborn tiene razón. No hay motivo alguno para creer que algún santuario mágico esté a punto de explotar... o lo que fuera que estuviera prediciendo. A mí todo eso me suena a supersticiones absurdas.

—Oh, Lilah, tu terca resistencia a la Verdad será tu perdición —gimió Vesta—. La de todos nosotros.

A Lilah le entraron ganas de sacudir a su tía por los hombros. Antes de que pudiera hablar, Con intervino con tono conciliador:

—Señora Le Claire, Lilah tiene razón. Todos sabemos que Dearborn no dudaría en mentir con tal de conseguir sus propósitos. ¿Y si se inventó esa historia para amenazarnos con consecuencias tan drásticas simplemente para que le entregáramos la llave? ¿No le parece que... er... la presencia que usted percibe bajo nuestros pies es mucho más benigna que eso?

Las palabras de Con obraron el efecto deseado en Vesta. Pareció impresionada, consternada.

—Mi querido muchacho, por supuesto. No hay maldad alguna en este lugar. Es una fuerza para el bien.

—¿Lo ve usted? No hay necesidad de preocuparse —Con le palmeó cariñosamente una mano—. Esta ha sido una terrible experiencia para usted. Quizá debería subir a su dormitorio y descansar un poco.

La dama lo miró con expresión radiante.

—Lilah, este muchacho es una joya. Tienes que cuidarlo bien. Tiene razón. Las oscuras vibraciones que emite Niles han mermado tristemente mis energías.

Mientras la tía Vesta subía las escaleras, Con agarró a Lilah de la mano y la llevó al salón. Ella lo miró ceñuda.

—¿De verdad consideras necesario estimular sus disparatadas nociones?

—¿Qué mal hay en ello? Tú misma me dijiste que tu tía

cree en lo que quiere creer. Y será más fácil hablar de todo ello sin ella aquí.

Lilah no tuvo más remedio que darle la razón.

—Espero que tú no te hayas creído lo que dijo el señor Dearborn.

—¿Te refieres a que vamos a desaparecer en la noche de San Juan? ¿Que Barrow House será destruido? Se me antoja algo bastante improbable.

Lilah se alegró para sus adentros de que Con se mostrara tan razonable.

—¿Crees que realmente alguien le robó esas llaves?

—Su furia parecía sincera, desde luego. Aun así, me siento más inclinado a creer que se inventó la historia.

—¿Pero por qué fingir que se las robaron?

—Para engañarte y conseguir así que le entregaras tu llave. Esperaba que se la dieras, o le dijeras al menos donde está oculta. Hasta te amenazó de acusarte de robo, con tal de conseguirla. Cuando se dio cuenta de que no sabíamos prácticamente nada de todo ello, se inventó una historia acerca de una inminente amenaza para que tú te asustaras y se la entregaras, de manera que él pudiera salvarnos a todos de la destrucción, etcétera, etcétera...

—¿Pero y si decía la verdad cuando protestó por el robo de las llaves? ¿Y si el señor Dearborn no ordenó ese secuestro y hay alguien más involucrado en esta trama?

—¿Y que ese alguien fue responsable tanto del intento de secuestro como del robo de las llaves de Dearborn? —preguntó Con, a su vez, y se quedó pensativo—. Eso constituye ciertamente una posibilidad.

—¿Pero quien habría querido esas llaves? —inquirió Lilah—. ¿Qué bien habrían reportado a cualquiera? ¿Y cómo habría sabido ese alguien de su existencia?

—Su hijo pudo habérselas robado.

—¿Peter? —exclamó, escéptica—. No puedo imaginármelo yendo contra su padre. Siempre ha estado a su sombra, intimidado por él. Además, ¿qué sentido tendría eso?

—Quizá haya decidido rebelarse por fin. O tal vez confíe en convencerte a ti y a Sabrina de que os unáis a él. Ese trío contaría así con un componente de las tres familias. Quizá ese detalle sea importante, o al menos lo sea para él.

—Pero a su padre eso ni se le pasaría por la cabeza, porque las dos somos unas pobres mujeres —señaló Lilah—. Supongamos que Peter lo está desafiando —se interrumpió, pensativo—. Sinceramente, si me pusiera en su lugar, yo sería la principal sospechosa. O tú. Pero ninguno de nosotros robó a los Dearborn —de repente lo miró con expresión desconfiada—. No lo hiciste, ¿verdad?

—Dios mío, no. Aunque ciertamente todo habría sido más fácil si lo hubiera hecho. ¿Crees que cada persona tenía una llave que abría la misma cerradura? ¿O necesitarían las tres para abrirla?

—Me parece más probable que cada una necesitara de las otras dos. ¿Por qué si no habría conservado el señor Dearborn la llave de Sabrina?

—Cierto. Si había un club de solo tres miembros y tenían una estancia secreta, que sospecho se trataba de ese santuario que mencionó Dearborn, entonces tiene sentido que la cerradura necesitara de las tres para abrirse. He visto cerraduras que requieren de dos llaves. Supongo que siempre se podría mandar fabricar una que requiriera tres. O quizá la puerta en cuestión tenga tres cerraduras.

—Maravilloso. Ahora tenemos tres llaves que encontrar —suspiró Lilah.

—Lo cual hace mucho más estimulante nuestro desafío. Sobre todo ahora que tememos un plazo límite de tiempo.

—Yo pensaba que no creías que necesitábamos encontrar las llaves antes de San Juan si no queríamos perecer todos.

—Y no lo creo —respondió Con—. Pero, personalmente, preferiría no correr el riesgo.

Con paseaba de un lado a otro de su habitación. Era la una

de la madrugada y aún no se había acostado. Sabía que no sería capaz de dormir. Se había bebido un whisky, había intentado dormir, había repasado mentalmente la lista de emperadores romanos... Se había servido otra copa. Pero incluso cuando intentó concentrarse en el enigma de las llaves, volvió a pensar en Lilah y en el peligro que estaba corriendo. Era incapaz de dejar de pensar en ella.

La sola vista de su cama despertaba en él recuerdos de su amoroso encuentro del día anterior, con lo que la pasión volvía a barrerlo por dentro. Pasión, obviamente, a la que no estaba dispuesto a ceder. No pensaría en aquellas piernas largas y bien torneadas cerrándose sobre su cintura. Ni en aquellos pechos de pezones rosados que cabían tan perfectamente en su palma. O en la manera en que se había movido bajo su cuerpo, tímida pero deseosa.

Maldijo para sus adentros. Aquello no lo estaba llevando a ninguna parte. Se rindió, encendió una vela y, sin molestarse en calzarse las botas, bajó a la biblioteca. En su mayoría, los volúmenes versaban sobre filosofía, religión e historia, pero uno en especial le había intrigado: *Los antiguos misterios de Somerset*. Sospechaba que pertenecía a la tía Vesta.

Se acomodó en una de las sillas y pasó las siguientes horas leyendo sobre símbolos, leyendas, túmulos y antiguos caminos... El Fae Path, por desgracia, no aparecía mencionado. La mayor parte de las informaciones se referían a Glastonbury Tor; solo en un capítulo Barrow Tor era descrito como un lugar «sagrado», sin mayores explicaciones.

Recogiendo la vela, se dirigió luego a la parte más antigua de la casa, la que todavía no había explorado con Lilah. Era aquella sección, que parecía ceder como borracha bajo su propio peso, la que más le intrigaba. Y dado que iban a dedicar el día siguiente, ya de forma más pragmática, a registrar la habitación del padre de Lilah, aquella le pareció una oportunidad más que apropiada de echar un vistazo al ala antigua.

Al final del pasillo, giró a la izquierda y abrió la puerta, para entrar en lo que solamente podía ser el gran salón del hogar original. Oscura e inmensa, la habitación ostentaba la máxima altura de la casa. La vela que portaba Con no era más que un pequeño círculo de luz en aquel vasto vacío negro.

Una oscura figura parecía acechar en las sombras. Con se sobresaltó al verla, hasta que se dio cuenta de que no era más que una armadura. En una pared había una chimenea de piedra, lo suficientemente ancha y profunda como para asar un buey entero.

Atravesó el salón y abrió una puerta, que daba a otro pasillo. Las estancias eran oscuras y vacías, lo que daba al lugar un aire funerario. Subió por una escalera de caracol a la planta superior, para encontrarse con un pasillo similar de habitaciones con suelos irregulares y chimeneas torcidas.

Pensó que a Alex le encantaría aquel lugar. Tendrían que invitar a los recién casados a aquella casa tan pronto como regresaran de su luna de miel. Demasiado tarde se dio cuenta de que estaba pensando en Barrow House como si fuese suya y de Lilah, como si la invitación pudiera partir de los dos, y no solamente de él. Era un pensamiento inquietante.

Por último, subió a la planta de arriba. Consistía en una larga galería, con añadidos posteriores. Aquel piso, al menos, tenía luz, gracias a las ventanas que corrían todo a lo largo de una pared. Pero el macilento resplandor de la luna solamente servía para hacer aún más visibles el polvo y las telarañas, más tangible todo aquel vacío.

Retratos de los antepasados Holcutt colgaban en la pared opuesta a la de las ventanas, destacando entre las sombras. Todo estaba cubierto por una capa de polvo y un silencio ominoso flotaba en el aire. Con se dispuso a avanzar sigilosamente, como si temiera incomodar a alguien.

Algo llamó de repente su atención por el rabillo del ojo y se volvió hacia la ventana más cercana, que daba a la ancha franja de césped que separaba la casa del descuidado laberinto. A la luz de la luna, una blanca figura se deslizaba por la pradera del jardín.

Lilah. El antiguo cristal de la ventana distorsionaba la vista, pero estaba seguro de que era ella... vagando de nuevo por los alrededores de la casa, en plena noche. ¿Qué diablos estaría haciendo? La sospecha de que estaba acudiendo al encuentro de alguien volvió a asaltarlo, pero no imaginaba quién podría ser. A la vez que le costaba imaginarse que Lilah pudiera estar tramando alguna clase de engaño...

Mientras la observaba, la figura se detuvo ante la entrada del laberinto. Con esperó que alguien fuera a reunirse allí con ella, para acompañarla y entrar juntos. Esperó simplemente que sucediera algo, pero ella permaneció en el sitio sin más, paralizada como una estatua. Finalmente, se volvió y empezó a caminar de regreso a la casa.

Con se giró en redondo y bajó apresurado las escaleras de caracol. Estaba decidido a averiguar lo que estaba pasando allí. Su vela temblaba sin cesar, creando sombras que parecían bailar en las paredes que lo rodeaban. Tenía que bajar todavía los dos tramos de escaleras... ¿por qué había tenido que subir hasta el último piso? Le entraron ganas de correr, pero se sería un suicidio con aquellos peldaños tan estrechos e irregulares.

Cuando llegó a la planta baja, echó a correr. Y eso fue un error. La corriente de aire apagó la vela, sumiéndolo en la más absoluta oscuridad justo cuando se encontraba en el gran salón. Se detuvo para seguir caminando lentamente, con una mano adelantada. La puerta de la otra ala estaba justamente al otro lado. Siempre y cuando no se desviara, toparía con ella.

Lo consiguió al fin, pero a costa de perder un tiempo precioso. Trotó luego por el largo corredor. Gracias a la lámpara que había dejado encendida en la biblioteca, pudo orientarse y se dirigió a la puerta trasera, la que daba a la terraza. Una vez fuera, miró hacia el laberinto, pero no había señal alguna de Lilah. ¿Tanta prisa se había dado en desaparecer? Se quedó quieto por un momento, escuchando. Silencio.

Se le ocurrió entonces que se había estado comportando como un loco, corriendo por toda la casa mientras intentaba encontrar a una mujer que, obviamente, no quería que la encontrasen... Lilah tenía derecho a sus secretos. Si quería deambular por la propiedad a medianoche, eso nada tenía que ver con él. Volviéndose, entró de nuevo en la casa.

El vestíbulo estaba silencioso, al igual que el corredor de la planta superior. La puerta del dormitorio de Lilah estaba cerrada, sin rendija alguna de luz. Una vez en el suyo, decidido a olvidarse de todo aquel asunto, empezó a desvestirse. Justo cuando estaba punto de soplar la vela y meterse en la cama, oyó algo. ¿Habría sido el clic de una cerradura? Se volvió y abrió la puerta. Pero el pasillo seguía tan silencioso y oscuro como antes.

CAPÍTULO 22

Lilah bajó a desayunar de buen humor, dispuesta a empezar con el registro.

Extrañamente silencioso, Con jugueteaba con su cuchara, observándola con expresión escrutadora.

Lilah se removió, levemente incómoda.

—Te vi anoche —le espetó bruscamente Con.

—Por supuesto que sí. Pasamos la tarde juntos —respondió. Se preguntó qué le pasaría.

—Estoy hablando de después. Me asomé a la ventana y te vi de pie a la entrada del laberinto —tenía los ojos clavados en su rostro.

Lilah se quedó paralizada.

—Eso es imposible. No me he acercado al laberinto. Aparte del otro día, cuando entramos juntos tú y yo.

—Lilah... te vi. Estabas allí, en camisón, mirando fijamente el laberinto. De repente diste media vuelta y entraste nuevamente en la casa.

Lilah podía sentir, literalmente, cómo la sangre iba abandonando su rostro.

—Estás loco. No es verdad. Debió de ser...un efecto de la luz de la luna. ¿Por qué no saliste a preguntarme qué estaba haciendo allí?

—Lo intenté, pero para entonces ya no estabas.

—Así que viste una figura saliendo al exterior, para luego

desvanecerse —de repente se sintió pisando ya terreno más firme—. Con, estabas soñando.

—No fue un sueño. A no ser que hubiera soñado también que estaba sentado tranquilamente en la biblioteca, leyendo *Los antiguos misterios de Somerset*.

—No me extraña que tuvieras un sueño tan estrafalario si te quedaste dormido leyendo eso.

—No fue un sueño —Con subrayó sus palabras dando un golpe en la mesa con la cuchara.

—Si realmente había alguien allí fuera, debió de ser mi tía... parlamentando probablemente con la diosa de la luna. O quizá fuera alguna de las doncellas escabulléndose al encuentro con un hombre —Lilah empujó su silla hacia atrás y se levantó bruscamente. Había perdido el apetito—. Estuve en mi cama, durmiendo. Toda la noche.

Con la miró ceñudo por un momento, para finalmente encogerse de hombros.

—Muy bien. Hablemos de otra cosa. ¿Estás preparada para que registremos el dormitorio de tu padre?

—¿Qué? Oh, sí. Yo... yo tengo que... er, cambiarme de calzado. Me reuniré contigo dentro de unos minutos.

Voló fuera del comedor. No era verdad. Con tenía que estar equivocado. O quizá le estuviera gastando alguna broma; tenía un sentido del humor bien extraño. Había dormido toda la noche del tirón. Subió corriendo las escaleras y entró en su habitación, sobresaltando a una de las criadas.

Dejándose caer en su escabel, se quitó una zapatilla. La planta del pie estaba sucia. El corazón empezó a martillearle en el pecho. No, no podía ser...

Miró a su alrededor, presa del pánico.

—Mi camisón. ¿Dónde está mi camisón?

La doncella se la quedó mirando fijamente.

—Creo que su doncella o llevó a lavar.

Lilah volvió a calzarse la zapatilla y, a toda prisa, abandonó la habitación y bajó las escaleras.

En el lavadero, la criada la miró sorprendida. Pensaría sin

duda que estaba aún más loca de lo que había sospechado la criada de la habitación.

—Yo... solo estoy buscando... esto —recogió su camisón del cesto de la ropa sucia.

No era de extrañar que Cuddington lo hubiera llevado a lavar. El borde de los faldones estaba sucio: todavía conservaba algunas briznas de hierba. Lilah se lo quedó mirando estupefacta. Apenas podía respirar. No podía ser. Aquello no podía estar sucediendo otra vez. No después de tanto tiempo. Ya lo había superado. Su vida era limpia. Tranquila, Ordenada.

Soltó el camisón y se alejó de nuevo, recogiéndose las faldas con manos temblorosas. ¿Qué iba a hacer ahora? Luchó contra la sensación de pánico que le subía por el pecho. Aquello era una excepción. Tan solo una recaída momentánea, provocada por el hecho de encontrarse en su antiguo ambiente. La noche anterior se había sentido muy cansada, y además se había producido aquella tumultuosa escena con el señor Dearborn. Y aquel episodio, un episodio que había alterado su vida para siempre, con Con en Carmoor.

No era de extrañar que hubiera bajado la guardia. Como tampoco había motivo alguno para entrar en pánico. Ya no era una chiquilla. Estaba al mando de su propia vida y, ahora que era aún más consciente de ello, lo controlaría. Al igual que controlaría aquella rara y caprichosa ansia que sentía por Con Moreland. Se negaba a dejarse gobernar por unos instintos tan claramente insanos.

Subió de nuevo las escaleras y se encontró a Con en el pasillo, a la puerta de su habitación.

—¿Qué estás haciendo aquí?

—Esperándote —miró el lugar de donde había venido, y luego sus pies.

Lilah se dio cuenta entonces de que no se había cambiado de calzado. Intentó pensar en alguna excusa, algún motivo. Por un enloquecido instante, pensó incluso en confesárselo todo.

Pero se las arregló para contenerse. Ya había revelado demasiadas cosas a Con. Decidió ignorar sin más sus propias contradicciones.

—¿Estás listo?

—Sí —la invitó a precederlo con un gesto—. Necesitamos encontrar dos cosas, ya sabes. La llave y la puerta que la abre.

—¿La de ese santuario? —gracias a Dios, Con había decidido ignorar la situación, él también. Algo meritorio tratándose de un hombre de comportamiento tan excéntrico como el suyo—. No logro imaginar dónde puede estar. ¿Un antiguo edificio dentro de la propiedad, quizá? ¿En el pueblo? El término suena religioso, pero no me lo imagino en una iglesia.

—No, dudo que esté en una iglesia... a no ser, tal vez, que se trate de alguna antigua ruina abandonada de las cercanías —arqueó las cejas con gesto interrogante.

Lilah negó con la cabeza.

—Yo nunca he oído hablar de ninguna.

—Creo que los términos religiosos son algo común en las sociedades secretas: les dan más peso. Solemnidad. En realidad no debe de ser más que una habitación, un simple lugar donde celebrar... lo que quiera que celebraran.

—¿Qué es lo que hacen las sociedades secretas? —quiso saber Lilah.

—Yo nunca he pertenecido a ninguna. La tía Vesta me tendría por un varón poco convencional. Pero, por lo que he oído, mayormente incluyen solemnes juramentos, contraseñas y secretos apretones de manos. Y sombreros estrafalarios.

—Bueno, suena exactamente a la clase de actividades a las que tú te dedicas. Me sorprende que nunca ingresaras en una —repuso Lilah, sonriendo.

Ya en el interior del dormitorio de su padre, descorrió las cortinas para dejar entrar la luz.

—Su salón está al otro lado de esta puerta.

Con entró detrás de ella en la pequeña estancia, y se acercó para examinar un gran retrato de una joven.

—¿Tu madre?

—Sí. Se llamaba Eva.

—Era muy hermosa —se volvió para mirarla—. Te pareces mucho a ella.

—Gracias —Lilah sintió que se ruborizaba y desvió la vista—. ¿Por qué no registras su escritorio? Yo, er... miraré en su armario —pensó que sería mejor que trabajaran a alguna distancia el uno del otro. El hecho de estar tan cerca de él había sido precisamente la fuente de sus problemas del otro día.

Intentó concentrarse en su tarea, pero, al cabo de un rato, se dio cuenta de que, en lugar de ello, había dejado de trabajar para quedárselo mirando. Con se había pasado las manos por su espeso cabello oscuro, dejándoselo despeinado y en punta de una manera que resultaba enternecedora. El deseo de peinárselo le cosquilleaba en los dedos. Recordó la sensación de su pelo entre los dedos, suave como la seda. Pensó en sus labios, enrojecidos por los besos...

Aquello era exactamente lo que necesitaba evitar. Se acercó a la ventana y se quedó allí, mirando, hasta que consiguió tranquilizar nuevamente su pulso. Seguro que sería capaz de dominar su lujuria. Con no era el único hombre atractivo que había en el mundo. Sus caricias no eran las únicas que recibiría de un hombre: algún día se casaría. Intentó pensar en la mano de otro hombre recorriendo su piel desnuda... pero la única sensación que experimentó fue repugnancia.

Pero eso no sería así. Estaría enamorada de su futuro marido, seguro. Sería un hombre al que amara y respetara. Un hombre deseoso de casarse con ella. Ella haría el amor con él, y eso no sería ningún error. El problema era que, cuando intentaba imaginarse a ese hombre, tenía el pelo negro y los ojos verdes.

Con la miró de pronto, como si hubiera sentido su mirada. Sus ojos se oscurecieron y sus manos quedaron inmóviles. Se miraron mutuamente durante unos segundos. De repente Con avanzó un paso, y Lilah se giró de golpe para ponerse a mirar de nuevo por la ventana.

Él se detuvo entonces y continuó registrando el escritorio.

Entre los dos registraron a fondo la habitación. Con encontró una caja de madera tallada con una tapa que era un puzle de piezas que se deslizaban, lo cual despertó su interés, hasta que descubrió que dentro no había otra cosa que un guante de mujer y un rizo de color rubio rojizo, atado con una cinta azul.

—De tu madre, presumo —dijo Con al tiempo que acariciaba el rizo con expresión entristecida, algo poco habitual en él—. Debió de quererla mucho.

—La quería con locura. Hasta el punto de que, cuando murió, malgastó su vida intentando convocarla para que volviera —Lilah fue consciente del tono de amargura de su voz—. Lo siento. Es injusto por mi parte que reaccione con tanto resentimiento a ese amor tan pertinaz y doloroso.

—No, no lo es —Con dejó la caja a un lado—. Tu padre debió haberse consagrado a ti, en lugar de aferrarse tanto a su recuerdo. Lamento que se obsesionara tanto —su expresión se endureció—. Yo desprecio a los charlatanes que se aprovechan de los dolientes como él, a los médiums que afirman poder contactar con sus difuntos seres queridos.

Lilah alzó las cejas, sorprendida.

—Pero tú crees en ese tipo de cosas.

—No, yo estoy abierto a creer en ellas, pero nunca he tropezado con médium alguno que no sea un estafador cargado de trucos. Algunos creen sinceramente que son capaces de contactar con los muertos. Pero nunca he encontrado a uno solo que pueda aportar una prueba sólida de ello. Olivia solía investigar a los médiums. Hace unos años, eran legión.

—Lo sé —replicó fríamente Lilah.

—Por supuesto. Tu tía —se interrumpió—. La señora Le Claire parece creer en ello. Quizá ella me demuestre que estoy equivocado.

—Lo dudo. Ella vive en un mundo propio.

Continuaron trabajando, pero, para cuando hicieron una pausa para el té, no habían encontrado nada. Lilah estaba muy desanimada.

—Tenía la esperanza de que encontráramos algo: la llave, una localización...

—Las encontraremos —le aseguró Con son su habitual

confianza, pero al momento frunció el ceño—. Espero que pronto, desde luego. Porque me preocupa...

—¿Qué? —inquirió Lilah—. No me digas que te preocupa el plazo que nos dio el señor Dearborn.

—No. Bueno, quizá un poco. El caso es que, mientras el enigma continúe sin ser resuelto, la amenaza pende sobre ti —escrutó su rostro—. Lilah, ¿hay algo más que yo todavía no sepa?

—No —respondió con demasiada rapidez, y dominó firmemente un relámpago de culpa. Lo de la noche anterior nada tenía que ver con la búsqueda de la llave—. Por supuesto que no. Y dudo que yo corra peligro alguno. La amenaza del señor Dearborn no puede ser más vana —y ensayó lo que esperaba fuera una despreocupada sonrisa.

Con asintió, aunque no pareció del todo convencido. Lilah no podía culparlo. Le dijera lo que le dijera, no podía negar que algo horrible pendía en aquellos momentos sobre su cabeza.

Mientras bajaban las escaleras de camino al salón, Lilah se sorprendió al oír a su tía hablando con alguien, presuntamente un hombre. Miró a Con, que le devolvió la mirada con expresión perpleja.

—No me digas que ha vuelto Dearborn.

Apresuraron el paso, pero, cuando llegaron a la puerta abierta del salón, se detuvieron de golpe.

—¿Qué diablos está haciendo él aquí? —masculló Con.

—¡Queridísima Lilah! —su tía se levantó—. ¡Mira quién ha vendo a visitarnos!

Lilah forzó una sonrisa.

—Primo Jasper.

—Qué popular se ha vuelto de repente Barrow House —exclamó la tía Vesta, toda inocente.

—Y que lo digas —Lilah se adelantó para ofrecer la mano a su pariente—. Esta sí que es una visita inesperada, primo Jasper —lo maldijo para sus adentros. ¿Cómo iban a poder hablar de la llave, y mucho menos de su búsqueda, con sir Jasper presente?

—Espero que me perdonarás por no haber mandado recado de aviso —repuso el hombre—. La señora Summersley insistió en que viniera. Temía que pudieras sentirte demasiado sola.

—Como puedes ver, no estoy sola —¿en qué habría estado pensando la tía Helena para empujar a sir Jasper a hacer algo así? Eso, ciertamente, no iba a mejorar la opinión que tenía ya de él, sometido como iba a estar a la constante comparación con Constantine—. Seguro que recordarás a lord Moreland.

—Sí, por supuesto. Señor... —la brusca inclinación de cabeza con que lo saludó indicaba lo poco agradable de ese recuerdo.

Con tomó en ese momento a Lilah del brazo, con gesto posesivo.

—Sir Jasper. La profunda devoción que usted parece profesar a esta familia es impresionante.

—Qué bonito es contar con la compañía de gente joven —intervino la tía Vesta con expresión radiante—. Le hace a una sentirse menos vieja. No dudo que usted pensará igual, sir Jasper.

Lilah disimuló una sonrisa. Evidentemente, Con contaba con una defensora en su tía Vesta.

—¿Se dirige a su casa, sir Jasper, y ha decidido hacer un alto en el camino? —le preguntó Con mientras Lilah tomaba asiento. Se instaló luego en una silla que colocó entre los dos.

—Sir Jasper vive en Yorkshire —apuntó Lilah.

—Ah, entonces indudablemente ha sido usted muy generoso al venir aquí desde tan lejos.

La conversación languideció. La tía Vesta se empeñaba en llenar la mayor parte de los silencios. Lilah se preguntó cuánto tiempo pensaría quedarse sir Jasper. Era injusto por parte de su tía Helena que interfiriera de aquella forma en su vida. Ya le había encasquetado a su amargada doncella. ¿Por qué no podía confiar en que su sobrina se comportara de la manera adecuada?

Pero ella misma conocía la respuesta a esa pregunta. Por muchas cosas que le escondiera la tía Helena, en el fondo temía que el «comportamiento Holcutt» aflorara en su sobrina antes de que consiguiera casarla con un respetable caballero.

La culpa hizo inmediatamente presa en ella; no debería irritarse tanto con su tía Helena. Después de todo, quizá tuviera razón en preocuparse, a la luz de su reciente comportamiento. Lilah se dijo que debería esforzarse más con sir Jasper. Mientras tomaban el té, adoptó la expresión más encantadora que fue capaz de mostrar. Con, por el contrario, no hizo otro esfuerzo que permanecer sentado taladrando al hombre con la mirada durante todo el tiempo.

Lilah se interesó cortésmente por el viaje de sir Jasper, a lo que este respondió con mayor detalle del que ella habría deseado. Después de aquello, la conversación volvió a decaer. Con no abría la boca y, por una vez, su tía habló muy poco, con lo quedaron sumidos en un incómodo silencio.

—Barrow House es muy... er, interesante —dijo al fin sir Jasper—. Creo que debería disfrutar más de ella. Delilah, a lo mejor podrías enseñármela después del té.

—Bueno, yo...

—Oh, pero seguro que querrá usted descansar un poco antes, ¿no, sir Jasper? —sugirió Vesta con tono dulce.

—Después de tan cansado viaje... —añadió Con.

Sir Jasper forzó una carcajada.

—Oh, se necesita mucho más que eso para cansarme a mí, señor —lanzó a Lilah una mirada admirativa—. Y ningún viaje resulta demasiado largo si la recompensa es la contemplación de Delilah.

Con se atragantó con su té y rompió a toser. Lilah se tragó una carcajada, sintiéndose obligada a reprenderlo con los ojos. Esperó que el asunto de la visita guiada a la casa hubiera quedado cerrado, pero, por desgracia, cuando al poco se levantaron, sir Jasper dijo:

—Pensaba que ibas a enseñarme la casa, Delilah.

—Sí, por supuesto.

Experimentó el poco agradable temor de que Con fuera a proseguir con el registro él solo, pero de repente dijo con tono animado:

—La idea de un recorrido por la casa suena deliciosa. Tanto que deseo acompañarles.

Sir Jasper lo fulminó con la mirada, pero, antes de que pudiera decir algo, Lilah aceptó agradecida la oferta de Con. Abrió la marcha para abandonar el salón, fingiendo no ver el brazo que sir Jasper le tendía. Con, tras ellos, preguntó:

—Deberíamos ver las cocinas, ¿no les parece?

—¡Las cocinas! —sir Jasper se giró para fulminarlo nuevamente con la mirada—. Dios santo, ¿por qué habríamos de visitarlas?

—Yo siempre encuentro muy interesantes las zonas de los sirvientes. Se puede saber mucho sobre una persona a partir de su cocina. O de su lavadero, o de la sala de descanso de los criados...

—Me sorprende que no quiera ver también el cobertizo para ahumar —rezongó Jasper.

—Oh, hace demasiado calor en verano —replicó Con, haciéndose el inocente.

Lilah tuvo que tragarse otra carcajada.

—Creo que nos conformaremos con la zona noble. Es una casa muy grande.

—Sí, difícil de calentar, seguro —comentó sir Jasper.

Avanzaron por el pasillo, retardados por la detallada atención que sir Jasper dedicaba a cada una de las estancias. Intercalaba sus frecuentes y floridos cumplidos a Lilah con didácticas disertaciones sobre los numerosos defectos de Barrow House. Las escaleras tenían una disposición extraña; había demasiadas ventanas, lo cual constituía, por supuesto, la razón de que las alfombras estuvieran lamentablemente desteñidas; aquella habitación era demasiado pequeña, aquella otra demasiado grande, y el salón de fumadores bien podría convertirse en un sala de billar.

Lilah empezó a pensar que quizá habría merecido la pena

arrastrar al hombre hasta las cocinas y el lavadero. Pero no podía arriesgarse a que la cocinera se despidiera cuando Jasper empezara a criticar su técnica de cocer pan...

—Ciertamente tiene usted muchos planes para una casa que no es suya —comentó ácidamente Con.

Sir Jasper pareció animarse. Evidentemente el sarcasmo le había pasado desapercibido.

—Sí, bueno, tengo cierta afición por la arquitectura —miró a su alrededor, contemplando la habitación en la que se encontraban en aquel momento—. Esta habitación, por ejemplo. Tiene demasiados libros.

—Es que es la biblioteca —informó Lilah, y se volvió para mirar a Con, que se había girado de golpe para disimular una carcajada, a juzgar por el temblor de su espalda. No estaba segura de qué resultaba más exasperante: si las presuntuosas observaciones de sir Jasper o la manera en que Con le provocaba la risa a cada momento—. Caballeros, lo lamento, pero creo que ya hemos recorrido bastante la casa por hoy. Voy a tener que reposar un poco antes de la cena. Se me ha levantado dolor de cabeza —eso era rigurosamente cierto.

Lanzó a sir Jasper una fugaz e insincera sonrisa y se alejó. Ni siquiera se atrevió a mirar a Con.

La tarde transcurrió en un similar ambiente de aburrimiento cargado de irritación. Tras la cena, Vesta decretó que Lilah debería entretenerlos tocando con el piano. Sir Jasper en seguida se ofreció para pasarle las páginas de la partitura y, para colmo, el piano resultó estar desafinado. Pero al menos no hubo necesidad de abrir conversación.

Por fin, la tía Vesta, visiblemente aburrida, anunció que se retiraba a sus habitaciones. Lilah aprovechó la oportunidad para hacer lo mismo. Finalmente, los cuatro coincidieron incómodamente en las escaleras. Sir Jasper le dio prolija y ostentosamente las buenas noches, ensayando una aparatosa reverencia y reteniendo su mano durante demasiado tiempo. Lilah tuvo que retirarla algo bruscamente y subió apresurada a su dormitorio. La visita de su primo se le iba a hacer eterna.

Con entreabrió levemente la puerta de su dormitorio, dejando solo una rendija, y, colocando una silla desde la que pudiera ver la puerta cerrada de la habitación de Lilah, se sentó a esperar. Ni por un momento se había creído las negativas de Lilah de aquella mañana. Estaba seguro de que la figura que había visto la noche anterior era ella.

Lilah le cortaría la cabeza si lo sorprendía espiándola. Eso le hacía sentirse un poco culpable: ella tenía todo el derecho a su intimidad. Pero lo que estaba haciendo, fuera lo que fuese, era peligroso. El secuestrador huido podía estar al acecho, oculto, esperando la oportunidad de apoderarse esa vez de la mujer adecuada. O Niles Dearborn: quizá él también anduviera cerca. Y algo malo tenía que haber estado haciendo Lilah, ya que en caso contrario no se mostraría tan hermética al respecto.

El ruido de una puerta al abrirse sacó a Con de sus pensamientos. Se inclinó hacia delante y distinguió a Lilah, en camisón, alejándose por el pasillo. Esperó hasta que desapareció escaleras abajo antes de abandonar su habitación par seguirla. Bajó sigilosamente los peldaños, teniendo buen cuidado de evitar cada zona que pudiera hacer crujir una tabla. El corazón le latía cada vez a mayor velocidad, acentuado el ambiente de misterio por el denso silencio que lo envolvía.

Cuando llegó al pie de la escalera, se escondió entre las sombras sin perder de vista a Lilah. Esperó que girara por el corredor que llevaba a la puerta trasera pero, para su sorpresa, pasó de largo sin mirarlo siquiera. Aquello le intrigó aún más.

Pasó por delante de la biblioteca y del comedor de la misma despreocupada manera, sin apresurarse. Resultaba más arriesgado seguirla por allí, donde podría descubrirlo si volvía sin más la mirada. Pero aún no lo había hecho y además el pasillo estaba a oscuras, apenas iluminado por el resplandor de la luna que entraba por cada ventana. La seguía al amparo de las sombras, acomodando su paso al de ella.

Una vez que hubo llegado al final del pasillo, Lilah giró a la derecha para dirigirse claramente al ala más antigua de Barrow House. Con aceleró el paso y, cuando él estaba abriendo la puerta que llevaba al gran salón, vio cerrarse la puerta del otro lado. ¿Hacia dónde se dirigiría? Intentó recordar si existía alguna salida al exterior en aquella zona. De ser así, eso explicaría ciertamente por qué la había perdido de repente de vista la noche anterior, cuando corrió hacia la entrada del jardín en su busca.

La oscuridad del salón era casi completa, pero justo delante distinguió un leve fulgor de luz lunar que no había visto la noche anterior. Apenas podía llamarse luz, pero al menos le sirvió para no perder el paso.

Cuando abandonó el gran salón, no vio señal alguna de Lilah. Instintivamente empezó a subir por la estrecha escalera, que estaba tan silenciosa que casi le parecía escuchar la respiración de ella. Ella seguía subiendo, y Con se dio cuenta de que seguramente se dirigiría al piso más alto. Aquel era quizá el último lugar al que había imaginado que iría. Difícil resultaba imaginar que quisiera hacer una visita a los retratos de sus antepasados en plena noche.

Se detuvo en lo alto de la escalera. Lilah estaba solo a unos pasos delante de él, enfilando la galería con la misma parsimonia. La noche anterior aquella larga galería había presentado un aspecto fantasmal, desolado, con su densa oscuridad atravesada por los rayos de luz de luna que entraban por las ventanas. Y resultaba todavía más escalofriante con la blanca figura de Lilah deslizándose por ella sin mirar a derecha y a izquierda, apareciendo y desapareciendo como un fantasma conforme iba pasando por delante de cada ventana.

Con la seguía sin detenerse, embargado por un extraño temor, casi una sensación de pánico. Por fin Lilah se detuvo al final de la galería, al pie de un alto y ancho ventanal. La luz de la luna se derramaba sobre ella. Demasiado tarde se dio cuenta

Con de que, cuando se volviera, quedaría directamente en su línea de visión. Y en aquella larga galería no había puertas ni rincones donde pudiera refugiarse.

Lilah se giró entonces lentamente y, por primera vez, pudo Con ver su rostro. La mirada de sus ojos era vacía, su rostro inexpresivo. Como si estuviera viendo algo a través de cuerpo, sin verlo a él en absoluto.

CAPÍTULO 23

Un atávico terror se apoderó de Con, dejándolo paralizado. No movió un músculo mientras veía a Lilah volverse para abrir una puerta que antes le había pasado desapercibida. Pasó al otro lado con toda tranquilidad, como un autómata sin conciencia. Como una sonámbula.

La casi inhumana inexpresividad su rostro, la absoluta falta de reconocimiento o de reacción resultaban ciertamente aterradores, pero solo en ese momento lo comprendió. No le extrañaba ahora que Lilah hubiera negado su excursión al laberinto de la noche anterior: no recordaba sus andanzas nocturnas. Con un sobresalto, de repente se dio cuenta de que Lilah acababa de desaparecer detrás de aquella puerta mientras él se quedaba pasmado como un imbécil.

Corrió tras ella, para detenerse en seguida de golpe, impactado. Lilah se encontraba en una estancia redonda. A la izquierda descendía una escalera. Las paredes curvadas que la rodeaban estaban cubiertas de relojes. Grandes, pequeños, de todos los tipos, cubrían paredes y llenaban armarios. Era la habitación de su pesadilla.

Con soltó entonces un juramento en voz alta y Lilah se giró de golpe, con un chillido.

—Lilah, soy yo. Soy yo, tranquila —le tendió las manos en un pacífico gesto—. Estabas caminando en sueños.

Lilah se lo quedó mirando fijamente y miró luego a su alrededor, contemplando la estancia con una expresión mezclada de pánico y perplejidad.

—¿Dónde...? Oh, no... oh, no... —con un gemido, se dejó caer al suelo al tiempo que se cubría el rostro con las manos—. Creía que ya no me iba a pasar más. Que podía controlarlo —volvió a mirar a su alrededor, estremecida—. Por favor. Salgamos de aquí...

—Por supuesto —Con la tomó de un brazo y la ayudó a levantarse: estaba fría como el hielo. Procuró inyectar en su voz un tono de buen humor—. Me ofrecería a cargarte en brazos como un héroe como Dios manda y llevarte así hasta tu habitación, pero mucho me temo que podríamos acabar rodando los dos por esa escalera.

Su esfuerzo fue recompensado por una pequeña y temblorosa carcajada.

—Sí, yo preferiría que no lo hicieras. En cualquier caso, no soy una desvalida damisela. Solo una estúpida que no tiene control alguno sobre sus actos —terminó con amargura.

—Tonterías —Con le pasó un brazo por los hombros y la acercó hacia sí con gesto protector mientras caminaban de regreso por la galería—. Eres sin duda la mujer más controlada que conozco. Quizá a veces necesites librarte de esos grilletes con los que tú misma te encadenas.

—Ahora podrás entender por qué me los pongo yo misma. Solo Dios sabe lo que terminaría haciendo si no fuera así.

—Créeme, tú no actúas como una trastornada.

—¿De veras? —le lanzó una mirada escéptica y se apartó un tanto mientras se disponía a bajar las escaleras—. Mira lo que he hecho: aparentemente anoche me escabullí hasta el laberinto, y esta madrugada me he internado en la torre del abuelo.

—¿Qué lugar es ese, por cierto? —le preguntó Con, solo en parte para distraerla de sus autocríticas.

—La estancia de la torre donde mi abuelo atesoraba su colección. Todos sus relojes y brújulas.

Con recordó las pequeñas esferas que había visto dispersas entre los relojes. También en su pesadilla había habido brújulas: habría podido jurarlo. El pensamiento no le proporcionó consuelo alguno.

—Ah, sí, la torre… ese añadido que se alza al final de la casa.

—Sí —continuó Lilah—. La excrecencia que algún torpe antepasado construyó al tiempo que la galería contigua, obviamente alguien con escaso conocimiento de arquitectura.

—O con escaso gusto —la mente de Con hervía de preguntas sobre aquella estancia tan extraña, pero no era ese el momento adecuado para interrogar a Lilah. Necesitaba tranquilizarla, abrigarla, serenar sus nervios. Como corriente de fondo latía sin embargo la avasalladora necesidad de abrazarla y estrecharla contra su pecho, cosa que no podía permitirse.

Pensó en cargarla en brazos hasta su habitación, pero, teniendo en cuenta lo que supondría sentir su cuerpo presionado contra el suyo, supuso que su cámara acabaría revelándose como un lugar peligroso. Además, deseaba hablar con ella sin temor a que alguien pudiera despertarse y sorprenderlos. Solo Dios sabía lo que el imbécil de su primo podría hacer si lo sorprendía en el dormitorio de su prima. Probablemente lo desafiaría a duelo.

Pensó entonces en el salón de fumadores que sir Jasper había pensado en convertir en sala de billar. Se encontraba cerca del final del corredor principal. Llevó a Lilah hasta allí, cerró la puerta y se arrodilló para encender la chimenea. Luego, incorporándose, sirvió dos copas de brandy. Lilah seguía de pie en medio de la estancia, abrazándose con expresión desorientada.

—Ven aquí —Con no pudo evitarlo. Después de dejar las copas sobre una mesa baja, la alzó en brazos y se instaló en un sillón cerca del fuego, para sentarla en su regazo.

Con un leve suspiro que no pudo estremecer más a Con, Lilah se relajó y apoyó la cabeza sobre su hombro. Con deslizó una mano a lo largo de su brazo, arriba y abajo, para hacerla entrar en calor. Intentó no pensar en el hecho de que tan solo una leve capa de tela de algodón separaba su piel desnuda de su contacto. Lilah se encontraba en un estado vulnerable; necesitaba ternura, y no pensamientos lascivos.

Constituía sin duda un indicio de su carácter que sus pensamientos se descarriaran en esa dirección. Pero resultaba condenadamente difícil no advertir los oscuros círculos de sus pezones, levemente visibles bajo la tela blanca. O la piel de sus muslos revelada por los pliegues de su arrugado camisón.

Recogió una copa de la mesa y bebió un buen trago. Le entregó la otra a Lilah.

—Toma. Esto te hará entrar en calor.

Con una dócil obediencia que a Con le dolió ver, Lilah bebió un sorbo. Se estremeció entonces enérgicamente, con los ojos acuosos, y le lanzó una mirada de reproche que de algún modo logró tranquilizarlo, ya que evidenciaba su recuperación. Pero no se levantó de su regazo.

—Hacía años que no lo hacía.... lo de caminar en sueños, quiero decir —dijo, sorprendiéndolo con aquella información sin que él se la pidiera—. Aquello cesó después de que me fuera a vivir con la tía Helena.

—¿Te ocurría con frecuencia antes de entonces?

Lilah se encogió de hombros.

—Nunca cuando era pequeña. Empezó después, conforme me hacía mayor, y al final terminó por sucederme hasta una o dos veces por semana. Esa fue la razón por la que mi padre me mandó fuera de aquí —suspiró.

—Debió de ser una experiencia terrible para una joven.

—Ya lo es para una mujer adulta.

—No lo dudo —le besó el cabello. Al ver que no se apartaba, apoyó la mejilla contra su cabeza. Su pelo era fino y delicado, como seda bajo su piel. Se preguntó cómo era posible que el deseo retumbara en su cuerpo como un tambor cuando lo único que deseaba era protegerla, reconfortarla. Reacio, alzó la cabeza—. Cuando te lo pregunté esta mañana, ¿eras del todo inconsciente de que habías ido al laberinto anoche?

—No lo recordaba. Pero, cuando lo dijiste, no pude menos que sospechar.

—¿Por qué no me lo dijiste?

—Me resultaba embarazoso. Pensé en confesártelo, pero me

dije a mí misma que podría controlarlo ahora que ya era consciente de lo que había hecho —suspiró para añadir en voz aún más baja—: No quería que fuera cierto. No quería que tú te enteraras, que pensaras...

—¿Que pensara qué? —sugirió él con tono suave al ver que se interrumpía.

—Que estoy loca —las palabras brotaron en un susurro casi inaudible.

—Tú no estás loca. Ni siquiera te estás acercando a la frontera de la locura. Confía en mí.

—¿Pero cómo es posible que pueda hacer todas esas cosas sin despertarme en ningún momento? No entiendo cómo he podido caminar dormida hasta la sala de los relojes. Sin ser consciente de nada. O salir de la casa para acercarme al laberinto. Como si estuviera drogada.

Con se tensó.

—¿Sospechas acaso que lo estabas?

—No —suspiró—. Esa sería una excusa demasiado cómoda. Pero, en cualquier caso, resulta ridícula. Habrían tenido que drogarme cuando era una adolescente, también.

—¿Estabas soñando?

—¿Mientras caminaba dormida? No. Al menos, no lo recuerdo. Lo cual representa un misterio tan grande para ti como para mí. ¿Y cómo es que se ha vuelto a manifestar, después de tanto tiempo? —se sentó derecha en su regazo, girando el rostro para mirarlo—. Ya no soy una niña. Debería ser capaz de controlar mis actos.

—Estabas dormida, Lilah.

—Pero sigo siendo yo. ¿Cómo puedo hacer cosas sin ser siquiera consciente de ellas?

—No tengo la menor idea. Pero tú no eres la única persona del mundo que ha caminado en sueños. No tiene que ver con debilidad mental alguna —añadió al ver que se disponía a protestar—. Las personas no son dueñas de sus sueños. Sospecho que lo que te pasa se parece mucho a un sueño, solo que mucho más intenso.

—Estoy muy asustada, Con. ¿Qué clase de cosas sería capaz de hacer sin ser consciente de ello? ¿Qué es lo que he hecho ya?

—Nada reprensible, si es eso lo que te preocupa.

—Eso no lo sabes.

—Te conozco. Estoy convencido de que no harías nada inmoral. Como dijiste antes, tú sigues siendo tú, también cuando estás dormida. Y eres una buena persona, no porque te gobiernes siempre según las reglas, sino por lo que llevas dentro de ti. Jamás le harías el menor daño a nadie ni cometerías cualquier otro pecado.

Lilah se arrebujó contra él, más relajada, dejándose envolver en sus brazos. Aquello era peligroso, pensó Con. Lilah era peligrosa, aunque no de la manera que ella sospechaba.

Ansiaba ardientemente abrazarla, protegerla, librarla de todo daño. Ansiaba mimarla, acunarla contra su corazón, algo que nunca había sentido hasta entonces. Acunarla a ella, a Lilah Holcutt. Una mujer tan inclinada a dejarse mimar y proteger como un perro de presa.

¿Por qué tenía que sentir aquella abrasadora necesidad precisamente por Lilah? Con había enterrado el primer deseo que había sentido por ella, lo había ignorado, rechazado, pero nada parecía capaz de eliminarlo. Seguía ardiendo como las brasas de un fuego mal apagado, a la espera de un soplo de aire para volver a la vida. Había estado presente desde el primer momento en que la besó, tras el episodio del secuestro.

Si era sincero consigo mismo, había estado presente incluso antes. Al margen de las excusas que se hubiera buscado para evitar a Lilah durante los preparativos de la boda, en el fondo había subsistido el hecho de que, en su compañía, sus pensamientos siempre había tomado una dirección de lo más inaceptable. De hecho, era posible que hubiera empezado mucho antes de aquello, desde el primer momento en que vislumbró aquellas maravillosas piernas cubiertas por aquellas inesperadas medias de color morado. No había sido un capricho momentáneo lo que causó aquella explosión de pasión aquel día en

Carmoor. Como tampoco habían sido las circunstancias del momento.

La miró. Se había quedado dormida, con la cabeza apoyada sobre su pecho. Podía sentir la caricia de su aliento con cada exhalación, haciendo vibrar hasta la última terminación nerviosa de su cuerpo. Que no hubiera sido consciente de lo tremendamente difícil que iba a resultarle dominarse no lo autorizaba a romper su promesa. Por muchas ganas que tuviera de cargarla en brazos y llevársela a su cama. Para besarla, para acariciarla, para hundirse profundamente en ella.

Masculló una maldición.

—¿Lilah? Despierta. Será mejor que te vayas a tu cama.

Lilah se despertó a la mañana siguiente sintiéndose ligera, hasta animada. Lo cual resultaba extraño, dado que Con había descubierto su sonambulismo. Pero, al igual que le había ocurrido cuando él se enteró de lo de su tía y de su escándalo, la sensación era precisamente de alivio.

Con estaba ahora al tanto de todos sus secretos. Ya no tenía que seguir fingiendo con él. Y sus secretos estaban a salvo; no necesitaba preocuparse al respecto. A esas alturas lo conocía bien. Por mucho que le gustara romper las reglas, se atenía a sus principios. Era, por encima de todo, una persona leal.

Para su consternación, fue a sir Jasper a quien encontró en el comedor, y no a Con.

—Ah, Delilah —se levantó para sacarle caballerosamente la silla, antes de dirigirse al mayordomo—: Ya puede traerle el desayuno a la señorita Holcutt.

A juzgar por la expresión del mayordomo, Lilah adivinó que los modales autoritarios de sir Jasper debían de gustarle tan poco como a ella. Además, ¿qué le hacía presumir que podía presidir la mesa?

—Gracias, Ruggins —se volvió hacia el sirviente, que había permanecido inmóvil e impasible, a la espera de sus órdenes directas—, pero preferiría primero una taza de té.

—Hace un día estupendo —anunció sir Jasper—. Esta mañana estuve dando un paseo por el jardín. Está lamentablemente descuidado.

—A mí me gusta su rusticidad —contestó ella. Solo faltaba que la instruyera sobre cómo debía hacer para reformarlo por completo.

Jasper sonrió con benévola expresión.

—Rústico, sí... pero no salvaje.

—Bueno, eso es algo que tendrás que tratar con mi tía.

—Ya, pero Barrow House es tu hogar.

—Cierto, pero es mi tía la que vive aquí. Yo dejo los asuntos de la casa en sus manos.

Pareció sorprendido por la firmeza de su tono, pero enseguida se encogió de hombros.

—Había pensado, Delilah, que dada la espléndida mañana que hace, podrías enseñarme la zona.

—Claro, *Delilah* —resonó de pronto la voz de Con a su espalda, desde el umbral.

Lilah no creía haberse alegrado nunca antes tanto de escuchar su voz burlona.

—Es una idea genial. A mí también me gustaría conocer mejor los Levels —y lanzó a sir Jasper una radiante sonrisa, haciendo lucir todos sus dientes.

Sir Jasper frunció el ceño, pero era poco lo que podía decir para oponerse sin mostrarse descortés.

Más tarde, mientras cabalgaban los tres hacia los Levels, Con se las arregló en todo momento para maniobrar su montura para quedar siempre entre su primo y ella, manteniendo una ligera e insustancial charla. Y aguijoneando a sir Jasper de tal manera que hasta Lilah sintió compasión por el pobre hombre.

La expresión de sir Jasper se estaba volviendo cada vez más hosca, de manera que cuando Lilah sugirió que regresaran a la casa, el hombre no pudo menos que aceptar de buena gana. La tía Vesta estaba levantada para cuando volvieron, y enseguida se llevó a sir Jasper para hablar con él, lo que dio a Lilah y a Con oportunidad de escapar.

—Eres un hombre terrible —le reprochó a Con mientras se dejaba guiar de nuevo fuera de la casa.

—Ya lo sé. ¿No te alegras de ello? —le sonrió.

—Bastante. ¿A dónde vamos?

—Al laberinto.

—¿Por qué? Con, no tengo ninguna gana de volver al laberinto.

—Compláceme, por favor. Quiero probar algo. Además, sir Jasper no podrá vernos allí. No quiero que nos interrumpa. Tengo que algo que decirte.

—¿Qué? —inquirió Lilah, alarmada ante la seriedad de su expresión.

—Creo que sé por qué has estado caminando dormida. Te ha convocado el laberinto.

CAPÍTULO 24

—¿Cómo? Con, en serio...
—No, espera, escúchame —alzó las manos con expresión conciliadora—. Tú misma dijiste que hacía años que no caminabas dormida, pero empezó desde que llegamos aquí. Quizá sea precisamente porque estamos buscando la llave.
—¿Cómo puede eso tener algo que ver?
—¿Y si oíste o viste algo sobre esa llave cuando eras adolescente y te olvidaste de ello con los años? Tal vez no te dieras cuenta entonces de su importancia. Pero ese conocimiento está profundamente enterrado en tu memoria, de manera que es tu mente, en el estado latente del sueño, la que lo recuerda.
—¿Quieres decir que mi mente me está empujando a recuperar tu llave? —inquirió Lilah, escéptica.
—No es mi llave. Es la tuya. Quizá tengas una especie de conexión con ella.
—La llave no me está llamando para que la encuentre —replicó—. Si tuviera alguna conexión con ella, lo sabría.
—Tal vez —Con se encogió de hombros—. Pero tiene que haber alguna razón para que hayas empezado a caminar dormida de nuevo precisamente cuando acababas de llegar a esta casa.
—¿La casa está haciendo que camine en sueños? ¿Ejerce acaso algún tipo de poder sobre mí? Estás hablando como la tía Vesta.
—Quizá ella tenga razón. ¿Y si está operando aquí una

fuerza que no hemos reconocido hasta ahora? ¿O que no comprendemos? —tomó sus manos entre las suyas para añadir, muy serio—: No desprecies lo que estoy a punto de decirte. Te juro por lo que más quieras que no te estoy gastando una especie de extravagante broma. Te estoy hablando muy en serio.

—Muy bien —Lilah lo miró desconfiada.

—La estancia de la torre en la que entramos anoche... yo la reconocí.

—¿Qué? ¿Cómo pudiste? —Lilah sintió una opresión en el pecho.

—He soñado con ella. Muchas veces.

—No entiendo. Tú nunca la habías visto antes. ¿Cómo es posible que soñaras con ella?

—Exactamente... ¿cómo es posible que supiera como era? ¿Por qué había soñado con ella?

Lilah frunció el ceño.

—¿Estás seguro? A veces tengo la sensación de haber soñado algo antes, pero no logro recordar cuándo. Sospecho que no es más que un truco de la mente.

—No es un truco de la mente. Yo he soñado con esa habitación. Pregúntaselo a Alex cuando vuelva. Yo se la describí. Tuve ese sueño la noche antes de que se casara, y varias veces antes de eso. Porque los relojes y la... sensación de pánico, todo eso lo ignoré atribuyéndolo a mis nervios. Supuse que estaba preocupado por llegar tarde a la ceremonia, o por hacer algo inapropiado que pudiera estropear la boda de Alex.

—Es comprensible. Cuando entraste en la torre, viste una habitación llena de relojes, y eso te recordó a la de tu sueño.

—No es que me la recordara. *Era* la habitación de mi sueño. Las paredes eran todas curvas. Había relojes en las paredes y dentro de los armarios. Vi aquella misma ventana, aquel mismo escritorio. Lo único diferente era la escalera. En mi sueño no había salida alguna.

—Pero Con...

Arqueó una ceja.

—¿Crees que estoy mintiendo?

—¡No! Desde luego que no, pero... Tiene que haber alguna explicación.

—Seguro que la hay. Pero no la racional y lógica explicación que tú aceptarías. Creo que yo estaba destinado a ver esa habitación.

Lilah esbozó una mueca.

—¿Destinado por quién?

—O por qué.

—¿Piensas que la casa misma se apoderó de alguna manera de ti? ¿Que posee alguna especie de poder? ¿O que quizá alguna de las corrientes subterráneas de energía a las que se refería la tía Vesta te envió un mensaje?

—No lo sé. Lo único que sé es lo que pasó y no puedo encontrarle explicación lógica o científica alguna. Así que creo que debemos considerar la posibilidad de que se trate de algo más. Lilah, por mucho que prefieras despreciarlo, la gente de mi familia a veces tiene sueños que son... significativos, a falta de un término mejor. Reed soñó que Anna estaba en peligro, y resultó que lo estaba. Kyria tuvo sueños con una arcana ceremonia pese a que no tenía la menor idea de lo que era.

Lilah sacudió la cabeza. El nudo de presión que sentía en el pecho era cada vez mayor.

—Lilah, tú conoces a mi hermana Olivia. Ella no se inventa las cosas. Y sin embargo te dijo que había visto fantasmas en la casa de Stephen. Soñó con ellos. Vio lo que les sucedió. Y Megan... como periodista, no habrías encontrado otra más escéptica. Pero Theo y ella se vieron en un sueño, un sueño compartido, diez años antes de que llegaran a conocerse. Así que tengo que creer que mi recurrente sueño sobre la sala de los relojes significa algo.

—Tú mismo me dijiste que no poseías ninguna de las habilidades que el resto de tus familiares parece tener.

—Es lo que siempre he pensado. Pero ahora estoy empezando a preguntármelo. Anoche estuve meditando durante un buen rato mientras esperaba a que salieras de la habitación.

—Quieres decir que me estuviste espiando.

Con ignoró su interrupción.

—No conseguirás distraerme. Estuve pensando en la conversación que mantuvimos en el laberinto hace unos días. Yo hice una broma al respecto, pero estoy empezando a pensar que poseo realmente una habilidad.

—¿Estás diciendo que eres una especie de brújula humana? —inquirió Lilah, y empezó a reírse.

—Sí, lo sé, como habilidad sobrenatural no puedo decir que sea muy impresionante. Pero seguro que no creerás que me inventaría algo tan poco efectista.

—No, probablemente no.

—Nunca lo consideré un talento sobrenatural. Siempre imaginé que era bueno interpretando mapas o direcciones, o deduciendo cosas.

—Ya, porque te crees más inteligente.

—Bueno, sí... —la miró con expresión tímida.

—Eres más inteligente que la mayoría. Eso es un hecho —declaró Lilah, rotunda.

Con la miró con una expresión de sorpresa exagerada, teatral.

—¿Me estás haciendo un cumplido?

—Creo que sí —sonrió.

—El hecho es... los demás miembros de mi familia son inteligentes, también, pero no tienen la facilidad que tengo yo a la hora de encontrar cosas. Es algo que va más allá de hacer las deducciones adecuadas. Puedo sentirlo. Anoche, por ejemplo, cuando abandoné el gran salón para pasar al corredor siguiente, a oscuras, no te vi, ni te oí. Pero estaba seguro de que habías empezado a subir las escaleras. ¿Y no te parece extraño que sepa en cada momento en qué dirección está el norte? Puedo orientarme en cualquier sitio aunque no me resulte familiar. Tú misma dijiste que era muy raro que alguien consiguiera llegar al centro del laberinto al primer intento. Además, yo percibí algo en el laberinto.

—¿Qué? —todo aquello había excitado su curiosidad, a pesar de sí misma. Era eso lo que le pasaba con él, invariablemente: que siempre terminaba por cautivar su interés.

—Es mejor que te lo enseñe. Además, quiero probarlo —y empezó a internarse en el laberinto mientras hablaba.

—¿Probar el qué?

—Cuando nos internamos la otra vez en el laberinto, tuve la seguridad de que no me estaba equivocando de camino, pero la sensación era aún más fuerte que de costumbre. Cuando te tomé del brazo, sentí esto mismo... esta suerte de cosquilleo, pero no en mi piel, sino dentro de mí. De repente fui más... consciente. Fue como si una lámpara se hubiera encendido en mi interior y todo se hubiera tornado de pronto más luminoso, más vívido. Más visible.

—¿Un cosquilleo?

—Cuando te toqué, vi con deslumbrante claridad cuál era el camino que tenía que tomar. Era algo mucho más fuerte que cualquier cosa que hubiera sentido hasta entonces. Y eso me hizo pensar... Recordé la facilidad con la que, entre los dos, seguimos la pista de los secuestradores.

—Bueno, eso fue porque tus hermanas nos dejaron pistas...

—Pero ya estábamos en el camino correcto cuando descubrimos la primera. ¿Y recuerdas el momento exacto en que me di cuenta de que nos habíamos despistado? Tú estabas muy cerca de mí.

—Así que estás diciendo que posees una habilidad especial para... para seguir a la gente, y que yo soy... ¿qué? —se cruzó de brazos, terca—. ¿Tu batería?

Con se sonrió.

—Yo lo llamaría más bien un conductor, pero... sí. Creo que tú... amplificas esta habilidad mía. Incrementas su fuerza.

—Bueno, hay mucha gente buena a la hora de interpretar mapas, capaz de orientarse muy bien.

—Eso no descarta lo que digo. Al contrario, si reconoces que hay gente poseedora de una innata capacidad de orientación, ¿por qué no pensar que otros pueden tener una habilidad igualmente innata de intensificársela?

—Pero la gente tiene áreas diferentes en las que suele destacar. Unos en las matemáticas, por ejemplo, otros en la pintura o a la hora de tocar el piano. Pero eso no quiere decir que esas capacidades sean místicas. Que exista alguna especie de fuerza sobrenatural operando en la sombra. Como tampoco quiere decir que yo pueda incrementar tu habilidad a la hora de orientarte —el nudo del pecho, que se había relajado, había vuelto a apretarse con fuerza.

—¿Por qué te resistes tanto a reconocer la posibilidad de la existencia de poderes de los que nada sabemos? Que no puedas verlos no significa que no existan. Lo mismo rige para el aire.

—Pero Con, en serio… ¿Magia? ¿Sesiones de espiritismo? ¿Fuerzas invisibles que nos controlan? ¿Qué será lo siguiente? ¿Brujas? —Lilah retrocedió un paso. ¿Por qué Con se mostraba tan testarudo al respecto? ¿Tan serio? El nudo de angustia se apretó aún más.

—Yo no he hablado de magia ni de brujas. Lo que quiero decir es que hay cosas que no sabemos, que no comprendemos, pero que no por ello dejan de existir. Si le hubieras mostrado una bujía eléctrica a una persona de hace tres siglos, la habría tachado de brujería. Es fácil despreciar algo como magia solo porque no lo comprendes.

—La electricidad se puede explicar. Comprender. Demostrar. Pero la idea de que una fuerza invisible y desconocida te está provocando pesadillas sobre la sala de los relojes, o que me está convocando a mí en mitad de la noche, es ridícula —replicó, al tiempo que volvía a preguntarse por su porfía.

—Eso no quiere decir que no sea cierto. En cuanto a las pruebas, tú misma has visto poderes inexplicables en funcionamiento. ¿Qué me dices del vínculo que compartimos Alex y yo? ¿Cómo es que cada uno sabe cuándo el otro tiene problemas? Sabrina y él tienen esa misma conexión. Alex pudo imaginar la casa de Sabrina simplemente sopesando en su mano el reloj de bolsillo de su padre. Tú fuiste testigo de la visión que tuvo Anna sobre el secuestro. La oíste describir el lugar. Y, cuando llegamos allí, tú viste que se correspondía exactamente con su descripción.

Lilah se cruzó de brazos, sintiéndose atrapada.

—¡No lo sé! No sé qué pensar de ninguna de esas cosas. Pero no puedo creer en ese caprichoso... absurdo.

—Quieres decir que no estás dispuesta a creerlo —Con se echó el pelo hacia atrás con un gesto desesperado—. Eres tan condenadamente testaruda...

—¿De modo que, si no creo en lo que tú quieres que crea, soy una testaruda?

—Sí, porque calificas de absurdo aquello en lo que no quieres creer.

—¿Por qué te empeñas tanto en esto? ¿Por qué tienes que insistir, insistir...?

Con no la dejó terminar.

—La cuestión es: ¿por qué te empeñas tú en negar la existencia de cosas de las que tú misma has sido testigo? Te niegas a aceptarlas porque perturban la placentera y ordenada fantasía a la que has acomodado tu vida. Porque, si lo hicieras, tal vez acabaras dándole la razón a Vesta. Quizá su sesión de espiritismo no fuera una farsa, después de todo.

—¡Te equivocas! —exclamó Lilah, airada. La furia corría por sus venas como un incendio desatado. Al mismo tiempo ansiaba escapar, lo más lejos y rápido posible—. ¡Para! ¡He dicho que pares!

Pero Con insistió, abriendo los brazos en un expresivo gesto.

—Si no fueras tan desesperadamente estrecha de miras, admitirías que el mundo no es tan ordenado como tu tía Helena quiere que creas. La reglas no se aplican siempre y en todo momento, Lilah.

—¡No!

Por segunda vez en su vida, Lilah lo abofeteó.

CAPÍTULO 25

Con se la quedó mirando pasmado, su sorpresa no habría podido ser mayor que la de la propia Lilah. Soltando un leve gemido de consternación, se cubrió el rostro con las manos.

—Lo siento —las palabras le salieron en un murmullo apenas audible. Dejó caer las manos, pero todavía no se atrevía a mirarlo a los ojos. Aclarándose la garganta, añadió—: Por favor, acepta mis disculpas. No sé cómo he podido comportarme así.

—Ya es la segunda vez, sabes —había una extraña nota en la voz de Con. No era furia, en realidad. Era más bien...

Lilah alzó la cabeza.

—¿Te estás riendo?

—No. Nunca —pero un brillo de diversión ardía en sus ojos—. Dime una cosa. ¿Soy yo la única persona a la que abofeteas por norma?

—Nunca he pegado a nadie en mi vida —respondió indignada.

—Lo que quiere decir que soy especial para ti —una leve sonrisa asomó a sus labios.

—Tú eres el único capaz de irritarme tanto —reconoció, empezando ya a relajarse—. Sinceramente, Con. ¿Cómo puedes reírte?

—Tengo tres hermanas. Me han pegado un montón de veces. Suele sucederme cuando me pongo tan irritante, como dices tú.

—Dudo que ellas te abofetearan como yo acabo de hacer.
—Cierto. Pero Olivia me persiguió una vez por el pasillo, blandiendo un cepillo. Es más rápida de lo que te imaginas.
—Debiste de ser un niño terrible.
—Ahí lo tienes: una sonrisa —y extendió una mano para acariciarle tiernamente una mejilla.
—No sé cómo puedes ser tan amable conmigo después de haberte llevado una bofetada mía.
—Bueno, preferiría que no te acostumbraras. Pero no me has pegado tan fuerte. Necesito enseñarte a golpear con eficacia. Y yo debería aprender a mantener alta la guardia. Es algo un tanto embarazoso, la verdad —la envolvió en sus brazos, atrayéndola hacia sí.
—Lo lamento tanto, Con… Ha sido algo imperdonable por mi parte —se sentía tan bien estando así, con su pecho duro y cálido bajo su mejilla… El corazón se le empezó a acelerar.
—Bastante descortés, desde luego —Con le dio un beso en el pelo y se apartó—. Yo también lo siento. Te estaba presionando demasiado. Y no debí mencionar a tu tía.
Lilah echó de menos su contacto, pero procuró disimularlo.
—¿A cuál? ¿A Helena o a Vesta?
—A cualquiera de ellas. A las dos. No debí enfadarme tanto solo porque tú no pienses como yo.
—Yo normalmente no me conduzco así, aunque tampoco puedo esperar que lo creas.
—Te creo. ¿Has visto alguna vez un corcho saltar de una botella de champán?
—¿Ahora soy como un corcho?
—Las cosas férreamente selladas a veces explotan. Tú estás muy preocupada por tu sonambulismo. Están sucediendo cosas muy singulares. Yo te estoy presionando. Tu ardiente aunque anciano pretendiente te ha seguido hasta aquí.
—Sshh —Lilah se rio por lo bajo—. Sir Jasper no es un anciano.
—Pero lo será.
—Y tú también.

—Sí, pero yo no estoy intentando aherrojarte a mí por el resto de mi vida.

No había razón alguna para que aquel comentario la hiriera tanto. Se recordó que, en realidad, ella tenía tantas ganas de atarse a Con como él de atarse a ella.

Con le ofreció entonces su brazo y salieron juntos del laberinto.

—Dejémoslo en que me equivoqué y que no hay ninguna misteriosa energía en funcionamiento. Dejaremos de lado el detalle de que soñé con ese sitio. Sigue habiendo un hecho indiscutible: tú caminaste dormida hasta esa habitación. Otra cosa en la que convenimos es que la sala de los relojes de tu padre es ciertamente singular. Y, por último, ese constituye precisamente el tipo de lugar donde uno esperaría encontrar una llave oculta.

Lilah alzó la mirada hacia él, sonriendo.

—Entonces sugiero que registremos la torre. De esa manera, al mismo tiempo, no nos tropezaremos con sir Jasper.

Atravesaron la pradera del jardín y rodearon la parte trasera de la casa para entrar en la torre por una pesada puerta de madera. Empezaron a ascender por la escalera de caracol.

Con miró a su alrededor cuando llegaron al primer piso, tan vacío como la planta baja.

—Aquí no hay puerta alguna. La planta siguiente es la de la galería, ¿verdad?

Lilah asintió.

—La torre solamente se comunica con la casa por la planta baja —se adelantó a la pregunta que sabía que iba a hacerle—. No sé por qué, la verdad.

—Yo diría que tu antepasado estaba intentando esconder algo.

—Probablemente.

—¿Qué crees que podría ser? —preguntó Con, animado—. ¿Algún pariente trastornado? ¿Secretas citas amorosas?

—Quizá simplemente le gustara leer sin que lo molestaran.

—Ya, bueno. Eso resultaría decepcionante.

Cuando llegaron a la sala de los relojes, Con se dedicó a

examinarla detenidamente, impresionado todavía por lo mucho que se parecía a su sueño.

—¿Ves algo diferente? —le preguntó a Lilah.

—No lo sé. Hacía siglos que no venía. Incluso cuando vivía aquí, rara vez entraba en esta habitación. No me estaba prohibida como el laberinto, pero la puerta siempre estaba cerrada, y a mi institutriz no le gustaba que me aventurara por esta parte de la casa. Decía que era porque podía perderme, pero yo creo que era más bien porque le daba miedo.

Se movieron metódicamente por la sala, revisando las paredes en busca de alguna caja fuerte y examinando con atención cada reloj por si encontraban algún compartimento oculto. Todo ello les llevó mucho tiempo y, para cuando llegó la hora de retirarse para tomar el té, únicamente habían registrado una tercera parte de la habitación. Ni siquiera habían mirado dentro los armarios.

Lilah suspiró, sacudiéndose el polvo de las manos.

—Esto nos llevará días. Va a ser muy difícil continuar registrando con sir Jasper al acecho.

—He estado pensando en él.

—¿En Jasper? ¿Por qué?

—¿No te parece sospechoso que tu primo se presentara aquí justo en este momento?

—En realidad, no. Es evidente que lo envió la tía Helena. Le preocupaba que pudiera caer en tus garras —se interrumpió bruscamente, ruborizándose. Porque eso era exactamente lo que había hecho.

Un extraño brillo asomó fugazmente a los ojos de Con, pero lo único que dijo fue:

—Quizá no. Sir Jasper sería el culpable ideal del robo de las llaves de Dearborn.

—¿Sir Jasper? —alzó la voz, incrédula—. ¿Por qué?

—Es varón y es un Holcutt. Heredó el título de tu padre.

—Sospechas que desea entrar en la Hermandad —Lilah reflexionó sobre sus palabras—. No sé. Me parece una pista muy débil.

—Eso explicaría su determinación por casarse contigo.

Lilah arqueó las cejas.

—Vaya. Me alegro de que no sientas la necesidad de halagarme.

—Mi querida Lilah, estoy seguro de que tu bello rostro y tu impecable reputación, por no hablar de tu dócil naturaleza, sería el mejor de los regalos para él. Pero el hombre es condenadamente persistente. Os ha impuesto su presencia sin invitación. Continúa pretendiéndote a pesar de tu evidente desinterés. Nunca te he visto darle el menor estímulo.

—No lo he hecho, desde luego.

—Su comportamiento no es normal. La mayoría de los hombres se habrían rendido a estas alturas, para retirarse con el corazón roto —se llevó una mano al pecho con expresión melancólica.

—Oh, para ya —Lilah esbozó una mueca—. Yo también me he preguntado por qué insiste tanto. Pensaba que se debía simplemente a su carácter obtuso.

—Eso es obvio. Pero creo que también está muy ansioso por hacerse con esta casa.

—Ya suponía que sus pretensiones hacia mí estaban espoleadas por su deseo de apoderarse de Barrow House, pero eso no quiere decir que también quiera la llave —señaló Lilah.

—Está excesivamente interesado en el diseño de esta casa. Anoche, mientras él y yo saboreábamos el consabido oporto de sobremesa, Jasper se puso a interrogar al pobre Ruggins sobre dónde estaba aquello, y lo otro... y... —hizo una enfática pausa— le preguntó incluso si sir Virgil solía usar el despacho de la planta baja.

—¿Qué? Eso es extraño, hasta para él.

—Ruggins fue una tumba, por supuesto. «Estoy seguro de que eso no podría decírselo, señor», fue su respuesta cuando él le preguntó al respecto porque el despacho parecía estar sin usar, y eso le parecía un desperdicio.

—Quizá quiera convertirlo en una sala de billar —sugirió ella con tono amargo.

—¿Y qué me dices de la visita guiada de ayer? Lo estuvo examinando todo con un detenimiento que resultó hasta descortés.

—La estaba contemplando como su futuro propietario.

—O quizá esperaba encontrar el escondrijo de la llave.

—Muy bien. Sus acciones son sospechosas —reconoció Lilah—. ¿Pero cómo habría podido saber lo de las llaves?

—Quizá tu padre se lo dijo.

—Supongo que es posible —dijo Lilah, dudosa—. Pero a mi padre no le caía bien Jasper. ¿Y por qué no le entregó simplemente la llave si pensaba que él debía tenerla?

—Quizá Dearborn se lo contó a Jasper. Parecía encantado con la idea de que solo los descendientes varones estuvieran cualificados para entrar en su muy selecto club. Quizá existiera otro requerimiento: el de que fueran tres. Tres para fundarlo, y así con cada generación. Tal vez Dearborn quiso incorporar a Jasper como tercer componente tras el fallecimiento de tu padre. Dearborn es una persona poco inclinada a compartir, pero tal vez se habría resignado a ello si esa hubiera sido la única manera que tenía de acceder a lo que quería. Todo se trastocó cuando sir Jasper decidió quedarse con todo, sea lo que sea ese todo. Podía casarse contigo para acceder a la llave y robar las demás. Pero tú te estás resistiendo, de manera que ahora está intentando asaltar el castillo.

—Tal vez. Pero creo que sencillamente no te cae bien, y por eso le estás convirtiendo en un villano.

—No me gusta, desde luego —reconoció Con—. Pero eso no significa que no sea un villano. Creo que se merece que lo vigilemos de cerca.

—Estoy de acuerdo —suspiró Lilah—. Ojalá sir Jasper se marchara a su casa.

—Quizá deberías decirle tú que lo hiciera.

—No puedo. Eso sería una grosería.

Con arqueó las cejas.

—Pues conmigo has sido algo más que grosera…
—Ya, pero se trata de ti. Tú eres…
—¿Irritante? —sugirió.
—No. Bueno, sí, a menudo lo eres, pero no me refería a eso. Me refería a que… —Lilah se encogió de hombros—. Contigo no tengo que medir las palabras. No sueles ofenderte fácilmente. No te importa que lo que yo diga sea poco apropiado o demasiado descarado.
—Cuanto más descarado mejor, por lo que a mí respecta.
—Eso es precisamente lo que quería decir. No te sorprende que yo sepa cosas o que discuta tus argumentos.
—Me sorprendería más bien que no los discutieras —sonrió Con—. En cuanto a lo de evitar a tu primo, te sugiero que prosigamos nuestro registro después de que él se haya acostado.
—¿Y escabullirme de mi habitación para encontrarme contigo en mitad de la noche? E… eso sería de lo más inadecuado… —balbuceó. Si su tía Helen llegara a enterarse, se quedaría horrorizada.
—Lo sé. Pero suena divertido, ¿verdad? —se cruzó de brazos y apoyó un hombro contra la pared, con su familiar media sonrisa en los labios.
De repente, a Lilah le entraron unas enormes, avasalladoras ganas de apoderarse de aquel suculento labio inferior entre los dientes y mordisqueárselo. Inspiró profundo, sorprendida ella misma de su deseo, y se giró en redondo para enfilar la escalera.
—¿Y bien? —Con se apartó de la pared—. ¿Estarás aquí esta noche?
Lilah se detuvo en los escalones. No se volvió: detestaba pensar en lo que los penetrantes ojos de Con podrían ver en sus rostro.
—Sabes que sí.

La tarde se arrastró lentamente, y Lilah se retiró a su habitación tan pronto como pudo hacerlo sin provocar comentario alguno de extrañeza. Cuddington representaba ciertamente un problema: ella sí que encontraría muy extraño que no se quitara su vestido vespertino. Al final, llamó a la doncella y decidió pasar por el habitual ritual de la noche.

Una vez que Cuddington se hubo marchado, Lilah se puso un vestido de chaqueta corta mucho más cómodo, uno que pudiera abrocharse ella misma, y se recogió el cabello en un moño en lo alto de la cabeza. No era tan elegante como las creaciones de la doncella, y hasta estaba algo torcido, pero tendría que valer.

Apagó la lámpara y se sentó a esperar. Allí sentada, en la oscuridad, escuchando el sonido de los demás mientras subían a sus respectivas habitaciones, no tenía nada que hacer salvo pensar en lo que estaba haciendo. Una locura. Algo innecesario. Peligroso.

Y lo mismo podía aplicarse a Con.

Los pasos que resonaron en las escaleras representaron una afortunada distracción a aquellas reflexiones. Reconoció la voz de la tía Vesta deseando alegremente las buenas noches a alguien y la cortés respuesta de sir Jasper, seguida de la de Con. Un ruido de puertas cerrándose. De todas maneras, esperó hasta asegurarse de que todo el mundo estuviera acostado.

Finalmente abrió la puerta, incapaz de soportar la espera por más tiempo, y salió al oscuro y silencioso corredor. Se había puesto sus mullidas zapatillas caseras y habría bajado las escaleras sin hacer el menor ruido si no hubiera pisado un peldaño que crujió sonoramente.

Aterrada, esperó durante unos segundos y continuó la marcha con el mismo sigilo. Se le ocurrió que era absurdo que se estuviera escabullendo como un ladrón por su propia casa. El leve resplandor procedente de la biblioteca le dijo que Con ya debía de estar esperándola allí. El hombre debía de moverse como un gato. No lo había oído en absoluto.

Era indudablemente Con quien la estaba esperando sentado en una silla, sin chaqueta, chaleco ni corbata, con las mangas subidas hasta los codos. La mirada de Lilah se vio involuntariamente atraída por la abertura de su camisa, con el oscuro hueco de la base de su cuello, de aspecto casi vulnerable en violento contraste con el firme dibujo de los huesos de su clavícula. Experimentó entonces el desconcertante impulso de besárselo, de recorrerlo con la punta de la lengua.

Con se levantó para recibirla, recogiendo de paso la pequeña lámpara de queroseno de la mesa. Caminar con él por el silencioso corredor se le antojó algo furtivo, casi ilícito, acentuada la atmósfera por las fugaces sombras que proyectaba el quinqué. Lilah sabía que debería sentirse consternada por sus propias acciones, pero lo que sentía en realidad era excitación. Entusiasmo.

Una vez en la sala de los relojes, Con dejó la lámpara sobre el escritorio y fue allí donde empezó a buscar. Mientras él registraba los cajones con la esperanza de encontrar algún oculto compartimento, Lilah se ocupó de un armario cercano. No dejaba de ser una ocupación mundana, casi vulgar, pero el silencio requerido, la avanzada hora de la noche y el secretismo de todo ello le confería una cualidad misteriosa, fantasmal.

Terminó de registrar el primer armario, que solo contenía más brújulas. Se acercó luego a otro algo más bajo que había junto al escritorio, pero cuando intentó abrir la puerta, se encontró con que estaba firmemente cerrada.

—Con… este está cerrado.

—Suena prometedor. Y en el escritorio no hay llave alguna. Maldita sea. Debería haber traído mis ganzúas.

—Seguro que esta no puede ser la llave que estamos buscando…

—Lo dudo —Con miró a su alrededor y tomó un abrecartas. Acto seguido, se sentó en el suelo para trabajar con la cerradura—. Y, si lo es, la decepción va a ser grande porque esta cerradura es muy fácil de forzar —en seguida abrió la puerta del armario.

—Oh. Solo contiene libros.

—No te creas. Los libros pueden ser excelentes escondrijos —empezó a retirar los volúmenes y a dejarlos en el suelo, a su lado.

Lilah se sentó también en el suelo y recogió el tomo con que él acababa de coronar el montón. Se quedó paralizada al ver el volumen que había debajo. Estaba encuadernado en piel verde oscura; en la cubierta, grabado en pan de oro, un círculo relleno de ramas entrelazadas. Sobre la figura, tres triples espirales situadas a igual distancia unas de otras. Una correa de cuero con un broche de metal mantenía el tomo cerrado.

—Con... —se inclinó para acariciar la cubierta—. Mira.

—Estas espirales... Trisqueles. ¿Qué es lo que tienen dentro? Parecen ramas o quizás raíces.

—Las dos cosas. Las ramas por arriba, las raíces por abajo. Es el Árbol de la Vida. Otro motivo que encontrarás en los artefactos de esta casa —de repente se le cerró el estómago y casi perdió el aliento.

—¿Crees que tiene algo que ver con la llave? —Con la estaba mirando a ella, no el libro—. Lilah, tú estás percibiendo algo en este libro.

—No. No lo sé —se descubría curiosamente reacia a abrirlo.

Con carecía de tales escrúpulos. Soltó el pequeño broche, abrió el libro y lo hojeó por encima.

—No tiene ningún escondite dentro. Está escrito a mano, y no impreso. ¿Crees que podría tratarse del diario de tu abuelo? —alzó la voz con un tono de interés—. Tu tía dijo que le interesaban mucho las religiones antiguas.

—No lo sé —Lilah se inclinó hacia él mientras examinaba la portada. Allí también estaba grabado el Árbol de la Vida, pero debajo, rodeando el círculo, había tres palabras en latín: *Fortis Voluntas Fraternitas*.

—Fuerte es la voluntad de la hermandad —tradujo Con, y se volvió para mirarla—. Tu tía dijo que se denominaban a sí mismos los hermanos de algo...

—La hermandad de los Benditos. Mira, está aquí —Lilah había pasado la página. Estaba señalando las primeras palabras escritas—. *Somos la Hermandad de los Benditos, la de los pocos bendecidos con la fortuna de conocer el camino.*

—Este es el acuerdo de fundación, la razón de la constitución de su club —dijo Con, entusiasmado.

Lilah recorrió la página con los ojos.

—De hecho, creo que es su Biblia.

CAPÍTULO 26

—O, al menos, una tesis sobre sus convicciones espirituales —precisó Lilah, y empezó a leer:

Antaño los dioses recorrieron esta tierra, y los hombres comprendían el sentido de la vida. Ha mucho tiempo que sus nombres han sido olvidados, tanto los de los dioses como los de los hombres, pero la verdad del mundo permanecerá siempre.

Como la espiral, nosotros no tenemos fin. Nacimiento, vida y muerte no son más que las tres fases del mismo ser. Hay tres reinos: tierra, mar y cielo. Tres aspectos tiene nuestra naturaleza: mente, cuerpo y espíritu.

—Esto explica los trisqueles —apostilló Lilah, y continuó la lectura:

A aquellos que han abierto la Puerta, tal como está vaticinado, la Diosa los recompensa con los mayores dones de sus respectivas naturalezas.

—Sospecho que tu abuelo y sus amigos abrieron esa «Puerta», sea lo que sea —intervino Con—. Pero... ¿qué habría querido decir con eso de los «mayores dones de sus respectivas naturalezas»?

—A la mente, el cuerpo y el espíritu los llamaba «los

tres aspectos de nuestra naturaleza». Así que entiendo que se refería a la bendición o mejoramiento de esas tres cosas. Quizá salud para el cuerpo, por ejemplo; todo el mundo dice que mi abuelo estuvo muy enfermo de joven pero que luego mejoró de manera milagrosa. Quizá fuera esa «su bendición».

—¿Él fue el único que recibió una bendición? Formaban una hermandad, y aquí se refiere a «aquellos que abrieron la puerta». ¿Acaso los demás no recibieron cada uno una bendición?

—Supongamos que mi abuelo recibió la salud. Obviamente, el señor Blair recibió la «mente». Aspiraba a la sabiduría.

—¿Y Niles Dearborn se queda entonces con el espíritu? —inquirió Con, escéptico.

—Ummm. No, eso no parece nada probable. Continuemos —volvió la página—. Aquí está: llama a las tres naturalezas cabeza, corazón y mano —y siguió leyendo.

La mano pertenece al mundo material y, en tanto ello, pertenece al reino de la tierra, mientras que el cielo es el gobernante de la cabeza, del intelecto, y el corazón, o espíritu, mora en el mar. Nosotros, los Hermanos, encarnamos esos reinos

—El viejo tenía la autoestima alta, ¿eh?

—Eso parece. Por lo que puedo ver, él se identificaba con el aspecto espiritual... sí, aquí dice que llevaba tiempo sufriendo de «una aflicción del espíritu».

—¿Se refería a su enfermedad?

—No tengo la menor idea. No llegué a conocerlo. Murió años antes de que yo naciera —se interrumpió, pensativa—. No recuerdo quién me habló de su enfermedad. Era solo una de esas historias familiares que se contaban. Pero siempre tuve la impresión de que incluía una debilidad, una fatiga... quizá su corazón, o sus pulmones.

—Eso podría encajar. Tu abuelo, sir Ambrose, recibió algún tipo de alivio de su debilidad de corazón o de su «aflicción del espíritu». El señor Blair adquirió sabiduría, y Dearborn cosas materiales. Tiene sentido. En un momento determinado, el padre de Niles llegó a ganar mucho dinero con ciertas inversiones.

—¡Oh! —exclamó de repente Lilah, abriendo mucho los ojos mientras examinaba el resto de la página—. Con, mira lo que dice aquí… *Somos los Defensores de la Puerta. Somos los Guardianes de las Llaves.*

—¿Qué? —Con se inclinó para leer las palabras él mismo—. *Los Guardianes de las Llaves.*

Alzó la mirada hasta ella, con el rostro muy cerca del suyo. El corazón de Lilah empezó a latir acelerado. Con desvió entonces la vista y se apartó.

—¿Pero por qué anhelan tanto la llave de ese lugar de encuentro? Dudo que se dediquen a secuestrar a gente porque quieran una bendición.

—Si los Dearborn piensan que su capacidad para hacer dinero está vinculada a ese lugar, harán lo que sea para acceder a él.

—Me cuesta imaginarme al señor Dearborn creyendo en todas estas cosas.

—Yo también dudo que crea en este dogma espiritual de «los tres reinos». Pero los jugadores creen en la suerte, y él es jugador. Quiere recuperar su suerte.

Lilah asintió y volvió a concentrarse en el libro. Volvió la página.

—Esto parece una lista de términos latinos. Algunos tienen una palabra al lado, como «curación» o «guerra».

Con examinó la página.

—Reconozco algunos de esos términos. Son deidades de la antigua Bretaña, la mayor parte en versión latina. Sulis, la diosa de la primavera sanadora de Bath. Cuda, la diosa-madre. Belatucadros… todo un trabalenguas de nombre, ¿no te parece?

Lilah se lo había quedado mirando sorprendida.

—Ya sabes que mi padre siempre ha estado obsesionado por

todo lo griego o romano. Puede que no le interese tanto la antigua Bretaña, y aún menos la actual, pero es un gran aficionado al Derecho Romano. La materia formaba parte de nuestros estudios. Contrariamente a lo que algunos piensan, yo también he estudiado —señaló con el dedo una de las palabras—. Las Matres. Ese es otro concepto triple. Hay tres diosas. Siempre se las representa juntas.

—Como las Tres Moiras. ¿De qué eran diosas?

Con se encogió de hombros.

—Se las representa cargando frutos, así que probablemente tengan algo que ver con las cosechas. La fertilidad. Pero también parecen tener alguna conexión con la muerte y el más allá —rio al ver la expresión admirada de Lilah—. Las Matres aparecían descritas en el libro que precisamente estaba leyendo la otra noche.

Lilah contempló la lista de nombres.

—¿Serán estos los dioses que «antaño recorrían la tierra», según escribía más arriba?

—Supongo que sí. Y sospecho que esa puerta debía de conducir hasta los dioses.

—Mi abuelo debía de estar bastante trastornado. Dioses antiguos y puertas...

Con se encogió de hombros.

—Quizá. Aunque también pudo haber sido la fantasiosa invención de tres jóvenes ociosos y aburridos, una manera de pasar el tiempo. Creo que son bastantes las sociedades secretas que poseen religiones particulares o temas místicos. Y sospecho que aprecian más los rituales que la religión en sí —se interrumpió por un momento—. Y si sir Ambrose estaba loco, los abuelos de Sabrina y de Peter debieron de estarlo también.

—No sé si eso resulta muy reconfortante —comentó Lilah.

—¿Qué más dice? —Con se inclinó para pasar la página.

Sus cabezas se estaban tocando prácticamente. Sus cuerpos se hallaban tan cerca que Lilah casi podía sentir su calor.

—Esto apoya la idea del túmulo, la palabra que da nombre

a Barrow House —Con señaló los objetos dibujados en la siguiente página—. Esto otro parece una estatua. Un cuenco. Un arete. Y estoy seguro de que esto de aquí es un torques celta.

—¿Qué crees que puede ser la estatua? —preguntó Lilah, examinando el dibujo hecho a tinta.

—Una mujer de formas rotundas y aspecto bastante amenazador. ¿No es una serpiente lo que lleva en la mano? Pero mira, en la otra porta una cesta o un cuenco.

—Como las Matres que decías antes, aunque solo es una, y no tres.

Con asintió.

—Yo diría que es una alegoría de la fertilidad, aunque la figura de la serpiente habitualmente está asociada a la muerte o a la vida de ultratumba.

La siguiente página era una relación de fechas

—Registros de sus reuniones —aventuró Con—. Empezaron en junio de 1841. Al principio de forma irregular, para luego pasar a celebrarse anualmente.

Lilah hojeó las páginas.

—Mira cuántas hay…

La última página estaba en blanco. Con volvió a los listados.

—Fíjate en las últimas hojas. Las fechas de las reuniones vuelven a espaciarse. Parecen apuntes sueltos.

—Esta es de cuando murió mi abuelo —dijo Lilah, estudiando las entradas—. Mi padre asumió la escritura del libro, y la verdad es que no fue muy riguroso a la hora de asentar los registros —haciendo el tomo a un lado con un suspiro, se volvió hacia Con—. ¿Qué vamos a hacer? Me siento como si acabara de hacer un gran descubrimiento, pero, en términos de la búsqueda de la llave, no puedo ver que hayamos avanzado nada.

—Yo me siento tremendamente raro diciéndote esto, pero creo que debemos ser pacientes —Con le tomó una mano—. Ahora sabemos muchísimo más y todo este conocimiento nos ayudará, seguro. Tu abuelo estaba mucho más implicado en esto que tu padre, de manera que creo que deberíamos centrarnos en él una vez hayamos terminado aquí.

—Tienes razón —Con no le había soltado la mano, pero ella tampoco quería recordárselo. Reacia, añadió—: Supongo que deberíamos interrumpir el registro. Se está haciendo muy tarde.

La miraba intensamente a los ojos, acariciándole el dorso de la mano con el pulgar.

—Er... ¿quieres que me quede a hacer guardia esta noche?

—¿A hacer guardia? ¿Por qué habrías de...? Oh. ¿Te refieres a quedarte vigilando por si me pongo a caminar dormida de madrugada?

—Sí.

Lilah le apretó la mano, conmovida por su preocupación.

—Eres muy amable, pero ya he resuelto el problema. Cerraré bien la puerta y esconderé la llave.

—Muy bien, pero si me necesitas...

—Lo sé —un doloroso anhelo invadió de repente el pecho de Lilah. Por primera vez desde que podía recordar, deseó ser una mujer diferente de la que era. Una mujer despreocupada, aficionada a no planificar las cosas. Una mujer que no fuera escéptica, que no estuviera tan atada por las convenciones sociales. La clase de mujer capaz de ignorar esas convenciones sin pensar en las consecuencias. La clase de mujer que podría querer Con.

—Lilah... —se interrumpió, preocupado—. ¿Tú no...? No estarás pensando seriamente en casarte con ese tipo, ¿verdad?

—¿Con sir Jasper? Creo que eso es más que obvio por la manera en que lo he estado evitando.

—Pero sé que tu tía Helena lo respalda, y tú confías y te dejas guiar por ella. Pensé que quizá podría persuadirte. Y que tú podrías ceder debido a que sería una solución «apropiada». Detestaría verte atada a alguien como él.

—¿De veras? —Lilah contuvo el aliento. ¿Qué era lo que le estaba diciendo Con?

—Tú te mereces mucho más. Un hombre que te venere.

«¿De la manera en que no lo haces tú?», se preguntó ella. Pero no lo dijo. Con se acercó aún más.

—¡Delilah!

Ambos se giraron de golpe. Sir Jasper estaba de pie en el umbral, mirándolos con expresión horrorizada.

—En el nombre del cielo, ¿qué está pasando aquí?

CAPÍTULO 27

Sir Jasper ofrecía un aspecto tan cómico con su camisón de brocado, su gorro de dormir medio torcido y la palmatoria en la mano, que Lilah tuvo que esforzarse por reprimir una sonrisa.

—¡Lord Moreland! Explíquese ahora mismo. ¿Qué está haciendo aquí con Delilah en mitad de la noche? ¡Y sin chaqueta! ¡Y sentado en el suelo!

—Al menos no estoy en camisón —repuso Con, levantándose. Un peligroso brillo ardía en sus ojos—. ¿Y qué está haciendo usted aquí, vagando como un fantasma por el hogar de la señorita Holcutt? ¿Espiándola acaso?

—¡Espiándola! —el rostro de Jasper se tornó rojo—. ¿Cómo se atreve, señor mío? Yo soy el único pariente varón de la señorita Holcutt, lo que me da perfecto derecho a preguntarle a usted por su conducta y sus motivaciones.

—Fíjese que yo habría jurado que sus motivaciones no eran precisamente familiares.

—Con, para —le pidió Lilah, y se volvió hacia su primo—. Estábamos registrando las pertenencias de mi abuelo.

—¿A esta hora?

—Sí, ¿no es increíble? —la voz de la tía Vesta llegó hasta ellos procedente de la escalera interior, sobresaltando a todo el mundo—. La gente joven tiene tanta energía...

Los tres se volvieron para descubrir a Vesta en lo alto de la escalera, con una mano sobre su amplio busto como si estuviera recuperando el aliento. De manera poco sorprendente en ella, lucía un salto de cama de un color rojo brillante con dibujos de dragones bordados en oro. La melena, de un negro intenso, se derramaba como una cascada por su espalda. No contenta con portar una simple palmatoria, sostenía un candelabro de tres velas.

—Dios mío —sir Jasper se la había quedado mirando de hito en hito—. ¿De dónde diablos ha salido usted?

—Oh, pues del piso inferior, Jasper, ¿de dónde si no? Por cierto que me sorprende oírle jurar en presencia de damas.

Mientras Jasper intentaba farfullar alguna excusa, Lilah dijo:
—Hola, tía Vesta.

—Señora Le Claire —Con adornó el saludo con una exagerada reverencia que arrancó una risita a Vesta.

—Me disculpo por haber llegado tan tarde —dijo la dama, y añadió en un aparte para Jasper—: Los niños me están ayudando a registrar las pertenencias de mi padre. Una tarea ardua, como puede usted ver.

—Dios mío —repitió Jasper, mirando a su alrededor como si fuera la primera vez que veía aquella habitación—. ¡Qué estancia tan extraña!

—Sir Ambrose gustaba mucho de los relojes y las brújulas —el comentario de la tía Vesta resultaba escandalosamente obvio—. Decía que siempre quería saber cuándo y dónde estaba.

—Sí, ya lo veo.

—Lamento mucho que te hayamos molestado, primo Jasper —intervino Lilah.

—Y yo le suplico me perdone por haberle despertado —añadió Con, insincero—. Debe usted de tener un sueño muy ligero para habernos oído desde su dormitorio.

—Dio la casualidad de que estaba levantado y vi luz en esta torre —replicó el hombre, tenso—. Juzgué que lo mejor era investigar. Podía haberse tratado de ladrones.

—Ummm. Uno nunca sabe a quién puede encontrarse acechando en esta casa —repuso Con.

Las mejillas de sir Jasper se encendieron de un rojo subido, y Lilah se apresuró a intervenir:

—Has sido muy amable, primo Jasper. Apreciamos en mucho tu preocupación, ¿no es cierto, tía Vesta?

—¿Qué? —la tía Vesta se había quedo distraída mirando la columna de libros que había en el suelo—. Oh, sí, por supuesto.

Al cabo de un largo e incómodo silencio, sir Jasper dijo:

—Sí, bueno... er, entonces les desearé buenas noches para dejarles haciendo... su trabajo —sus ojos volaron hacia el armario abierto, con los libros apilados en el suelo y los demás objetos que Con había descartado del escritorio.

Girando sobre sus talones, abandonó la estancia. Los otros tres se quedaron donde estaban, escuchando el rumor de sus pasos alejándose hasta que todo volvió a quedar en silencio. Lilah se relajó, soltando un suspiro.

—Debo decir —empezó la tía Vespa— que me resulta un tanto peculiar que sir Jasper ande vagando por la casa en mitad de la noche.

—Creo que espera convertirse algún día en su amo —comentó Con.

—¿Es por eso por lo que nos ha visitado? —inquirió la tía Vesta—. Supongo que Helena habrá estimulado su pretensión hacia Lilah. No entiendo por qué, la verdad. No tiene ningún interés por nada que no sea mundano o vulgar —se encogió de hombros—. Por supuesto, lo mismo le sucede a Helena. Tu madre, en cambio, era una mujer llena de vida. No, no, querida, no necesitas enfadarte —hizo un gesto de indiferencia al verla fruncir el ceño—. Sé muy bien cómo es tu amada tía.

Lilah detectó el leve acento que había puesto en la palabra «amada». Se preguntó si Vesta estaría celosa de la tía Helena. ¿Realmente habría esperado que Lilah continuara con su relación allí donde ella la había dejado, después de tantos años?

—¿Cómo supo usted que estábamos en problemas? —quiso saber Con.

—Dio la casualidad de que me había asomado a la ventana y vi la luz. Sabía que teníais que ser vosotros. Entonces oí a sir

Jasper bajando las escaleras, así que lo seguí y lo vi desaparecer en el ala antigua de la casa. Bueno, supuse que se dirigía hacia aquí a investigar, así que atajé por el patio. Mi intención era sorprenderlo enseguida, pero... ¡esas escaleras! —se llevó una mano al pecho con gesto dramático—. No soy la muchacha ágil de antaño.

Con, según lo esperado, protestó caballerosamente el comentario.

—Esas escaleras agotarían a cualquiera,

—¿Habéis encontrado algo? —preguntó Vesta, mirando a su alrededor.

—Un libro —respondió Con—. ¿Su padre de usted nunca hablaba de sus creencias, los antiguos dioses y todo eso?

—Sí que lo hacía —frunció el ceño—. Recuerdo haberle oído hablar de antiguas leyendas. Del rey Arturo y de Merlín. Del Santo Grial. Solía hablar con gran reverencia de cierta diosa. Una vez me contó que este túmulo era sagrado. Que nos daba la vida. Se refería, por supuesto, a los canales de energía subterránea de la tierra, pero yo no me di cuenta hasta mucho después. Solía hablar del milagro de su curación.

—¿Sabes qué sucedió exactamente? —inquirió Lilah—. ¿Qué clase de mal era el suyo?

—Sufrió unas terribles fiebres muy duraderas cuando era joven, y los médicos le dijeron que eso había dañado su corazón. Sufría... ataques de algún tipo.

—¿Ataques de corazón?

—No, el pulso no se le paraba. Pero decía que su corazón «se volvía loco». A veces perdía un pulso y otras se le aceleraba tanto que tenía la sensación de que le explotaría en el pecho. Nunca nos dijo cómo llegó a curarse. Un día comentó simplemente que había ido al «corazón del túmulo» y que allí le había sido devuelto el corazón. Fue entonces cuando me contó que el túmulo era sagrado y que la vida de nuestra familia procedía de él —miró a Con—. ¿Crees que es eso lo que abre la llave? ¿El lugar que denominaba «el corazón del túmulo»?

—Sospecho que sí —respondió Con.

—¿Nunca contó nada específico sobre dónde estaba localizado? ¿Dentro de la casa? ¿En la finca? —insistió Lilah.

Vesta sacudió la cabeza.

—No que yo recuerde. Yo era todavía casi una niña cuando murió. Puede que tratara de esas cosas con Virgil. Pero Virgil acababa de casarse con tu madre, así que por supuesto estaba mucho más interesado en el amor...

—Desafortunadamente, el libro no dice nada sobre dónde pudo haber escondido la llave —dijo Lilah, agachándose para recoger el libro de su abuelo.

—Seguiremos mañana —anunció Con con su habitual confianza.

Lilah asintió.

—Bien. Por lo demás, no pienso gastar más tiempo intentando entretener a sir Jasper.

—Sí —se mostró de acuerdo la tía Vesta—. Es mi opinión, querida, que si un hombre decide imponer por sorpresa su presencia a los demás, difícilmente puede quejarse de que se muestren groseros con él.

Mientras se dirigían hacia la puerta, Con miró el libro que Lilah portaba bajo el brazo.

—¿Te llevas el libro contigo?

—Sí. Yo... —bajó la mirada al volumen. Ignoraba por qué, pero sentía la necesidad de guardarlo, de tenerlo consigo. Aunque eso era algo que no estaba dispuesta a reconocer ante aquellos dos—. Creo que es lo más seguro.

Aunque tenía ojeras por la falta de sueño, Lilah estaba radiante de entusiasmo cuando bajó a desayunar a la mañana siguiente. La noche anterior había cerrado con llave la puerta de su dormitorio, con el objetivo de evitar volver a caminar en sueños, pero había pasado una noche inquieta. Se había despertado varias veces, desorientada en la oscuridad, con el corazón acelerado. Finalmente se había levantado para pasar el resto de la noche curioseando el libro de su abuelo. Estaba deseosa de contarle a Con lo que había encontrado.

Desafortunadamente, sir Jasper estaba sentado a la mesa en compañía de Con, frustrando de esa manera sus planes. Lilah lanzó una rápida mirada a Con y tomó asiento.

Irguiéndose, Con la saludó con una voz en la que parecía latir una pregunta.

—Lilah.

—Constantine —sonrió levemente.

—Esta mañana te veo muy animada.

—¿De veras? —Lilah amplió su sonrisa.

—¡Animada! —exclamó sir Jasper—. Moreland, ¿es que no tiene ojos en la cara? Delilah, pareces absolutamente agotada.

Con arqueó las cejas, pero no hizo comentario alguno.

—Vaya, gracias, primo Jasper. Me alegra saber que luzco tan mal aspecto.

—No quería decir... por supuesto, estás encantadora. Pero es evidente que te has forzado demasiado. Me temo que esas horas de vigilia han hecho mella en tu constitución.

—Mi constitución está perfecta.

—Oh, compréndeme —dijo Jasper con tono jovial—. No puedo permitir que caigas enferma ahora, ¿verdad?

Con se aclaró la garganta mientras asistía a la escena. Lilah clavó la más fría de las miradas en su primo.

—¿Cómo que no «puedes permitirlo»? No entiendo qué puede tener que ver mi estado de salud contigo, la verdad.

Jasper parpadeó perplejo.

—Bueno... er, yo... —miró con expresión resentida a Con, como si él hubiera sido el causante del problema.

Lilah hizo entonces a un lado su taza de té.

—Con, si nos disculpas, creo que mi primo Jasper y yo necesitamos hablar en privado.

Con miró a Lilah y a su primo, y vuelta de nuevo a Lilah.

—Por supuesto —se levantó, no sin antes recoger una loncha de beicon de su plato, y abandonó el comedor—. Ruggins, creo que no nos necesitan aquí.

El mayordomo lo siguió al vestíbulo y Lilah cerró la puerta. Acto seguido se volvió hacia sir Jasper, que se había levantado.

—Gracias, Lilah, por haberle pedido a ese tipo que se marche. Es hora de poner punto final a esta situación. Las atenciones del hijo de un duque son indudablemente halagadoras, lo comprendo, pero pueden ser pasto de rumores si ese hombre se empeña en seguir aquí. Y tu tía Vesta no es… bueno, lo que cualquiera entendería como una adecuada carabina.

—Gracias por tu preocupación, pero te aseguro que no está justificada. Y tampoco es bienvenida, por cierto —Lilah sintió que se le cerraban los puños a los costados y se esforzó por abrir los dedos—. Yo no sé qué fue lo que te dijo la tía Helena para que vinieras a visitarme.

—La señora Summersley estaba naturalmente preocupada por tu presencia aquí en compañía de un hombre de cierta reputación, que para colmo podía estar cortejándote con solo la señora Le Claire como carabina.

—Constantine Moreland no me está «cortejando». Está emparentado con mi más querida amiga y es amigo mío también —Lilah ignoró su gruñido de desdén—. Además, no he sabido nunca que haya puesto el buen nombre de dama alguna en peligro.

—No tiene ninguna gravedad, ni sustancia. Puede que sea hijo de un duque, pero es bien sabido que su familia entera es muy peculiar.

—Podría recordarte que la familia Holcutt no es precisamente conocida por su «normalidad».

—Es por eso por lo que resulta especialmente importante que tú y yo tengamos buen cuidado de no dar pábulo a rumores.

—No hay aquí ningún «tú y yo» —le espetó Lilah, irritada.

Jasper sonrió benévolo.

—Bueno, yo confío precisamente en que eso cambie.

—No hay razón alguna para ello.

—Delilah, querida mía, eres muy joven. Es perfectamente comprensible que disfrutes de fiestas y veladas, de las atenciones de jóvenes caballeros. Pero tales cosas no pueden durar por siempre. Pronto entrarás en la vida adulta. Una mujer sola no tiene lugar alguno en el mundo. Debe contar con un marido que la proteja y que cuide de ella, niños a los que criar, un hogar propio…

—Ya tengo un hogar propio. Estamos ahora mismo en él. Y no necesito que nadie me proteja o que cuide de mí.

—Querida mía… —su sonrisa y su tono estaban cargados de tanta paciencia y condescendencia que Lilah no pudo menos que apretar los dientes.

—¡Primo Jasper! Si tía Helena te dio alguna razón para esperar que tu pretensión matrimonial sobre mí pudiera tener algún éxito, lo lamento de veras. No tenía ningún derecho a animarte en ese sentido.

Aquello sí que pareció sorprenderlo.

—Pero, Lilah… el nuestro será un buen matrimonio. Nuestro casamiento servirá para reunir nuevamente nuestro patrimonio. Yo te profeso verdadera devoción.

—Yo no te amo, y estoy segura de que tú tampoco me amas a mí.

—Te profeso el mayor de los cariños, querida mía, y sé que con el tiempo tú terminarás sintiendo lo mismo.

—Lo dudo, porque la verdad es que estás perdiendo el mío por momentos, cada vez más —inspiró profundo para tranquilizarse—. Lamento ser tan descortés, pero mis sutiles esfuerzos no han tenido ningún éxito. Así que debo decirte de la manera más franca posible que no tengo intención de casarme contigo. Ni ahora ni nunca.

Sir Jasper frunció el ceño.

—Aferrarte a la pueril fantasía de un matrimonio por amor es una gran estupidez por tu parte. El amor está sobrevalorado.

—Probablemente. Ciertamente es raro y escaso, y no tengo expectativas de encontrarlo. Pero yo necesito algo más que un «buen matrimonio».

—Yo, en tu lugar, me lo pensaría bien —replicó Jasper, tenso—. Dada la situación en la que estás viviendo aquí, tu reputación podría resultar muy afectada. Yo estoy dispuesto a achacar tus actos a la ingenuidad y a las tonterías infantiles, pero no todo el mundo será tan generoso.

—¿Me estás amenazando? —estalló Lilah, furiosa.

—No es ninguna amenaza. Simplemente estoy describiendo la realidad de la que deberías ser consciente. No conseguirás propuesta matrimonial alguna de ese hijo de duque, si es eso lo que estás esperando. Es evidente que el tipo solamente está jugando contigo.

Por un instante, Lilah deseó que Con le hubiera enseñado a asestar un efectivo puñetazo. Pero se las arregló para conservar el control, limitándose a replicar:

—Creo que ha llegado el momento de que abandones esta casa.

Jasper parpadeó perplejo ante aquella grosería.

—Entiendo. Bueno, entonces, me marcharé. Despídeme por favor de tu tía —se dirigía ya hacia la puerta cuando se giró de pronto—. Siento que es mi deber informar a la señora Summersley de la situación que se está dando aquí. Mucho me temo que se sentirá gravemente decepcionada.

Aquellas palabras le provocaron un nudo en el estómago. Sabía que tenía razón, y no podía evitar sentirse culpable. Había desatendido los preceptos de su tía. Peor aún: había disfrutado a fondo del proceso.

—El primer interés de mi tía no es otro que mi felicidad.

Por desgracia, ni siquiera ella misma se creía aquellas palabras.

CAPÍTULO 28

Con se reprimió de escuchar a hurtadillas en el vestíbulo, por muchas ganas que tuviera de oír lo que Lilah le estaba diciendo a su primo. A juzgar por la expresión de su rostro, tenía la fuerte sospecha de que aquello no iba a acabar bien para sir Jasper. Alegrarse de aquel resultado era probablemente un tanto mezquino por su parte, pero también algo imposible de negar.

Retirándose a la biblioteca, se distrajo sacando libros con la esperanza de que se disparara algún resorte de apertura de una posible puerta secreta. Minutos después, cuando oyó el resonar de unos pesados pasos en el vestíbulo, regresó al comedor.

Lilah estaba de pie ante las ventanas. El sol encendía su cabello en una llamarada de tonos rojizos y dorados. Estaba erguida como una vara y su rostro era absolutamente inexpresivo, pero la contemplación de su cuerpo largo y esbelto y de su cabello esplendoroso le produjo tal sensación de placer que no pudo menos que apoyar un hombro en el marco de la puerta, gozando de la visión.

Lilah se volvió de pronto.

—Oh. No sabía que estabas allí.

—Entiendo que tu pretendiente no ha quedado muy satisfecho con vuestra conversación.

—No —Lilah suspiró y, sentándose, se puso a juguetear con la tostada de su plato—. ¿Por qué es tan difícil saber cuál es la decisión correcta en cada circunstancia?

—Nunca imaginé que un día te escucharía admitir alguna duda sobre la decisión correcta a tomar —Con se sentó a su lado.

—Antes no las tenía —apoyó la barbilla en una mano.

—Puedes echarme a mí la culpa. Soy una mala influencia.

Lilah esbozó una leve sonrisa.

—Desde luego que sí.

—¿Me atrevo a esperar que sir Jasper nos dejará?

—Lo más pronto posible, imagino —su expresión se endureció—. Irá corriendo a contárselo todo a mi tía Helena. Espero que no decida presentarse aquí ella misma para enderezar las cosas.

—¿Qué es lo que hay aquí tan retorcido para que decida enderezarlo?

Lilah se encogió levemente de hombros.

—Yo. Supongo.

—Tú no necesitas que nadie te enderece —Con pensó en lo que había cambiado recientemente Lilah, en la manera en que florecía su belleza con cada sonrisa, cada carcajada, cada atrevido pensamiento. Pero sospechaba que eso era algo que ella no querría oír—. ¿Por qué no me cuentas aquello que tenías tantas ganas de contarme cuando entraste en el comedor esta mañana?

—¿Cómo sabes que quería contarte algo? —sonrió burlona, y una inefable sensación de ternura, ya familiar, invadió a Con.

Experimentó el fuerte impulso de inclinarse y besarla, pero al final se limitó a decir:

—Porque no estoy tan ciego como sir Jasper. ¿Encontraste algo en ese libro?

—Sí. La última página tenía grabada otra frase en latín. *Fortis quam germanitas nullum est vinculum.*

—Ningún vínculo es más fuerte que el de hermandad —tradujo Con—. Ciertamente estaban fascinados con la idea.

—Ya, pero no es eso lo principal. Esto estaba doblado y metido en una de las últimas páginas —sacó una hoja de papel de un bolsillo y la desdobló y alisó sobre la mesa.

—¡Los diseños de las llaves! —exclamó de pronto Con, entusiasmado.

—Fíjate en las diferentes cabezas de las llaves. Una tiene la típica forma de rueda de puntas que suele encontrarse en los adornos de esta casa. Creo que puede tratarse del símbolo del sol. Y, encima, una piedra de cuarzo de color amarillo.

—¿De modo que es el símbolo del cielo? ¿De la inteligencia? La llave de Blair —Con señaló otro de los dibujos—: Las tres líneas onduladas y paralelas... ¿El mar?

Lilah asintió.

—Un zafiro. El de mi abuelo.

—Así que el último diseño con la decoración de obsidiana y serpientes enroscadas debe de ser el de Dearborn —Con se puso a tamborilear con los dedos sobre la mesa, abstraído—. De todas maneras, yo imaginaba que tu abuelo habría escrito más sobre sus creencias...

—Quizá lo hiciera. Anoche no terminamos de registrar la sala de los relojes. Puede que haya algo más en esos armarios.

—Volvamos entonces.

Pasaron el resto de la mañana registrando los armarios y el escritorio de su abuelo. Algo más tarde, Con, para su gran alegría, encontró en uno de los cajones un adorno de espiral que se movía. Debajo había una diminuta palanca de madera. Cuando la accionó, se oyó un sonoro clic.

—¡Lo sabía! Un cajón secreto —palpó debajo del escritorio y lo localizó. Sacándolo, lo puso encima del tablero—. Lilah, ven a ver. He encontrado algo.

Se inclinaron ambos sobre la hoja de papel que había en el fondo del cajón. A esas alturas, Lilah había llegado a reconocer la intrincada escritura de su abuelo. Leyó en voz alta:

Todo lo que tenemos, te lo debemos a ti. Todo lo que somos, te lo ofrecemos. Surgiendo del miedo y de la oscuridad, revelaste tu glorioso ser y nos confiaste el conocimiento del Otro Mundo. Humildes y gozosos, pronunciamos este nuestro sagrado juramento:

Nosotros te ofrecemos nuestras vida y nuestra devoción. Nosotros honramos las antiguas prácticas. Nosotros reverenciamos a los antiguos dioses. Nosotros creemos en la renovación de la vida. Nosotros nos constituimos para siempre en los guardianes de la Puerta, en los guardianes del Camino. Nosotros perseveramos constantes en nuestra fe, sabiendo que por toda la eternidad seremos bendecidos para morar en paz en tu seno.

—Su fe. Fascinante —Con estiró una mano para levantar el papel—. Mira, hay un reverso.
—Es su profesión de fe.

*Nosotros marchamos en solemne procesión,
abriendo la puerta al unísono,
congregándonos ante el altar,
presentando el sacrificio,
el ofrecimiento de la sangre.
Nosotros ponemos las manos sobre el altar y recitamos la salmodia,
recibiendo regalos,
Pronunciando la oración final,
La que pone término a la ceremonia.*

—Sacrificio. Esto es un tanto espeluznante —Lilah se volvió hacia Con—. No pensarás que... sacrificaban animales aquí, ¿verdad? —se le había empezado a revolver el estómago.
—Los sacrificios pueden ser cualquier cosa... Hasta ofrendas de frutas, por lo que sabemos. O incluso la cesión de ciertas cosas, como en Cuaresma. «Juro que me olvidaré del tabaco durante los próximos meses» —entonó, bromeando.
—¿Pero qué pasa con ese «ofrecimiento de sangre»? —preguntó Lilah.
—Suena a algo asociado al sacrificio. Se me ocurre que podían hacerse pequeños cortes en las muñecas o en las manos, con los tres vertiendo unas gotas de sangre sobre el altar. Juramentos de sangre, ese tipo de cosas.
—Entonces ponían las manos sobre el altar y hacían solemne profesión de su fe. Y mira... —Lilah señaló el final de la

página—. Hay un dibujo —miró ceñuda el rectángulo rodeado por tres círculos.

—Es un plano de situación del altar. La manera en que se colocaban en torno al mismo —dijo Con—. Y esta es, sin duda, la oración final: *Oh, generosa madre, te agradecemos estos tus regalos. Renovados, seguimos adelante, confiados en tu merced y en la inmensidad de tu amor.* Curioso este lenguaje tan arcaico, ¿verdad?

—Me gusta la manera en que subrayó «solemne procesión».

—Dirigido tal vez a Dearborn, ¿no te parece? —sonrió Con—. Sir Ambrose era ciertamente un tipo de modales autoritarios.

—No te atrevas a añadir que es un rasgo de la familia —Lilah lo miró con severidad.

—Jamás se me ocurriría —y, con un guiño, continuó registrando el escritorio.

El resto del día se demostró estéril, aunque continuaron trabajando de firme, interrumpiéndose solamente para tomar el té. Finalmente, Con se sentó con un suspiro y se apoyó en uno de los armarios.

—Creo que ya hemos peinado hasta el último centímetro cuadrado de esta sala.

—Sí, hay no queda nada más que registrar —Lilah se sentó a su lado.

—¿Qué vamos a registrar a continuación? —inquirió él—. No podemos permitirnos desperdiciar demasiado tiempo.

—Con, en serio, si vas a empezar otra vez con lo de la calamidad pronosticada por el señor Dearborn para el día de San Juan…

—¿Pero no te parece eso más probable, o al menos no tan absurdo, después de todo lo que hemos encontrado? —señaló la estancia con un gesto vago de su brazo—. Dudo que esos tipos se hayan inventado todo esto de reunirse y renovarse cada tres años, «o los dioses nos maldecirán».

—Bueno, el verbo clave es «inventar». Se inventaron una religión particular surgida enteramente de su imaginación. No me parece algo real —Lilah no estaba dispuesta a admitir que, a pesar de sus palabras, estaba experimentando una extraña sensación de alarma en lo más profundo de su ser.

—Bueno, Dearborn y sir Jasper son muy reales... y uno u otro, o los dos a la vez, andan detrás de la llave. Tenemos que encontrarla.

—Ya hemos registrado el dormitorio de mi padre. Está también el despacho de mi abuelo. No sé, Con. Una llave es un objeto muy pequeño. Podría estar escondida en cualquier parte.

—Debemos encontrar el Santuario —señaló él—. Si pudiéramos ver la puerta, nos haríamos una idea mejor de lo que estamos buscando.

—Sí, pero sobre su localización sabemos todavía menos.

—Pensemos sobre ello —Con echó la cabeza hacia atrás y cerró los ojos—. Aquellos hombres se reunían y se animaban un poco con unas cuantas copas de oporto o de brandy. Se dirigían luego a ese Santuario, lo abrían con sus tres llaves y celebraban una ceremonia. O quizá bebían allí mismo como parte de la ceremonia.

—Quizá deberíamos buscar sus «sombreros estrafalarios».

—Oh, creo que esos tipos eran más bien de manto con capucha —Con abrió los ojos de repente—. ¿Cómo llegaron a tropezarse con esa «Puerta»? No puede ser algo muy evidente, ya que en ese caso los demás la habrían encontrado. Tenemos a tres jóvenes aristócratas en medio del campo, lejos de cualquier distracción urbana. A pesar de la afección de tu abuelo y de los gustos intelectuales de Blair, debieron de sentirse inclinados a divertirse un poco, a vivir alguna aventura.

—Probablemente. ¿Crees que era eso lo que estaban haciendo cuando encontraron su santuario?

—Sí. ¿Qué lugar podría visitarse en la zona en busca de alguna aventura? ¿Una cueva tal vez?

—No hay ninguna cerca de aquí.

—¿Alguna antigua ruina?

—El túmulo está a kilómetros de distancia, y Holy Well todavía más lejos.

De repente los ojos de Con se iluminaron.

—Ah, pero hay unas antiguas ruinas aquí mismo, ¿no? —señaló el suelo—. ¿No dijiste que esta parte de la casa fue edificada sobre las ruinas de un viejo castillo?

—¡Los sótanos! —exclamó Lilah—. Tienes razón. Suena exactamente el tipo de cosa que excitaría a un grupo de jóvenes.

—Exacto. Sótanos oscuros y húmedos. Esqueletos con cadenas. Deberíamos bajar a las mazmorras.

—No son mazmorras. Son solo sótanos... pero tengo entendido que son muy extensos.

—Los sótanos, entonces —se levantó y le ofreció su mano.

—Es demasiado tarde para que empecemos ahora. Esa será tarea para todo un día.

—Es verdad. Por mucho que me fastidie ser prudente, tendremos que empezar mañana.

Aquella noche, Con volvió a instalarse en su puesto de guardia. Lilah no le había pedido que vigilara su sueño y, con un poco de suerte, su remedio de cerrar la puerta de su dormitorio con llave le evitaría una nueva excursión de sonambulismo. Pero simplemente no podía meterse en la cama sabiendo que podía correr algún tipo de peligro.

Lo había hecho también la noche anterior, después de que ambos se hubieran retirado a sus habitaciones. No se había acostado hasta que no se levantaron los criados. La falta de sueño lo estaba afectando. En aquel momento, sentado ante la rendija de la puerta, no pudo evitar cabecear de sueño hasta que se despertó con un sobresalto.

Había empezado a llover y el sonido lo arrullaba, empujándolo al sueño. Volvió a despertarse sobresaltado, pero esa vez fue por un trueno. Soñoliento, se asomó por la rendija para asegurarse de que la puerta de la habitación de Lilah seguía cerrada y se levantó luego para acercarse a la ventana. La lluvia se había convertido en tormenta y las nubes ocultaban la luna, oscureciendo aún más la noche hasta que algún relámpago iluminaba de repente el jardín.

Miró la hora. Eran casi las tres de la madrugada. Se preguntó si sería seguro que abandonara a esas horas la vigilancia: en las otras ocasiones, Lilah había salido de su dormitorio algo antes. Se dirigió hacia la puerta para echar otro vistazo al pasillo... y de pronto se tensó. Allí estaba, ahora podía verlo: una fina franja negra que separaba el marco de la puerta, indicando que Lilah la había abierto.

Con el corazón martilleándole en el pecho, cruzó el pasillo. Sí, la puerta estaba mínimamente entornada. Terminó de abrirla sigilosamente: lo último que quería era que Lilah se despertara chillando al descubrir la presencia de un hombre en su cámara.

Pero la posibilidad estaba descartada. La colcha estaba vuelta, la cama vacía. Y la llave de la puerta yacía en el suelo, a sus pies. Con dio media vuelta y bajó corriendo las escaleras. Intentó decirse que no había razón para preocuparse. A esas alturas, Lilah había hecho aquello varias veces y en ningún momento había resultado herida. Sus sentidos y sus instintos parecían funcionar aunque su mente permanecía como inconsciente. Pero no podía evitar una angustiosa sensación de alarma.

Se maldijo a sí mismo por haberse quedado dormido. ¿Habría estado entornada la puerta cuando antes se despertó y, en su estado de somnolencia, no se habría dado cuenta de nada? ¿O había estado cerrada y Lilah se había marchado hacía apenas unos minutos, mientras él había estado mirando por la ventana?

Su primera intención fue dirigirse a la torre, pero se detuvo en seco cuando estaba atravesando el vestíbulo que llevaba a la puerta trasera. La lógica le decía que Lilah se habría dirigido a la torre, al igual que la otra noche. Pero una especie de fuerza tiraba de él en sentido contrario, así que corrió hacia la puerta trasera. Algo se aflojó dentro de su pecho, confirmándole que tenía razón.

Se dio cuenta que entre él y la puerta había... no una luz ni una visión... tan solo una especie de perturbación en el aire.

La palabra que más se acercaba para describirla era un levísimo pliegue o vibración, como la distorsión de la onda de calor generada por un fuego.

Apretó el paso. Aquella leve reverberación, que no una luz, era la misma que había sentido la otra noche en el gran salón, cuando seguía a Lilah a oscuras. Abrió la puerta de un tirón, siguiendo la pista de aquel extraño pliegue en el aire. Lilah se había dirigido al laberinto.

Estalló un trueno. La lluvia lo estaba empapando. Y Lilah estaba allí fuera, en camisón. Caería enferma. Resbalaría en la hierba húmeda. Se perdería en el laberinto.

Se internó en el laberinto de enredados setos. El pliegue del aire, la vibración, flotaba no hacia el centro, sino lejos del mismo, y siguió ese rumbo.

Lilah no había llegado demasiado lejos. La encontró en uno de los callejones ciegos, como avasallada por los altos y espesos setos, con sus diminutas ramas cerniéndose como dedos sobre ella. Estaba arrodillada junto a un banco, con el camisón empapado, el pelo chorreando agua. Sollozaba, cubriéndose el rostro con las manos, estremecida por la propia violencia de su llanto.

—¡Lilah! —corrió hacia ella.

—Con —alzó la cabeza—. ¡Oh, Con! —se lanzó a sus brazos para enterrar la cara en su pecho.

Con la estrechó contra sí buscando frenéticamente algo que decir o que hacer, cualquier cosa que sirviera para aliviar su dolor. Murmuró su nombre y le besó el pelo mientras musitaba impotente, inútilmente:

—Sshh, cariño, no pasa nada. Estoy aquí. No llores. Estás a salvo. No permitiré que sufras daño alguno.

—No —gimió, aferrándose a su cintura—. Eso no es verdad. Tú no sabes...

—Dímelo tú. Dime qué es lo que pasa. ¿Qué puedo hacer yo?

—Nada —se apartó para mirarlo. Tenía los ojos muy abiertos, con una expresión de dolor que parecía imponerse a la oscuridad. La lluvia resbalaba por su rostro, mezclándose con las lágrimas—. Nadie puede hacer nada. Está en mí. ¡Oh, Con, es todo verdad! ¡Todo es verdad!

—¿El qué?

—Las sesiones de espiritismo. Esta casa.

Nada que hubiera podido decir habría podido sorprenderlo más. Por unos momentos, no pudo hacer otra cosa que quedársela mirando fijamente, en silencio.

—Lo he estado escondiendo y mintiéndome durante todos estos años —murmuró atropellando las palabras, aterrada—. Pero está aquí y... va a apoderarse de mí. Va a destruirme. Va a destruirnos a todos.

CAPÍTULO 29

Sus palabras fueron acogidas por un estupefacto silencio. En lo oscuro, no podía distinguir la expresión de Con. No tenía la menor idea de lo que estaba pensando o sintiendo. En aquel momento, estaba demasiado aturdida y agotada como para que le importara. Se estremeció.

—Lilah…

Sintió su mano acariciándole la cabeza y se apoyó en él buscando su calor, el latido firme de su corazón. Con la levantó en brazos.

—Estás helada. Vamos dentro.

La llevó a la enorme cocina y la bajó al suelo, ante la ancha chimenea de piedra. Tras avivar el fuego, miró a su alrededor y encontró una tosca chaqueta colgada de un gancho al lado de la puerta. La envolvió en ella.

—Esto te ayudará a entrar en calor mientras te busco ropa seca.

Lilah lo observó retirarse. La estancia parecía más fría sin él. Se arrebujó en la chaqueta al tiempo que se acercaba a las llamas, encogida. No podía dejar de temblar. No era solo la ropa húmeda lo que la tenía tan aterida. Era el terror de haberse despertado en el laberinto, con los truenos reverberando en su cuerpo y aquella cosa, aquella fuerza que tiraba de ella. En aquel instante lo supo. Lo recordó todo.

Cuando Con volvió, cargaba un fardo de mantas y ropa.

Obviamente se había puesto ropa seca. Su camisa, con los faldones fuera del pantalón, era sencilla, de mangas anchas y cordones sin atar en el cuello. Tenía el pelo húmedo y revuelto. Tenía un aspecto informal. Y absolutamente deseable.

Con dejó una pila de mantas junto a ella. Encima había un camisón y una bata. El pensamiento de sus manos tocando sus camisones y su ropa interior le provocó un estremecimiento que nada tenía que ver con el frío que sentía. ¿Cómo podía estar pensando en tales cosas en un momento como aquel?

—Ponte esto. No miraré —le retiró la chaqueta de los hombros y empezó a preparar un té, manteniéndose de espaldas.

Lilah se despojó del camisón empapado para ponerse el seco, sintiéndose expuesta a la vez que extrañamente excitada por ello. Ya vestida con la bata, todavía se envolvió en la manta y volvió a sentarse junto al fuego.

Con le entregó una taza de humeante té y sacó un taburete para sentarse frente a ella. Bebió un trago de su taza, observándola, y la dejó luego a un lado para inclinarse hacia delante.

—Cuéntame lo que ha pasado.

—No sé por dónde empezar.

—Empieza por lo que sucedió anoche —sugirió él, tomándole una mano entre las suyas.

—Evidentemente volví a caminar dormida. Debí de sacar la llave de mi joyero para abrir la puerta, por muy increíble que parezca.

—¿Estabas dormida?

—Yo... no estoy segura. Era como si estuvieran... tirando de mí. Estaba sin resuello y tenía que ir a alguna parte, aunque no sabía a dónde.

—¿Tenías? ¿Soñaste que alguien te estaba obligando? —inquirió Con.

—No. Necesitaba hacerlo. Me sentía como arrastrada a hacerlo.

—Y luego...

—De repente oí un trueno y me desperté. Vi dónde estaba, y me di cuenta de que había vuelto a caminar dormida. Y...

quizá fuera la tormenta, los truenos y los relámpagos, no lo sé, pero de pronto recordé… —soltó un tembloroso suspiro, con las manos temblando ligeramente—. Oh, Con, he sido tan estúpida… He estado tan ciega…

—Tranquila. ¿Qué fue lo que recordaste?

—Lo que sucedió aquella noche. En la sesión de espiritismo —se humedeció los labios. Quería decírselo, necesitaba hacerlo y, sin embargo, apenas podía pronunciar las palabras—. Un hombre al que conocía mi tía Vesta, alguien a quien quería, creo, deseaba contactar con su tío abuelo. Aquello era importante para ella, por lo que quería que yo estuviera allí. Solía decir que los espíritus anhelaban la compañía de los niños. Yo no quería ir. Las sesiones de espiritismo me daban miedo: la oscuridad, las velas, lo que allí se decía…

—Suficiente para aterrorizar a cualquier criatura.

—Pero ella insistió. Aquello parecía significar mucho para ella. Y yo… —Lilah apretó los labios, conteniendo las lágrimas—. Yo quería mucho a mi tía Vesta. Tú tenías razón. Era lo más parecido a una madre que tenía. Era divertida. Jugaba conmigo. Le gustaba hacerme trenzas. Decía que siempre había envidiado el cabello de mi madre.

—Siento que se marchara —Con le alzó la mano para besársela—. Estoy seguro de que eso nada tuvo que ver con lo que sentía por ti. Aquella sesión generó muchísima atención pública. Ella quería la vida que ello le proporcionaba.

—La fama y la fortuna, lo sé —suspiró Lilah—. Y eso fue culpa mía. La sesión fue… Yo lo hice.

—¿Qué hiciste? —Con frunció el ceño—. ¿Hiciste explotar la ventana? Lilah, como tú misma dijiste, aquello se exageró. Fue la tormenta.

—No, no fue así —se abrazó, mirándolo fijamente a los ojos—. Aquella noche llovía, pero la tormenta no era tan grande. No lo era al menos antes de la sesión.

—¿Me estás diciendo que apareció un espíritu vengativo? ¿Que tú le despertaste de entre los muertos?

—¿No me crees?

—Por supuesto que te creo —respondió, y Lilah se relajó, tranquilizada por su rápida respuesta—. Lilah, yo sé que tú no mientes. Y, si crees que un espíritu se apareció, entonces yo también lo creo. Pero no lo entiendo. ¿Por qué piensas que tú tienes alguna culpa?

—Fui yo quien lo atrajo. Hay algo que no funciona bien en mí.

—Lilah, no. Eso no es cierto.

—Sí, yo lo sabía. Lo había sentido. Y empeoró aquel último año. Fue entonces cuando empecé a caminar dormida. No tenía recuerdo alguno de lo que hacía, pero a veces, cuando me despertaba temblando en medio de aquellas excursiones nocturnas, entonces lo sabía. Sentía como… como si algo tirara de mí.

—¿Y en las sesiones?

—Allí era lo opuesto. Me sentía como si estuviera expulsando, desahogando algo. Sentía una opresión aquí —se tocó el pecho—. Como si tuviera un puño cerrado dentro, atrayendo aquel poder sobre mí. Me sentía responsable, pero no tenía control alguno sobre aquello. Era ese poder el que me controlaba a mí.

—Eras una niña, Lilah. No sabías qué hacer. La culpable, en todo caso, habría sido Vesta. Ella te utilizó.

—Yo no sé si ella era consciente del grado al que llegaba mi responsabilidad. Ella se creía la responsable, la protagonista de todo. En realidad, por lo que a ella se refería, yo era más bien una cuestión de suerte.

—¿Qué fue lo que ocurrió exactamente en aquella sesión?

—Tía Vesta había mandado colocar una gran mesa en el centro del gran salón. Yo estaba sentada entre ella y mi padre. Había varias personas allí, todas tomadas de la mano. Cuando la tía Vesta llamó a si espíritu guía, volví a sentir aquel nudo en el pecho. Se apretaba cada vez más, y de repente el poder empezó a fluir dentro de mí. Parecía extenderse por todo mi cuerpo, expandiéndose y alzándose como una ola. Era como estar flotando en el océano, mecida por las olas. Una sensación estimulante.

—Ya me lo imagino.

—Pero, al mismo tiempo, aterradora. Mientras la energía se vertía dentro de mí, la lluvia que estaba cayendo fuera se convirtió en tormenta. Intenté resistirme, luchar contra la energía, pero no podía. Me sentía como si aquella fuerza fuera a consumirme, abrasarme. Hasta que de repente explotó, fluyendo fuera de mi cuerpo como una marea rompiendo un dique. Fue entonces cuando estalló la ventana y la tormenta entró. Ignoro lo que sucedió después, porque me desmayé.

—Aquello debió de dejarte aterrada…

—Y que lo digas. No me desperté hasta la tarde siguiente. Mi padre entró en mi habitación a verme y… oh, Con, la expresión de su rostro… —de manera inconsciente, le apretó con fuerza la mano—. Estaba contento y aliviado, pero también sorprendido, hasta un poco anonadado. Por debajo, yo sabía que latía el miedo. Y eso me asustó todavía más. Después de aquello, ya nunca volvió a mirarme como antes. Era como si me quisiera, sí, pero al mismo tiempo yo fuera una extraña para él. Una extraña peligrosa.

—Lo siento tanto, cariño… —Con la atrajo hacia su regazo. La acunó en sus brazos, con su cabeza contra la suya—. Tu padre estaba preocupado por ti, temeroso por ti, no de ti.

—Quizá. Pero él me entregó a la tía Helena.

—Estoy seguro de que pensaba que necesitaba sacarte de esta casa por tu propia seguridad —la abrazó con mayor fuerza—. Habías estado caminando dormida, y luego esa aterradora sesión de espiritismo te dejó inconsciente durante horas. Sin duda temía que, si te quedabas, algo todavía peor pudiera sucederte. Permaneciendo alejada de aquella fuerza y bajo los cuidados de tu tía Helena, que no de Vesta, estarías a salvo.

—Eres muy amable. Pero no necesitas compadecerme. Antes de aquello, mi padre y yo nunca habíamos estado muy unidos —suspiró, arrebujándose contra él—. ¿Cómo puedo haberme olvidado de algo así? Creía recordarlo, pero me equivocaba.

—Viviste una experiencia horripilante. Querías olvidarla. Así que te fabricaste un recuerdo mejor.

—Ya no sé qué pensar. Me siento como si hubiera levantado mi vida sobre unos cimientos de arena. ¿Acaso todo lo que he creído ha sido un error? ¿Quién soy yo realmente? ¿Y si esa cosa vuelve a apoderarse de mí? Me controla. No puedo evitar caminar dormida. No tengo poder alguno sobre ello ni sobre mí misma. Tengo miedo de que me consuma y que... yo deje de existir. Que me convierta en nada más que una concha vacía, un cuerpo, y que dentro de mí solo exista... eso.

—Absurdo —exclamó Con, enérgico, tomándola de los hombros y mirándola a los ojos—. Que deformaras un recuerdo infantil no te convierte en otra persona. Tanto si eres Lilah como Delilah, o Dilly, tú eres tú y siempre has sido tú. Tienes nervio, fuerza. Tienes principios. Eres firme. Eres tranquila. Eres escéptica. Piensas a fondo las cosas. Nada de eso ha cambiado.

—Pero es que me siento tan desanimada...

—Nada de eso. Eres inteligente, preciosa, audaz.

—¿Audaz? En serio, Con...

—Lo eres —insistió él—. Lo que pasa es que llevas los diez últimos años de tu vida intentando no serlo —le pasó un brazo por los hombros, haciéndole apoyar la cabeza delicadamente sobre su pecho—. Ninguna fuerza se va a apoderar de ti. Tú eres más fuerte que ninguna. Y, si acaso alguien intenta hacerte algún daño, yo no lo permitiré.

Lilah sonrió.

—Ah, bueno, entonces me siento mejor —su tono era burlón, pero sinceramente era así como se sentía. Confiaba en Con. Y de alguna manera creía en él. Con él a su lado, podría librar cualquier batalla. Se sentía tan bien, tan cómoda allí, dentro del círculo de sus brazos, como si... como si ese fuera su lugar en el mundo. Era un pensamiento que debería haberla estremecido hasta el tuétano. Pero, extrañamente, no era así. Lo que sentía era liberación. Euforia incluso.

Durante los últimos años se había dejado gobernar demasiado por la mente: sus recuerdos enterrados, todos sus actos, su actitud consagrada a crear una personalidad racional y controlada. Quizá hubiera llegado la hora de liberar sus instintos.

Se levantó y miró a Con, deteniéndose en sus ojos verdes, en sus sensuales labios, en su cabello despeinado, negro como el carbón. Su barba de madrugada daba a su bien esculpido rostro un aspecto de dureza que lo volvía aún más deseable. Alzó una mano para acariciarle una mejilla.

Con abrió mucho los ojos cuando ella lo tocó, pero no dijo nada, petrificado como estaba. Lilah deslizó el pulgar por su mejilla, siguiendo el recorrido de su dedo con los ojos. De la misma manera le acarició los labios, gozando lascivamente con su aterciopelada suavidad. Podía distinguir el latido de su pulso en su cuello. Bajó entonces el pulgar para posarlo allí mismo, en aquel rápido y fuerte pulso, que parecía despertar en su interior, como reacción, un profundo y vibrante anhelo.

Se inclinó para besarlo. Los puños de Con se cerraron sobre la tela de su camisón, tenso e inmóvil, pero su boca la recibió. Cálidos y suaves, ávidos pero pacientes, sus labios empezaron a moverse sobre los suyos. Lilah pensó que podría quedarse allí toda la noche, besándolo, Pero quería más.

Apartándose, lo miró a los ojos.

—Llévame a la cama, Con.

CAPÍTULO 30

Fue un milagro que no se ahogase en su propio deseo, dada la fuerza y rapidez con que surgió. No ansiaba otra cosa que hacer lo que Lilah le pedía. No, más bien lo que le ordenaba... lo cual lo volvía todo aún más excitante. Por unos minutos, Lilah se había sentido destrozada, destruida por entero su confianza, pero allí estaba una vez más, segura y persuasiva. La profundidad de la necesidad que sentía por ella resultaba aterradora. Y también insoportablemente erótica.

—Lilah, no... —murmuró. ¿Cómo diablos se suponía que podía resistirse a aquello?

—No me digas que no quieres —contoneó las caderas, demostrándoselo, mientras su traicionera carne reaccionaba en respuesta.

—Estás alterada. Estás actuando compulsivamente.

Sus labios se curvaron en una sonrisa de inteligencia que lo dejó pasmado.

—Así es —se levantó y le tendió la mano—. Ven.

La siguió. Subieron las escaleras, con ella delante, y Con fue incapaz de apartar la mirada del contoneo de sus caderas, de la deliciosa curva de su trasero. Sería un error por su parte hacerle el amor. Se lo había prometido, y Con nunca rompía una promesa. Pero jamás antes se había encontrado ante una fuerza tan poderosa como el deseo que lo estaba desgarrando por dentro.

En lo alto de la escalera, la puerta del dormitorio de Lilah permanecía entornada: su oscuro interior parecía reclamarlo. Con estaba teniendo cada vez más problemas en recordar por qué no podía hacer aquello. Se detuvo en el umbral. Trasponerlo sería cruzar una línea, hacer algo que no tendría ya marcha atrás.

—Lilah, no. Te prometí que no lo haría.

—Y yo te libero de tu promesa —volvió a lanzarle aquella sonrisa capaz de abrasarle el alma y apoyó las manos sobre su pecho.

Su calor parecía abrasarle la camisa. Se moría de ganas de sentir aquellas manos en su piel desnuda.

—Me odiarás —murmuró.

—No lo creo —bajó las manos hasta los faldones de su camisa, para tirar de ellos hacia arriba.

Cuando llegó a la altura de la cintura, Lilah deslizó las manos bajo la tela. Con dio un violento respingo y abrió los brazos para apoyarse en el marco de la puerta. Bajó entonces la cabeza, apoyándola contra la de ella, embebiéndose de su aroma mientras se esforzaba por recuperar los últimos restos de su autocontrol.

—Piensa —hizo un esfuerzo final—. Te arrepentirás.

—No lo haré —sus dedos recorrieron sus costillas, rodeando sus tetillas. Se puso de puntillas para buscar su boca.

Y Con se sintió perdido.

La tomó de la cintura y la atrajo con fuerza hacia sí al tiempo que le devoraba los labios. Toda pauta de conducta, de comportamiento caballeroso, incluso honorable, quedó barrida por el deseo. Tenía que poseerla. Y se aseguraría además de que no se arrepintiera.

La levantó en brazos y entró con ella en el dormitorio, para cerrar luego la puerta con un pie. Esa vez la tarea de desvestirse fue fácil: tan solo tenían que despojarse de la ropa que se habían puesto antes a toda prisa. La primera vez Con había disfrutado viendo a Lilah desnuda a la luz del día, pero en aquel momento la oscuridad resultaba seductora, excitante: aguzaba sus sentidos. El rumor de la lluvia en las ventanas se mezclaba con los leves gemidos y murmullos de Lilah, tan dulces a sus oídos.

Su piel era como terciopelo bajo sus yemas. Deseaba detenerse en cada centímetro, pero aún deseaba más sentirla bajo sus labios. Le dolía aquella necesidad, tan dulce sin embargo que podía saborearla en su dolor. El lecho vacío que tanto lo había alarmado antes constituía en aquel momento una invitación, y hacia allí se dirigió para derrumbarse en él con ella en brazos. Le encantó sentir el peso de su cuerpo sobre el suyo.

Deslizó las manos todo a lo largo de su espalda, cerrándolas sobre su redondeado trasero. Introdujo una entre sus cuerpos, abriéndose paso entre sus muslos, y tuvo la satisfacción de encontrar su sexo abierto, expectante. Su húmedo calor bastó para enloquecerlo pero, deseoso de más, se tumbó encima para dar comienzo a una lenta y detenida exploración de su cuerpo.

Cada jadeo ahogado, cada gemido, cada movimiento de su cuerpo en respuesta le provocaba una nueva espiral de deseo que lo atravesaba por dentro, incrementando tanto su ansia que llegó un momento incluso en que creyó explotar. Pero aun así se contuvo, para disfrutar del placer de hacerle el amor, de ver cómo disfrutaba con sus caricias.

Lilah arqueaba las caderas, urgiéndolo a continuar, y solo entonces Con empezó a apresurar el movimiento de sus dedos. No dejaba de observarla, con su carne tensándose en respuesta mientras ella se alzaba para apretarse contra su mano, hasta que tembló con la sacudida del orgasmo.

Se quedó toda lánguida y floja, mirándolo con sus centelleantes ojos, sus labios curvados en una sonrisa de satisfacción. Se incorporó levemente y le acarició un brazo.

—¿Pero qué pasa con… ya sabes, el resto? ¿Qué pasa contigo?

—Oh, bueno, ya llegaremos a eso, no temas —sonrió—. Simplemente hemos tomado el camino más largo.

La besó con ternura al tiempo que recorría su cuerpo con las puntas de los dedos, acariciándole los senos, el vientre, las piernas. Con un tacto leve como el de una pluma, deslizó las yemas todo a lo largo de la cara interior de un muslo, aproximándose a su sexo sin llegar a tocarlo, para dedicarse luego al otro muslo.

Le besó la boca, larga y detenidamente, antes de bajar los labios por su cuello y por su pecho. Dedicó especial atención a sus senos, excitándola, hasta que la oyó empezar a jadear. Bajó luego aún más los labios para recorrer sus costillas, su vientre... Lilah, mientras tanto, se removía inquieta, murmurando su nombre, y sin embargo él no se apresuró, separándole aún más los muslos para besar su cara interior.

Luego, finalmente, se apoderó de su sexo con la boca.

—¡Con! —se retorció ella—. Yo... ¡Oh! —hundió los dedos en la sábana. Un quejumbroso «sí» brotó de sus labios mientras el orgasmo volvía a asaltarla.

Con le abrió aún más las piernas y se instaló entre ellas, alzándole las caderas para que pudiera recibirlo. La penetró lentamente, observando el abanico de emociones que desfilaban por su rostro, saboreando la sensación de su fuerte y ardiente presión en torno a su miembro. Se habría quedado así enterrado en ella para siempre, pero la necesidad lo espoleó. Comenzó a empujar y a retraerse con un ritmo antiguo, percutiendo cada vez más rápido, más fuerte, arrastrado por el placer. Todo en su interior parecía conmoverse, temblar, hasta que un placer tan salvaje y profundo que lo dejó sin respiración lo anegó por completo.

Se derrumbó boca arriba en la cama, sin resuello, mudo. En seguida la atrajo hacia sí, hundiendo el rostro en su pelo. Se sentía como si lo hubieran vuelto del revés. Al día siguiente podría considerarse un loco o el hombre más afortunado sobre la tierra, no estaba seguro de ello. Pero, en aquel instante su mundo entero, su vida, estaba allí, envuelta en sus brazos.

Lilah se despertó, aturdida y desorientada, cuando la cama se movió bajo ella. Se volvió, arrebujándose en la sensación de calor, y fue entonces cuando se dio cuenta de la ausencia de Con. Abrió los ojos para descubrirlo sentándose en aquel momento en el lecho, de espaldas a ella. La luz era demasiado escasa para que pudiera verlo bien, pero su memoria la ayudó en ello. Porque conocía ya cada curva de sus músculos, cada línea de su figura.

Estiró una mano para posarla sobre su espalda. Él volvió entonces la cabeza, apartándose el despeinado pelo del rostro.

—Perdona, no quería despertarte.

—No pasa nada —no pudo resistirse a acariciarle la espalda—. ¿Te vas?

—Debo hacerlo —dijo, pero volvió a dejarse caer en la cama apoyándose sobre un codo, para deslizar una mano bajo las sábanas y acariciarle el vientre—. No puedo permitir que entre Cuddington y me sorprenda en tu cama.

—No, desde luego —Lilah soltó una risita cuando imaginó la horrorizada expresión de su severa doncella.

Le acarició la mejilla: la incipiente barba le hacía cosquillas en la palma. Quería pedirle que se quedara, deseaba arrebujarse contra él en el cálido lecho y taparlos a los dos con las sábanas para esconderlos del mundo. Pero ya había hecho eso mismo la noche anterior, y no podía pedírselo otra vez.

Se preguntó por lo que pensaría y sentiría, si se arrepentiría acaso de haberse acostado con ella, si seguiría pensando aún que había sido un error. Pero no se lo preguntó. Desaparecido ya el terreno firme de las antiguas reglas, insegura acerca del futuro, Lilah solo podía contar con lo que tenía en aquel momento: el aquí y el ahora. Viviría ya solo para el presente, para aquel presente, y no pensaba decir nada que pudiera ponerlo en peligro.

Con se inclinó para besarla y, cuando volvió a alzar la cabeza, sus ojos tenían una mirada densa y ardiente. Su mano volvió a moverse sobre su vientre y subió para apoderarse de un seno. Se quedó mirándola con la cabeza apoyada en una mano mientras la acariciaba con la otra. Por un instante pareció a punto de decir algo, pero de repente se inclinó de nuevo y volvió a besarla.

—Dime que no me odias —murmuró contra su pelo.

—Yo no te odio, Con —Lilah se sonrió para sí misma, acariciándole lánguidamente un brazo.

—Dime que no te arrepientes de lo de anoche.

—No me arrepiento —sintió la caricia de su leve suspiro de alivio en la oreja. «Increíble», pensó. El arrogante y siempre seguro de sí mismo Constantine Moreland, dudando...

—Bien —había un leve matiz de engreída satisfacción en su voz, pero a Lilah no le importó. De alguna manera, resultaba incluso excitante. Casi tanto como el dedo que en aquel momento estaba acariciando la aréola de su pezón—. Tenemos que seguir hablando de esta casa, ya sabes. De lo que sentiste.

—Lo sé. Lo haremos. Solo que... no ahora mismo.

—No, claro —sonrió y la besó en el cuello, al tiempo que deslizaba una mano entre sus piernas. Lilah emitió un leve jadeo cuando él comenzó a acariciarla—. Ahora mismo tengo algo completamente distinto en mente.

Volvió a besarla en los labios, poniendo punto final a la conversación.

Cuando Lilah se despertó de nuevo, Con ya no estaba. Había tenido que marcharse; bien lo sabía ella. La estaba protegiendo. Aun así, sin embargo, echaba de menos su presencia. Permaneció en la cama durante unos momentos más, recreándose con el recuerdo del placer de la noche anterior, de cada beso, de cada caricia, de cada descarga eléctrica, reviviéndolo todo una y otra vez.

Se sentía floja y lánguida, como dilatada, plena. Se ruborizaba solo de pensar en todas las cosas que le había hecho Con, y en la manera en que ella había gozado permitiendo que se las hiciera. Estaba descubriendo múltiples aspectos de su propia personalidad y, sinceramente, no sabía muy bien qué hacer al respecto. O lo que debía pensar de sí misma. Pero estaba deseosa de averiguarlo.

En el pasillo, oyó la voz de una doncella y otra más enérgica, la de Cuddington. Saltó de la cama y corrió a ponerse el camisón, arrojando el vestido sobre una silla. Pensó entonces con horror en el empapado camisón que había dejado en el suelo de la cocina. ¿Qué habrían hecho las criadas con él? Se volvió en cuanto entró Cuddington, esperando no parecer tan culpable como se sentía. Aunque tal vez ese momento fuera tan bueno como cualquier otro para empezar a hacer los cambios que deseaba imprimir a su vida.

—Cuddington —dijo con toda naturalidad mientras recogía su vestido—. Debe usted de echar de menos Londres y a mi tía Helena. Tal vez debería volverse a la capital. Poppy podría sustituirla y ayudar a vestirme. O ella o alguna de las doncellas de mi tía Vesta.

—Pero señorita... ¿quién la peinará?

—Oh. Bueno, estoy segura de que las doncellas...

—¿Está usted descontenta conmigo, señorita? —la mujer adoptó una pose de ofendida indignación.

—No, por supuesto que no. Es usted una virtuosa del peinado, y se toma un exquisito cuidado con cada una de sus tareas —todo ello era cierto: en realidad, echaría de menos las habilidades de la señorita Cuddington. Pero el riesgo de que descubriera lo de Con y fuera a contárselo a la tía Helena era demasiado alto.

—¿Entonces por qué me está despidiendo? —Cuddington se mostró, sorprendentemente, dolida.

—Usted es la doncella de mi tía Helena —explicó Lilah con tono razonable—. Seguro que deseará volver con ella, asegurarse de que esté bien atendida. Supongo que encontrará esto muy aburrido. Esta gente es desconocida para usted.

—No toda —su expresión se suavizó un tanto, sorprendiendo aún más a Lilah—. Yo viví aquí antes. ¿No se lo dijo la señora Summersley? Yo era la doncella de su madre.

Lilah se la quedó mirando atónita.

—¿De veras?

—Sí. Desde que fui lo suficientemente mayor para llevar falda larga —por primera vez desde que Lilah tenía memoria, Cuddington sonrió—. ¡Era una muchacha tan dulce, tan encantadora...! ¡Y qué pelo tenía! Igual que el suyo, señorita, y le encantaba probar estilos diferentes. Yo también era joven entonces, y nosotras, bueno... disfrutábamos peinándonos la una a la otra. La gente se fijaba porque sus peinados llamaban siempre la atención. Lady Battenborough incluso le preguntó una noche quién la peinaba.

—Yo... no tenía ni idea —Lilah se dejó caer en un escabel.

Cuddington recogió el cepillo de plata y empezó a cepillarle el pelo.

—Usted no era más que un bebé entonces. No puede acordarse de mí. La señora Summersley tuvo la generosidad de llevarme con ella cuando vino aquí para el funeral de su madre. Me conocía bien, por supuesto, y yo también la había servido a ella, en el curso de mis obligaciones para con la señorita Eva. Su tía es una buena mujer. Yo le debo mucho.

—Cuddington —Lilah se volvió para mirarla—. ¿Será sincera conmigo? ¿Mi tía la envió para que pudiera informarla de mis actividades?

—¡No! Señorita, ¿cómo puede usted pensar algo así? La señora Summersley jamás me pediría algo así, ni yo lo aceptaría. Usted es la hija de la señorita Eva. Por eso vine yo. Para asegurarme de que no le pasara nada —frunció el ceño—. Para que estuviera segura.

Lilah arqueó las cejas.

—¿Segura? ¿Se refiere usted a Con?

La mujer adoptó una expresión muy digna.

—Es un hombre diabólicamente atractivo, señorita.

Lilah rio por lo bajo.

—Sí que lo es. Pero Con nunca me haría el menor daño —se volvió de nuevo hacia el espejo—. Entonces... ¿prefiere usted quedarse aquí?

—A no ser que quiera que me marche, sí —y añadió, reacia—: La señora Summersley es una santa, pero es demasiado devota al mismo estilo de peinado.

—No. Si quiere quedarse, entonces debe hacerlo —Lilah había decidido mirar el mundo con nuevos ojos. Y quizá debería hacer lo mismo con Cuddington. La mujer era una especie de dragón, pero evidentemente tenía ocultas profundidades. Al cabo de un momento, mientras la mujer continuaba cepillándole el cabello, dijo—: Así que conoció usted también a mi padre.

—Oh, sí, la señorita Eva amaba a ese hombre. Y sir Virgil estaba asimismo loco por ella. Quedó destrozado cuando la señorita falleció. Roberts, que era el nombre de su ayuda de cámara... —las mejillas de Cuddington enrojecieron, lo cual sorprendió aún más a Lilah—. Roberts llegó a temer que su amo pudiera quitarse la vida.

—¿Y mi abuelo? ¿Seguía vivo cuando usted llegó aquí?

—Oh, sí, pero no lo veíamos mucho. Se pasaba los días en su despacho. O arriba, en esa habitación que tenía en la torre. Le gustaba internarse en el laberinto. A su padre, en cambio, el laberinto no le gustaba, y a la señorita Eva le daba miedo. Fue por eso por lo que él lo descuidó tras la muerte de sir Ambrose —se interrumpió, para continuar en seguida con tono más confiado—: En mi opinión, a sir Virgil tampoco le gustaba mucho su padre. Su cadáver estaba aún caliente cuando el amo ordenó que todas las pertenencias de sir Ambrose fueran empacadas en baúles.

—¿Todas?

Cuddington ladeó la cabeza, pensando.

—No estoy segura, señorita. Yo, en aquel entonces, estaba fundamentalmente dedicada a la señorita Eva. La pobrecita apenas podía pasar bocado, más allá de agua y alguna tostada. Pero recuerdo haber visto a sir Virgil vaciando los aposentos de su padre. Hasta empacó algunas cosas él mismo.

Aquello resultaba más que interesante...

—¿Qué hizo mi padre con esos baúles?

—Oh, no lo sé, señorita. Tal vez estén en el ático.

—Pregúntele a Ruggins por ellos, ¿querrá hacerme ese favor? Me gustaría mucho verlos.

—Sí, señorita —Cuddington terminó de recogerle el pelo en un moño—. Ya está. Voy a prepararle el baño —se dirigía hacia la puerta cuando se volvió de pronto—. ¿Sabe, señorita

Lilah? Si desea saber más sobre su abuelo, Roberts podría serle de alguna ayuda. Durante años se encargó de todos los asuntos de su padre.

—Sí, lo recuerdo.

—Antes de pasar a ser ayuda de cámara de sir Virgil, sirvió como criado aquí. Seguro que sabrá muchas cosas sobre sir Ambrose, también.

—¿Sigue aquí?

—No trabajando en la casa, pero tiene una casita en la finca —Cuddington volvió a ruborizarse—. Su padre le dejó algo de dinero y la casita cuando falleció, así que Roberts se jubiló.

—Cuddington, es usted una joya —Lilah se arrepintió para sus adentros de todas las cosas malas que había dicho sobre la doncella de su tía. Bueno, de la que ahora ya era su doncella...

CAPÍTULO 31

Lilah había esperado sentirse algo incómoda, incluso avergonzada, cuando volviera a ver a Con en el desayuno.

Pero resultó que lo único que sintió fue una oleada de felicidad cuando, al entrar al comedor, él se levantó de un salto para recibirla. La atrajo hacia sí y la besó, de manera que Lilah necesitó de toda su fuerza de voluntad para separarse.

—Con, la puerta está abierta...

—Al diablo con la puerta —la tomó de la cintura.

—Debemos hablar —le dijo ella, soltando un suspiro tembloroso.

—¿Debemos? —bajó la cabeza, tentadoramente cercano.

—Sí —inyectó en su voz la máxima determinación de que fue capaz—. Lo dijiste tú mismo.

Con soltó un exagerado suspiro y se volvió.

—Es cierto. Muy bien —le sacó una silla y volvió a sentarse en la suya—. Tengo algunas preguntas que hacerte sobre lo de anoche —al ver que Lilah arqueaba las cejas, un brillo de diversión asomó a sus ojos—. No sobre eso.

—Quieres hablar sobre mi problema.

—Sobre tu don —la corrigió con tono firme—. En aquella sesión de espiritismo, la manera en que convocaste ese espíritu...

—Yo no lo convoqué. No tenía ningún pensamiento consciente ni sobre él ni sobre nada más. Simplemente me barrió.

Entró en mí. Por mucho que deteste admitirlo, creo que tenías razón sobre lo que dijiste aquel día en el laberinto. Yo fui una especie de conductor de la energía. Esa energía pasó a través de mí, pero mi tía Vesta utilizó eso para convocarlo.

—¿Sentiste eso en el laberinto? ¿Cuando te toqué?

—No lo sé. Puede que sí. No estaba prestando atención a esas cosas en aquel momento. Yo me mostraba... er, bastante reacia —ignoró el resoplido burlón de Con—. Lo que sentí en el laberinto contigo ciertamente no fue la misma sensación que experimenté durante aquella sesión de espiritismo. No me sentí empujada, ni forzada.

Con se inclinó para tocarle una mano por encima de la mesa, en plan experimental. Lilah intentó abrirse a cualquier sensación, pero de hecho lo único que sintió fue la misma corriente de excitación que la asaltaba cada vez que él la tocaba. Sacudió la cabeza.

—No hay nada diferente. Solo...

Los ojos de Con parecieron oscurecerse.

—Lo sé —se aclaró la garganta y le soltó la mano—. Quizá yo no sienta nada a no ser que tú estés usando activamente tu habilidad... Supongamos que ese poder proceda de alguna fuente radicada aquí, en la casa o donde sea. Y que esa energía penetre a través de ti de camino hacia otra persona. Quizá si la sentiste con tanta fuerza aquella noche fue porque tu tía poseía un enorme poder. Mientras que mi talento para la orientación es una nadería a su lado.

—Podría ser más bien lo opuesto... si la capacidad de esa otra persona es más fuerte, quizá no necesite chupar tanta energía de mí, de modo que el efecto no resulte tan llamativo.

—Me pregunto... Aquel día, cuando las mujeres fueron secuestradas y Anna tuvo aquella visión, ¿acaso no te tomó la mano? ¿Y si fue eso lo que hizo que su visión fuera tan intensa, tan coherente? —hundió las manos en los bolsillos y se levantó para pasear por la habitación—. Esto es fascinante. Cuando volvamos a Londres, tendremos que investigarlo a fondo.

«Cuando volvamos a Londres». Como si fueran a volver

juntos. Como si lo hubiera dado por hecho. Pero no, no pensaría en eso, se recordó Lilah. Nada de planes ni de castillos en el aire, nada de pensar en las consecuencias. Solamente el aquí y el ahora.

Con se interrumpió, desechando aquellas últimas palabras con un gesto.

—Pero eso será en el futuro. ¿Qué fue lo que te atrajo hacia el laberinto?

—No sé si fue porque yo misma quería sentirme atraída, porque lo necesitaba… o si algo me empujó hasta allí contra mi voluntad. No estoy segura —sacudió la cabeza—. No puedo creer que esté considerando unas posibilidades tan absurdas…

—Te acostumbrarás a ello —sonrió Con—. La pregunta es: ¿qué es lo que te atrae? ¿Ese santuario de la Hermandad, quizá?

—No, la verdadera pregunta es otra: ¿cómo vamos a detenerlo? —replicó Lilah—. Si el santuario existe y los hombres entraron en él, entonces quizá lo que nos dijo el señor Dearborn sea también cierto.

—¿Que el… el contrato, por llamarlo de alguna manera, con el Santuario tiene que ser renovado cada tres años?

—Sí. Y que, si no se renueva para la noche de San Juan, algo horroroso sucederá… y esa fuerza quedará libre.

—El infierno desatado —recordó Con.

—Yo he sentido ese poder, y es increíblemente fuerte. Me aterra pensar en el daño que podría llegar a hacer —sintió que se le helaban las entrañas—. Y solo falta una semana para la noche de San Juan.

Permanecieron mirándose en silencio durante un rato.

—Entonces supongo que lo mejor es que nos pongamos mano a la obra —dijo finalmente Con.

Decidieron continuar con su plan de registrar los sótanos. Dada la experiencia de Lilah con el poder del Santuario, Con estaba convencido de que lo primero que debían hacer era averiguar su localización. Cuando pidieron a Ruggings un par de faroles para poder explorar los sótanos, el hombre se mostró espantado y los acribilló a advertencias sobre los peligros de perderse en un zona tan vasta, pero ellos ignoraron sus protestas y bajaron de todas maneras.

Cerca de la escalera, la zona estaba limpia y ordenada, con las salas llenas de barricas de vino y viandas. Pero, conforme avanzaban, el corredor se fue haciendo más estrecho y ramificado. Exploraron cada pasadizo, asomándose a las habitaciones, algunas contenían escombros y otras simplemente polvo y telarañas. De cuando en cuando oían un crujido o el rumor de un rápido correteo de ratas, cosa que hacía que Lilah se acercara más a Con.

Con se sonrió. Disfrutaba con la oscuridad y con la sensación de peligro, el atractivo de lo desconocido. Y todo ello mejoraba con la cercanía de Lilah, de su cuerpo suave y cálido tocando casi el suyo, con el aroma a lilas que desprendía su cabello.

—Ruggins tenía razón —dijo Lilah—. Jamás había imaginado lo extensos que son estos sótanos —lo miró de reojo, con un brillo burlón en los ojos que no hizo más que aumentar las ganas que tenía de besarla—. Esperemos que la brújula humana funcione hoy.

—No temas. La llevo conmigo —y, como si eso le proporcionara una excusa para hacerlo, le tomó la mano.

No habían sido imaginaciones suyas. Una corriente de excitación lo recorrió de pies a cabeza, y de repente todo se volvió más sutil, más claro. Más agudo. Con no había temido perderse: el camino de vuelta estaba siempre presente en su cabeza. Pero en aquel momento sentía otra cosa, algo más: una especie de cosquilleo en la parte trasera de su cerebro que le hizo detenerse para regresar a la oscura habitación por la que acababan de pasar.

—¿Qué sucede?

—No estoy seguro. Este lugar... —alzó el farol y se internó en la habitación. El polvo cubría el suelo como si fuera una alfombra y grandes telarañas colgaban en las esquinas. En el otro extremo había un montón de piedras, como si parte de una pared se hubiera derrumbado.

—Ah —Con rodeó los escombros y allí, casi oculto en la penumbra, descubrió un agujero en la pared.

—¿Qué puede ser? —inquirió Lilah—. ¿Un hueco en el muro?

—No lo creo. ¿Ves la forma rectangular del agujero? Creo que se trata de una puerta que fue tapiada. Alguien retiró las piedras que la tapiaban —al introducir el farol en el agujero, descubrió una segunda pared.

—¿Un pasaje? —susurró ella.

Con se sonrió.

—Un pasaje secreto —agachando la cabeza, se deslizó al otro lado.

Lilah lo siguió, aferrada al faldón de su chaqueta, y se asomó por encima de su hombro.

—No es un túnel, después de todo...

—No —dijo él con la mirada clavada en los peldaños de piedra que descendían en espiral en la oscuridad —. Es todavía mejor. Una escalera oculta.

Con empezó a bajar con cuidado. Los peldaños estaban tan desgastados que en algunos lugares casi desaparecían, como si la roca en la que estaban labrados los hubiera engullido, y la escalera de caracol era tan estrecha que su cuerpo cabía apenas. Lilah bajaba pegada a él, con una mano sobre su hombro.

La escalera parecía interminable, sumergiéndose en una oscuridad que aturdía. Salieron a un túnel mucho más estrecho que cualquiera de las habitaciones que habían recorrido antes, y con un techo tan bajo que Con tuvo que avanzar agachado. La sensación de encontrarse tan profundamente enterrados en la tierra, rodeados de piedra, no podía resultar más inquietante.

Lilah se aferró a su brazo.

—Creo que hemos encontrado las mazmorras.

—Ummm. Espero que no contengan esqueletos con cadenas —alzó el farol, pero el arco de luz no abarcaba más de un par de pasos—. ¿Seguimos?

—Por supuesto —lo miró indignada—. No he bajado todas esas malditas escaleras para darme ahora la vuelta.

Con sonrió y siguió avanzando, sosteniendo el farol lo más alto posible.

—Cuidado con los agujeros del suelo. Detestaría caerme en un pozo.

—A mí me preocupa más bien que el túnel se derrumbe sobre nosotros.

Tropezaron con unas pocas habitaciones, muy estrechas, vacías de todo que no fuera polvo y escombros.

—Me pregunto dónde estaremos —dijo Lilah—. Tengo la sensación de que hemos rebasado la planta de la casa.

—Puede que la planta originaria del castillo fuera distinta de la de Barrow House. Nos estamos dirigiendo al este, en la dirección del laberinto, pero creo que el túnel da la vuelta bajo la casa.

—Ojalá estuviera segura de si sabes realmente todas esas cosas o si se trata de fanfarronadas.

Él se echó a reír.

—Estoy completamente seguro. Y no puedes negar que ejerces un poderoso efecto sobre mí —no pudo evitar bajar la cabeza y plantarle un beso en la boca—. Continuaron andando, hasta que finalmente se detuvieron ante una pared—. Parece que hemos llegado al final.

No encontraron resorte o palanca alguna en la pared, por mucho que palparon sus grietas y recovecos. Ni línea de separación, por muy fina que fuera, que revelara la existencia de una puerta disimulada. Al final se vieron obligados a admitir su derrota y volvieron atrás.

Llegar al exiguo espacio de la escalera representó un alivio. Los sótanos eran sucios y hasta apestaban, pero al menos allí no tenían que agacharse. Con se disponía a desandar el camino cuando señaló en la dirección opuesta.

—No terminamos de registrar los sótanos. La escalera nos distrajo. ¿Y si seguimos? —miró a Lilah—. O quizá estés cansada.

—No, no, exploremos el resto.

Con asintió y siguieron adelante. El corredor terminaba en una serie de habitaciones conectadas por puertas de arco. La primera estaba vacía. La segunda contenía unos pocos barriles de cerveza, uno de ellos roto, así como muebles viejos y un arcón muy antiguo. Recorrieron dos más, ambas vacías.

—Ninguna puerta, ni oculta ni a la vista —suspiró Con—. Si tu abuelo encontró un santuario aquí abajo, era más hábil buscándolo que yo. Me temo que hemos desperdiciado el día.

—Todavía nos queda por mirar el despacho de mi abuelo —le dijo Lilah con tono optimista, tomándole la mano.

Con le sonrió, conmovido por aquel intento por animarlo. Le apretó la mano.

—Sí. Estoy seguro de que encontraremos la llave.

—Y además están los baúles.

—¿Qué baúles?

—Cuddington me dijo esta mañana que mi padre mandó empacar todas las pertenencias de sir Ambrose en baúles, para almacenarlos en algún sitio. Artículos personales de su cámara. Mi padre ayudó personalmente en la tarea.

—¿Crees que mandó guardar todas esas cosas para que nadie más las viera? Suena prometedor.

—Eso mismo pensé yo. Encargué a Cuddington que le pidiera a Ruggins que los localizara y los bajara del ático —de repente se detuvo—. Con… hay baúles aquí abajo.

—¿Te refieres al viejo arcón de la habitación que hemos dejado atrás? —pareció vacilar.

—No, ese es demasiado antiguo. ¿Y para qué bajarlo hasta allí? Pero más cerca de las escaleras que comunican con la casa, después de atravesar la bodega y las despensas, había algunas habitaciones llenas de cachivaches. Estoy segura de que vi baúles y cajas apiladas allí.

Volvieron atrás, de camino hacia las escaleras, y tal como recordaba Lilah, se encontraron con un almacén que contenía algunos baúles así como muebles viejos. Los baúles eran de diversas formas y tamaños, todos ellos cubiertos por una capa de polvo. Con abrió el más próximo y encontró zapatos y ropa antigua. Lilah, a su vez, se abrió paso entre ellos hasta detenerse ante un arcón en forma de joroba. Inclinándose, limpió la capa de polvo del centro de la tapa.

—¡Con!

—¿Qué? —en seguida se reunió con ella.

—Mira —señaló el símbolo del trisquel que adornaba la tapa del arcón.

Una lenta sonrisa se dibujó en sus labios.

—Lilah, amor mío, eres maravillosa...

Intentó levantar la tapa, pero no se movía. En cuclillas frente al arcón, examinó la cerradura.

—Creo que puedo abrirla, si me prestas un par de horquillas.

Al cabo de unos minutos, consiguió abrirlo. Un blanco paño doblado cubría su contenido. Con lo retiró y procedió a desdoblarlo. Parecía una túnica ancha de lino blanco, levemente amarilleado por el tiempo, que llegaba hasta más abajo de las rodillas. Las mangas eran largas y abullonadas, y la pechera lucía unos bordados en forma de espiral.

—Creo que lo hemos encontrado.

CAPÍTULO 32

—Es una sobrepelliz —dijo Lilah, estirando una mano para tocarla. El pulso se le aceleró.

—¿Ropa de sacerdote?

—Sí, la prenda que se pone encima de la sotana. Pero, obviamente, esta no es una sobrepelliz convencional de sacerdote —deslizó los dedos por los trisqueles bordados de los hombros, uno a cada lado y otro en la parte alta de la espalda. Múltiples espirales descendían por el costado izquierdo de la prenda.

—¿Qué te apuestas a que son veintisiete las espirales de la parte delantera? —preguntó Con—. Tres veces por tres y por tres.

Dobló la prenda y se la entregó a Lilah, para seguir luego registrando el arcón.

—Hay dos prendas más como esta. Ajá. Unas cuantas velas. De tipo ceremonial, supongo. Y algunos libros.

—Si era aquí donde guardaba toda su parafernalia, es probable que hubiera hecho lo mismo con la llave, ¿no te parece?

—Eso espero. Tenemos que vaciarlo con cuidado y registrarlo a fondo —miró a su alrededor—. Pero no aquí.

—Tienes razón. Le diré a Ruggins que lo suba a... ¿dónde quieres que lo hagamos? ¿En la biblioteca?

—¿Qué tal la sala de billar de sir Jasper? —sugirió Con.

—¿El salón de fumadores? —inquirió, sorprendida.

—Sí. Es una de las escasas habitaciones de esta casa que tiene llave. Creo que deberíamos guardar bien todo esto —volvió a inclinarse sobre el arcón y extrajo dos pequeños fajos de papeles, atados con cintas—. Pero creo que esto lo subiremos ahora mismo para examinarlo sin mayor dilación.

—¿Cartas?

—Con suerte, cartas altamente informativas —le entregó uno de los fajos y guardó de nuevo la sobrepelliz en el arcón.

Lilah subió apresuradamente las escaleras, llena de entusiasmo. Se preguntó si sería eso lo que sentiría Con cuando encontraba una pista clave en sus investigaciones. Ahora entendía por qué parecía disfrutar tanto. La sensación era absolutamente excitante.

Una vez en el salón de fumadores, Con se despojó de la chaqueta para ponerse manos a la obra. Lilah lo contempló mientras se arremangaba, y un curioso calor se desperezó en su interior en respuesta a aquella visión, tal como le había ocurrido el otro día. Solo que en aquel momento sabía lo que escondía aquella camisa, los placeres que insinuaba.

Evocó las diferentes texturas de su piel. La piel de su vientre, tersa como el satén; las firmes, carnosas tetillas; la mata de vello de su pecho… Y evocó también la insinuante manera en que aquel vello se estrechaba hasta convertirse en una fina línea descendente. Pensó en su dedo índice recorriéndola…

Como si hubiera percibido su mirada, Con se volvió. La expresión de su rostro cambió sutilmente.

—Si sigues mirándome así, mejor será que cerremos la puerta.

Por un instante, Lilah se sintió tentada de hacerlo, pero finalmente recuperó la cordura y negó con la cabeza. Con se sentó en el suelo y desató la cinta de su fajo de cartas, que se desparramaron de golpe ante él. Tenía una particular inclinación a sentarse en el suelo, pero en aquella ocasión a Lilah le pareció que tenía perfecto sentido. Sentándose a su lado, se ocupó de abrir su fajo con mayor cuidado, para colocar las cartas en ordenados montones.

—Todas estas son de Emory, el abuelo de Sabrina.

—Las mías son de Bertram Dearborn —Con miró su montón, mucho más pequeño—. Evidentemente, nuestro Bertie no escribía tanto —vio que estaba concentrando en organizar las cartas—. Dime, ¿qué estás haciendo?

Lilah alzó la mirada.

—Separarlas por fechas. En un montón, las anteriores a las fechas del libro de Ambrose. En otro, las mucho más posteriores. Y, en este otro, aquellas cuyas fechas coinciden con el principio de la Hermandad —frunció el ceño al ver su sonrisa—. ¿De qué te ríes?

—No me estoy riendo, mi dulce Lilah. Simplemente disfruto viéndote trabajar. Eres tan ordenada... —tomándole una mano, se la llevó a los labios para besársela.

Lilah no pudo reprimir un leve estremecimiento, pero lo disimuló con una respuesta cortante:

—Tú, en cambio, eres bastante desorganizado —señaló el montón disperso de cartas que tenía delante.

Él volvió a besarle la mano y se la soltó para retomar en seguida su tarea. Sacando una carta, se dedicó a ojearla rápidamente. Lilah también empezó a leer, comenzando con las que se correspondían con las primeras fechas del libro.

—He encontrado algo —anunció poco después ella, triunfante—. Es de Emory, en Oxford. Habla de sus estudios, pero luego comenta las ganas que tiene de que lleguen las vacaciones para «irme de juerga contigo y con Bertie» —subrayó con énfasis las últimas palabras—. Y se pregunta si no se «tropezarán con algún esqueleto allá abajo».

—Suena como si hubieran estado haciendo excursiones a las mazmorras, ¿no? Tal vez tengamos que registrarlas de nuevo. Quizá deberíamos llevar más faroles.

Lilah volvió a ocuparse de su montón.

—Emory vuelve a escribir tras su regreso a Oxford. Se refiere a su «descubrimiento». De modo que lo encontraron entre... —revisó las fechas de las dos cartas—, el cinco de diciembre de 1840 y el 19 de enero de 1841. La primera fecha registrada en el libro de mi abuelo era de junio de 1841.

—Ambrose tardó algunos meses entonces en cocinar sus teorías y empezar a organizar ceremonias. Lo encontraron en una fecha cercana al solsticio de invierno. Así que tal vez por eso decidieron celebrar las ceremonias en aquellas cuatro ocasiones, las de los antiguos festivales del año. ¿Qué es lo que dice sobre su «descubrimiento»?

—Nada especialmente interesante. No dice ni lo que era ni dónde lo encontraron —Lilah entregó la carta a Con y recogió otra—. En esta estaba haciendo planes para «probarlo otra vez». Es de tres meses después.

—Esta otra es de Bertie... el hombre era muy descuidado a la hora de datar sus cartas. Se explaya acerca de lo mucho que ha cambiado, para bien, su suerte en el juego —revisó más páginas—. Aquí califica «la idea de las llaves» de «idea bárbara». En la siguiente habla de cierta inversión y la atribuye a... no estoy seguro de que esta sea la palabra... «Mattie», creo.

—¿Matres, quizás? —sugirió Lilah—. En esta otra carta, Emory se extiende también sobre la teoría de Ambrose acerca de «Matres». ¿No es esa la diosa del libro?

—Sí. Las tres diosas agrupadas como «Las Moiras».

Lilah empezó a leer la carta de Emory en voz alta:

—«Estoy de acuerdo con tu teoría respecto de la conexión de las Matres con el Santuario». Sigue hablando de la importancia del sagrado poder de las tres. Luego dice: «No obstante, no estoy convencido de que las Matres sean las tres diosas en una, del tipo de Hécate. Pero, como ella, estaban conectadas con el Otro Mundo, guiando en particular a las almas perdidas a través de la Puerta».

—Qué lenguaje tan pedante, ¿verdad? —comentó Con, irónico.

—Sí. Me habría gustado que hubieran sido más específicos acerca de lo que encontraban y dónde, en lugar de filosofar tanto.

—Aunque Bertie no era una persona muy religiosa y Blair parecía más inclinado al ejercicio intelectual que a la fe, ambos parecían creer en los «dones». Cada vez me resulta más comprensible que mantuvieran la tradición con los años y que insistieran en que la heredaran sus hijos, pero...

—Pero eso no nos ayudará a encontrar ni el lugar ni la llave —terminó Lilah por él.

—Eso en cuanto a Bertie. Él no era aficionado a tanta palabrería —Con recogió las cartas y volvió a atarlas—. Quizá deberíamos estudiar las primeras misivas de Emory, dado que era el más inclinado a escribir. Por la primera carta que has leído, parece que tenían ya alguna idea de lo que estaban haciendo. Quizá habían hablado sobre ello antes —recibió una de las cartas del fajo de Lilah y retomó la lectura—. Umm. Escucha esto. «Me preocupan los perturbadores sueños que has estado teniendo». Quizá tu abuelo se veía arrastrado por esa fuerza, como te pasó a ti. O guiado hasta ella, por así decirlo.

—Ojalá eso me pudiera dar una pista de dónde está.

—Te viste atraída hasta al laberinto —le recordó Con.

—¿Pero cómo el laberinto podría ser el Santuario? No es nada secreto y no tiene puerta alguna.

—Podría estar debajo. Una trampilla.

—Yo pensaba que tu teoría se refería a los sótanos.

—Sí, pero siempre estoy abierto a otras ideas. Algo debajo del laberinto seguiría representando la idea del otro mundo, según sus creencias. Esa «Puerta» que custodiaban podría ser la puerta que conduce al mundo de los muertos —ladeó la cabeza, pensando—. Quizá el laberinto se asiente sobre alguna antigua necrópolis.

—Un poquito grotesco eso de reunirse en medio de un montón de cadáveres.

—Estamos hablando de jóvenes varones en edad universitaria, extravagantes. Sospecho que encontraban atractivo precisamente lo grotesco.

—Cuánto más hablas de jóvenes varones, más me alegro de ser una fémina.

Con se echó a reír.

—Yo también me alegro de ello, querida.

Continuaron leyendo, y la habitación quedó en silencio hasta que Con dijo:

—*Lost* John... ¿quién diablos es ese?

Lilah se lo quedó mirando fijamente sin comprender, y después se echó a reír.

—*Last* John, imagino, que no Lost. ¿Cómo es que estaban hablando de él?

—Tu abuelo encontró algún diario escrito por él, el cual influyó en su pensamiento.

—¿De veras? —inquirió Lilah, dudosa—. Ese diario debía de ser tremendamente antiguo.

—Blair también era escéptico.

—Last John era un antepasado nuestro. Hubo tres sir John seguidos antes de que el nieto fuera algo más creativo y bautizara William a su hijo. La familia se ha referido siempre a ellos como John Major, John Minor y Last John.

—Bueno, parece que Ambrose escribió a Blair comunicándole que había encontrado el diario de ese Last John, donde decía que había túneles debajo de la casa. Ignoro si se refería a las mazmorras o a algo diferente. Ambrose pensaba que tu antepasado había encontrado un pasadizo secreto. Y no solo eso, sino que John lo amplió.

—Todo esto es tan disparatado... —Lilah sacudió la cabeza—. Pasadizos secretos. Antiguos dioses. Una puerta que comunicaba con el otro mundo. ¿Cómo puedo creer en nada de todo esto?

—Parece algo salido de esos libros que tanto os gustan a ti y a Liv —Con se encogió de hombros—. Yo no sé si es cierto. Pero si todo no fue más que un engaño febril, ¿qué hacían esos jóvenes caballeros en sus reuniones? ¿Cómo es que siguieron reuniéndose durante tantos años? ¿Y por qué Dearborn cree en todo ello? Tiene que existir un santuario.

—Sí, uno que nos destruirá a todos dentro de pocos días —Lilah esbozó una mueca y prosiguió con la lectura de las cartas—. No estoy encontrando nada en las misivas más recientes —recogió una del fajo—. Esta no es de Emory... ah, ya entiendo. Es de Hamilton, el padre de Sabrina. Es posterior a la muerte del padre de Hamilton y agradece a Ambrose sus condolencias.

Con señaló la fecha.

—Mira. Emory también murió joven.

—Sí. Encontraron el Santuario cuando él estaba en la universidad, veinteañero. Así que tendría unos cuarenta y ocho años o así cuando murió.

—¿No te parece extraño? Hamilton, el hijo de Emory, el padre de Sabrina, murió cuando ella tenía doce o trece años, así que debió de haber rondado los cuarenta por entonces, también. Tu padre falleció a los…

—Cuarenta y cuatro.

—Dijiste que sir Ambrose murió antes de que tú nacieras, con lo cual debió de haber tenido cincuenta o así. Bertram obviamente murió, aunque no sé cuándo. De los seis hombres de la Hermandad, solo Niles Dearborn sigue vivo.

—¿Crees que Niles los mató a todos? No me lo puedo creer.

—No, no lo creo. Sus delitos no son tan graves por lo general. Simplemente estoy señalando la peculiaridad de que tantos hombres murieran jóvenes.

—No sabemos qué edad tenía el padre del señor Dearborn cuando falleció.

—¿Recuerdas haberlo visto reunirse con tu padre y con Dearborn?

—No lo recuerdo en absoluto.

—Entonces, como muy tarde, debió de haber muerto cuando tú todavía eras una niña. Cinco hombres y, por todo lo que sabemos, Niles podría estar a las puertas de la muerte. Es una coincidencia muy grande.

—¿Qué estás diciendo? ¿Que murieron por… por todo esto? —señaló con un vago gesto las cartas que tenían delante—. ¿Que el Santuario las mató?

Él se encogió de hombros.

—No lo sé. Pero tenemos que considerar la posibilidad.

—No... —gruñó Lilah—. Ahora irás a decirme que eso es una... una...

Con asintió, terminando su frase:

—Una maldición.

CAPÍTULO 33

—No —se levantó Lilah—. No puedo. He alcanzado mi límite. Bastante difícil me resulta ya aceptar que poseo esa habilidad tan extraña. Todavía más me cuesta concebir que mi abuelo y mi padre practicaban una especie de religión que se había inventado el primero y que celebraban extrañas ceremonias en un lugar secreto, donde recitaban conjuros sobre dioses arcanos. Pero las maldiciones... Eso es algo que simplemente no puedo aceptar.

Con se acercó para atraerla suavemente hacia sí.

—A mí también me cuesta creer en todo esto. No me estoy refiriendo realmente a una maldición, no al menos en el sentido de «has perturbado este arcano lugar de paz y ahora te condenaremos eternamente». Lo que sucede es que parece que estas dos cosas, el Santuario y esas muertes tan tempranas, tienen que compartir alguna conexión. Cada circunstancia es extraña, pero las dos juntas... bueno, eso también está poniendo a prueba mis límites, la verdad.

—¿Pero cuál puede ser esa conexión entre esas muertes tempranas y ese «Santuario»? —apartándose, Lilah se puso a pasear por la estancia—. ¿Cómo pudo el hecho de descubrir ese lugar o participar en aquellos rituales causar la muerte de alguien años después?

Con reflexionó por un momento.

—¿Y si había algo en esa habitación, un veneno en el aire o

un objeto que tocaran? Quizá había un pozo del que bebían, y que contenía... algo peligroso.

—¿Años después?

—Arsénico, por ejemplo. Que se fuera acumulando con el tiempo mientras continuaban visitando el lugar, hasta que eso los mató.

—Pero, si hubiera sido veneno, ¿no habrían tenido que ser similares sus muertes? Mi padre murió de un ataque al corazón, pero el de Sabrina sufrió una apoplejía.

—No tengo ni idea —admitió Con.

—No tenemos nada que realmente conecte esas dos muertes —continuó Lilah, animándose—. No sabemos cuándo ni cómo murió el padre de Niles, y Niles todavía está vivo. En segundo lugar, es posible que mi familia y la de Sabrina murieran jóvenes por culpa de su propia naturaleza. Quizá muchos de nuestros antepasados murieran jóvenes. Es una coincidencia extraña, pero no imposible.

—Deberíamos hablar con la tía Vesta. Podemos indagar en las historias de la familia. Comprobar si todos tus antepasados murieron tempranamente. Quizá ese ayuda de cámara que me mencionaste pueda decírnoslo.

Lilah repuso con tono suave:

—Si estás en lo cierto, si esas muertes tempranas ocurrieron porque nuestros abuelos encontraron el Santuario, entonces Sabrina y yo...

Pudo ver que aquella inferencia afectó a Con tanto como a ella.

—No. No. No tiene por qué ser así —acercándose de nuevo, la tomó en sus brazos al tiempo que la miraba fijamente a los ojos—. Si lo que los mató fue algún veneno relacionado con el Santuario, ni Sabrina ni tú podríais resultar afectadas. Ninguna de las dos estuvo nunca allí. En cualquier caso, tienes razón. La idea de una maldición es ridícula. Tú no vas a morir —apretó la mandíbula con un gesto tal de terquedad y decisión que ella no pudo menos que sonreírse.

—Bueno, si tú lo prohíbes...

—Sí, lo prohíbo —le dio un rápido y firme beso—. Venga, veamos lo que puede decirnos tu tía.

Pero resultó que la tía Vesta pudo decirles muy poco. No recordaba cuándo ni cómo murió Bertram Dearborn, y se mostró igualmente ignorante sobre el abuelo de Sabrina.

—Y papá simplemente no se despertó una mañana. Yo era muy pequeña, ya sabes, cuando murieron. Pero no puedo imaginarme un lugar santo que perjudique o provoque la muerte de alguien. Es un Santuario.

—Así lo llamaban —dijo Lilah—. Lo que no quiere decir que lo fuera.

—Oh, no, no, estoy segura de que papá tenía razón cuando lo calificaba de lugar sagrado. Él era muy sensible a esas cosas. Yo lo heredé de él. Tu padre, ciertamente, no —soltó un pequeño suspiro al evocar la inconsciencia de su hermano—. Además, la Diosa jamás haría daño alguno a sus fieles servidores. Es un ser amable y amoroso. Ella los bendijo.

—¿Usted sabía de la existencia de la diosa? ¿De Matres? —hasta Con parecía un poquitín exasperado—. ¿Su padre le habló de su religión?

—No, solo de una forma muy general, con frases como «uno no debe olvidarse nunca de los antiguos dioses», ese tipo de cosas. Pero, por supuesto, el Santuario pertenecía a la Diosa. Ella es la dadora de vida, al fin y al cabo. La Madre Tierra, ya me entendéis. Ella tiene que ser la fuente del poder.

—Bueno, ojalá usara su poder para mostrarnos dónde está la llave —replicó Lilah.

—Oh, no, querida —la tía Vesta sacudió la cabeza con expresión grave—. Aquellos que proceden del más allá jamás se manifiestan directamente. Se mueven en un plano distinto. Es por eso por lo que nosotros tenemos que interpretar sus mensajes. No pierdas nunca la esperanza, Dilly. Estoy segura de que se te manifestará. Aunque... —frunció el ceño—. La Diosa suele revelarse solamente a los creyentes.

—Creo que yo ya me he convertido en una —admitió Lilah con un dejo de tristeza.

—¿Qué? No irás a decirme que... ¿has despertado a la verdad?

—No sé qué es eso, pero he vuelto a caminar dormida. Y bueno... —suspiró Lilah—. Percibí una suerte de energía.

—¿Te habló? —le preguntó su tía, mirándola estupefacta.

—Yo no lo llamaría así —objetó Lilah—. Simplemente fui... consciente de ello.

—Nos está llamando —exclamó Vesta, llevándose las manos al pecho—. Claramente quiere que encontremos su Santuario —se interrumpió—. Ummm. Quizá si nosotros tres, en tanto que creyentes...

—Yo no pienso participar en ninguna ceremonia para convocarla —declaró Lilah con tono rotundo.

—En cualquier caso, dudo que funcionara sin la llave —Vesta le palmeó una mano—. Estoy segura de que encontrarás la respuesta.

Lilah estaba mucho menos convencida de ello.

Cuando Lilah y Con volvieron al salón de fumadores, se encontraron con que los criados habían colocado el baúl, ya libre de polvo, en medio de la habitación. Con se arrodilló ante él, con Lilah a su lado, y entre los dos se dedicaron a vaciarlo.

Lilah dejó los ropajes sobre una de las sillas. Debajo había varios libros sobre arcanas religiones de Bretaña, así como sobre los panteones nórdicos y celtas. Un objeto rectangular, envuelto en un paño de terciopelo, resultó ser otro libro, bien antiguo y cerrado con una cinta de cuero.

—Este libro es antiguo de verdad —con gran cuidado, Lilah lo apoyó, envuelto en el paño, en su regazo—. ¿Crees que será el diario de Last John?

—Eso espero —Con se inclinó para mirar mientras ella lo abría. La primera página estaba salpicada de manchas de moho y la tinta estaba tan desvaída que el texto era casi invisible.

—Si lo es, dudo que podamos sacar gran cosa de él. Está terriblemente deteriorado —Lilah volvió la página y la esquina se rompió entre sus dedos. Cerró el libro y lo envolvió de nuevo en el paño, para dejarlo a un lado—. Tendremos que leerlo con el más exquisito de los cuidados.

Con volvió a concentrarse en el baúl y extrajo más libros y varias velas, así como un humidificador de tabaco, vacío, y un estuche de anteojos. Observándolo, Lilah no pudo evitar pensar en lo mucho que le habría gustado acariciarle el brazo, los hombros... O, mejor aún, arrebujarse contra su pecho. No era un impulso de pasión, aunque sospechaba que rápidamente podría convertirse en eso, sino un feliz, casi gozoso deseo de estar cerca de él, de tocarlo.

Ajeno a esos pensamientos, Con seguía registrando el baúl. Finalmente extrajo una pequeña caja de madera.

Lilah abrió mucho los ojos.

—¿La llave? Ábrelo.

—No, es tuyo —se lo entregó.

Con el pulso acelerado, Lilah levantó la tapa. Pero en seguida abatió los hombros en un gesto de decepción.

—No, solo son unas baratijas. Un botón, una piedra pequeña. Un anillo y un alfiler de corbata.

—Mira este anillo —dijo Con, sacándolo del estuche y mostrándoselo. La parte superior era una diminuta brújula.

Lilah se echó a reír.

—Me pregunto por qué a sir Ambrose le fascinaban tanto las brújulas y los relojes.

—Quizá no quería llegar tarde —bromeó Con—. O tenía miedo de perderse. Aunque con esta brújula no habría llegado muy lejos. No funciona. La aguja está petrificada apuntando al sudoeste. Espera, esto parece... —presionó el lateral con la uña. La parte superior del anillo se abrió, descubriendo un diminuto triángulo montado sobre la plana superficie.

—¡Un reloj de sol!

—Un anillo con un receptáculo oculto. Como los que contenían veneno —comentó Con.

—Pero mucho más amable...

—Sí. Me pregunto si se podrá accionar con la misma mano

—cerró el anillo y se lo calzó en el dedo, para intentar abrirlo de nuevo con el pulgar.

Lilah observó el rostro de Con, radiante de entusiasmo como tenía por costumbre cuando descubría algo ingenioso, y el corazón le dio un vuelco en el pecho. Él cerró la tapa y se dispuso a quitarse el anillo, pero ella lo detuvo, cerrando los dedos sobre su mano.

—No. Es tuyo.

—Pero Lilah...

—Quiero que lo tengas tú.

—¿Me lo regalas? —su expresión se transformó sutilmente.

Lilah asintió, soltándole la mano. Al momento siguiente se dio cuenta de lo inapropiado de su acto. Una dama nunca haría un regalo semejante a un caballero que no fuera su marido o un miembro de su familia. Una joya era algo demasiado valioso, demasiado personal. Sobre todo un anillo, que representaba un compromiso.

Se ruborizó vivamente.

—Oh, lo siento. He obrado por impulso. No he debido...

—No, ni hablar —Con escondió la mano detrás de la espalda. Un brillo travieso bailaba en sus ojos, a juego con su sonrisa—. No puedes pedirme que te lo devuelva. Ya es mío, señorita Holcutt.

—Sí, así es —murmuró Lilah. El anillo era suyo, como suyo era él. Fuera a donde fuera o hiciera lo que hiciera, era suyo. Aunque no volviera a verlo más, Con era suyo.

El regalo de Lilah lo dejó especialmente conmovido. Un agradable calor se extendió por su pecho y un cúmulo de sentimientos lo anegó por dentro: deseo, ternura, la necesidad de cuidarla y protegerla, todos mezclados con una singular incertidumbre, un temblor incluso.

—Lilah... —la tomó suavemente de la nuca para acercarla hacia sí—. ¿Estás segura? —él mismo no estaba del todo seguro de lo que le estaba pidiendo: solo sabía que no debía dar un mal paso. Con Lilah había muy poco margen para errores.

—Lo estoy —ahuyentando todo pensamiento de su mente, se puso de puntillas para mordisquearle el labio inferior.

Con gruñó y la besó al tiempo que la arrastraba hasta el suelo. Sus labios viajaron por su cuello. Lilah lucía un vestido discreto, con un corpiño y un cuello alto de encaje. El leve roce del encaje contra sus labios, con su cálida y tersa piel debajo, resultaba intensamente excitante.

—La puerta —murmuró él con voz ronca, alzando la cabeza—. Está abierta.

—Bueno, entonces... —la sonrisa de Lilah le provocó un estremecimiento. Apartándose de él, se levantó para alejarse. Deteniéndose, le lanzó una mirada por encima del hombro y sonrió con expresión juguetona—. Te propongo que vayamos a otra parte.

Y abandonó la estancia. Con se quedó petrificado por un momento, observándola alejarse. Luego, saliendo de su parálisis, sonrió y salió tras ella.

Lilah lo estaba esperando en el umbral de su habitación cuando Con llegó a lo alto de la escalera, y se detuvo solo para mirarla, para embeberse de su sonrisa, de su cabello, de su alto y esbelto cuerpo envuelto en aquel puritano vestido que, perversamente, tanto encendía su pasión. Luego, en dos pasos, entró en la cámara y cerró la puerta con llave.

Cuando se volvió de nuevo, Lilah se estaba alejando de él con los brazos levantados para soltarse las horquillas del pelo. Con se apoyó en la puerta para observarla, hundidas las manos en los bolsillos como refrenándose de tocarla, aparentemente relajado pero electrizado por dentro.

Con cada horquilla que ella iba dejando en el platillo de porcelana de su tocador, con cada rizo liberado que se derramaba sobre sus hombros, el hambre que lo invadía se incrementaba. Después de peinarse la melena con los dedos, ella se giró para mirarlo.

—¿Qué tal se te da desabrochar botones?

Con atravesó la estancia como un rayo.

—Rasgar cosas es una de mis habilidades más básicas.

Su leve carcajada reverberó en su interior. Con recogió la brillante cascada de su melena y se la echó sobre un hombro, dejando que se deslizara como seda entre sus dedos. Fue desabrochando los botones lentamente, con creciente expectación.

El corpiño se abrió en dos mitades, y Con se inclinó para posar los labios sobre la blanca y delicada piel que había quedado al descubierto. Ansiaba apresurarse, devorarla, satisfacer su deseo en un súbito y duro estallido de placer. Y sin embargo se contuvo, tentándolos a los dos con sus detenidas caricias y con el largo y lánguido viaje de sus labios por aquella piel.

—Lilah —musitó deslizando las manos por su cuerpo para acunarle los senos, mientras recorría su cuello con los labios y le mordisqueaba el lóbulo de una oreja.

Lilah soltó un leve jadeo de rendición, apretándose contra él, y eso casi lo sublevó. Le bajó la camisola con fuerza y el ruido de la cinta al romperse le provocó una punzada de deseo aún mayor. En el espejo del tocador podía ver su propia mano viajando por su cuerpo, una visión increíblemente erótica.

Con infinito cuidado esa vez, continuó desvistiéndola. Su propia ropa fue a parar al suelo con un apresuramiento considerablemente mayor. Lenta, casi indolentemente, hicieron el amor. Manos y labios explorándose, tanteándose. Una risa ahogada contra la piel. Cuerpos moviéndose en tácita invitación. Cada aliento, cada gemido de tentación y satisfacción a la vez. Finalmente se deslizó dentro de ella, fundiendo así el ardor y el ansia en una cegadora explosión de placer.

Después, con ella entre sus brazos, saciado y en paz, las familiares palabras de toda ceremonia de boda resonaron en su mente. «Con mi cuerpo, te veneraré». Nunca antes había sido consciente de lo exacto y adecuado de aquella frase. Porque podía, lo pensó en aquel momento, venerar de aquella forma el cuerpo de Lilah por toda la eternidad.

Si las cosas fueran diferentes, lo haría. Y de repente deseó estar lejos de allí con Lilah, viviendo solos en alguna aislada cabaña, con el tiempo estirándose infinito ante ellos. Sin ningún lugar a dónde ir, sin nada que hacer, sin catástrofes que evitar. Sin secuestradores, ni amenazas. Tan solo largos y lánguidos días que pasar descubriéndose mutuamente, charlando, riendo, haciendo el amor.

Soltó un suspiro. Quizá algún día. Pero en aquel momento tendrían que conformarse con aquellos pocos momentos robados al placer. Porque tenían que encontrar una llave oculta, localizar cierta estancia secreta. Y conseguir también las dos otras llaves, hubieran sido robadas o no. Renovar cierto vínculo místico con una entidad desconocida, invisible, pero ferozmente poderosa. Y evitar la catástrofe.

Todo ello antes de la noche de San Juan.

Era una buena cosa, pensó Con en aquel instante, que fuera un hombre tan optimista.

CAPÍTULO 34

Con se hallaba de pie ante el baúl vacío, con todo su contenido esparcido por el suelo. La tarde del día anterior habían regresado al salón de fumadores para extraer hasta el último objeto: habían registrado hasta el forro. No habían visto señal de llave alguna, de manera que, desanimados, se habían ido a la cama.

Aquella mañana se había despertado con renovado entusiasmo, pero el contenido del baúl no ofrecía un aspecto más esperanzador.

—El objeto más prometedor que tenemos es el diario de tu antepasado, pero no he podido desentrañar más que algunas palabras.

—¿Por qué mi padre nunca me contó nada de todo esto? —preguntó Lilah, exasperada.

—Tal vez pensó que le quitarías toda importancia —señaló Con—. Tú ya habías asentado tu opinión sobre todo misticismo. Si hace tres años él te hubiera contado lo del Santuario, ¿le habrías creído?

—No —reconoció ella—. Probablemente no.

—Aun así, resulta extraño que no te dejara ningún aviso, ninguna advertencia, dadas las consecuencias que tenía no «renovar el vínculo» cada tres años.

—Yo habría pensado que dejaría la llave con su abogado para que este me la entregara tras su fallecimiento, con algún tipo de explicación. Pero el señor Cunningham no me entregó nada de eso.

—Quizá no quería que el abogado supiera lo de la llave —sugirió Con.

—Él habría podido esconderla y dejarme luego una carta diciéndome dónde estaba. Una carta privada, lacrada. Seguro que el señor Cunningham no se habría atrevido a abrirla.

Con se encogió de hombros.

—No a no ser que tuviera pocos escrúpulos.

—Supongo que mi padre también habría podido esconder la llave y dejarme luego una carta a mi nombre en alguna parte de la casa, explicándome dónde estaba... aunque eso me parece algo improbable. ¿Pero por qué esconder tanto la llave como la nota informándome de dónde podía encontrarla? ¿Por qué no me dejó la información en un lugar visible?

—Tal vez tuviera alguna buena razón para esconderla. Pensaría que alguien podía estar detrás de la llave: el sucesor de su título, por ejemplo, o Dearborn, que ya se habría apoderado de la llave de Sabrina. Sir Virgil temía que esa persona pudiera encontrarla antes. De manera que de poco le habría servido esconder la llave dejando la nota de su localización en un lugar donde ese alguien pudiera encontrarla fácilmente.

—Eso tendría sentido. Quizá Roberts sepa algo al respecto —dijo Lilah.

—¿Quién?

—El ayuda de cámara de mi padre. Cuddington me comentó ayer que estaba jubilado y que vivía en una casita de la finca —dijo, y añadió con tono cómplice—: Sospecho que Cuddington puede albergar un interés personal por ese hombre.

—¿Cuddington? Estás de broma.

—No. Se ruborizó cuando le hablé de él.

—¿Crees que tu padre confiaba en Roberts?

—Dudo que mi padre revelara los secretos de la hermandad y sus rituales, pero Roberts estaba en estrecho contacto con él. Fue su ayuda de cámara durante años. Tal vez él sepa dónde habría podido esconder mi padre algo tan importante. O si mi padre habló alguna vez de dejarme una carta.

—Un ayuda de cámara suele acceder a todo tipo de información, mucha más que la mayoría del servicio. Tienes razón. Vayamos a visitar a ese hombre.

Resultó que Roberts no se mostró nada sorprendido por su visita. Les dio la bienvenida en la puerta con una sonrisa y en seguida les hizo pasar al salón, diciendo:

—Bettina me comentó que seguramente vendrían.

—¿Bettina?

—La señorita Cuddington. Dio la casualidad que la vi anoche cuando estaba dando mi caminata diaria. Maravillosa mujer, la señorita Cuddington.

—No hay otra como ella —secundó Con.

Roberts insistió en preparar té y servirles unas pastas, pero una vez terminado el ritual, fue directamente al corazón del asunto.

—La señorita Cuddington me dijo que estaba usted interesada en sir Ambrose. Yo lo conocía bien, por supuesto. A los dieciséis años entré en la casa como criado. Su padre era un joven caballero por aquel entonces. A menudo me correspondía la tarea de cuidar de su persona —sonrió, evocador—. Pero dudo que sea eso lo que interese. ¿Qué es lo que le gustaría saber de él?

—Me preguntaba si mi padre pudo haberme dejado algo —dijo Lilah—. No en su testamento, pero sí quizá algún objeto personal.

—No sé muy bien a qué se refiere, señorita.

—Tal vez usted sepa dónde habría podido dejar algo que él habría querido que yo tuviera...

—O quizá dejara alguna nota para Lilah —añadió Con.

—¿Su cuaderno de notas? —inquirió el antiguo ayuda de cámara—. Lo quemó, lo recuerdo bien. Hacia el final de sus días no estaba durmiendo bien. Una noche en que le llevé un tazón de leche caliente, esperando que pudiera ayudarlo a dormir, lo vi de pie ante la chimenea rasgando las hojas de aquel pequeño libro y arrojándolas al fuego —al ver la afligida expresión de Lilah, se apresuró a añadir—: Lo siento, señorita. Debería haberme dado cuenta en aquel entonces de que estaba enfermo. Pero antes de eso llevaba varios meses muy afectado: el señor Dearborn y él habían tenido un desacuerdo, una ruptura de algún tipo, y yo había achacado su decaimiento a aquel suceso.

—¿Un desacuerdo? ¿Sobre qué? —preguntó Con. Se sentía tan decepcionado como parecía Lilah. ¿Por qué había quemado sir Virgil aquel cuaderno suyo? ¿Qué habría figurado en él?

—No podría decírselo, señor. Pero el señor Dearborn parecía furioso cuando se marchó, y después de aquello ya no volvió a pisar Barrow House —añadió Roberts—. Por favor, no se aflija tanto por ese cuaderno, señorita Lilah. Dudo que hubiera mucho en él que no hubiera consignado ya en la carta que le dejó a usted.

—¿Una carta? ¿Qué carta? —Lilah se lo quedó mirando atónita.

Roberts frunció el ceño.

—Bueno... La que le dejó a usted con el señor Cunningham.

—¿Su abogado? ¿Le dejó a su abogado una carta para mí?

—Sí, señorita.

—¿Está seguro de que entregó esa carta al señor Cunningham? —inquirió Con. Tal parecía que la situación se estaba enredando más a cada dato que iban descubriendo.

—Sí, por supuesto señor. Yo estaba presente cuando el señor Cunningham se presentó en la casa con el testamento para firmar. Yo les serví el té. Sir Virgil le entregó la carta en aquel momento y el señor Cunningham la guardó en su cartera.

—Pero... yo no recibí carta alguna del señor Cunningham —protestó Lilah—. Solo el testamento.

—Pero eso no habría sido en el momento de su muerte, señorita. Estoy completamente seguro de que la carta debía llegarle a usted el día que cumpliera los veintiún años.

—Eso fue el año pasado.

—Lo siento, señorita —comentó el hombre con un gesto de impotencia.

—No es culpa suya —le aseguró Lilah—. Yo solo... —se volvió hacia Con—. No sé lo que sucedió. El señor Cunningham nunca me envió carta alguna ni el día de cumpleaños ni en ninguna otra ocasión.

—Tendremos que hacer una visita al señor Cunningham —dijo Con, sombrío.

—Oh. Señor, señorita... —Roberts adoptó una expresión contrita—. El señor Cunningham ya no está aquí. Se jubiló el año pasado para retirarse a Bath.

—Ya —continuó Con—. ¿Sabe usted qué había en aquella carta?

El anciano sacudió la cabeza.

—No. Creo que debía de tratarse de un asunto muy privado. Él no me dijo nada al respecto. Quizá sospechara que iba a morir pronto. Sir Virgil estaba siempre muy pendiente de su salud.

—Sí. Por supuesto —Lilah forzó una sonrisa.

Permanecieron en la casa durante unos minutos más, charlando con Roberts de recuerdos más agradables. Pero una vez que se encontraron fuera, Lilah se volvió hacia Con.

—Mi padre sí que me dejó una carta relacionada con el Santuario —a pesar de su decepción, había un matiz satisfecho en su voz.

—Pudo haber si un mensaje personal de despedida, pero mi sospecha es que estaba preocupado por el Santuario —dijo Con—. Dearborn y él discutieron por algo. Sir Virgil quedó muy afectado después. Luego te escribió una carta para que te fuera entregada el día de tu vigésimo primer aniversario, el de tu mayoría de edad. Lo que te habría dado tiempo suficiente antes de que ese pacto sobre el Santuario hubiera necesitado renovarse.

—¿Pero por qué no me la entregó el señor Cunningham?

—No lo sé. Pero lo averiguaremos. Sus archivos tienen que estar en alguna parte. Quizá tuviera un socio que continuara con el bufete.

—Creo que su hijo trabajaba con él.

—Muy bien. Tan pronto como lleguemos a casa, iremos al pueblo e intentaremos localizarlo. Quizá simplemente se descuidara y se olvidara de entregarte la carta en medio de los trámites de su jubilación. Podría estar todavía en sus archivos.

Sin embargo, sus planes fueron interrumpidos cuando descubrieron un carruaje desconocido en el patio de Barrow House.

—Dios mío, ¿otro visitante? —exclamó Con, disgustado—. ¿Quién será ahora?

La pregunta quedó respondida cuando entraron en la casa y oyeron unas voces procedentes del salón, incluida una, masculina, que no pudo resultarle más familiar.

—¡Alex!

Se dirigió a toda prisa en el salón, seguido de cerca por Lilah. Encontraron a Alex y a Sabrina tomando tranquilamente el té con la tía Vesta. Alex ya se había levantado y estaba atravesando la estancia cuando entró Con.

—¡Con! —se echó a reír—. ¿En qué lío de mil diablos te has metido ahora?

Los dos hermanos rieron a carcajadas, estrechándose las manos y dándose palmadas en la espalda.

—¡Sabrina! ¡Alex! —Lilah entró en el salón después de Con, estirando las manos para abrazar a su amiga.

Riendo y hablando sin parar, los cuatro se saludaron con entusiasmo.

—¿Qué estáis haciendo aquí? —le preguntó Con a Alex—. Se suponía que deberíais estar en América.

—Y estuvimos allí —replicó su hermano—. Pero luego, bueno... —se encogió de hombros.

—¿Sabías que Con necesitaba ayuda? —sugirió Lilah.

—Un momento —protestó Con—. Yo no necesito ayuda alguna.

—Sabía que Con estaba... en algo. No en peligro, porque en ese caso le habría cablegrafiado un aviso. Pero sí metido en algo fuerte.

—Sentaos los dos y tomaos otra taza de té. Os lo contaré todo.

El relato de lo sucedido requirió de varias tazas de té, así como de sendos pedazos de tarta. Cuando Con hubo terminado de describirles sus más recientes descubrimientos y sus infructuosas búsquedas, se hizo un largo silencio. Finalmente Alex dijo:

—Sinceramente, Con, no puedo dejarte solo ni por un momento...

Con se echó a reír.

—Oh, puedo arreglármelas para meterme en apuros tanto contigo como sin ti. Y tenía a Lilah aquí para atarme en corto —miró a Lilah, y por el rabillo del ojo pudo ver que la mirada de su hermano se clavaba curiosa tanto en uno como en otra.

Sin embargo, Alex comentó simplemente:

—De modo que tenéis que encontrar ese lugar antes de la noche de San Juan. Solo falta una semana.

—Por desgracia, somos bien conscientes de ello. Pero, ahora que estáis los dos aquí, aceleraremos nuestra búsqueda.

—Entonces será mejor que nos enseñéis el libro —Alex dejó a un lado su taza y se levantó.

Con los guio hasta la sala de los relojes, tomando la ruta más larga para que Alex pudiera ver el resto del ala antigua de la casa. La reacción de su hermano gemelo cuando vio el gran salón fue la previsible. Si acaso eso era posible, a Alex se le iluminaron aún más los ojos cuando salieron de la escalera para pasar a la silenciosa galería.

—Maravillosa la vidriera isabelina —comentó Alex, deteniéndose para asomarse por una de las ventanas—. ¿Aquello de allá es un laberinto?

—Sí, algo descuidado pero con un magnífico diseño. Ya os llevaré allí mañana. Y luego están las mazmorras.

—¿Mazmorras? —el deleite volvió a iluminar el rostro de Alex, reflejo del de Con.

Sabrina puso entonces los ojos en blanco, en dirección a Lilah, y tomó a su marido del brazo para obligarlo a proseguir el recorrido.

—Esta galería siempre me pareció verdaderamente fantasmal —comentó, estremeciéndose delicadamente al recordarla. Cuando se detuvieron ante la puerta de la estancia de la torre, añadió—: Pero esta habitación no la recuerdo...

—Nosotras nunca entrábamos aquí —le dijo Lilah—. Dudo que la institutriz nos permitiera llegar tan lejos.

Con abrió la puerta y se hizo a un lado, clavada la mirada en el rostro de su hermano gemelo. Alex entró en la habitación después de Sabrina y se detuvo en seco para contemplarlo todo con el mayor de los asombros.

—Dios mío. Todos estos relojes... —frunció el ceño—. Es como la estancia del sueño que tú... —se volvió hacia Con, impresionado.

—Es exactamente igual. La reconocí en el mismo instante en que entré.

—¿Exactamente igual que qué? —inquirió Sabrina, perpleja—. ¿Qué sueño es ese?

—Una pesadilla recurrente que estuvo teniendo Con antes de nuestra boda —Alex miró a su hermano—. Una habitación con paredes curvas. Claro, debería haber pensado en una torre...

—¡Mira que soñar con algo así...! —exclamó Sabrina, y desvió la mirada hacia las escaleras que descendían—. ¿Qué hay abajo? ¿Más colecciones?

—No, el resto son solo escaleras que bajan a la puerta exterior —contestó Lilah—. Los otros pisos no están comunicados con la torre.

—La planta baja ni siquiera dispone de un rellano, solo la escalera de caracol —informó Con—. Suficiente para volverse loco.

—Como un faro —observó Alex bajando unos cuantos peldaños para echar un vistazo, y volviendo a subir en seguida—. Lilah, tu casa es un verdadero tesoro.

—Un tesoro de rarezas —repuso, irónica—. Podéis explorarla a vuestro gusto —miró a Sabrina—. Os quedaréis un tiempo con nosotros, espero.

—Nuestra intención es volver a abrir Carmoor —explicó Sabrina—. Nos gustaría probar a vivir aquí. A mí me encantaba de niña. De momento hemos traído a unos cuantos criados con nosotros, con la idea de contratar el resto de la plantilla en la comarca.

—Eso os llevará días, entonces. Mientras tanto tenéis que quedaros con nosotros. Todos juntos podemos intentar encontrar el Santuario. Será muy divertido, ¿verdad, Con?

—Por supuesto —Con se preguntó en aquel momento si Lilah sería consciente de la naturalidad con la que acababa de incluirlo en la invitación—. Bien. Examinemos ahora el libro —sacó el volumen del armario y se lo tendió a Alex y a Sabrina.

Sabrina sacudió la cabeza, asombrada.

—Esto es increíble. La verdad, no sé qué pensar...

—¿No encontrasteis nada aquí sobre la localización del túnel? —preguntó Alex—. ¿Cómo lo encontró sir Ambrose?

—Leyendo el diario de uno de nuestros antepasados —respondió Lilah—. Por desgracia no dio mayores detalles, y el diario, a estas alturas, es prácticamente ilegible.

—¿Qué son estos dibujos de la cubierta? —quiso saber Sabrina, delineando los símbolos con un dedo—. Son muy bellos.

—Son trisqueles. Sir Ambrose estaba obsesionado con el número tres. Las espirales, según hemos leído, representan la eternidad o el nacimiento interminable, repetido hasta el infinito. Se trataba de un símbolo muy importante para él. Se repite en muchas decoraciones de la casa.

—Sí, las hemos examinado todas —añadió Con—. He tocado, golpeado y girado cada maldito relieve de trisquel que he podido encontrar, sin descubrir ninguno que sirviera de palanca secreta.

—¡Alex! —dijo de repente Lilah—. Se me ha ocurrido algo. Quizá tú podrías... Quiero decir... ¿qué es lo que sientes al tocar el libro?

Alex sacudió la cabeza al tiempo que pasaba una mano por la cubierta de cuero.

—Excitación, expectación... pero son emociones recientes, probablemente relacionadas contigo y con mi hermano. Sé que ha estado en manos de Con, por ejemplo —se encogió de hombros y entregó el volumen a Sabrina—. Puedo probar con el antiguo diario, pero, cuanto más viejo es algo, más difícil me resulta *leerlo*.

Se quedaron todos en silencio por un momento, reflexionando sobre su falta de pistas. Hasta que Sabrina, tras acariciar con las yemas de los dedos los símbolos grabados en pan de oro, comentó de pronto:

—Bueno, esto probablemente sea una estupidez, pero si estáis buscando espirales, ¿qué pasa con aquella sobre la que nos encontramos ahora mismo? —señaló los peldaños de la escalera de caracol.

—Dios mío —murmuró Con—. ¿Es posible? Oculto a plena vista.

Casi a la vez, empezaron a bajar por la escalera.

—El lugar más lógico sería el pie de la escalera de caracol, ¿no os parece? —inquirió Con—. Una trampilla en el suelo que comunicara con el túnel mismo o con otra escalera...

Alex asintió, pero aun así no perdieron la ocasión de palpar bien las paredes mientras bajaban cada peldaño. Una vez en la planta baja lo revisaron todo con mayor detenimiento. No encontraron nada. Lilah soltó un suspiro de frustración mientras se sacudía el polvo de las manos.

—Esperad un momento, que voy a revisar algo —dijo Alex y volvió a subir corriendo la escalera.

Lilah, extrañada, se volvió para mirar a Con, que se limitó a encogerse de hombros. No transcurrió mucho tiempo antes de que volvieran a oír los pasos de Alex, bajando a toda prisa.

—Creo que lo tengo —se asomó a la puerta que daba al patio, para echar un vistazo a la torre desde fuera, y en seguida volvió a entrar.

—Alex, ¿qué diablos estás haciendo?

—Ya sé cuál es el lugar más probable —le brillaban los ojos y hablaba atropelladamente—. La puerta de la torre que comunica con la galería está excavada en el muro del corredor. Pero tienes que dar un paso o dos dentro de la habitación antes de que las paredes empiecen a curvarse. Ese espacio que hay entre el corredor recto y la torre redonda sería una especie de vestíbulo muy pequeño o un vano de puerta muy profundo. Pero aquí abajo… —señaló a su espalda—, las paredes son perfectamente redondas, no hay vano alguno. Desde fuera se puede ver que el espacio cuadrado entre la casa y la torre está construido en ladrillo.

A Con se le iluminaron los ojos.

—Creando así un hueco perfecto donde esconder un armario. O una escalera —acercándose al muro donde debería haber estado la puerta, se concentró en palpar con cuidado la piedra—. Aquí hay una ranura —descubrió una línea horizontal, que fue siguiendo con los dedos. Tenía forma cuadrada—. Es una puerta.

—Ahora solo necesitamos saber cómo abrirla —Alex estaba delineando la ranura del otro lado—. Apenas puedo meter una uña dentro.

Con examinó detenidamente la pared y alzó luego la mirada. Justo encima de su cabeza, descubrió una fina lama de madera. Experimentando un escalofrío de emoción, alzó una mano, tiró de un extremo de la lama y vio que se movía ligeramente. Tiró luego con mayor fuerza y sacó lo que parecía una barra de palanca. Cuando la accionó, una sección del muro, la de la pequeña puerta disimulada, se abrió sigilosamente.

Los cuatro se asomaron a su interior, contemplando la minúscula escalera de caracol que se perdía en la oscuridad.

—El pasadizo secreto.

CAPÍTULO 35

Lilah se quedó como transfigurada. Una extraña energía la envolvía por dentro y por fuera, tan intensa que casi la hacía temblar. Tiraba de ella casi físicamente, de modo que se adelantó la primera hacia la puerta ya abierta.

—Necesitaremos un farol —dijo Alex.
—Dos —corrigió Con. Palideció cuando se volvió hacia Lilah—. ¡Lilah! ¿Te encuentras bien? —la tomó de la cintura, deteniéndola.

Con aquel gesto, buena parte de la corriente de energía que atravesaba a Lilah se transmitió a su cuerpo. Ella pudo ver, por la manera en que alzaba las cejas, que él también la estaba sintiendo.

—¿Qué sucede? —preguntó Alex, observándolos de cerca—. ¿Qué está pasando?

—No estoy seguro —respondió Con, jadeando levemente—. Lilah puede sentirlo. Está sintiendo la fuerza de ese poder que está allá abajo, sea el que sea —la miró a los ojos—. ¿Estás mejor?

Lilah asintió.

—Sí. Al principio resultaba casi insoportablemente fuerte, pero tú me has descargado de una parte —esbozó una sonrisa temblorosa—. Creo que ahora seré capaz de controlarlo.

—No me separaré de ti —Con entrelazó los dedos con los suyos.

Lilah irguió los hombros y se volvió entonces hacia Sabrina.

—¿Puedes sentirlo tú?

Sabrina asintió.

—No es muy intenso... —intentó buscar las palabras adecuadas—. Pero sí, lo siento dentro de mí.

Todos miraron a Alex, que se limitó a encogerse de hombros.

—Yo, por mi parte, no siento una maldita cosa excepto confusión.

—Creo que si Lilah y Sabrina lo perciben es a causa de su vínculo familiar con el Santuario —sugirió Con—. Lo que yo percibí al tocar antes a Lilah fue una corriente de fuerza y la agudización de mis sentidos. Ella mejora mis habilidades.

Alex se echó a reír.

—No lo dudo.

Con esbozó una mueca.

—Lo que quiero decir es que sus habilidades agudizan las mías, pero yo no siento la conexión con la Fuente como la sienten ellas —volvió a mirar a Lilah—. ¿Estás dispuesta a bajar?

—Por supuesto. A estas alturas no pienso dar marcha atrás.

—Iré a por los faroles —se ofreció Alex, y cruzó el patio en su busca.

La corriente de energía que había sentido Lilah por dentro había remitido, aunque no estaba dispuesta a hacer la prueba soltando la mano de Con. Se volvió hacia Sabrina.

—¿Tú estás bien?

—Al principio resultó un tanto inquietante, pero me voy acostumbrando. ¿Qué vamos a hacer en ese Santuario cuando lo encontremos? No me entusiasma la idea de ponerme una túnica y recitar conjuros cada pocos meses.

—Yo tampoco. Y tampoco me gusta la idea de vivir aquí con esa fuerza tirando de mí todo el tiempo. Y sin embargo, si lo que dijo el señor Dearborn es verdad, debemos renovar el vínculo para evitar que ese poder lo destruya todo.

Alex volvió en aquel momento con dos faroles.

—Tu mayordomo pensó que estaba loco cuando le pedí un farol a la luz del día. Y por si eso fuera poco, dos.

Con se encogió de hombros.

—Ya está convencido de que lo estoy yo.

Encendieron los faroles y se volvieron hacia la entrada abierta. Con se dispuso a dar el primer paso dentro, pero Lilah lo detuvo.

—No. Yo debo entrar primero. Apenas puedo creer que esté diciendo esto, pero ese Santuario parece reconocerme.

Con frunció el ceño.

—No sabemos lo que hay allá abajo. ¿Y si se derrumba la escalera?

—Lo mismo se te puede aplicar a ti.

—Lilah tiene razón —intervino Sabrina—. Ella es una Holcutt, la propietaria de la finca sobre la que se asienta el Santuario. Y yo, como descendiente de otro de los Benditos, debería entrar la siguiente.

Los gemelos se miraron, claramente incómodos con la idea, pero antes de que pudieran contraatacar con un buen argumento, Lilah zanjó la cuestión recogiendo el farol y empezando a bajar las escaleras.

—Oh, diablos —exclamó Con—. Prométeme que darás marcha atrás si lo ves demasiado arriesgado.

—Claro. Yo siempre me atengo a las reglas, ¿recuerdas? —sonrió a su rostro ceñudo. Estaba empezando a comprender por qué Con disfrutaba tanto burlándose de ella.

Siguió bajando las escaleras. Las planchas de madera de los peldaños eran sólidas, pero solo podía distinguir unos pocos por delante, debido al giro de la escalera. Lo que transmitía la inquietante sensación de que el descenso era interminable y de que se estaba sumergiendo en un remolino...

A cada paso que daba, la fuerza tiraba más y más de ella. La energía que sentía en su interior había pasado de vibración a latido. Sin Con a su lado para descargarle de parte de su poder, este se multiplicaba. Podía visualizarlo envolviéndola, apoderándose de su ser tal y como había ocurrido tanto tiempo atrás, durante la sesión de espiritismo. La mano del farol le temblaba, haciendo bailar la luz, y por un instante de pánico pensó en dar media vuelta y salir corriendo.

Pero el rumor de los pasos de Sabrina bajando tras ella logró serenarla. Tenía que seguir adelante. Aquella energía le pertenecía de algún modo y debía lidiar con ella, aceptarla. Fue entonces cuando, de repente, comprendió cómo controlarla.

No era una batalla. Debía dejar de luchar contra ella y asumirla como propia. Conscientemente relajó su voluntad mientras continuaba descendiendo. Se imaginó abriendo su mente, bajando todas las barreras. Cuando llegó el final, toda la fuerza procedente de aquel santuario la atravesó, se metió físicamente en ella. Por un fugaz y aterrador instante, llegó a pensar que se había equivocado, que se había perdido a sí misma. Pero persistió empecinadamente, negándose a resistirse a ese poder para, en lugar de ello, aceptarlo.

La presión cesó entonces y, de pronto, la energía flotaba a través de ella sin resistencia alguna por su parte, llenando su cabeza y latiendo a través de sus venas, enlazándola con el suelo que estaba pisando. Un «conductor», así era como la había llamado Con. El poder se movía a través de ella: no debilitándola, sino fortaleciéndola. La atracción que antes había sentido no era ya una compulsión sino un ofrecimiento, una tentadora e irresistible invitación.

Lilah se volvió hacia Sabrina y ambas se hicieron a un lado para hacer espacio a los hombres. A la dorada luz del farol, el rostro de Sabrina brillaba de entusiasmo.

—¿Lo sientes? —le preguntó a Lilah, tomándole la mano—. ¿Sientes cómo se incrementa la fuerza a la vez que se vuelve más fluida, más llevadera?

—Sí, exactamente.

Sabrina abrió mucho los ojos.

—Y todavía más cuando te toco. Puedo... oh, puedo percibir a Alex tan claramente... Ahora mismo no sabe si preocuparse por mí o enfadarse conmigo —sonrió y miró a su marido en cuanto terminó de bajar la escalera.

—No estaba preocupado —aclaró, desmintiendo sus palabras y atrayéndola hacia sí para plantarle un beso en la frente—. Sabía que estabas bien porque, durante todo el descenso, pude percibir lo mucho que disfrutabas frustrándome.

Con miró a Lilah arqueando las cejas con gesto interrogante, y ella sonrió al tiempo que asentía en respuesta. Con rodeó entonces a su hermano y a Sabrina y le tomó la mano. Al momento la miró sorprendido, percibiendo sin duda el cambio experimentado por la energía. Le quitó el farol y lo alzó para enfocar el túnel que partía del pie de la escalera: solo alcanzaba a iluminar unos pocos pasos, dejando el resto sumido en una incierta oscuridad. Había, sin embargo, luz suficiente para ver que el túnel era bajo de techo y muy estrecho, con lo que tendrían que avanzar en fila india. Los dos hombres tendrían que agachar mucho la cabeza para no golpearse con el techo de piedra.

—Supongo que seguirás empeñada en liderar la marcha —le dijo Con a Lilah, ceñudo.

—No —reprimió una sonrisa ante su sorprendida expresión—. Creo que todos somos... aceptados. Y sé que te mueres de ganas de explorar el primero —a juzgar por la mirada que él le lanzó, Lilah sabía que la habría besado en aquel momento de haber estado solos.

Empezaron a internarse en el túnel, con la oscuridad cerrándose en torno a ellos.

—No tengo ni idea de dónde estamos ni hacia dónde nos dirigimos. ¿Estamos debajo de la casa o fuera de ella? —inquirió Lilah.

—Debajo —respondió Con, seguro—. Pero nos dirigimos hacia el laberinto. Creo que detrás de esta pared —señaló a su derecha—, están las mazmorras.

—¿Un túnel paralelo? —preguntó Alex.

—Más o menos —bruscamente el túnel se ensanchó, de manera que pudieron caminar lado a lado y los hombres erguirse del todo—. Este debe de ser el nuevo túnel. La ampliación que mandó construir el antepasado de Lilah.

—Estamos muy cerca —Lilah había ido sintiendo cómo se incrementaba la intensidad de la energía a cada paso que daba. En aquel momento impregnaba todo el aire, casi palpable en su intensidad.

—Ya estamos más allá de la casa —anunció Con.

Un momento después, en el borde del círculo de luz del farol, apareció una puerta de madera. Después de haber leído las notas de su padre sobre el Santuario, Lilah había esperado una puerta grandiosa: ancha, oscura, maciza. No le habría sorprendido descubrir un picaporte de oro.

Pero nada había de grandioso en aquella tosca puerta, excepto la gran cerradura que la guardaba. Con forma del ya familiar trisquel, cada espiral constituía una cerradura independiente, con su agujero para la llave en medio. Con y Alex la inspeccionaron detenidamente.

—Nunca había visto una cerradura de tres llaves —Con se volvió para mirar a su hermano, que negó con la cabeza para dar a entender que él tampoco había visto ninguna—. Tenemos que probar. Me pregunto si se abrirán todas a la vez, con un único mecanismo.

—O tal vez en una cadencia determinada —añadió Alex, y miró los bordes de la puerta—. Los goznes van por dentro, de manera que no hay esperanza de desmontarlos.

—Supongo que necesitaría un ariete para derribar esto —Con golpeó la madera y se volvió hacia Lilah—. A lo mejor tú puedes poner las manos sobre la puerta y ordenarle que se abra.

Lilah le lanzó una mirada cargada de reproche.

—No lo creo —aun así, puso las manos sobre la madera—. Me siento absolutamente estúpida.

Podía sentir la energía bajo sus manos y al otro lado de la puerta, empujando hacia ella. Tomó aire y se concentró en la fuerza que percibía al otro lado, invitándola a entrar en ella. Se concentró en canalizar la energía que sentía dentro de sí para lanzarla contra la puerta, imaginándose incluso que se rompía. La puerta vibró bajo sus palmas, pero no se movió.

Lilah dejó caer las manos y el flujo de energía se atenuó.

—Si realmente tengo esa capacidad, no tengo la menor idea de cómo usarla —dijo, aunque sabía que en aquel momento estaba mucho más cerca que antes de controlarla.

De repente oyeron un ruido procedente de la entrada del

túnel y se volvieron todos a la vez. Un vago resplandor se convirtió en una bamboleante luz, y finalmente en una figura sosteniendo un farol.

—¡Tía Vesta!

—Adiós a nuestra esperanza de mantener en secreto la existencia de este pasadizo —murmuró Con.

—¡Lo sabía! —exclamó la tía Vesta mientras se acercaba, jadeante—. Tan pronto como oí a Ruggings hablando de faroles, comprendí que habíais encontrado el pasadizo. ¿Por qué no me habéis dicho nada?

—Lo siento, señora Le Claire —se disculpó Con—. Pero no queríamos despertar sus esperanzas sin estar del todo seguros.

La tía Vesta, sin embargo, no estaba prestando atención a sus palabras. Apenas miró a Sabrina y a Alex. Su mirada estaba clavada en la puerta, con los ojos brillantes.

—Oh, sí, Puedo sentir el poder —comentó maravillada—. ¿Puedes sentirlo tú, Lilah?

—Sí —mirando a su tía, tan excitada y entusiasmada, Lilah sintió que se reavivaba el antiguo afecto que le había tenido de niña. Su tía era un ser egoísta. Había abandonado a su sobrina sin pensar en su bienestar. Pero por debajo del dolor y del resentimiento, todavía ardía la brasa del amor que antaño le había profesado—. Sí que lo siento.

—Lo sabía. Al fin y al cabo, eres una Holcutt —Vesta apoyó las manos en la puerta—. Oh, sí que es fuerte. Pudo sentir cómo me alimenta...

—Sabrina también lo siente —informó Lilah.

—¿De veras? —Vesta lanzó una mirada pensativa a Sabrina—. ¿Pero los hombres no?

—No —admitió Con.

Lilah sabía que eso no era del todo cierto, porque podía sentir la energía desbordándola a ella y penetrando en todos los demás, agudizando las capacidades de cada uno. Sospechaba que Con era demasiado caballeroso para enfriar la euforia que estaba sintiendo Vesta ante lo que creía era la recuperación de sus antiguos poderes. Indudablemente, la expresión de su tía era tan apasionada que resultaba hasta inquietante.

Lilah podía sentir la energía que flotaba desde su ser para penetrar en Vesta de la misma forma, pero también sentía los tentáculos del otro lado de la puerta alcanzando directamente, sin pasar por ella, tanto a su tía como a Sabrina. Aquellos hilos independientes de energía eran finos y no tan intensos, y ciertamente el de Vesta no era mayor que el de Sabrina. Temió por un instante que Vesta se llevaría una gran decepción cuando descubriera que su vínculo con el Santuario no era tan profundo como a ella le habría gustado.

En un impulso, dio un paso hacia su tía. El rostro de Vesta volvió a iluminarse.

—Ah, sí, está creciendo —se volvió hacia su sobrina y le tomó la mano—. Lilah, ven aquí. Tú también, Sabrina —tomó también la de la muchacha—. Veamos si nuestro vínculo sirve de algo.

Demasiado tarde se dio cuenta Lilah del peligro que entrañaba potenciar el poder de su tía con el suyo. Podría llenar de gozo a su tía por el momento, pero… ¿qué pasaría cuando, una vez sola, no pudiera convocar ese poder?

Lilah se resistió.

—No sabemos lo que podría suceder…

Con se mostró de acuerdo con ella.

—Es normal que no quieras correr riegos con un poder tan tremendo.

—Mi sobrina te está volviendo demasiado cauteloso, mi querido muchacho —Vesta blandió un dedo con aire juguetón frente a la nariz de Con—. No me hará ningún daño.

Sabrina había ya tomado la mano de Vesta cuando esta se lo pidió, y en aquel instante Vesta se apoderó por sorpresa de la de Lilah.

Inmediatamente la energía que desbordaba a Lilah se transmitió a las otras dos. Casi se alegró de no estar entre las dos mujeres, porque eso habría intensificado aún más la conexión.

Su tía le apretó la mano con fuerza, toda entusiasmada.

—Sí, esto multiplica la fuerza... es maravilloso. Lilah, toma la mano de Sabrina para que cerremos el círculo.

—No —se opuso Lilah con firmeza—. Eso podría ser peligroso. Necesitamos informarnos mejor.

Vesta suspiró.

—Siempre has sido una criatura tan pusilánime... —Vesta soltó la mano de Sabrina y cabeceó varias veces como si estuviera comprobando algo—. Sí, la fuerza se atenúa, pero sigue siendo fuerte.

Lilah liberó entonces rápidamente su mano y se apartó.

—Esto no tiene sentido.

Vesta parpadeó sorprendida.

—La fuerza ha desaparecido de golpe...

Con aprovechó para intervenir:

—Eso no es de sorprender. Si el vínculo de las mujeres Holcutt es fuerte, su ruptura también.

—Oh. No lo había visto de esa manera. No dudo de que tienes razón —la expresión de Vesta volvió a animarse.

—Bueno, mis queridas damas —dijo Con—, creo que es hora de que encontremos un lugar más cómodo que continuar con esta conversación. Señora Le Claire, si gusta usted de abrir la marcha...

Tomó a Vesta del brazo y la guio hasta la salida, desplegando aquella mezcla de galantería y flirteo que tan eficaz le resultaba a la hora de distraer los pensamientos de su tía. Típico de Con, pensó Lilah, agradecida. Con cierta sorpresa se dio cuenta de que el mismo comportamiento que siempre había desdeñado en él se había convertido en una cualidad que ahora admiraba.

Y en una de las numerosas razones por las que se había enamorado de Con Moreland.

CAPÍTULO 36

Algo sacó a Con de su sueño. Por un momento se quedó quieto en la cama. disfrutando de la deliciosa sensación del cuerpo de Lilah arrebujado contra el suyo. Luego miró a su alrededor, y el leve resplandor que entraba por las ventanas lo despabiló del todo. Se había despertado tarde. Se había quedado dormido.

Nadie podía entrar en la habitación de Lilah, cerrada como estaba con llave, así que no había peligro de que entrara alguien. Pero el servicio se levantaba hacia el amanecer y, cuanto más tiempo se quedara, más probabilidades había de que lo descubrieran escabulléndose fuera de la habitación. Saltó de la cama y empezó a vestirse. Dios, cuánto odiaba aquello... Quería dormir una noche entera con Lilah y despertarse con ella en sus brazos, sin que tuviera motivo alguno para marcharse.

Abrió la puerta unos centímetros. Al encontrar el pasillo vacío, salió sigilosamente y se metió en su propia habitación. Alex estaba sentado en la silla que había junto a la ventana, esperándolo.

—Diablos —Con cerró la puerta a su espalda—. Te has levantado temprano.

—Umm. Tú también —replicó su hermano—. Sabrina y yo teníamos idea de salir temprano para Carmoor. ¿Recuerdas?

Los cuatro se habían quedado levantados hasta tarde la noche anterior, hablando de sus problemas, y habían decidido que Sabrina y Alex revisarían el estado de su propiedad al día siguiente, para ayudar luego a Con y a Lilah con la búsqueda de la llave.

—Uno no puede menos que preguntarse, sin embargo —continuó Alex—, por lo que estás haciendo exactamente —clavó deliberadamente la mirada en la cama sin deshacer de Con.

—Veo que estás poniendo la misma cara que Reed —Con se volvió para dedicarse a ordenar, sin ninguna necesidad, sus artículos de aseo. Finalmente, con un suspiro, dijo—: Oh, diablos, Demos un paseo.

Era su habitual manera de encarar los problemas, siempre de frente. Incluso cuando se enfrentaba, como en aquel momento, a la poco habitual perspectiva de terminar disintiendo con su hermano.

Tras ponerse la chaqueta, Con guio a su hermano escaleras abajo y se dirigió al laberinto. Una vez en la entrada, se volvió hacia Alex y cruzó los brazos.

—Adelante. Suéltalo.

—Te estás comportando como si fuera a sermonearte —al ver que su hermano gemelo se limitaba a alzar las cejas, Alex soltó un exasperado gruñido—. ¿Y si alguien te ha visto? ¿Y si hubiera entrado una doncella en tu habitación en vez de yo?

—Normalmente no soy tan descuidado.

—No se trata de eso. Maldita sea, Con, yo creía que la señorita Holcutt y tú no podíais estar ni cinco minutos en una misma habitación sin terminar discutiendo.

—Pues resulta que sí que podemos —se volvió para internarse en el laberinto.

—¿En qué diablos estabas pensando? —le preguntó Alex, siguiéndolo—. Lilah es gran amiga de Sabrina. ¿Qué sucederá cuando esto termine? Si le rompes el corazón a Lilah, Sabrina nunca te lo perdonará. ¿Y entonces qué voy a hacer yo?

—No sé por qué supones que terminará.

—¿Qué otra cosa podría suceder?

—Pretendo casarme con Lilah.

—¿Qué? —exclamó Alex, asombrado—. ¿Estáis comprometidos? —la tensión de su expresión había desaparecido, y empezó a sonreír—. ¿Por qué diantre no me lo dijiste?

—Yo no he dicho que estuviéramos comprometidos. He dicho que pretendo casarme con ella. Todavía tengo que convencerla.

—Estás de broma. ¿Te ha rechazado? —Alex parecía todavía más sorprendido—. ¿Tan mal lo hiciste?

—No lo hice. No todavía, al menos. No se lo he pedido.

—¿Quieres dejar de mostrarte tan condenadamente irritante y explicarme de una vez qué es lo que está pasando?

Con retomó la marcha sin mirarlo.

—Tengo miedo.

Esa vez sí que dejó a su hermano sin palabras. Finalmente, en voz baja, Alex murmuró:

—Dios mío. Estás realmente enamorado de ella.

—O eso o estoy seriamente enfermo —Con se volvió hacia él para preguntarle con absoluta seriedad—: ¿Me prometes que no le contarás a Sabrina nada de esto?

—¡No! ¿Por quién me tomas?

—Por un hombre casado.

—Eso no cambia el hecho de que eres mi hermano.

Como si hubiera cedido el muro de una presa, las palabras salieron a borbotones de los labios de Con.

—Conozco a Lilah y la verdad es que no somos precisamente el modelo convencional de amantes. No nos enamoramos a primera vista. En lugar de ello, ella me abofeteó. He tenido que luchar por cada centímetro del camino. No tenemos esa armonía de espíritu que los otros Moreland comparten con sus esposas. No compartimos la misma conexión que Sabrina y tú. Nuestros caracteres no pueden ser más opuestos. Pero… cada vez que la veo, me siento como si el sol hubiera irrumpido en un cielo nublado. Pienso constantemente en ella. Lo único que quiero es estar con ella. Y, si ella me rechaza, no sé qué es lo que voy a hacer.

—¿Por qué habría de rechazarte? Te estás acostando con ella, ¿no? Seguro que te quiere.

—Sí —Con bajó la mirada a su anillo con la brújula y lo

acarició con el pulgar—. Creo que me quiere. Pero cuando mencioné el tema del matrimonio, pareció como si... bueno, no sé qué es lo que sintió, pero te aseguro que no fue contento. Me rechazó sin dudarlo. Lo que pasa es que Lilah nunca hace lo que quiere. Hace siempre lo que es correcto, adecuado. Y a mí no me considera ni correcto ni adecuado.

—¿Por qué? ¿Qué hay de malo en ti?

Con esbozó una sonrisa irónica.

—¿Quieres que te haga una lista? Soy impulsivo e imprudente. No soy serio. Tengo reputación de ser absurdo. Descentrado. Soy, por desgracia, todas aquellas cosas de las que ella ha intentado apartarse durante estos diez últimos años.

El ceño de Alex se profundizó.

—No entiendo.

—Su familia es tan rara como la nuestra. Su padre estaba obsesionado con los fantasmas y el espiritismo. Su abuelo se inventó esa religión tan estrafalaria. Y, bueno, ya conoces a su tía.

—Pero su abuelo no estaba del todo loco, ¿verdad? Hay algo allá abajo. Anoche yo sentí el Santuario. Sé que dijiste que no nos afectaba, pero mis habilidades se vieron acentuadas: el farol, por ejemplo, me dijo que el jardinero lo había utilizado para salir a cazar furtivamente. Y, cuando la señora Le Claire se reunió con nosotros allí, pude percibir los sentimientos que la desbordaban a oleadas.

—Técnicamente, era Lilah la responsable de acentuar ese poder, no el Santuario. De alguna manera ella transmite, conduce las energías psíquicas. Cuando estás cerca de ella, tus habilidades se agudizan. Si la hubieras tomado del brazo, lo habrías sentido todavía más. Es como si ese poder se volcara en ella. Yo puedo sentirlo prácticamente anegándola.

—Y fuiste capaz de aliviarla un tanto de esa carga, ¿verdad? Diluir esa energía o consumir parte de la misma. Después de todo esto, ¿cómo puedes afirmar que vosotros dos no compartís una conexión especial?

—Pero se trata solo de nuestras habilidades. Como sabes, ella puede acentuar también las demás, las de cualquiera.

—Sospecho que no hasta ese punto.

—Pero, ya lo ves, ella no quiere ser así. Durante años intentó convencerse de que ese poder no existía. Ese poder tuvo que golpearla en pleno rostro para que ella se resignara por fin a reconocer su existencia. Es terriblemente testaruda.

—Dijo el cazo a la sartén.

Con lo ignoró.

—Ella lo sabe ahora. Incluso lo acepta. Pero no le gusta. Ya la oíste anoche cuando dijo que no podía creer que estuviera diciendo esas cosas, como si fueran reales.

—A mí tampoco me gusta que me asalte una visión, como si me diera una bofetada en pleno rostro, cada vez que toco algo, pero uno se adapta. Y parece que ella lo ha hecho.

—Porque quiere resolver este asunto —Con se encogió de hombros—. Y se ha visto arrastrada a esta aventura de la misma manera que yo. Pero no quiere. No es esta la vida con la que siempre había soñado. Cuando todo esto termine, volverá a la vida que desea: tranquila, ordenada, sencilla. Y yo no encajo en eso.

—Pero ella te quiere. Anoche Sabrina me dijo que Lilah estaba enamorada de ti.

—¿De veras? —Con se volvió para mirarlo, súbitamente aligerado el corazón en su pecho—. ¿Y eso cómo lo sabía Sabrina? ¿Se lo dijo Lilah?

—Dudo que hablaran de ello. Ya sabes cómo son las mujeres. Sabrina lo sabe y punto.

—Soy patético, ¿verdad? A veces desearía que Lilah se hubiera quedado embarazada, porque así estaría seguro de poder casarme con ella. Una retorcida manera de pensar, ¿no te parece? Querer forzarla al matrimonio. Mamá se quedaría consternada.

—Tú no eres peor que cualquier hombre enamorado. Sospecho que, en algún momento, todos hemos deseado atarnos a una mujer de cualquier forma posible, sin importar cuál —Alex le dio una palmada en el hombro—. Dijiste que pretendías casarte con ella y, hasta el momento, tú siempre has conseguido lo que te has propuesto. ¿Cómo piensas conquistarla?

—Tengo que demostrarle que puedo proporcionarle la vida con la que ha soñado. Que puedo ser la clase de hombre que desea. Debo ser paciente. Constante. Demostrarle que no soy un imprudente, que no saldré corriendo de repente a Cornualles o a Escocia para sumergirme en una investigación. Que no montaré ningún escándalo. Y dado que todo eso lleva tiempo, no puedo decirle sin más: «voy a cambiar» y esperar luego que me crea.

—Hablas como un caballero en misión.

Con se echó a reír.

—Quizá lo sea. Tengo que matar a un dragón. Solo que ese dragón soy yo.

—Con... —Alex frunció el ceño—. No deberías tener que cambiarte a ti mismo para conseguir un amor. Si realmente ella te quiere...

—Uno tiene que cambiar. Es inevitable. ¿Eres tú acaso el mismo hombre que eras antes de conocer a Sabrina? No necesitas responderme porque yo puedo asegurarte que no. Eres más fuerte, más maduro. Has aceptado tu don, has llegado incluso a valorarlo. Pero también tienes una nueva vulnerabilidad: tienes que preocuparte y temer por otra persona, deseas hacerla feliz, deseas protegerla. El amor siempre cambia a las personas. La única pregunta es saber si es para bien o para mal.

Su hermano se lo quedó mirando asombrado.

—¿Cómo es posible que Lilah no se haya dado cuenta de lo muy serio y reflexivo que eres? Con... habla con ella. Dile todo esto. Lo que sientes por ella, lo que piensas. Pídele que se case contigo. Una petición formal podría significar un gran paso a la hora de convencerla de que sabes qué es lo apropiado y lo correcto.

—No puedo. Aún no —sintió una opresión en el pecho—. ¿Y si me dice que no? Ahí habría acabado todo. No podríamos seguir como si nada hubiera sucedido. No puedo arriesgarme a eso. Tengo que esperar hasta que esté seguro.

—¿Desde cuándo has tenido tú miedo al riesgo? Eres el chiquillo que salió detrás de aquel matón con tu bate de críquet. Fui yo el que devolvió el desayuno cuando encontramos aquel cadáver: tú corriste a buscar ayuda. Eres tú el muchacho que se enfrentó con un carretero que te doblaba en tamaño y blandía además un látigo.

—¡Estaba azotando a su caballo! —la indignación ardió en los ojos de Con ante aquel recuerdo—. ¿Qué otra cosa podía hacer? Si no recuerdo mal, tú corriste a hacer causa común conmigo. En cualquier caso, aquello era diferente —suspiró— Solamente me arriesgaba a recibir una paliza. Esto es un asunto completamente distinto. Si pierdo a Lilah, lo perderé todo.

CAPÍTULO 37

Lilah deambulaba por la entrada, esperando a Con. Habían planeado acercarse al pueblo para seguir la pista del abogado de su padre, pero tras la marcha de Alex y de Sabrina, Con había desaparecido en el jardín.

Al cabo de un rato, entró de nuevo en la casa. Su tía estaba en el salón, con las manos en el regazo, mirando al vacío. Estaba pálida y tenía los ojos sospechosamente enrojecidos. ¿Había estado llorando?

Vesta alzó la mirada y sonrió.

—Hola, querida. Ven a sentarte conmigo —palmeó el sofá a su lado—. Estoy muy perezosa esta mañana. Me costó dormirme anoche —continuó, una vez que Lilah se había sentado—. Es porque el Santuario me está llamando. Tenemos que encontrar esa llave. Si pudiéramos liberar a la Diosa…

—Bueno, liberarla es precisamente lo que no queremos hacer —le recordó.

—Sí, por supuesto, querida. Me refería a vincularnos con el Santuario —Vesta se quedó callada, acariciando con un dedo el brazo de su silla, abstraída—. El poder se dirige principalmente a ti, ¿verdad? Yo lo sentí. Porque su potencia aumentó mucho cuando tú te reuniste conmigo.

—No estoy segura —repuso. Se dijo a sí misma que resultaba estúpido sentirse culpable por ser la receptora del poder del Santuario. De buena gana se lo habría cedido a su tía Vesta, si hubiera podido hacerlo. Aun así, no podía evitar sentir una punzada de compasión por su tía.

—Yo siempre creí que ese poder me favorecía a mí. Que me alimentaba. Pensé que si volvía, mi poder retornaría —la expresión de Vesta era triste, algo que rara vez había visto Lilah en su tía.

—Dale tiempo, tía Vesta.

—Eres muy amable, Lilah. Tú siempre has sido una niña muy buena —Vesta irguió los hombros y forzó una sonrisa—. El poder era mucho más fuerte cuando tú y yo nos dimos la mano, ¿verdad?

—Sí, así es.

—Bien. Tienes razón. Debería darle más tiempo —su sonrisa se volvió más natural—. Y bien, ¿qué vais a hacer hoy tú y ese joven amigo tuyo? ¿Proseguiréis con la búsqueda de la llave?

Lilah se alegró de cambiar de tema. Se lanzó a una descripción de su visita del día anterior al antiguo ayuda de cámara de su padre, para terminar con la revelación de que sir Virgil había dejado a su abogado una carta dirigida a su nombre.

—¿Crees que el señor Cunningham se quedó con la carta? Oh, Dios mío, siempre me pareció un hombre tan agradable...

—Supongo que pudo haberse tratado de un error. Con y yo iremos a su bufete esta mañana. Su hijo se ha hecho cargo de la empresa, ¿verdad?

—Eso creo.

—Tal vez simplemente el señor Cunningham se olvidó. Si no fue así, Con piensa viajar a Bath para preguntarle al respecto.

—Pero queda tan poco tiempo...

—Lo sé. Pero seguro que papá tuvo que haberme transmitido de alguna forma la localización de la llave. Era mucho más franco y sincero de lo que parece que lo habría sido mi abuelo.

—Eso es verdad. Virgil no habría sido tan críptico contigo —la esperanza se dibujó en la expresión de su tía—. Quizá nuestra suerte haya cambiado. Esa carta podría estar entre sus papeles, acumulando polvo —de repente miró algo detrás de

Lilah—. Ah, aquí estás, mi querido muchacho. Lilah me ha estado contando tus aventuras.

Lilah se volvió para descubrir a Con de pie en el umbral. Rápidamente la rescató de los tópicos conversacionales de la tía Vesta y abandonaron la casa en dirección al carruaje que los estaba esperando en el patio.

Con parecía más callado de lo habitual, pensativo incluso. Una vez instalados en el carruaje, Lilah se inclinó para ponerle una mano en el brazo.

—¿Pasa algo?

La miró casi sobresaltado y en seguida sonrió, desaparecidas las sombras que habían nublado su mirada.

—No —puso una mano sobre la suya—. Solo estaba pensando... No es más que una ocurrencia, lo sé.

Ella esbozó una mueca pero volvió a reclinarse en su asiento, ya más tranquila.

—Esta mañana estuve hablando con el jardinero jefe —continuó Con.

—¿El jardinero? ¿Para qué? Espero que no vayas a decirme que ha estado descuidando el jardín...

Él se echó a reír.

—No. Al contrario que sir Jasper, no sé nada de jardines. Hablé con Harvey porque le había pedido que estuviera atento a los rumores que pudieran correr por ahí. Su hermana está casada con el panadero y su primo trabaja en la taberna, así que está al tanto de todo tipo de noticias.

—Con Moreland, ¿cómo es que sabes todo esto?

—Charlo con el servicio —se encogió de hombros—. Me gusta saber cosas.

—¿De modo que has formado una red de espías?

—Yo no los llamaría espías. Más bien informantes. Lo aprendí de Megan. Conocer gente y ganarse su confianza es algo muy importante en el periodismo.

—Y en la investigación también, al parecer.

—Poseo, además, una curiosidad universal.

—¿Qué te dijeron entonces tus «informantes»?

—Que Niles Dearborn estuvo en la taberna.
—¿Ha vuelto?
—Eso parece. Ignoro lo que está tramando. Estuvo haciendo preguntas sobre ti y sobre mí. Según Harvey, todo el mundo mantuvo los labios sellados.
—¿Qué sospechas que puede querer?
—No lo sé. Pero he avisado a mozos y jardineros para que me avisen en cuanto lo vean. No me sorprendería que se dedicara a curiosear por la finca.

Pensó Lilah en ese momento que Con se estaba atribuyendo responsabilidades que no eran las suyas. Que lo hubiera hecho sir Jasper era algo que la había irritado profundamente. El caso de Con era distinto. No le importaba en absoluto. De hecho, extrañamente, el gesto la llenaba de ternura.

Cuando llegaron al pueblo, descubrieron que el bufete del señor Cunningham había permanecido en manos de su hijo, que corrió a recibirlos con gran alegría. Su buen humor, sin embargo, se evaporó cuando Lilah le preguntó por la carta que nunca había llegado a serle entregada.

Con expresión de asombro, Cunningham les aseguró que su padre jamás habría descuidado una obligación semejante. Para demostrárselo, mandó a su empleado que le trajera las cajas con los antiguos archivos de su padre y se puso a rebuscar en ellas, hasta que sacó un grueso fajo con la etiqueta «Holcutt».

—Sí, aquí está —señaló el papel que estaba encima de todos. Era un listado de fechas con anotaciones al lado de cada una—. ¿Lo ven? *17 agosto 1891, c. p. de sir V. Holcutt, 17 de agosto e. D. Holcutt*. Entregó una carta personal a D. Holcutt, esto es, a usted, señorita. Son sus iniciales, lo que demuestra que ejecutó puntualmente su tarea —les lanzó una sonrisa triunfal—. Mi padre era siempre muy escrupuloso con sus archivos. Y yo he heredado eso de él.

Lilah pensó que unos garabatos en un pedazo de papel era una dudosa demostración de una afirmación semejante. Durante el camino de regreso a casa, le dijo a Con, rotunda:

—No es cierto. No me envió ninguna carta, y mucho menos me la entregó. Yo no me habría olvidado.

—Por supuesto que no. Algo sucedió. El señor Cunningham padre no era tan escrupuloso como a su hijo le gustaría que creyéramos. Y tampoco tan honesto. O el hombre se quedó con la carta o se la entregó a otra persona que no eras tú. ¿Te fijaste en la anotación del papel que seguía a la que nos indicó el abogado?

—No. ¿Qué decía?

—Una entrevista con Jasper Holcutt. No solo eso, la fecha era la misma que la de la supuesta entrega de la carta.

Continuaron hablando del tema durante el resto del trayecto, pero la tía Vesta los acribilló en seguida a preguntas, de modo que tuvieron que sentarse a repasarlo todo con ella.

—¿Sir Jasper? —inquirió dubitativa cuando ellos terminaron su relato—. Parece una persona demasiado sosa y aburrida, ¿no? Es más probable que Niles esté tramando algo, intentando apoderarse de nuestra llave haciéndonos creer que ha perdido la suya.

—Me parece demasiada casualidad que Cunningham me entregara supuestamente la carta y se entrevistara con sir Jasper el mismo día —señaló Lilah—. Yo nunca la recibí, pero sir Jasper empezó a cortejarme apenas unos meses después.

—¿Crees que pagó al señor Cunningham para que le entregara la carta?

—Pretendo averiguarlo —afirmó Con—. Es posible que sir Jasper ni siquiera tuviera que pagarle, y que se ofreciera a entregar personalmente la carta a Lilah. Eso no habría sido ético, por supuesto, pero no sería la primera vez que un abogado entrega cartas y papeles de una mujer a su pariente varón más cercano.

—Eso es cierto. El señor Cunningham era un hombre bastante anticuado —la tía Vesta sacudió la cabeza con expresión desaprobadora—. Y eso explicaría, supongo yo, por qué sir Jasper no cejó de husmearlo todo cuando estuvo aquí. Me hizo tantas preguntas que hasta me pareció una grosería por su parte, la verdad.

—¿Qué clase de preguntas? —quiso saber Con, mirándola fijamente.

—Oh, no lo recuerdo exactamente... cosas sobre el despacho de papá. Y la sala de los relojes, por supuesto. Se mostró muy interesado en ella. De hecho, en una ocasión en que abandoné mi habitación, le sorprendí en la cámara de Virgil... ¿Os imagináis qué descaro? Como si estuviera calibrando el valor el dormitorio principal con vistas a quedarse con él. Estaba haciendo una lista...

—¿Una lista? —inquirió Lilah—. ¿Qué clase de lista?

—¿Estuvo apuntando cosas? —preguntó Con.

—Bueno... —dijo vagamente Vesta, alzando la mirada como si las respuestas estuvieran escritas en el techo—. No sé qué había en esa lista, en realidad. Era solo un pedazo de papel —aspiró profundo y miró a Con—. ¡Oh! Piensas que era la carta. ¡Que la estaba usando para encontrar la llave!

—Creo que merece la pena que echemos un vistazo a la habitación en la que estuvo durmiendo.

Con se levantó, tendiendo la mano a Lilah, y abandonaron el salón. La tía Vesta los siguió escaleras arriba y todo a lo largo del pasillo hasta el dormitorio donde sir Jasper había dormido durante su breve visita. Sus pasos se apresuraban por momentos y el corazón de Lilah latía aceleradamente de expectación.

—No pudo haberla dejado olvidada aquí... —dijo en un intento de ahogar sus propias esperanzas.

Con abrió la puerta y contemplaron la, por desgracia, perfectamente ordenada habitación. La ropa de cama había sido cambiada. La superficie de la cómoda estaba vacía. Los suelos, barridos. Lilah soltó un suspiro. Si algo se le había caído allí, obviamente había sido recogido y tirado a la basura.

Aun así, se concentró a revisar los cajones de la cómoda. Con registró el armario, para hacer luego lo mismo con el aguamanil y la cama.

—Nada —dijo Lilah contrariada. Se apartó del tocador para descubrir a Con tirado en el suelo, mirando debajo de la cama.

—¡Espera! —la voz de Con sonaba ahogada, con parte de

la cabeza bajo de la cama. Se retiró al fin para levantarse rápidamente. Tenía todo un lado de la cara cubierto de polvo—. A la hora de limpiar las criadas son, según parece, mucho menos escrupulosas con lo que no se ve —trepando a la cama, estiró una mano y se dedicó a palpar la parte trasera del cabecero—. Aquí hay algo. ¡Ajá! —sacó la mano y se volvió hacia Lilah con una sonrisa triunfante.

Acercándose a ella, le entregó un papel doblado.

Lilah tuvo la sensación de que hasta la última gota de su sangre había bajado de pronto a sus pies.

—Has encontrado la carta.

CAPÍTULO 38

Lilah miraba el papel como si Con le estuviera ofreciendo una serpiente.

—Vamos —agitó la nota. Al ver que seguía dudando, le preguntó—: ¿Quieres leerla a solas? Puedo marcharme.

Desde el umbral, la tía Vesta soltó un gritito de consternación. El sonido pareció sacar a Lilah de su parálisis y, negando con la cabeza, estiró una mano para recoger la carta.

—No, prefiero que estés aquí —sonrió—. Aunque debo reconocer que es una oferta más que generosa, dada tu curiosidad.

—Me alegro de que quieras que me quede.

Lilah empezó a leer en voz alta:

Mi queridísima Lilah,
Nunca fui el padre que debería haber sido para ti. Me doy cuenta ahora de que he desperdiciado buena parte de mi vida en cosas que no podía cambiar, en lugar de educar convenientemente a la maravillosa criatura que el Señor me confió. Solo puedo suplicar tu perdón y rezar para que leas esta carta con la mente abierta y el corazón compasivo.

Se le quebró la voz de pronto y tuvo que detenerse, apretando los labios con fuerza por un instante.

Por mucho que te resistas a reconocerlo, albergas un gran poder dentro de ti.

Hace muchos años, mi padre y dos amigos suyos descubrieron un túnel bajo la torre. El túnel llevaba a una antigua cueva de maravillosa belleza, impregnada de un poder mágico. Yo no sé qué fuerza era la causante o por qué le fue revelada a mi padre, pero él la tenía por un lugar sagrado. Los tres sacaron beneficio de ello, recibiendo grandes dones y guardándolo con enorme secretismo.

La piedra angular de la Hermandad es el eterno equilibrio de los tres. Para entrar en el Santuario se requieren tres llaves, y cada uno de los Hermanos posee una. Yo te lego a ti la mía, confiando plenamente en que la utilizarás con sabiduría. La he dejado en tu casa, en un lugar donde solo a ti se te ocurriría buscar.

—¿Que dejó la llave en mi casa? —exclamó Lilah, levantando la mirada de la carta con expresión indignada—. ¿Eso es todo lo que dice? ¿Qué escondió la llave en alguna parte de la casa?

—Eso no estrecha demasiado el abanico de posibilidades —admitió Con.

—Es inútil...

—¿No tienes idea de lo que quiere decir? —Vesta parecía especialmente alicaída. Envejecida incluso—. Yo pensé... esperé —girándose en redondo, abandonó la habitación.

Lilah se quedó viendo cómo se marchaba.

—Pobre tía Vesta. No puedo ayudarla.

—Quizá sir Virgil te dijo algo más sobre ello —Con señaló la nota.

—Sí, tienes razón —dijo, y prosiguió la lectura.

En el interior de cada uno de los tres escogidos, tiene que haber un equilibrio entre el bien y el mal. Nos fueron otorgados dones y habilidades en aspectos muy queridos para nosotros, pero también las contrapartidas de dichas cualidades en igual magnitud.

El don de la riqueza de los Dearborn se equilibra por su codicia. La sabiduría de Hamilton tuvo su contraparte en las horribles jaquecas que lo acosaron a lo largo de toda la vida. Mi padre no podía librarse de sus sueños y visiones. Yo me aferré con tanta fuerza a mi conexión con el otro mundo que perdí el amor de mi ser más querido.

Con la muerte de Hamilton, el sagrado equilibrio de los tres fue destruido. Las habilidades de los supervivientes han mermado. Niles experimentó el declinar más visible de su don cuando empezó a perder dinero a gran velocidad. Pero yo también he empezado a sentir que mi conexión con el Espíritu decae, que mi vínculo con mi amada Eva y con el otro mundo se desvanecen.

Consciente del problema, escondí mi llave y me negué a abrir el Santuario mientras no se restableciera el equilibrio de los tres.

—La discusión entre mi padre y Dearborn que Roberts escuchó —intervino Con.

—Imagino que sí —Lilah asintió y continuó la lectura.

Desde entonces, sin embargo, he meditado mucho sobre el equilibrio. Nada de lo que hacemos deja de tener consecuencias, y nada de lo que nos es dado deja de exigir un sacrificio a cambio. Me he dado cuenta de que un sacrificio fue requerido de la Hermandad. Aunque creo que lo hicieron sin conciencia de ello, extrajeron de sus propias vidas fuerzas que aportar al Santuario.

Las vidas de los tres Hermanos originales, todas ellas, tuvieron un final prematuro. Hamilton también dejó este mundo demasiado temprano. De manera reveladora, el exceso de los dones recibidos explicó el modo de sus muertes. Tengo pocas dudas de que Niles y yo encontraremos el mismo destino. Yo no lo temo, porque estoy deseoso de volver a reunirme con mi amada, pero temo por ti, Delilah, así como por Sabrina y por Peter, cuyas vidas puede que se vean truncadas pronto.

Me doy cuenta de que el Santuario nunca debió ser abierto. Creo que debería ser cerrado para siempre. Mi intención primera era la de destruir la llave, pero fui demasiado débil. Dejo la decisión a tomar sobre el Santuario en tus capaces manos. Tú estás mejor dotada que yo para escoger el camino adecuado. Te suplico me perdones por haberte endosado esta carga final.

Tu amante padre.

Lilah bajó la carta y miró consternada a Con.

—Teníamos razón. El Santuario es el culpable de que las tres familias murieran jóvenes. Sabrina y yo también...

—¡No! —exclamó Con, feroz—. Tú no vas a morir joven. No sabemos cómo te afectará esto a ti y a Sabrina. Ninguna de las dos ha estado dentro del Santuario. Ninguna de las dos ha recibido don alguno de ese lugar. Y ninguna de las dos ha vivido aquí de manera continuada. Quizá poniendo fin a tu estancia aquí, tu padre canceló de alguna manera la obligación.

—El poder sigue aquí. Yo siento su fuerza, su energía. Estoy segura de que necesitamos hacer algo más.

—Pues entonces lo haremos.

—¿Cómo?

—No lo sé. Pero no voy a dejar que mueras.

La reacción de Alex cuando regresó de Carmoor con Sabrina fue previsiblemente la misma que la de Con. Apretó los puños con fuerza, fulminando con la mirada a su hermano.

—Sabrina no va a morir.

—Deja de mirarle así, Alex. No es culpa de Con —intervino Sabrina—. Como dijo Con, ni Lilah ni yo hemos llegado a pasar aquí ni la mitad de nuestras vidas. Debe ser necesaria una proximidad que ni ella ni yo hemos tenido, ¿no te parece? En el peor de los casos, renunciaremos a vivir en Carmoor.

—Tienes razón, por supuesto. Perdonad —Alex suspiró y tomó asiento—. ¿A nadie más le extraña que de pronto haya aparecido esta carta como si fuera maná caído del cielo? Después de tanto buscar, resultó de repente que había estado todo el tiempo ahí, esperándoos.

—Sí, parece sospechoso. Pero Lilah sostiene que la letra es de su padre.

—Lo es. Y las palabras, y el estilo. La carta tiene que ser real —afirmó Lilah.

—¿Pero cómo es que tu primo dejó una prueba tan acusadora en su habitación? Eso es lo que me deja perplejo.

—El descuido y la negligencia caracterizan a un buen número de delincuentes —dijo Con—. Y el hombre tuvo que marcharse con cierto apresuramiento después de que Lilah lo despachara. Pudo habérsele caído sin que se diera cuenta —se encogió de hombros—. Cierto: es sorprendente, y hemos tenido mucha suerte. Pero todavía resultaría más extraño que hubiera dejado aquí esa carta de manera deliberada. Como tú mismo has dicho, lo inculpa.

—Quizá lo hiciera a propósito —sugirió Lilah.

—¿Quieres decir que el verdadero ladrón está intentando alejarnos de su pista? —inquirió Sabrina—. ¿Hacernos sospechar de sir Jasper?

—Sí. Eso sería muy propio de Dearborn —Alex apretó la mandíbula.

—A mí me extraña que Dearborn nos proporcionara justo lo que estábamos buscando solo para acusar a Jasper —dijo Sabrina.

—Pero eso no es realmente lo que nosotros estamos buscando, ¿verdad? —apuntó Alex—. Esa carta nos ha contado cosas sobre la Hermandad y sobre aquello que estábamos buscando, pero no nos ha aportado nada que nos ayude a encontrar la llave. Solo dice que dejó la llave en la casa. ¿Qué ayuda es esa?

—Quizá sea un código. Una clave —sugirió Con.

—O quizá mi padre creía que yo podía leerle el pensamiento —dijo bruscamente—. Eso habría sido muy propio de él. El asunto es que tanto si a sir Jasper se le cayó esto por accidente como si Dearborn lo puso allí para acusarlo, seguimos sin estar más cerca de nuestro objetivo. Lo único nuevo que hemos descubierto es la advertencia que me hizo mi padre acerca de los perversos efectos de la «bendición».

—Quizá eso oculte alguna pista. ¿Qué querría decir con eso de que «el exceso de los dones recibidos explicó el modo de sus muertes»? ¿Podría tratarse de una insinuación?

—Por desgracia, esa era la manera de escribir de mi padre: todo tenía que ser tan formal, tan filosófico… Creo que se refería a que todos los hombres murieron de alguna afección relacionada con su carácter. Mi padre, que representaba el espíritu o el corazón, falleció de un ataque cardiaco.

—Y el mío de apoplejía —añadió Sabrina—. Mi abuelo murió de un tumor cerebral. Ellos representaban la cabeza, la mente.

—Yo no sé cómo murió el padre de Niles.

—Yo sí —dijo Sabrina—. Oí a la señora Dearborn comentar una vez que el juego fue la causa de la muerte. Y el propio señor Dearborn soltó esta frase: «que mi padre muriera en las mesas de juego no significa que me vaya a pasar a mí lo mismo».

—Los mataron sus propios dones, básicamente —dijo Lilah—. Es por eso por lo que creo que debemos cerrar el Santuario. Cerrarlo para siempre, no ignorarlo.

—Lo haremos. Quizá si hiciéramos una «anticeremonia», esto es, hacer las mismas cosas pero diciéndole a ese poder que se vaya o que le devolvemos los dones —sugirió Sabrina.

—Primero tenemos que encontrar la llave —le recordó Alex.

—Y las otras dos —añadió Lilah.

—Conseguiremos las otras dos llaves —sentenció Con, sombrío—. De una manera o de otra.

—Ahora mismo, lo único que podemos hacer es retomar la búsqueda de la llave —dijo Alex.

—Al menos ahora sabemos que estamos buscando un pequeño escondite en lugar de una puerta secreta o una escalera oculta —señaló Con.

—Por desgracia, eso dificulta aún más nuestra tarea —gruñó Lilah.

Con sonrió.

—A mí siempre me han gustado los desafíos.

A la mañana siguiente las dos parejas se dividieron. Con y Alex se dedicaron a buscar la llave en la sección original de la casa mientras Lilah y Sabrina trabajaban en la adición más reciente. Las dos mujeres se dirigieron primero a la vieja capilla del extremo más alejado del edificio. Sabrina contempló la amplia estancia y suspiró.

—La perspectiva es abrumadora.
—Lo sé —reconoció Lilah—. Sigo teniendo al sensación de que algo se me escapa, de que la carta de mi padre tiene que ocultar alguna pista, no sé cuál. Con pasó toda la tarde de ayer intentando encontrar algún código secreto en ella —sonrió con ternura al evocarlo inclinado sobre la carta y garabateando notas en su cuaderno, todo despeinado y abstraído en sus cálculos.

Cuando se volvió hacia Sabrina, la sorprendió observándola con una expresión de inteligencia en los ojos. Tuvo el presentimiento de que acababa de traicionarse.

—¡Lo sabía! —exclamó Sabrina—. Hay algo entre vosotros dos.

—No seas tonta —Lilah se volvió de nuevo, consciente de que había alzado demasiado la voz, que además le había salido rota, como sin aliento—. No alcanzo a comprender por qué puedes pensar eso…

—¿Porque tengo ojos en la cara? Los dos no habéis discutido ni una sola vez desde que llegamos aquí.

—Nosotros hemos… er, aprendido a dejar a un lado nuestras diferencias para trabajar juntos.

—Ya —Sabrina parecía escéptica—. Yo diría que habéis hecho mucho más que «trabajar juntos». Vamos, Lilah, cuéntamelo. Todo. ¿Qué ha pasado?

Lilah se resistió por un momento. Finalmente soltó un gruñido y se dejó caer en uno de los duros bancos de madera.

—Oh, Sabrina. No sé qué voy a hacer… Creo… me temo que me he enamorado de Con.

CAPÍTULO 39

—Yo le conté a Alex que tú le amabas —Sabrina abrazó a su amiga pero en seguida se retiró, para quedársela mirando extrañada—. Esto debería ponerte contenta, no triste.

—Lo estoy. Soy muy feliz. Pero... todo resulta horriblemente confuso. Me siento tan bien cuando estoy con él... Con ha sido muy amable con la tía Vesta, y sabes lo difícil que ella puede llegar a ser. Creo que le gusta realmente la gente, con sus manías y todo. Se burla de todos, pero una vez que me acostumbré a ello, descubrí que no era malo, ni descortés. Y, de alguna manera, siempre termina haciéndome reír.

—Hablas efectivamente como si estuvieras encandilada con él —dijo Sabrina para en seguida añadir, delicadamente—: ¿Acaso... acaso piensas que él no corresponde a tus afectos? Contigo parece siempre muy... atento. Te mira... bueno, como Alex me mira a mí.

—Siente algo por mí, creo. Se siente atraído.

—Como tú hacia él.

—Sí. Oh, sí —Lilah fue incapaz de mirarla a la cara mientras continuaba, atropelladamente—: Yo he... me temo que eso te va a sorprender, pero nosotros hemos... er, compartido intimidades —enrojeció hasta la raíz del pelo—. Por favor, no vayas a pensar mal de mí.

—Me sorprende un poco porque sé lo muy formal y correcta que has sido siempre, pero en absoluto pienso mal de ti. Sería una hipocresía por mi parte, ya que a Alex y a mí nos pasó lo mismo, también.

Lilah desorbitó los ojos.

—¿Te acostaste con Alex antes de casarte con él? ¿Por qué no me lo dijiste? No tenía ni idea.

—Bueno, como te he dicho, tú siempre has sido muy formal, y no quería que *tú* pensaras mal de mí.

—¿Era yo realmente tan mojigata como todo el mundo parece pensar? Tú no me habrías decepcionado. Siempre me gustó mucho la formalidad, pero espero que no fuera tan moralizante con los demás. Era yo quien sentía que debía respetar escrupulosamente las normas. Y ahora... bueno, obviamente, ya no siento eso. Me he mostrado absolutamente descarada en ese sentido.

—Bueno, pues entonces ahora las dos somos mujeres descaradas —rio Sabrina—. Pero todavía sigo sin saber por qué estás tan preocupada —aspiró profundamente antes de preguntárselo—. ¿Estás esperando un hijo?

—No. Al menos, eso creo —Lilah suspiró—. Casi desearía que lo estuviera, porque entonces sabría al menos que Con se casaría conmigo. El asunto quedaría así cerrado, fuera de mi responsabilidad.

—Entiendo. Piensas que Con no te ama. Que no se casaría contigo a no ser que tuviera la obligación de hacerlo.

Lilah asintió.

—Nunca me ha dicho una sola palabra de amor. Quiero decir que me llama «Lilah, amor mío» a veces, pero solo es una manera de hablar. Me dice que soy hermosa y... —volvió a ruborizarse, esa vez levemente—. Hace que me sienta como si me quisiera.

—Pero no te lo dice —terminó Sabrina por ella—. Creo que a los hombres les cuesta decir esas cosas, expresar sus emociones.

Lilah arqueó una ceja.

—¿Cuándo ha dudado Con en decir algo?

Sabrina soltó una carcajada.

—Eso es cierto. Pero quizá la cosa sea distinta cuando está enamorado.

—Tal vez —Lilah se encogió de hombros—. Pero si hubieras visto su cara cuando me dijo que se casaría conmigo en caso de que estuviera embarazada… Resultó obvio que se habría sentido obligado, pero también que no quería hacerlo.

—¿Cuándo te dijo eso?

—Después de la primera vez. Sintió que ese era su deber.

—Pero eso fue hace algún tiempo, ¿no?

—No tanto, en realidad.

—¿Estás segura de que sigue sintiendo lo mismo?

Lilah volvió a encogerse de hombros.

—Tú y yo sabemos que yo no soy el tipo de mujer con la que desearía casarse. Me dijo lo poco que valoraba mis cualidades. Sea lo que sea que sienta por mí, deseo o amor, lo hace a regañadientes. Me encuentra rígida y remilgada. A mí me gustan las reglas. A él no. Yo soy escéptica, él de mente abierta. Yo dudo, él confía. Con es cálido, afectuoso, expansivo. Yo no soy ninguna de esas cosas. Yo no hago amistades con facilidad. Tú eres mi única amiga cercana.

—Un marido y una esposa no necesitan ser iguales. Alex y yo somos distintos.

—Pero no tanto como nosotros.

Sabrina se quedó pensativa.

—Muy bien. ¿Pero no se te ha ocurrido pensar que quizá sea eso precisamente lo que necesite y quiera Con? ¿Complementariedad, y no condescendencia? ¿Equilibrio?

—¿Equilibrio dices? ¡No, por favor! —Lilah puso una expresión cómica—. Estás empezando a hablar como mi padre.

—Con y Alex siempre han estado tremendamente unidos —enlazó dos dedos como para subrayarlo—. Comparten muchísimas cosas, pero también hay otras en las difieren. Con es más impulsivo, mientras que Alex es más dado a pensar antes de actuar. Con es más emocional, Alex más frío. Quizá la naturaleza de Con necesite de alguien que le haga poner los pies en la tierra. No le gusta seguir las normas, pero a veces tiene que hacerlo.

—Yo podría serle útil en ese aspecto, pero dudo que eso le gustara...

—Eso no lo sabes.

—Discutiríamos constantemente.

—¿Cuántas discusiones has tenido con él desde que llegasteis aquí?

—No sé... en realidad no se me ocurre ninguna —al ver que su amiga arqueaba las cejas con elocuente expresión, Lilah añadió—: Ahora me desea. Eso lo cambia todo. ¿Pero qué pasará después, cuando se haya acostumbrado a mí? ¿Cuando el deseo no gobierne ya sus actos?

—¿Estás segura de que eso va a suceder? Lilah, estoy hablando de algo más que ser útil a alguien... es cuestión de encajar bien. Como las piezas de un puzle: no son las mismas, todas son diferentes, pero juntas forman una unidad completa —Sabrina se recostó en el banco, mirándola detenidamente—. ¿Estás segura de que es Con y no tú quien se muestra reacio a casarse?

Lilah la miró sorprendida.

—¿Qué quieres decir? Acabo de decirte que le amo.

—Y sin embargo has sacado a colación todas esas objeciones. ¿Seguro que no estás buscando obstáculos?

—Absurdo. ¿Por qué habría de hacer algo así?

—No lo sé. Pero te apresuras demasiado a contrarrestar mis argumentos, a negar cualquier indicio de que él te pueda amar... Quizá no sea precisamente confusión lo que sientas, sino miedo.

—¿Miedo de qué? ¿De que llegue a amarlo demasiado? ¿De que termine obsesionándome con él tanto como mi padre se obsesionó con mi madre? —Lilah se levantó del banco y empezó a pasear de un lado a otro de la estancia, con todo tipo de emociones bullendo en su interior.

Sabrina la siguió.

—Yo me refería a miedo de sufrir. ¿No te parece revelador

lo que estás diciendo ahora mismo? ¿Que sientas miedo de amarlo demasiado?

Lilah se giró en redondo.

—Por supuesto que tengo miedo de sufrir. Y de amarlo demasiado. Son cosas que van de la mano. Nunca vi gozo en el amor de mi padre, sino dolor —confesó con voz ahogada.

—Lilah… no tiene por qué ser así.

—Quizá eso sea cierto para otros, pero la gente de mi familia parece que se resiste a dominar sus obsesiones, o quizá sea incapaz de hacerlo. El centro de la vida de mi padre fue su amor por mi madre. Y aparentemente el centro de la de mi abuelo era el amor que profesaba a aquella enloquecida religión. El amor los consumió a ambos. Los devoró.

—Tú no eres ellos.

—¿Y si te equivocas? Quizá hasta ahora no haya conocido mi perdición, mi ruina. ¿Y si me enamoro tan perdidamente de Con que no puedo llegar a ser nunca feliz sin él? ¿Qué haré yo si él no corresponde a mi amor? ¿Cómo voy a poder soportarlo? Me siento como si estuviera al borde de un precipicio y un simple mal paso pudiera arrojarme de cabeza a mi destino.

—¿Y si lo que encuentras es la felicidad? ¿Y si Con te ama?

—No sé si puedo correr el riesgo.

—Quizá tengas que hacerlo. Ya lo amas. Lo único que estás haciendo es intentar evitarlo. Agachar la cabeza, esquivarlo.

—¿Así que debo quedarme quieta y recibir el golpe? —replicó Lilah.

—Si te atrincheras en tus miedos, si te proteges contra el amor, ya te estás condenando a ti misma a una vida vacía y solitaria.

Lilah se quedó sin aliento. Las palabras de su amiga la habían afectado.

—Perdona —murmuró Sabrina con tono arrepentido—. Yo no quería decir… No debería haber dicho eso.

—¿Ni siquiera aunque sea cierto?

—He hablado sin pensar. Por supuesto que serás feliz. Tu futuro no depende de Con.

—No. Depende de mí. Pero debo reunir el coraje necesario para enfrentarlo.

Sabrina y Lilah retomaron su trabajo, pero no encontraron nada significativo. Cuando volvieron a reunirse con los hombres, descubrieron que su búsqueda también había sido infructuosa. Aunque a juzgar por su aspecto desaliñado, la suciedad de sus ropas y sus alegres sonrisas, parecía que habían disfrutado más que ellas del proceso.

Dado que era la hora del té, Con y Alex subieron a adecentarse mientras las mujeres se sentaban en el salón con la tía Vesta. Parecía casi tan acalorada y gozosa como los hombres.

—Me alegro de poder hablar con vosotras a solas. He tenido una idea.

—¿Cuál? —inquirió Lilah, desconfiada.

—He visitado otra vez el Santuario.

—¿Qué quieres decir? No tenemos las llaves.

—No dentro. Me quedé en la puerta, al final del túnel, y contacté con la fuerza. Es tan poderosa...

—No deberías bajar allí tú sola, tía Vesta —le reprochó Lilah, alarmada—. Es peligroso. ¿Y si el túnel se hubiera derrumbado? No habríamos tenido ni idea de dónde estabas o qué había sucedido...

—El Santuario jamás nos haría daño alguno. A ninguna de nosotras. En cualquier caso, lo importante es que el Santuario me dio una idea.

Lilah reprimió un suspiro. Tan pronto como sintió fluir el poder entre ellas la noche anterior, supo que la tía Vesta iba a constituir un problema.

La tía Vesta seguía parloteando.

—Las Gran Diosa nos cuida a todas nosotras, por supuesto, desde que nuestras familias rasgaron el velo del Otro Mundo. Ella bendijo a los hombres, pero pensad solo en una cosa: en lo mucho mejor que sería formar una Sororidad, ¡una Hermandad de mujeres! He leído que el trisquel no solo representa el renacimiento incesante, sino también el divino poder femenino. La diosa estaría mucho más contenta si *nosotras* dirigiéramos la ceremonia de los dones.

—¿Nosotras? —preguntó Lilah, aunque sabía bien adónde quería llegar su tía.

—Nosotras tres, claro está. Sabrina, tú y yo.

—Tía Vesta, no...

—Pero se supone que tiene que ser un miembro de cada una de las tres familias —le recordó Sabrina—. Eso sería desequilibrar las cosas...

—¿Tú crees? Lo del equilibrio no era más que una suposición de Virgil. ¿Y si la verdadera razón fuera que la diosa sabía entonces que ya había mujeres para celebrar la ceremonia? Quizá se había cansado de lidiar con hombres y por eso estaba tan descontenta —asintió firmemente con la cabeza, convencida de que llevaba razón—. Mi padre creía que el Santuario pertenecía a las Matres. Lo dijiste tú misma, Lilah. Tres mujeres —se interrumpió para añadir, enfática—: La mujer mayor —se llevó una mano al pecho, señalándose—. La mujer casada —señaló a Sabrina—. Y la doncella —estiró la mano hacia Lilah—. Es perfecto. Vosotras mismas sentisteis el poder que convocamos las tres anoche —y se recostó en su siento, mirándolas con expresión radiante.

—Es absurdo hablar de una ceremonia —objetó Lilah. No deseaba en absoluto tener esa discusión con su tía en aquel momento—. Todavía tenemos que encontrar la llave, y tenemos también que conseguir las otras dos.

—La encontraréis —afirmó Vesta con tono complaciente—. Estoy segura de ello. Es el destino.

Afortunadamente les libró de otra discusión la entrada de los dos hombres, seguidos poco después por el mayordomo con el carrito del té. Pero tras el té, y tan pronto como la tía Vesta dejó el salón para subir a dormir su siesta, Lilah se volvió hacia Con.

—¿Qué voy a hacer con mi tía? Se va a llevar un terrible disgusto cuando cerremos el santuario. Eso si podemos cerrarlo.

—O si podemos abrirlo —añadió Sabrina—. Solamente faltan cuatro días para la noche de San Juan. Tenemos que renovar el vínculo del Santuario antes de entonces. Ignoro la clase de destrucción que el señor Dearborn piensa que esa cosa causará, pero me lo creo. La energía que sentí ayer procedente de ese sitio era enorme, y eso que tenía que atravesar una pared de piedra y una puerta maciza —miró a su amiga.

—Sería estúpido negar el poder del Santuario —se mostró de acuerdo Lilah—. Podría causar una tremenda destrucción. No podemos permitirnos esperar de brazos cruzados a ver qué sucede.

—Alex y yo habíamos pensado mudarnos a Carmoor mañana. Pero seguiríamos viniendo aquí durante el día para ayudaros a buscar. O quizá deberíamos quedarnos aquí un poco más. Así dispondríamos de más tiempo para registrarlo todo.

—Ignoro si eso sería suficiente —dijo Alex—. Podríamos tardar semanas en encontrar la llave, e incluso aunque lo hiciéramos, estaría el problema de las otras dos llaves. Yo he estado pensando que quizá deberíamos mudarnos todos a Carmoor si es que no logramos localizar la llave antes del día de San Juan. Al menos allí estaríamos algo alejados.

—Pero no sabemos qué es lo que va a pasar. Las consecuencias podrían ser efectos mucho más graves que la simple destrucción de Barrow House —repuso Lilah—. ¿Y si se tratara de algún virus o afección que infectara a la gente? No podemos permitir que el mundo quede expuesto a un mal así.

—Yo también he estado pensando en algo —dijo Con—. Hay otras maneras de abrir una puerta. Dinamita, por ejemplo.

—¡Dinamita! —exclamó Lilah—. ¿Vas a volarla? ¿Esa es tu solución? ¡Tirarás abajo la casa!

—No necesariamente. La idea de Con podría funcionar —a Alex empezaron a brillarle los ojos—. Se puede controlar una explosión. Es roca viva lo que hay debajo de la casa. Un experto podría colocar la carga de manera que afectara sobre todo a la puerta. Parte del muro que sirve de marco podría desmoronarse, pero dudo que eso afectara seriamente a Barrow House.

—Además —Con ahondó en el argumento—, el Santuario no está justamente debajo de la casa. Allí empieza el túnel, pero estoy seguro de que el Santuario se halla entre la casa y el laberinto. Encima hay terreno abierto. Y aunque lo perforara, solo afectaría al jardín, que no al edificio.

—¿Pero qué pasa con la renovación del vínculo?

—Si solo resultara afectada la puerta, podríais entrar y celebrar la ceremonia que fuera necesaria. Yo no puedo evitar preguntarme si no tendrá razón tu tía: tal vez lo mejor sea que la ceremonia la oficiéis las mujeres. Pero si prefieres seguir la pauta de los descendientes de los tres hermanos originales, utilizaremos a Peter. Si su padre anda acechando por aquí, seguro que él también.

—¿Pero y si la explosión derrumba también el Santuario? —preguntó Lilah.

Con se encogió de hombros.

—Con un poco de suerte, si se destruyera del todo, el asunto quedaría arreglado. Esa fuerza quedaría allí enterrada y no podría salir. En todo caso sería una solución de emergencia. Mientras tanto, seguiremos buscando la llave. Como ha dicho Sabrina, ellos podrían venir a ayudarnos.

—Yo rastrearé a Dearborn y a su hijo —se ofreció Alex—. Les obligaré a que nos entreguen las otras llaves, además de forzarlos a participar en la ceremonia. En el peor de los casos, sabemos que el dinero funciona cuando se trata de Niles Dearborn.

—¿Y si es sir Jasper quien tiene las llaves? —inquirió Sabrina—. Él está en Londres. O quizá incluso en Yorkshire.

—Entonces tendremos que confiar en el método de Con.

—Muy bien —Con se levantó y empezó a pasear por la estancia—. Este es el plan. Alex y Sabrina saldrán mañana para Carmoor según lo planeado y prepararán allí el alojamiento de los huéspedes, de todos nosotros. Alex dará caza luego a Niles Dearborn y a su hijo. Lilah y yo iremos a Wells en busca de la dinamita y de un experto que coloque la carga. Mientras tanto seguiremos buscando la llave, pero si no podemos encontrarla, volaremos la puerta antes de que se nos eche encima la noche de San Juan.

CAPÍTULO 40

El plan de Con no había contado con que Lilah se despertaría a la mañana siguiente con una fuerte jaqueca y la garganta dolorida. La perspectiva de ir a Wells, en lugar de pasarse el día en la cama, no la atraía en absoluto.

Cuando se lo dijo a Con, él se apresuró a tranquilizarla:

—Nos quedaremos entonces —se sentó a su lado, poniéndole una mano sobre la frente.

—Eres muy amable, pero no. Deberías ir a Wells sin mí. No tenemos que tiempo que perder. Solo nos quedan tres días.

Con frunció el ceño.

—No me gusta la idea de dejarte aquí sola. Alex y Sabrina ya se habían marchado cuando Cuddington nos dijo que estabas enferma, pero puedo mandar a alguien a buscar a Sabrina para que vuelva.

—No. Deja que disfrute instalándose en su nuevo hogar —replicó Lilah—. Y no estaré sola. Tía Vesta está aquí —la manera en que Con alzó una ceja con gesto escéptico le hizo reír pese a su estado—. En serio, Cuddington me atenderá. Me va a traer un zumo de limón caliente con miel para la garganta, y la cocinera está ocupada preparándome algún repugnante brebaje para la fiebre. No pienso hacer otra cosa que dormir. Seguro que me sentiré mucho mejor para cuando vuelvas.

Pasó, de hecho, la mañana en la cama después de que Con se hubo marchado y, para cuando se despertó por la tarde, se sentía lo suficientemente bien como para vestirse y bajar. Pensaba que podría ser al menos de alguna utilidad en la búsqueda de la llave.

La casa parecía especialmente vacía sin Con. ¿Qué haría cuando él se marchara? Ahuyentó aquel pensamiento y se instaló en la biblioteca. Pensó en hacer una lista con los lugares donde su padre podría haber pensado que ella buscaría la llave.

Por desgracia, la tía Vesta decidió hacerle compañía. Su charla la distraía demasiado, de manera que al cabo de un rato renunció a hacer la lista. Quizá había bajado demasiado pronto. Pensó en volver a su habitación, pero el esfuerzo se le antojaba excesivo, así que se sentó en una de las cómodas butacas, apoyó la cabeza y cerró los ojos. ¿Dónde habría podido su padre esconder la llave? ¿Qué lugar había pensado que podría ser tan especial para ella?

La tía Vesta, por supuesto, era perfectamente capaz de llevar ella sola el peso de una conversación. Estuvo hablando desde sus remedios favoritos para el dolor de garganta hasta las maravillas de las aguas de Wiesbaden, pasando por el fuerte ataque de fiebre que sufrió cuando tenía siete años.

—Papá estaba tan preocupado que cabalgó hasta Wells en busca de un médico mejor. Y eso que no era de la clase de hombres que entraban en pánico por un resfriado o un simple corte en un dedo. No era como Virgil. ¿Recuerdas lo histérico que se ponía cada vez que te enfermabas?

Lilah murmuró un comentario de circunstancias, distraída. ¿Tendría razón su tía? ¿Se habría preocupado tanto su padre cada vez que había caído enferma? ¿Acaso todos aquellos años que había pasado separada de él habían deformado sus recuerdos?

—Me acuerdo de cuando tuve el sarampión —dijo Lilah—. Me regaló la casa de muñecas —sonrió débilmente—. Se suponía que iba a hacerlo por mi cumpleaños, pero me la entregó antes de tiempo porque yo me aburría mucho en la cama.

—A Virgil nunca se le dio bien guardar secretos.

Lilah había adorado aquella casa de muñecas. Una casita

normal, de planta cuadrada y estilo georgiano. Nada que ver con aquella casa real de diseño enloquecido, disparatado... De repente abrió mucho los ojos.

—¡La casa de muñecas! —se levantó, sobresaltando a su tía.

—Lilah, querida, ¿qué...?

Pero Lilah ya se había marchado para subir corriendo las escaleras. En aquel momento se sentía electrizada de energía, desaparecida la anterior laxitud en medio de su entusiasmo. ¿Cómo no se había dado cuenta antes? La carta de su padre había contenido una pista que solo ella habría podido descubrir. No había dicho «Barrow House» o «mi casa» o «nuestra casa». En la nota había escrito «tu casa».

Corrió al cuarto de juegos de su dormitorio, apartó la silla que tenía colocada delante y abrió la puerta. El sol del crepúsculo penetraba por la claraboya, formando un cuadro de luz en el suelo. En medio de aquella silenciosa quietud, las muñecas clavaban su fría mirada en el vacío. Juegos de mesa y juguetes se alineaban sobre el estante inferior.

Lilah se acercó a la mesita que soportaba la preciosa casita blanca, con su fachada de ventanas en forma de arco. La parte trasera estaba abierta, revelando la disposición de las habitaciones, cada una con un mobiliario en miniatura y llena de diminutos muñequitos representando a la familia y los criados.

Se arrodilló junto a la mesa. Oyó entrar a su tía en el cuarto, pero no le prestó atención. La parte inferior de las tres paredes de la casita estaba rodeada por un murete adornado con un seto. Pero a lo largo de la pared abierta del fondo no existía tal murete y había un espacio vacío entre la mesa y la casa.

Lilah deslizó una mano bajo la casa y sus dedos tocaron algo suave. El corazón le latía acelerado cuando sacó una bolsa de terciopelo. Rebuscando dentro, extrajo una gran llave de oro cuya cabeza estaba decorada con un zafiro azul oscuro.

La alzó a la luz para examinarla. Ojalá hubiera estado allí Con: seguro que le decepcionaba habérselo perdido. La sensación de triunfo quedó inmediatamente atenuada. Nada le habría gustado más que compartir aquel descubrimiento con él.

No debería haberse apresurado tanto. Debería haber esperado a que volviera.

—La encontraste —murmuró la tía Vesta.

—Sí —miró a su tía. Le brillaban los ojos, su sonrisa rezumaba gozo. Bajó de nuevo la mirada a la llave—. Ahora solo necesitamos conseguir las otras dos.

—¿No es una suerte, entonces, que yo ya las tenga? —dijo Vesta.

Un fuerte dolor estalló en la nuca de Lilah y, de repente, todo quedó sumido en la oscuridad.

Con cabalgaba rumbo a Barrow House. El sol se estaba poniendo, como el primer día en que llegó a aquel lugar, pero en aquel momento la casa no le parecía ya extraña, sino entrañablemente familiar. Una agradable sensación inundó su pecho. Los últimos kilómetros se le habían hecho interminables, tantas eran las ganas que tenía de llegar.

Había encontrado el explosivo y al hombre con experiencia en el mismo. El tipo se presentaría al día siguiente con la dinamita para inspeccionar la puerta del túnel. Así que el viaje había sido un éxito. Pero durante todo el tiempo había echado de menos la presencia de Lilah a su lado. Estaba deseoso de compartir la buena noticia con ella pero, más que todo eso, lo que ansiaba era verla.

De manera extraña, ningún mozo se acercó corriendo para hacerse cargo de su montura. Más raro aún fue que ningún criado le abriera la puerta principal. La casa estaba sumida en un silencio fantasmal. Un escalofrío de alarma le recorrió la espalda.

—¿Lilah? —atravesó a paso rápido el vestíbulo—. Lilah, ¿dónde estás? ¿Ruggins? ¿Señora Le Claire?

—¡Con! ¡No esperaba verte tan pronto!

Había llegado al pie de la escalera cuando vio bajar a Vesta corriendo, con expresión aterrada.

—¿Dónde está todo el mundo? ¿Se encuentra bien Lilah?

—durante las horas que había estado fuera, había temido que su malestar hubiera degenerado en una neumonía—. ¿Qué ha pasado?

—Se ha ido —explicó atropelladamente la mujer, retorciéndose las manos—. He mandado a los criados a buscarla. Ven, tienes que ayudarme —lo tomó del brazo para arrastrarlo hacia la puerta trasera.

—¿Qué? ¿Que se ha ido a dónde? —Con se dejaba llevar, cada vez más alarmado—. ¿Qué quiere decir? Pero si estaba enferma en la cama...

—¡Por eso estaba yo tan preocupada! Tenemos que encontrarla. Temo que se haya dirigido a los Levels.

—¡Los Levels! Eso es una locura. ¿Para qué habría de ir allí?

—Eso mismo. Está enloquecida... por la fiebre.

—¿Fiebre? ¿Acaso ha empeorado? No he debido marcharme.

—No estoy segura. Temo que sea algo bastante más grave que un simple resfriado. ¡Espera! ¿A dónde vas? —Vesta alzó la voz, agitada, cuando Con liberó bruscamente su brazo para enfilar por otro sendero del jardín—. Debemos encontrarla.

—Necesito una luz. Pronto será de noche —abrió bruscamente la puerta del cobertizo del jardinero y sacó un farol, junto con una caja de fósforos que se guardó en un bolsillo.

Vesta, que se había estado removiendo inquieta, volvió a agarrarlo con fuerza del brazo para guiarlo a través del jardín. Durante el camino se dedicó a relatarle con dramático detalle la rápida subida de la fiebre de Lilah y sus esfuerzos por combatirla.

—¿Mandó llamar a un médico? —quiso saber Con.

—¡Fue justo entonces cuando ella desapareció! Abandoné un momento la habitación para ordenar a un criado que fuera a buscarlo y, cuando volví, Lilah había desaparecido. ¡No fueron más que unos minutos!

—Maldita sea. Debí haberme quedado aquí. ¿Por qué diablos se me ocurrió ir a Wells solo?

—No fue culpa tuya, mi querido muchacho. ¿Cómo habrías podido saberlo? Y yo estaba aquí para cuidarla.

Con tenía sus propias opiniones sobre la eficacia de los cuidados de Vesta, pero se las guardó para sí.

—¿Pero por qué Lilah habría de querer ir a los Levels? ¿Está segura?

—Estuvo hablando de eso antes. En medio de la fiebre. Ella... insistía en que quería ir a ver a su aya.

—¿Su aya?

—Sí, fue entonces cuando me di cuenta de que estaba delirando. La mujer murió hace varios años. Lilah seguía insistiendo en ir a verla y, por supuesto, yo le dije que estaba muerta, pero ella porfiaba que en que no. Por eso creo que ha tenido que ir a buscarla —Vesta seguía aferrándolo del brazo mientras descendían por el paseo que llevaba del *tor* al llano pantanoso que se extendía a sus pies.

La mujer continuó describiéndole sus esfuerzos por encontrar a Lilah, mandando a todo el servicio a buscarla mientras ella misma se ocupaba de registrar la casa. Con hacía todo lo posible por ignorarla, escrutando el paisaje que tenía delante en busca de una mínima vibración en el aire que pudiera darle una pista sobre su paso. ¿Cómo era que no podía percibir ninguna? En aquella otra ocasión, su paso había resultado perfectamente identificable. Quizá el motivo fuera la distracción de Vesta, con su incesante perorata. Peor aún, Vesta lo estaba retrasando.

—¿Envió recado a Alex? —la interrumpió.

—No. Pero envié algunos criados en dirección a Carmoor. La encontrarán si es que ha seguido ese camino. Pero está en los Levels. Puedo sentirlo.

—Debería usted volver —le dijo Con—. Y enviar un mensaje a Alex, directamente.

—No, querido. Tengo que ayudarte. Tú no conoces la zona. Las acequias y los canales... es fácil perderse allí. Y cuando se eche encima la niebla...

—Estaré bien. Llevo el farol —Con se detuvo y volvió a liberar su brazo—. Necesito que vuelva usted a la casa. Alguien debería estar allí en caso de que Lilah vuelva. Vaya usted —le ordenó con firmeza—. Es casi de noche y la niebla se está alzando.

—Si estás seguro...

Con se volvió para alejarse apresurado antes de que Vesta pusiera más objeciones. Pero aun así seguía sin poder identificar el rastro de Lilah. Los numerosos canales le impedían avanzar en línea recta, cortándole el paso y obligándole a retroceder o a rodearlos.

La noche se le estaba echando encima y las lenguas de niebla comenzaban a oscurecer el paisaje. Cuánto más trecho avanzaba, más le reconcomían las dudas. ¿Realmente había seguido Lilah aquel rumbo? Quizá la niebla había bloqueado sus vibraciones, la estela de su paso.

Oyó un ruido a su espalda y se giró en redondo, escrutando la oscuridad.

—¿Lilah? ¿Hola? ¿Puedes oírme?

No había más que silencio. Retomó la marcha. La niebla se estaba adensando, cubriendo de tal manera el suelo que era como si estuviera caminando sobre nieve. Corría el peligro de caerse a un canal. Podía oír un curso de agua cerca, pero dudaba sobre su localización exacta. Aminoró la marcha.

Por el rabillo del ojo detectó un movimiento y se dispuso a volverse de nuevo. Una oscura figura corría hacia él, blandiendo una gruesa rama. Se quedó paralizado de asombro.

—¡Vesta!

La rama impactó en su sien y se tambaleó hacia atrás, aturdido. Ella volvió a golpearlo entonces, y lo arrojó al agua.

CAPÍTULO 41

A Lilah le dolía la cabeza. Estaba como sumergida en una niebla, entre la vigilia y el sueño, incapaz de abrir los ojos. Acababa de alzar una mano para tocarse la cabeza cuando, extrañamente, se dio cuenta de que no podía mover los brazos.

—Tranquila —algo húmedo y fresco tocó su frente, y luego una mejilla—. Por fin te has despertado.

—Tía Vesta —musitó.

Los recuerdos empezaron a fluir a través de la neblina. La tía Vesta. La llave. Abrió los ojos de golpe.

—Menos mal —dijo la tía Vesta, palmeándole una mejilla—. Temía haberte golpeado demasiado fuerte. Y tampoco las tenía todas conmigo con la dosis de láudano. Tuve que dormirte para ganar tiempo, pero luego temí haberte dado demasiado. Ya sabes que por nada del mundo querría hacerte el menor daño...

Láudano. Más vagos recuerdos asaltaron la mente de Lilah: alguien cerrándole la nariz y vertiendo un líquido en su garganta. El amargo sabor seguía en su boca. Alzó la cabeza y el mundo se tambaleó. Volvió a bajarla. Solo entonces se dio cuenta de que tenía las manos atadas.

—¿Por qué? —la palabra salió de sus labios en un leve murmullo.

—No era esto lo que quería yo —respondió su tía con tono lastimero—. Pero no puedo permitir que os acerquéis al Santuario. Tienes que entenderlo. Yo no pretendía quedarme con toda la energía. Estaba dispuesta a compartirla contigo. Incluso os propuse compartirla a las dos. Sabrina añadía su parte de energía al poder, y ella siempre ha sido una muchacha muy dócil. Habría funcionado muy bien. Pero tú te mostraste tan poco razonable… —frunció el ceño—. No entiendo por qué tienes que ser siempre tan testaruda.

La cabeza le daba vueltas. Con. Wells. Sí, había ido a Wells.

—¿Por qué? No tenías que haberme drogado…

—Tuve que hacerlo todo en el impulso del momento. No pude planificarlo bien porque no sabía cuándo encontrarías la llave. Estaba empezando a pensar que no lo harías nunca. Finalmente tuve que dejar esa estúpida carta en el lugar adecuado para que la encontraras… Y, gracias a la Diosa, la interpretaste bien.

—La carta… ¿qué? ¿Fuiste tú? —el asombro, mezclado con la furia, contribuyó a despertarla del todo—. ¿Tú robaste la carta?

—No fue un robo, querida. El hombre me la entregó directamente. En realidad, creo que fue algo muy torpe por su parte, lo de entregármela solo porque yo era tu tía. Y encargarme que te la entregara, como si fuera ese mi trabajo. Hasta mi hermano, que siempre fue un hombre muy bueno, se aprovechó de mí. Te das cuenta, ¿verdad? Él me descargó toda la responsabilidad de educarte para que él pudiera sentarse a llorar a su difunta esposa. No era justo en absoluto.

—¿Pero por qué no me entregaste sin más la carta?

—¡No podía hacerlo! No habrías creído ni por un segundo en lo que decía. Yo sabía lo que debía de figurar en esa carta. Me había pasado todo un año buscando aquella maldita llave sin encontrarla. Así que abrí la carta, muy cuidadosamente… con la idea de entregártela si acaso no recogía instrucción alguna sobre el Santuario. ¡Pero todas aquellas cosas horribles que decía Virgil! Sabía que no eran ciertas. Virgil siempre fue el hombre más pesimista del mundo. Y ni siquiera decía dónde había escondido la llave. Era una carta completamente absurda. Pero, gracias a Dios, no la tiré.

—La dejaste allí para que sospecháramos de Jasper.
—¡Como si ese estúpido supiera usar la llave! —resopló Vesta—. Pero, cuando me dijisteis que sospechabais de él, la oportunidad me pareció perfecta. Había estado intentando idear una manera de que encontraras la carta. Me di cuenta de que tú quizás podrías interpretarla bien, descubrir el escondite de la llave. Por supuesto, no podía entregártela así sin más. Te habrías enfadado mucho conmigo porque la había abierto. Pero entonces se presentó la oportunidad ideal. Las cosas suelen suceder así —sonrió, engreída—. Al igual que lo de hoy, por ejemplo. Es el destino: tu repentino malestar, ese joven tan agradable saliendo para Wells...

—Con... —susurró Lilah—. Cuando Con vuelva...

—No volverá. Eso también ha sido una lástima —comentó su tía, entristecida—. Yo no quería hacerle daño. Un joven tan encantador... y con comprensión, además, del mundo oculto... Calculé que ya habría acabado para cuando él volviera: si hubiera sido así, nada malo le habría ocurrido. Pero regresó demasiado pronto.

—¿Has hecho daño a Con? —dominada por la furia, empezó a forcejear con sus ligaduras al tiempo que se esforzaba por levantarse. Pero los pies también los tenía atados. Tampoco ayudó que la cabeza le diera vueltas. Respiraba a jadeos y sentía náuseas.

—Me temo que el pobre se ha debido de perder... —Vesta se sonrió mientras se agachaba para soltarle las ligaduras de los pies.

Con nunca se perdía. Al margen de lo que hubiera hecho su tía, Con encontraría el camino de vuelta. La encontraría a ella. Lo que necesitaba era ganar tiempo: eso era todo.

Se llevó las manos a la cara. No tuvo necesidad de fingir.

—Voy a vomitar.

—Respira profundo. Ya se te pasará. Te di demasiado láudano —Vesta frunció los labios de irritación—. Es tan difícil dosificar estas cosas. Ah, bueno, aun así seguro que serás capaz de bajar las escaleras.

—Yo no quiero bajar.

—No tienes elección. Vamos, Dilly —la agarró de las axilas y tiró de ella hacia arriba. Lilah no hizo esfuerzo alguno por colaborar—. ¡Ya está bien! ¡Levántate! —soltándole un brazo, se sacó una pistola de un bolsillo—. Levanta. No quiero dispararte, pero lo haré si me obligas a ello.

El estómago de Lilah dio un vuelco.

—¿Me dispararías? ¿Sin pensártelo dos veces?

—No quiero hacerlo. Pero esto es demasiado importante. El Santuario te necesita.

—¿Que me necesita? ¿Es que no te oyes a...? —Lilah se interrumpió a mitad de frase. Quizá no fuera una buena idea recordarle a Vesta lo loca que estaba cuando le estaba apuntando con un arma.

—¡Vamos, levántate! —blandió la pistola.

Lilah se levantó torpemente con la ayuda de un empujón de su tía. Se derrumbó contra la pared, deseando no sentirse tan aturdida y temblorosa como sabía que parecía.

—No lo entiendo.

—Nunca lo entendiste —suspiró Vesta mientras tiraba de ella a través de la habitación, hacia el pasillo—. Yo lo intenté. No puedes decir que no lo intenté. Te negaste a ver el Otro Lado ni siquiera cuando lo tenías delante de las narices. Y ahora, ahora que ya puedes verlo —la sacudió con fuerza, haciendo que el dolor reverberara en su cabeza—, ¡quieres destruirlo!

—Yo no... Es peligroso —había farfullado la palabra. Si solo pudiera pensar con mayor claridad.

—No lo es —replicó Vesta, impaciente—. No para mí. Ni para nosotras. La Diosa nos dará la bienvenida.

—Tía, no puedes...

—¡No me digas que no puedo! —le dio un fuerte tirón, con lo que Lilah salió trastabillando al pasillo—. Estoy harta de oír eso. «No puedes, Vesta, ¡solo eres una niña! Tú no lo entenderías, Vesta» —citó furiosa, aludiendo a una presunta conversación con Dearborn—. ¿Que no lo entiendo, Niles? Tú eres el estúpido. Resultó evidente cuando Hamilton murió que yo debería haber ocupado su lugar. Ninguno de ellos tenía mi talento. Yo se lo dije, pero, por supuesto, ellos se negaron a permitírmelo. Hasta mi propio hermano. De manera que ni siquiera me molesté en mencionárselo a Niles tras la muerte de Virgil. Él jamás lo habría consentido. Supe entonces que tendría que hacerlo todo por mí misma. ¿Y acaso no ha sido siempre así?

—No, eso te matará. Papá dijo... —Lilah se interrumpió. Sentía las piernas como fideos y el mundo parecía bailar a su alrededor. Se aferró a la balaustrada que corría en lo alto de la escalera.

—¡No! —su tía la arrastró escaleras abajo, con Lilah agarrándose lo mejor que pudo a la barandilla para no terminar rodando hasta abajo—. Virgil estaba equivocado. Ella no me hará daño alguno. Me pertenece. Todas somos una. Ellos no lo sabían... porque eran hombres. Pero el poder me llamaba a mí. Finalmente comprendí que Ella era la fuente de mi talento. Si volvía, si entraba en el Santuario, la Diosa me curaría. Restauraría mi poder. Pero para eso tenía que estar yo sola. Solo tenía que conseguir todas las llaves.

—¿Así que le robaste las suyas a Niles?

—Solo una era de Niles. La otra era de Sabrina, y la robó él. Yo no robé nada. No habría sabido cómo. Pero con los años he conocido a gente con muchas habilidades —frunció el ceño—. Aunque Sid cometió una estupidez al ordenarles que te secuestraran cuando estabas con los Moreland.

—¿Tú...? —el cerebro de Lilah trabajaba con lentitud—. ¿Fuiste tú quien intentó secuestrarme? —las lágrimas asomaron a sus ojos. Todavía a esas alturas, la traición de su tía no cesaba de escocerla.

—Yo no quería. Ellos no pretendían hacerte daño. Yo les dije expresamente que no te lo hicieran. Y yo no habría tenido que hacer nada de eso si tu hubieras aceptado previamente todas las invitaciones que te mandé. Pero tú me evitabas... Después de todo este tiempo, después de todo lo que hice por ti, me desairaste.

—¿Todo lo que hiciste por mí? Me utilizaste. Me manipulaste para luego abandonarme —Lilah se liberó bruscamente de su brazo. Perdido el equilibrio, bajó rodando los últimos escalones y se dio un fuerte golpe que la dejó sin aliento.

Vesta la levantó de un fuerte tirón y ambas fueron a caer contra la pared, con Lilah golpeándose la cabeza contra la esquina de un cuadro. Aún más mareada, jadeando, fue incapaz de oponer resistencia cuando su tía le rodeó la cintura con un brazo y avanzó con ella por el pasillo.

—¡Maldita desagradecida! —balbuceó Vesta, furiosa—. Yo te mostré el poder. Te dejé entrar, te dejé absorberlo. ¡Y tú me lo quistaste! Durante todos esos años en los que estuve fuera, perdiendo mis habilidades, tú estuviste aquí, absorbiendo el poder. Haciéndolo tuyo.

—Yo nunca, nunca... —¿dónde se había metido todo el mundo? ¿Por qué no acudía nadie, con todo el alboroto que estaban armando? Habían llegado a la puerta principal y en cualquier momento estarían en el patio, donde ya nadie podría escucharla. Tomando aire desesperadamente, gritó.

—¡Calla! —Vesta la sacó de la casa—. Para. No hay nadie aquí para oírte. Los he mandado a todos fuera. No soy la tonta alocada que tú creías que era. Mi plan funcionó. Esos estúpidos hicieron una verdadera chapuza, pero el plan funcionó de todas formas. Me quedé tan sorprendida cuando te vi que casi me desmayé. Pensaba que te tenían secuestrada, y luego, de repente, te encuentro en mi casa. Qué golpe de suerte, pensé, pero luego me di cuenta de que no era suerte. Mi plan había funcionado, solo que de una manera diferente a la que había imaginado. Todo había sucedido tal y como habría debido suceder. Tal y como la Diosa quería.

Vesta la empujó a través del patio. A Lilah le dolía todo el cuerpo: la cabeza magullada, el tobillo que se le había torcido cuando cayó por la escalera, las ligaduras que se le clavaban en las muñecas. Peor aún: tenía el cerebro como envuelto en guata de algodón. Sabía que debía hacer algo, pero le costaba incluso registrar lo que estaba pasando, para no hablar de decidir un curso de acción.

Se dirigían hacia el túnel. Vesta la obligó a entrar en la puerta de la torre de un empujón. Le clavó el cañón de pistola en la espalda.

—Recoge un farol y préndelo.

Varios faroles seguían en el suelo allí donde Con y Alex los habían dejado, junto con fósforos. Los movimientos de Lilah eran lentos y torpes: se sentía tan aturdida que le costó muy poco fingir moverse a paso de tortuga. A indicación de Vesta, abrió la puerta disimulada en la pared y empezaron a bajar, con ella abriendo el paso con el farol.

Pensó en usar el farol como arma. En los estrechos confines de la escalera le resultaría imposible hacerlo, pero cuando llegaran al túnel, bien podría girarse y lanzarlo contra Vesta. ¿Sería capaz de hacerlo antes de que su tía apretase el gatillo del arma? Le parecía improbable. Un día atrás habría estado convencida de que su tía no dispararía contra ella por nada del mundo. Pero en aquel momento, ante aquella Vesta alucinada y delirante, ya no estaba tan segura.

—¿Cuál es tu plan? —le preguntó a su tía en cuanto penetraron en el túnel.

—Lo que tú tenías tanto miedo de hacer. Liberar a la Diosa —para sorpresa de Lilah, le soltó el brazo y le quitó el farol. Retrocediendo un paso, continuó apuntándola con la pistola—. No puedes escapar. Estoy entre la única salida y tú. No vacilaré en dispararte y a esta distancia no puedo fallar. Adelante. ¡Ahora!

—¿Pero por qué? —Lilah hizo lo que ella le ordenaba, comenzando a caminar por el túnel a paso lento. ¿Dónde estaba Con? ¿Cuánto tiempo podría tardar en localizarla? Deseó poder percibirlo de la misma manera en que Sabrina podía percibir a Alex—.Ya tienes todas las llaves. No me necesitas.

—Ah, sí que te necesito. Se necesita algo más que abrir la puerta. Ella me castigó antes por haberla abandonado. Lo que era mío te lo dio a ti. Lo supe tan pronto como me tomaste la mano. Sentí su poder.

—¡Puedes recuperarlo! Créeme, no lo quiero. Tómalo.

—Eso es lo que pretendo hacer, muchacha desagradecida. No puedes renunciar al poder que la diosa te ha dado. Pero yo sí puedo arrebatártelo. Quedé sumida en el desconsuelo cuando te propusiste cerrar el Santuario... ¿crees que no os oí a los cuatro conspirar contra mí? Pero entonces vi el Camino. Encontré el Sagrado Sendero, como corresponde a todo postulante al Otro Mundo.

Llegaron ante la pesada puerta del Santuario. Lilah podía sentir el zumbido de su poder al otro lado, exudando a través de la madera, vibrando en la piedra. Se le erizó el vello de la nuca, sintió un cosquilleo en las yemas de los dedos, las suelas de sus zapatos parecieron echar raíces en el suelo. Ansió de repente tomar contacto con aquel poder, abrir la puerta y dejar que la anegara. Poseerlo.

Un anhelo de libertad reverberaba en sus venas, ávido e insistente. Apoyó ambas manos en el marco de piedra de la puerta, resistiendo el impulso. No haría eso. No lo haría...

Vagamente advirtió que su tía bajaba el farol y echaba mano a un bolsillo. Lilah no podía moverse. Observó como Vesta, con expresión radiante, temblorosos los dedos de entusiasmo, sacaba las tres llaves de un bolsillo. Una a una las fue introduciendo en su correspondiente cerradura, por orden: la de cuarzo amarillo, símbolo del sol, la primera; luego la azul zafiro, la del mar; y, por último, la de obsidiana. Tras entonar reverentemente y por lo bajo la salmodia de su fe, fue girándolas también por orden. Cada giro produjo un clic que resonó en la cámara de piedra.

De repente Lilah oyó un fuerte ruido a su espalda. ¡Con! El corazón le dio un vuelco y empezó a volverse. Vesta terminó de girar la última llave y, con un chasquido, la puerta se abrió. Chirriaron los goznes. Vesta empujó entonces a Lilah al interior, a la oscuridad.

—¡Con! ¡Con! —la voz de su hermano era fuerte. Insistente.

Con se volvió, intentando escapar a la voz de Alex. «Déjame dormir». De repente tenía agua en la boca, en la nariz.

—¡Con, sube! ¡Sal de ahí!

Forcejeó, intentando salir de la profunda y negra cueva de la inconsciencia. «La boda. Se estaba retrasando. ¿Cómo había podido...?»

—¿Alex? —abrió los ojos. El mundo era blanco y suave. Se estaba hundiendo. Otra vez el agua lo anegó.

Se impulsó hacia arriba, tosiendo y escupiendo, imponiéndose a la inexorable fuerza del agua. Estaba empapado, el peso del agua en las ropas y en las botas lo vencía, tiraba de su cuerpo hacia abajo. Solo entonces se dio cuenta de que estaba a punto de ahogarse.

Instintivamente se revolvió y cambió de posición, no luchando contra la corriente sino dejándose arrastrar. Lo había oído en alguna parte: era lo que había que hacer cuando uno se veía atrapado por una corriente de resaca. Pero aquello no podía ser el mar, ¿verdad? ¿Dónde diablos estaba?

El agua que podía ver bajo él era oscura, y el aire de encima, blanco. ¡Lilah! El pensamiento de Lilah atravesó su cerebro como una lanza. En aquel momento podía ver la oscura tierra de la ribera, y hacia allí empezó a nadar con movimientos coordinados. Se agarró a la ribera, clavando las uñas en el limo, esforzándose por salir del agua.

Estaba fuera. Se dejó caer en el barro, tosiendo, con el agua del canal lamiendo sus botas.

—¿Alex? —había oído la voz de su hermano; estaba seguro de ello. Se arrastró durante unos metros y se incorporó, tembloroso. La blancura que lo envolvía era niebla. Era de noche. Debía de estar oscuro, pero lo único que podía ver a su alrededor era aquella densa y blanquecina niebla.

Aturdido, se sentó en el suelo de golpe, pasándose las manos por su húmedo rostro y echándose el pelo hacia atrás. Esbozó una mueca de dolor cuando sus dedos tropezaron con la herida de la sien. La palpó con cuidado. Le habían golpeado en la cabeza.

Lilah. Había estado buscando a Lilah. Ahora recordaba: había estado caminando al borde del agua, llamándola. Había oído un ruido y, al volverse, había visto... algo. Entonces su cabeza había explotado, y lo siguiente que recordaba era haberse visto arrastrado por la corriente del canal.

La voz de Alex había resonado en su cabeza. No tenía la menor duda de que Alex había sabido que él estaba en problemas. Con la misma certidumbre sabía que debía de estar buscándolo en aquel momento. Pero Con no podía esperar. Lilah estaba en peligro. El rostro que había vislumbrado antes de que le explotara la cabeza había sido el de la tía Vesta.

Por supuesto. ¿Cómo era posible que no hubiera sospechado en ningún momento de ella? La mujer que había sabido de la Hermandad desde el principio, que se había criado con sus componentes. La mujer cuyo padre había empezado aquel condenado ritual. En aquel momento le resultaba tan evidente... Hacía mucho tiempo que Vesta había sentido el poder de la fuerza que latía bajo el *tor*. Se había dado cuenta de que lejos de Barrow House carecía de poder alguno, y por eso había vuelto, deseosa de encontrar la Fuente, de recuperar sus antiguas capacidades.

Pero no había sospechado de ella. Ni siquiera cuando fue incapaz de «ver» el rastro, la estela de Lilah, se le había ocurrido pensar que la tía Vesta lo había despistado deliberadamente. Se había dejado engañar como un bobo por su actuación, por su pose de vieja dama estúpida e ingenua.

No había tiempo de quedarse allí sentado, castigándose a sí mismo. Ignoraba lo que Vesta pretendía hacerle a Lilah, pero no podía ser nada bueno. Tenía que encontrarla. Y tenía que estar en Barrow House, ya que de otra manera Vesta no lo habría alejado de allí.

Se quitó las botas y las vació de agua antes de calzárselas de nuevo. Acto seguido se despojó de la empapada chaqueta y la dejó caer al suelo. Incorporándose, dio un círculo completo sobre sí mismo. Una niebla informe lo rodeaba. No había puntos de referencia. Estaba en un lugar que nunca antes había pisado y era incapaz de ver nada más allá de su mano extendida.

Acarició el anillo que Lilah le había dado. Por una vez en la vida, necesitaba de una brújula. Qué irónico resultaba que aquella diminuta brújula, de la que no podía prescindir en aquel momento, no funcionara. Pero así era. Solo podía contar con sus propias habilidades.

Se puso en marcha, caminando a paso rápido. Tenía ganas de correr, pero se contuvo. El apresuramiento podía resultar desastroso. Nada sería más fácil que caer en uno de los numerosos cursos de agua, para no hablar de las ciénagas del pantano. Le habría gustado haber contado con más tiempo para explorar antes la zona, ya que de esa manera se habría hecho una idea en la cabeza. Echó de menos el farol que había dejado caer al suelo cuando Vesta lo golpeó.

Pero no podía dejar que aquellos lamentos nublaran su juicio. Minimizada su capacidad visual, debía concentrarse en el mapa que tenía en la cabeza, en las sutiles premoniciones que sentía en su pecho. A pesar de la niebla, podía distinguir el norte del sur y el este del oeste, y estaba seguro de la dirección en la que quedaba la casa. El problema era que una línea recta hasta la casa estaría seguramente atravesada de canales y ciénagas.

Ignoraba las dimensiones del canal en el que había caído ni la distancia que había recorrido flotando hasta que salió del mismo. Como tampoco sabía dónde había caído. Antes de eso, había tenido que rodear varios canales. Ojalá hubiera podido «ver» la estela de su propio rastro reverberando en el aire. Lamentablemente, esa cualidad no parecía formar parte de su talento.

Continuó caminando, bien alerta. El suelo estaba embarrado y no advirtió que se iba haciendo más líquido, más blando, hasta que un pie se le hundió en el agua. Se detuvo de inmediato. Acababa de entrar en una ciénaga. Una sensación de pánico se apoderó de su pecho y tuvo que luchar contra un miedo primitivo, cerval.

Alzó el pie, ya sin la bota, que quedó hundida en el fango, y retrocedió un paso. Fue capaz de estirar luego un brazo para agarrar la caña de la bota, que finalmente puedo recuperar del barro. Mientras la vaciaba de agua, se quedó contemplando la niebla, pensativo. Tendría que volver sobre sus pasos, aunque todo su ser lo impulsaba a seguir adelante, ya que su instinto le decía que el camino hasta la casa estaba justo frente a él.

Pero no podía pecar de impulsivo: la vida de Lilah dependía de ello. Cuando se disponía a dar media vuelta, vio un resplandor de luz en el suelo a menos de un metro de la ciénaga en la que había caído unos segundos antes. Se quedó paralizado. Leve, pero visible a través de la niebla, se extendía una luz… no, no era exactamente una luz, sino una línea del color de la luna, reptando por el suelo…

—El Fae Path —musitó, incrédulo. El legendario pasaje seguro a través de los pantanos. No le extrañaba que también hubiese sido conocido como el Camino plateado, por su pálido, blanquecino color.

No debía apresurarse. Pero debía tener fe, también. Empezó a caminar a lo largo del sendero. Sus pies se hundían en el barro, pero solo un poco. La profundidad variaba, pero el limo tenía un fondo sólido. Había oído hablar de arcanos caminos, de estrechos senderos hechos de troncos cortados y ensamblados, pero… ¿cómo había podido sobrevivir aquel durante tanto tiempo y en un terreno tan húmedo?

El sendero desapareció, pero el suelo era ya firme bajo sus pies. Había dejado de oír el rumor del agua y el terreno se elevaba. Sus pasos se hicieron más rápidos, siguiendo la dirección de la flecha que parecía atravesar su ser, tirando de él. La niebla empezó a aclararse.

Allí estaba. El *tor* alzándose por encima de la niebla, una masa más negra destacando contra el cielo oscuro. Con echó a correr. Sus piernas se movían como émbolos, acelerada su respiración mientras ascendía por la cuesta. Pero era como si nada se moviese, como si nunca fuera a alcanzar su objetivo…

Finalmente coronó el *tor* y vio Barrow House frente a él. Siguió corriendo sin importarle la oscuridad, ni los traspiés a ciegas, pensando únicamente en Lilah y en la certidumbre de peligro que sentía vibrar en su ser.

Resultó más fácil seguir los senderos del jardín que llevaban a la casa. No se molestó en subir al dormitorio de Lilah. Podía sentir la vibración del aire que señalaba su salida por la puerta principal. Sabía que Lilah había pasado por allí. Sabía, lo había sabido desde el principio, a dónde habían ido.

Atravesó el patio. Alex y él habían colocado cuatro faroles en la base de la torre, rezó para que nadie los hubiera movido de allí. Lilah había pasado por allí: el resplandor que vibraba en el aire era más denso, mezclado con la presencia de otra persona.

Los faroles seguían al pie de las escaleras, aunque en aquel momento solo había tres. Encendió uno con dedos temblorosos. La puerta que llevaba a la escalera oculta seguía entornada. Bajó corriendo los escalones. La luz del farol parpadeaba a cada momento y tenía que aminorar el paso para que no se apagara la llama, pese a que la necesidad de apresurarse le aceleraba el corazón y le revolvía el estómago.

Vio un resplandor delante de él y su esperanza se avivó. Oyó un ruido, como un entrechocar de metales, luego un clic, y finalmente descubrió a Lilah y a Vesta, iluminadas por un farol posado en el suelo. Vesta estaba en la puerta, girando las llaves en la cerradura de la puerta, una a una. A su lado, Lilah tenía las manos atadas y apoyadas en la pared de piedra. Estaba extrañamente inmóvil, con la vista clavada al frente.

La puerta se abrió con un chirrido. Con se lanzó hacia delante y Lilah se volvió. Vesta empujó entonces a Lilah a lo oscuro, al negro vacío que se abría al otro lado de la puerta: luego, recogiendo el farol, saltó detrás de ella. Con alcanzó a vislumbrar la mirada salvaje de Vesta cuando se apresuraba a cerrar la puerta.

Con soltó su farol y corrió con todas sus fuerzas. La puerta se cerró un instante antes de que llegara.

—¡No! —aporreó en vano la maciza madera—. ¡No! ¡Vuelve, Lilah!

Estaba cerrada. Vesta se había llevado las llaves consigo. Lilah había desaparecido.

CAPÍTULO 42

Lilah soltó un grito y se lanzó contra Vesta. La mujer blandió el farol ante ella, obligándola a retroceder. Rápidamente volvió a apuntarla con su pistola, ordenándole que avanzara.

—Vamos. ¡Vamos!

Lilah retrocedió un paso.

—Deja que me marche. Por favor, tía Vesta. Ya tienes las llaves. Ya estás en el Santuario. Tienes todo lo que querías. Deja que me marche, por favor…

—No. Camina.

—¿Por qué? ¿Por qué me retienes?

—Porque tú eres parte del poder. ¿Es que no lo sientes? La Diosa te llama. Te quiere a ti. Date la vuelta y camina. Todavía no hemos llegado.

Lilah era visceralmente consciente de que aún no habían llegado al corazón del poder. Se volvió. Se encontraban en una estrecha cueva que comunicaba con otra, y era allí donde la energía vibraba, retumbaba. Y lo cierto era que ella misma quería llegar hasta allí.

—Con… —murmuró. Porque ansiaba aún más reunirse con él.

—Tengo que reconocer que es un joven muy audaz —dijo Vesta—. Lo subestimé. Pero ha llegado demasiado tarde. No puede ayudarte ahora —le clavó el cañón del arma en la espalda. La mano le temblaba tanto que Lilah tenía que pudiera dispararsele por accidente—. Adelante. ¡Vamos!

Lilah caminó lentamente hacia la otra cueva. Con vendría. Ignoraba cómo, pero conocía a Con. Encontraría una manera. Lo que debía hacer ella era mantener ocupada a su tía, distraerla, y esperar un momento de distracción por su parte, en caso de que él no pudiera llegar a tiempo. Traspuso precavidamente el umbral que comunicaba las dos cuevas. Pudo sentir entonces la energía alzándose en su ser, tan rápido y tan fuerte que se mareó. El mismo aire restallaba como cargado de electricidad.

Lilah miró a su alrededor, demasiado asombrada para hablar o incluso moverse. La cueva era una sala perfectamente redonda, con dos oquedades más en las paredes que parecían llevar a sendas antesalas. Una vez más, el número tres. Contra una de las paredes había un armario bajo, cuadrado, y sobre el mismo unos cuantos artefactos antiguos, así como un largo cuchillo de mango enjoyado.

Cerca del armario había una gran piedra de forma oval, con un gran agujero en su centro fruto de una erosión de siglos. En él se acumulaban objetos mucho más modernos: pulseras, collares, horquillas, pequeños libros, figurillas talladas en marfil y jade, todo tipo de abalorios que rebosaban con creces los bordes. Los sacrificios de la Hermandad.

No fueron sin embargo aquellas cosas lo que más la impresionó, sino las paredes. Estaban profusamente decoradas con conchas. Aunque Barrow House se encontraba a más de cincuenta kilómetros del mar, allí había miles de pequeñas conchas, de todo tipo de formas y tamaños. Recorrían la sala en filas, interrumpidas en tres lugares por dibujos de espirales.

Las conchas refulgían al resplandor del farol, lo que les daba un aspecto húmedo, como si estuvieran en el fondo del mar. Lilah alzó la mirada. El mismo techo también estaba adornado con ellas, formando una espiral que nacía en el mismo centro de la cueva. Debajo mismo de aquella espiral, en el punto focal de la sala, había una larga y baja losa horizontal de piedra que se alzaba del suelo como si hubiera nacido de la misma roca.

—El altar —Lilah apenas podía respirar. Sabía de aquel lugar pese a no haberlo visto nunca, lo conocía porque de algún modo aquel lugar había vivido en ella, la había habitado. Dio un paso adelante, apenas consciente de que su tía se había colocado a su lado.

—Sí, el altar —murmuró admirada—. Aquí es donde debemos celebrar nuestro sacrificio.

Vesta se situó entonces al otro lado del altar. Aquella era su oportunidad, pensó Lilah. Sabía que debería echar a correr de vuelta hacia la puerta, pero se había quedado paralizada en el sitio y parecía incapaz de hacer otra cosa más que ver cómo su tía se arrodillaba ante la losa de piedra.

Vesta colocó las manos sobre el altar. Su rostro resplandecía, la luz del farol proyectaba fantasmales sombras sobre sus rasgos. Había empezado a recitar las palabras de la salmodia que había escrito sir Ambrose, solo que cambiándole el final:

—Mi señora. Mi Reina. Ven a mí.

El poder sacudió entonces a Lilah con tanta fuerza que fue como si la barrera como una tormenta, empujándola hacia el altar. Tiraba tanto de ella que dio un involuntario paso hacia la losa de piedra, mientras se esforzaba por ejercer algún control sobre aquella primitiva energía.

Vesta la miró con sus ojos de loca.

—¿Lo ves? ¿Ves lo fuerte que puede llegar a ser?

—Tía Vesta, no debes hacer esto —dijo Lilah, acercándose a ella.

Vesta se incorporó, empuñando de nuevo su pistola.

—No. Quédate dónde estás.

—¿Es que no te das cuenta? Estamos atrapadas aquí. En el momento en que salgas, Con estará esperando.

Vesta sonrió con expresión astuta.

—Eso no importará nada. Para entonces, tendré tanto poder que no será capaz de ponerme la mano encima.

—Yo no te ayudaré —dijo Lilah, rotunda.

Vesta se mostró imperturbable ante su afirmación. Sin darle la espalda y apuntándola con su arma, se acercó al pequeño armario.

—El poder será mío, no tuyo —le brillaban los ojos—. Al principio estaba furiosa. Llegué a pensar que la Diosa me había traicionado, que me había arrebatado todo mi poder. Hasta que me di cuenta de lo que debía hacer para recuperarlo. La Diosa requiere un sacrificio —estiró la mano libre hacia el cuchillo.

En aquel momento, Lilah comprendió exactamente lo que pretendía hacer su tía. Se abalanzó contra ella, sin importarle que la estuviera encañonando. La pistola cayó el suelo, pero Vesta logró herirla con el cuchillo. La hoja le abrió un largo corte en el brazo, haciendo brotar la sangre.

Pese a ello, Lilah le agarró la muñeca con ambas manos. Poseía la ventaja de su mayor envergadura y de su juventud, pero su tía estaba embargada por una rabia que multiplicaba sus fuerzas, aparte de que Lilah seguía teniendo las muñecas atadas. Vesta la golpeaba y arañaba con su mano libre. Chocaron contra el receptáculo de piedra, volcando buena parte de las joyas y figurillas, y se vieron de pronto separadas en medio de un feroz silencio.

Lilah retrocedió un paso y, sin querer, derribó con el talón el farol que su tía había dejado antes en el suelo. El farol rodó por el suelo para ir a chocar contra una pared, rompiéndose el cristal. La llama se alzó para en seguida apagarse, dejándolas sumidas en la más completa oscuridad. Lilah, perdido el equilibrio, se tambaleó y fue a golpearse contra el altar. Vesta se le echó de repente encima, y Lilah cayó de espaldas sobre la losa de piedra.

Con, mientras tanto, aporreaba la puerta sin cesar, gritando el nombre de Lilah. Estaba al borde de a desesperación.

Pero no. No aceptaría la pérdida de Lilah. No podía. Retrocedió un paso, con las manos en la cabeza. «Piensa», se ordenó. Lilah estaba viva. Ignoraba lo que Vesta pretendía hacer con ella, pero estaba viva. Y él iba a encontrarla.

Se volvió y se dio cuenta de que todo a su alrededor estaba sumido en la más completa oscuridad. Su farol se había apagado cuando lo dejó caer. No importaba. El túnel comunicaba directamente con la escalera. Palpó a ciegas hasta que tocó la pared de piedra, y fue siguiéndola con los dedos. Mientras caminaba por el túnel, fue calibrando sus opciones.

La dinamita no llegaría hasta el día siguiente, así que no podía volar la puerta. ¿Por qué diantre no había tenido aquel viejo la previsión de abrir una segunda entrada? Después del todo, el túnel había sido excavado en la roca y...

Con se detuvo en seco. «Espera un momento», se dijo. ¿Y si Ambrose había construido realmente una segunda entrada? En sus divagaciones sobre la Diosa, había dicho que se comunicaba regularmente con ella. Quizá lo hiciera en persona; quizá había querido meditar en el Santuario en soledad. ¿Por qué no mandar construir entonces una entrada particular, reservada solamente para él?

El laberinto. Tenía que estar en el laberinto. Ambrose lo visitaba con frecuencia. Vesta había dicho que le gustaba sentarse allí a meditar. Y el laberinto estaba muy cerca del Santuario. Terminó de subir la escalera a la carrera. El lugar más probable para una entrada estaría en el centro del laberinto. De alguna manera, el reloj de sol tenía que moverse. Ya lo había examinado al principio, pero no con el detenimiento suficiente. Había estado demasiado seguro de que el Santuario se encontraba debajo de la casa.

Con recogió otro farol al pie de la escalera, pero no se detuvo a encenderlo: no tenía tiempo. Allí podía ver con claridad. Después de la absoluta oscuridad del túnel, el resplandor de la luna resultaba casi deslumbrante. Atravesó corriendo la pradera del jardín hacia el laberinto, y se internó por sus recodos para llegar al centro sin el menor problema. Una vez allí, encendió el farol y se dedicó a palpar con cuidado el pedestal de piedra del reloj de sol, buscando desesperadamente alguna grieta o resorte. Todo fue en vano.

Se incorporó de nuevo y apoyó ambas manos en el reloj solar, luchando contra el pánico y la furia. Su mirada fue a posarse entonces en el anillo, y el mundo se paralizó por un instante. El anillo. La brújula inmóvil. Su pesadilla: las agujas de las brújulas girando inútilmente mientras él se esforzaba en no fallar.

De repente todo resultó obvio. La brújula inmóvil no se explicaba por un accidente, por algún defecto. Su aguja había sido detenida deliberadamente para que señalara una dirección determinada: la de la zona del laberinto más cercana al Santuario. El lugar hacia el que se había dirigido Lilah cuando estuvo caminando en sueños aquella noche.

Se giró para volver hacia sus pasos hacia el tramo sin salida donde había encontrado a Lilah aquella noche. Se acercó al banco adornado. Tenía que ser allí. Tres trisqueles decoraban el respaldo. Instintivamente se inclinó para examinar el del centro. En su parte central había una diminuta rendija.

El corazón le dio un vuelco en el pecho. Abrió la tapa del anillo, descubriendo el reloj solar de miniatura. La diminuta cuña triangular se levantó y, con el mayor cuidado, Con la acercó a la ranura. Encajaba perfectamente. Giró entonces la muñeca.

Con un chirrido, el banco se desplazó hacia atrás, revelando un profundo y oscuro agujero en el suelo. En uno de los laterales había una escalerilla de metal. Sosteniendo el farol, Con empezó a bajar.

Lilah se había golpeado en la cabeza con la piedra del altar. Aturdida, se esforzaba desesperadamente por agarrar la muñeca de Vesta, para impedir que le clavara el cuchillo. Tumbada sobre ella, Vesta empujaba con todo su peso. Jadeaba por el esfuerzo.

—Tu sangre debe alimentar el altar. La Diosa exige un sacrificio.

La sangre del corte del brazo había empezado a resbalar por sus dedos, con lo que la muñeca de Vesta se le escurrió por un instante, pero inmediatamente volvió a agarrarla y, con un inmenso esfuerzo, consiguió alejarle la mano poco a poco. Oyó entonces el ruido del cuchillo rozando la piedra y se vio de pronto liberada de parte del peso del cuerpo de su tía. Forcejeó por levantarse, pero justo en ese momento Vesta volvió a la carga, aplastándola contra la piedra.

La cabeza le martilleaba de dolor y el peso de su tía la estaba ahogando. Encima de ella, Vesta empezó a recitar de nuevo las palabras de la ceremonia de su padre, añadiendo otras de cosecha propia en las que convocaba a la Diosa. Lilah podía sentir en su espalda cómo la piedra comenzaba a calentarse. El poder estaba penetrando en su ser, llenando cada centímetro de su cuerpo.

Con un fuerte grito, Lilah empujó a su tía y se colocó encima de ella. Las tornas habían cambiado. Se había sentado a horcajadas sobre ella, inmovilizándola contra el altar y golpeando la mano de Vesta contra la piedra. El cuchillo escapó de sus dedos para rebotar sonoramente en el suelo.

—¡No! ¡No! —chilló Vesta—. ¡Ven a mí! ¡Diosa, ven!

Lilah se sentía henchida de poder, vibrante de energía: su conexión con el altar era tan sólida como una cadena de acero. El anhelo de fundirse con la piedra la atravesaba, profundo y afilado. Sentía el dolor, el ansia, la sed, la necesidad de libertad. De repente lo entendía todo.

—¡Vete! —gritó, con su voz resonando fuertemente en la cueva—. Yo corto las cadenas que te encadenan, Diosa, a este lugar...

Oyó de pronto un ruido a su espalda, y un rayo de luz hendió la oscuridad.

—¡Lilah!

¡Con! Soltó un sollozo de alivio. Con había venido. Por supuesto que había encontrado una manera de llegar hasta ella. Oyó sus pasos acercándose apresurados, pero le gritó:

—¡No! ¡Espera!

—¿Qué...? —se detuvo.

Lilah podía oír sus jadeos, su respiración acelerada a su espalda. Pero Con permanecía callado, inmóvil.

El farol de Con iluminaba en aquel momento la escena.

Vesta forcejeaba como una loca, pero Lilah no albergaba temor alguno de que pudiera escapar. Porque la fuerza que la poseía no era la suya.

—¡Yo te libero, Diosa! —continuó Lilah. Las palabras fluían de su boca sin pensar—. Vuelve a tu hogar. Mora en paz en el Otro Mundo, que nadie volverá nunca a molestarte.

Con un salto casi gozoso, el poder la abandonó de pronto para fundirse con el altar, con el suelo, con las paredes de la cueva.

—No. No... —la tía Vesta empezó a llorar, sacudiendo la cabeza de lado a lado.

Lilah casi se derrumbó sobre ella, repentinamente débil y temblorosa.

—Con... —Lilah se volvió hacia él.

Con la apartó del altar y, recogiendo el cuchillo, cortó las ligaduras de sus muñecas.

—Dios mío, estás sangrando... ¡Y tu cabeza! —empezó a soltarse el pañuelo del cuello con la intención de vendarle la herida.

—No, no, no hay tiempo —Lilah le agarró la mano—. Tenemos que irnos.

—¿Qué? Pero... —miró a su alrededor, perplejo—. ¿Qué pasa?

—Que tenemos que irnos —repitió Lilah, incapaz de explicárselo pero segura de que tenía razón. Tiró de la tía Vesta—. Tía, vamos. Debemos marcharnos ya.

Un sordo rumor surgió de la tierra. El suelo de la cueva comenzó a vibrar.

—Por aquí —dijo Con, agarrando el farol y dirigiéndose hacia una de las oquedades.

—¡No, no, dejadme sola! No quiero. ¡Tú, horrible, maligna chiquilla! —Vesta le dio un manotazo en el brazo.

Soltando una maldición, Con volvió sobre sus pasos y agarró a Vesta de un brazo.

—Cállese. Usted vendrá con nosotros, aunque solo Dios sabe por qué quiere salvarla.

Empujó a Vesta a través de la oquedad, y Lilah los siguió. El rumor crecía en intensidad. El suelo temblaba ya bajo sus pies. El túnel en el que se habían metido parecía no tener salida, pero Con las guio directamente hacia una roca detrás de la que se escondía una estrecha abertura. Entregó el farol a Lilah.

—Vamos, pasa tú primero.

Lilah hizo lo que le decía, deslizándose por entre las rocas hasta llegar a una estrecha cámara. En el otro extremo del túnel divisó una escalerilla vertical montada en la pared y, arriba del todo, el leve resplandor de una luz. La salida. El rumor era cada vez más fuerte, y el temblor también. A su espalda, vio que Con empujaba a su tía a través de la abertura y corría luego hacia ella.

—¡Sube por la escalera!

Detrás de ellos podían oír ya las rocas desmoronándose. Con la agarró de la cintura y la aupó hasta los primeros peldaños.

Lilah ya había empezado a subir cuando se volvió para mirar a su tía. Vesta había desaparecido.

—¡Tía Vesta!

Se dispuso a bajar de nuevo, pero Con le gritó:

—¡No! ¡Sube! ¡No te detengas!

Él se giró para volver sobre sus pasos, pero el suelo tembló tanto que cayó de rodillas. El otro extremo de la cámara desapareció en una nube de rocas y polvo.

—¡Con! —no podía verlo. Empezó a bajar de nuevo.

—¡Maldita sea, sube! ¡Date prisa! —gritó él, saliendo de la nube de polvo.

Lilah se recogió las faldas y empezó a subir a toda prisa. Con subía detrás, con sus pasos resonando en los peldaños de metal. A su espalda, la tierra tronaba. Lenguas de polvo llenaban el aire. La escalera temblaba bajo las manos de Lilah, y sus dedos resbalaron en un peldaño, pero se las arregló para sostenerse firmemente con una mano: un instante después Con estaba justo detrás de ella, envolviéndola con su cuerpo. Lilah continuó subiendo.

Llegaron arriba y se arrastraron fuera del agujero. Con volvió a envolverla con su cuerpo y ella se aferró a él. El suelo continuaba vibrando bajo ellos, pero gradualmente el rumor se fue atenuando hasta que por fin cesó. La tierra estaba quieta de nuevo.

Lilah sentía ganas de llorar, de reír y de chillar al mismo tiempo, todo a la vez, pero estaba demasiado agotada para hacerlo. Le bastaba por el momento con descansar en los brazos de Con, con escuchar su todavía acelerada respiración, con sentir el subir y bajar de su pecho contra el suyo. Alzó la mirada a la luna suspendida en el cielo. ¿Cómo era posible que todavía fuera de noche? Tenía la sensación de que habían pasado días.

Oyeron voces llamándolos y, a través de las ramas de los setos, Lilah distinguió el bamboleante resplandor de los faroles. Con se levantó y la ayudó a incorporarse. Se volvieron justo cuando unos pasos resonaron a sus espaldas y un hombre apareció corriendo.

—¡Con! ¡Gracias a Dios!

—Hola, Alex —Con tomó la mano de Lilah y juntos se dirigieron al encuentro de su hermano gemelo—. Lilah decidió cerrar el Santuario.

CAPÍTULO 43

Salieron del laberinto con Alex y vieron a Sabrina correr hacia ellos. Sabrina abrazó a Lilah mientras los criados se arremolinaban a su alrededor, mirando todos fijamente el amasijo de rocas, hierba y polvo que se extendía ante su vista como un gran cráter abierto en la pradera del jardín. Un rumor de voces llenaba el aire, pero Lilah y Con no podían hacer otra cosa que abrazarse y mirarse el uno al otro, admirados de haber sobrevivido.

Al cabo de un rato se dedicaron a explicar lo sucedido a Sabrina y Alex, en un relato apresurado e inconexo. Sabrina y Alex, a su vez, procediendo a explicarles su propia versión de la historia, describieron cómo Alex había saltado de su silla aquella misma tarde, convencido de que Con se estaba muriendo. Aquella horrible sensación se había atenuado después, pero convencidos ambos de que algo terrible había ocurrido, habían partido a galope desde Carmoor. Habían llegado a tiempo de ver a los criados peinando la casa, desesperados, incapaces de encontrar rastro alguno de Con, Lilah o Vesta.

Fue entonces cuando aquel rumor había hecho temblar el suelo y las vajillas de los armarios, y todo el mundo había salido corriendo de la casa para descubrir que parte de la pradera del jardín había empezado a hundirse. Alex, seguro de la localización de su hermano, no se había molestado en bajar al túnel, sino que se había dirigido directamente hacia el laberinto. Sabrina lo había seguido a poca distancia.

—¿Cómo vamos a explicar esto? —inquirió Sabrina, volviéndose hacia el terreno hundido del jardín.

—Ella tiene razón. Nos acribillarán a preguntas —secundó Alex.

Lilah seguía demasiado estremecida para poder pensar y hasta Con tenía problemas para formular alguna idea coherente, así que dejaron que la pareja elaborara su propia historia sobre una exploración nocturna en los subterráneos de la casa que había terminado en un trágico hundimiento. Por muy poco plausible que sonara, eso era más creíble que la verdad, y la evidencia del suelo hundido era indiscutible.

El relato no tardó en difundirse, como siempre ocurría en las pequeñas poblaciones del campo. Como por arte de magia, medio pueblo se presentó allí. El médico llegó prontamente en su calesín y se concentró en curar los golpes y cortes de Lilah. El alguacil fue el siguiente en aparecer, seguido del juez de paz, despeinado después de haberse quitado de golpe su gorro de dormir. Lilah se alegró de que su actitud compasiva la librara de un interrogatorio, al que sí que sometieron a Con.

Mientras eran interrogados, un jinete se acercó a toda velocidad, seguido de otro a corta distancia. Todo el mundo se quedó mirando perplejo cómo Niles Dearborn saltaba del caballo para atravesar la pradera a la carrera, gritando. En medio de su rabia, su discurso apenas resultaba inteligible, salpicado de maldiciones, pero su intención resultó evidente cuando echó a correr hacia Lilah, agitando un puño. Con se interpuso rápidamente con las manos extendidas para detenerlo.

—¡Maldita seas! —rugió Niles, intentando rodear a Con para acercarse a Lilah—. ¡Condenada entrometida, santurrona...!

Con lo acalló con un gancho de derecha que lo tumbó de espaldas. Niles quedó sentado en el suelo por unos momentos, pero en seguida se levantó, sin que le importara la sangre que brotaba de su nariz.

—¡Lo has estropeado todo! ¡Se ha ido! ¡Lo he perdido todo!

Quiso arremeter de nuevo contra Lilah, pero Alex lo agarró por detrás, inmovilizándolo. El alguacil, que había contemplado boquiabierto la escena, se recuperó lo suficiente para agarrar también a Dearborn de un brazo. El hombre forcejeaba, agitándose como un poseso.

—Meta a este loco en la cárcel —ordenó el juez, y dos hombres más aparecieron para ayudar al alguacil a llevárselo de allí.

El segundo jinete acababa de llegar y corría en aquel momento hacia ellos.

—¡Padre! —Peter Dearborn se detuvo ante el alguacil, jadeando por el esfuerzo—. Por favor, no, él... él no sabe lo que hace. Ha enloquecido. Por favor, no lo encierren. Yo me lo llevaré. Lo juro. Por favor, suéltenlo.

Niles estaba en aquel momento consumido por el llanto, farfullando y maldiciendo mientras sollozaba. El alguacil, que dudaba, se volvió con expresión inquisitiva hacia Alex y Con.

—Ni hablar —empezó Con—. Su lugar está en la cárcel. Desde hace muchísimo tiempo.

Lilah estiró una mano para tocarle el brazo.

—No, Con, por favor... déjalo en paz.

Con esbozó una mueca y masculló una maldición.

—Oh, muy bien. Llévatelo —le dijo a Peter—. Solo por no contrariar a Lilah. Pero será mejor que lo controles de alguna manera, porque te juro que, si no lo haces, es seguro que acabará en prisión.

—Lo haré. Lo prometo. Vamos, padre —Peter se llevó a Niles, todavía mascullando y lloriqueando.

Después de aquello, al juez no se le ocurrió más preguntas que hacer y los cuatro volvieron a la casa. El servicio se afanó en preparar una cena de madrugada con quesos y carnes frías en la mesa del comedor. Tras subir a lavarse y cambiarse de ropa, Lilah y Con se reunieron con Alex y Sabrina a la mesa. Mientras comían, ambos volvieron a relatarles lo sucedido con mayor detalle.

—¡Todavía no puedo creer que la tía Vesta intentara matarte! —exclamó Sabrina cuando hubieron terminado—. Siempre ha sido una mujer muy especial, pero también inofensiva.

—La pobre se desesperó cuando se enteró de que pensábamos cerrar el Santuario. Se convenció a sí misma de que, si me sacrificaba, recuperaría el favor de la Diosa y le sería entregado todo mi poder. Creo que conforme fue pasando el tiempo, a medida que sentía que su poder disminuía, se... se obsesionó con recuperarlo hasta que llegó un punto en que nada más le importaba. Ni siquiera su propia vida —terminó Lilah con un dejo de tristeza.

—Lo siento —Con le apretó la mano. No se había separado de ella desde que escaparon, sosteniéndole la mano incluso durante los interrogatorios del alguacil y del juez—. No debí haberle soltado el brazo. Nunca imaginé que correría de vuelta al Santuario de aquella forma...

—No te culpes a ti mismo. No habrías podido hacer nada. Ella quería quedarse allí. Quería quedarse con su «Diosa», y ahora lo está. Para siempre. Quizá así sea más feliz.

—¿Cómo supiste qué era lo que tenías que hacer? —le preguntó Sabrina—. ¿Lo que realmente quería el Santuario? ¿O cómo devolver el poder al Otro Mundo?

—No puedo explicarlo. Lo sentí sin más, en lo más profundo de mi ser. Ni siquiera fue un pensamiento consciente. Supe que aquel poder quería su libertad, pero me di cuenta de que nos equivocábamos al pensar que se desataría salvajemente para destruirlo todo. Solo quería volver al lugar al que pertenecía.

—Creo que cuando vuestros abuelos descubrieron el lugar y celebraron su ceremonia con sangre, aunque para ellos no dejaba de ser una diversión, en realidad convocaron a ese poder y lo encadenaron de alguna forma a aquella estancia —dijo Alex—. Lo encerraron allí, pese a que sospecho no era esa su intención. Creyeron estar honrando algo y recibiendo a cambio sus dones.

—No me extraña ahora que esos dones tuvieran tan malas consecuencias —comentó Sabrina—. ¿Crees que ha desaparecido realmente? ¿Y la maldición también?

—Yo ya no siento aquella energía bajo el suelo —dijo Lilah—. Ni dentro de mí. ¿Y tú?

—Tampoco.
Lilah sonrió.
—Entonces creo que estamos a salvo.
—Al menos contamos con eso —Sabrina bostezó, cubriéndose delicadamente la boca con la mano—. Lo siento. Me temo que estoy algo cansada.
—Deberíais pasar la noche aquí —sugirió Lilah—. No hay necesidad de que volváis a casa.
—Gracias —aceptó Sabrina—. De paso haré de carabina.
—¿De carabina? —repitió Con, súbitamente receloso.
—Sí. Quiero decir, ahora que la tía de Lilah no está aquí. Por supuesto, ahora Con podrá quedarse con nosotros, para proyectar una imagen de respetabilidad.
Con se tensó.
—Sabrina —dijo Alex con tono cuidadoso—. Creo que eso puede esperar hasta mañana.
Sabrina miró a los demás y empezó a ruborizarse.
—Oh. Claro —se levantó de la mesa—. Bueno, entonces...
—Nos iremos ahora mismo a la cama —terminó Alex por ella.
Sabrina se inclinó rápidamente para besar a Lilah en la mejilla, deseándole buenas noches. Lilah también se levantó, pero Con la detuvo.
—Lilah. Espera. Por favor, quédate. Tengo que hablar contigo.

Lilah se volvió. Se había quedado fría como un témpano cuando Sabrina insinuó que sería escandaloso que Con se quedara allí con ella. Todo había terminado. Con se marcharía ahora. Y eso era justamente lo que él estaba a punto de decirle. De algún modo, reunió el coraje necesario para aceptarlo. No se desmoronaría.
—Es sobre lo acaba de decir Sabrina —empezó lentamente él.
Lilah se hundió en su silla. Le temblaban demasiado las piernas para mantenerse mínimamente erguida.

—Supongo que ella tiene razón —continuó Con, sin mirarla—. Sería más respetable que yo me quedara allí, con ellos. ¿Preferirías tú…?

—Si eso es lo que quieres… —repuso Lilah, pálida.

—No es lo que quiero —replicó él—. En absoluto es lo que quiero —aspiró profundo—. Pero tampoco quiero hacer nada que pueda perjudicar tu reputación. Soy consciente de lo mucho que significa para ti mantenerte alejada de todo escándalo. Yo no… Oh, diantres.

Frunció el ceño y hundió las manos en los bolsillos. Se puso a pasear de un lado a otro de la habitación, a grandes zancadas. Su figura hacía parecer aún más pequeño el comedor en el que se encontraban. Lilah sabía que probablemente debería facilitarle las cosas y darle campo libre para que se marchara, pero le resultaba imposible desplegar una actitud tan generosa y altruista. Si Con quería marcharse, tendría que encontrar por sí mismo las palabras para decírselo.

—¡Maldita sea! —se giró en redondo para mirarla—. Yo no tenía ninguna intención de hacer esto.

—No. Por supuesto que no. Yo no te culpo, Con —ya estaba. Podía arreglárselas para mostrarse un poco menos egoísta—. Sabía que este día llegaría.

—¿De veras? —pareció sorprendido—. Crees que soy brusco, alocado. Que hago juicios a la ligera. Lo cual no quiere decir que me equivoque.

—Con, por favor, dilo ya. Termina con esto.

—Tienes razón. Voy a hacerlo —de repente clavó una rodilla en tierra ante ella, sobresaltándola. Le tomó luego la mano al tiempo que la miraba fijamente a los ojos—. Quería demostrártelo. Pretendía que te dieras cuenta de que había cambiado. Pero no puedo esperar tanto tiempo. No puedo soportarlo.

—¿Que habías cambiado? ¿De qué estás hablando? —a esas alturas, estaba completamente perpleja.

—No puedo soportar el pensamiento de perderte. No quiero separarme de ti, ni siquiera por un día. No puedo esperar para pedírtelo. Por favor, cásate conmigo.

Lilah se quedó con la boca abierta. Aquello estaba tan lejos de cualquier cosa que hubiera pensado que iba a decirle que apenas podía asimilarlo.

—¿Que tú qué?

—No tienes por qué tomar la decisión ahora mismo. Podemos esperar. Yo... yo me trasladaré a Carmoor si tú lo quieres así. Pero dime que te lo pensarás. Dime que me darás una oportunidad para demostrártelo.

—¿Para demostrarme qué? Con, no entiendo.

—Para demostrarte que puedo ser... bueno, normal, supongo. No dañaré tu reputación. Compraremos una casa en Londres, si quieres, y... er, asistiré a fiestas y... y todo eso.

—¿Estás hablando en serio? —Lilah se inclinó para acunarle el rostro entre las manos—. ¿Quieres casarte conmigo?

—Sí —suspiró—. Lilah, no estoy bromeando. Te lo prometo. No me estoy burlando. Soy perfectamente capaz de ponerme serio. Y firme.

—¿De verdad que harías eso por mí? —un nudo de emoción le subió por la garganta—. ¿Por qué?

—¿Que por qué? —esa vez fue él quien se la quedó mirando perplejo—. Pues porque te amo. Porque quiero pasar el resto de mi vida contigo.

—¡Oh, Con! —inclinándose de nuevo, lo besó con ternura—. Yo nunca te pediría que cambiaras —le dio otro beso—. Yo no quiero que cambies. Te amo exactamente como eres.

—¿En serio?

—Sí. Tú nunca me caíste mal. De hecho, creo que me aterrorizaba lo mucho que me gustabas. Contra toda lógica, contra toda expectativa, tú eras el hombre que yo quería. Intenté que me cayeras mal. Quería que me cayeras mal. Pero nunca tenía éxito. Creo... Quizá estuviera buscando al hombre adecuado para otra mujer, para la mujer que yo misma me esforzaba por ser. Pero no para la mujer que soy realmente, y, para mí, tú eres precisamente el hombre adecuado.

Con la tomó entonces de la nuca y la besó con pasión. Apoyando la frente contra la suya, musitó:

—Pasé tanto miedo... Cuando Vesta cerró aquella puerta, pensé que te había perdido para siempre. Comprendí que si te perdía a ti, lo perdería todo —la besó de nuevo y se apartó para mirarla—. Entonces, ¿te casarás conmigo?

Lilah le sonrió, acariciándole tiernamente la mejilla con el pulgar.

—Debería decirte que no. Me temo que la locura es un rasgo de nuestra familia.

—Entonces encajaremos bien. Bienvenida a los Locos Moreland.

—Con una condición —le dijo ella.

—¿Cuál? —se levantó, tirando de ella.

—Que conservarás tu agencia. Convierte a Tom en socio de la misma, si quieres. Pero jamás te pediré que renuncies a tus investigaciones.

—No estoy seguro de quiera seguir trabajando en eso —admitió Con—. Me alejaría de ti.

—Ah, pero es que yo pretendo acompañarte.

Con soltó una carcajada.

—En ese caso, desde luego que la conservaré.

—Pues entonces sí, me casaré contigo.

Con la acercó para darle otro beso.

—Pero pronto, ¿verdad? Conseguiré una licencia especial. Sé que será un poquito escandaloso, pero es que no puedo esperar.

—Ni yo. Consigue esa licencia especial, pero hasta entonces... —le echó los brazos al cuello—. He descubierto que ya no me importan los escándalos. Quiero que te quedes conmigo.

—Siempre. Mi preciosa Delilah... —dijo con tono burlón, y se inclinó para besarla.

Lilah no protestó. En los labios de Con, pensó, su nombre completo sonaba hermoso.

EPÍLOGO

Con esperaba en silencio en la sacristía acompañado de Alex, asomándose de cuando en cuando a la iglesia. Su familia entera estaba allí, ocupando varios bancos. Su madre, tan majestuosa como siempre, parecía supervisar con la mirada a Brigid y a Athena. Aquel travieso par, emparedado entre la duquesa y su madre, estaba exhibiendo una compostura verdaderamente angelical, y por lo tanto inquietante. Su padre se hallaba sentado al otro lado de la duquesa y le tenía tomada la mano mientras contemplaba, alzada la cabeza, la imagen del santo, desconocido al menos para Con, que presidía el altar. Con sospechó que la mente del duque debía de encontrarse en aquel momento en algún lugar de la Grecia clásica.

El tío Bellard, sentado a su lado, se mantenía vivamente alerta, escrutando cada rincón de aquella maciza pero excepcionalmente sencilla iglesia, que precisamente el día anterior había elogiado como uno de los raros ejemplos de la arquitectura religiosa prenormanda. Su diminuto tío se había mantenido ocupado a placer durante los últimos días visitando los antiguos lugares de culto británicos de la zona y curioseando la biblioteca de Barrow House. Había empezado también la dificultosa restauración del diario que habían encontrado en el baúl de sir Ambrose. Hasta el punto de que Con tenía la sospecha de que muy bien podría quedarse a vivir con ellos...

Los parientes de Con habían acudido en masa a celebrar

sus nupcias, llenando Barrow House de risas, charlas y niños. No había sido ninguna sorpresa que varios sobrinos y sobrinas hubieran suplicado quedarse con ellos. Barrow House era un lugar perfecto para jugar al escondite y, hasta el momento, solo dos se habían perdido en el laberinto.

Con se volvió para mirar a su hermano gemelo. Alex le sonrió.

—Tengo la impresión de que hemos estado haciendo esto mismo apenas ayer.

—No podía dejar que te adelantaras demasiado.

Como en todo en la vida, Con se estaba lanzando de carrera hacia el matrimonio. Esa había sido también la elección de Lilah, que había preferido que la modesta ceremonia se celebrara en una tranquila iglesia de campo. Con volvió entonces la mirada hacia el otro extremo de la estrecha iglesia, donde estaba sentada la señora Summersley. Los mellizos de Kyria y la hija mayor de Olivia habían decidido colocarse junto a ella. La tía de Lilah les lanzaba de cuando en cuando una mirada recelosa. Con se alegraba de que los tíos de Lilah hubieran antepuesto el amor a los formalismos sociales, porque Lilah necesitaba de la exigua familia que todavía le quedaba. A pesar de todo lo sucedido, había llorado la muerte de la tía Vesta.

Frente a Alex y Con, el sacerdote, pálido de nerviosismo a la vista de tan ilustres visitantes, llamó la atención del monaguillo y abrió la marcha hacia el altar.

Alex se volvió hacia Con.

—¿Listo?

—Por supuesto —respondió Con. Su pecho ardía de entusiasmo como si estuviera al borde de vivir una experiencia trascendental, que era precisamente el caso.

—No estás ni un poquito nervioso, ¿verdad? —le preguntó Alex con cierta envidia.

—No, estoy a punto de empezar la mejor etapa de mi vida. Estoy deseoso, más bien.

Alex rio por lo bajo.

—Eres tú mismo, en resumen.

Ambos empezaron a caminar también hacia el altar, perfectamente sincronizados, como tenían por costumbre. Con pensó en la boda de su hermano celebrada apenas dos meses atrás, y en la sensación de soledad que le había asaltado ante la perspectiva de perder a Alex. Durante aquellas últimas semanas había aprendido, sin embargo, que jamás perdería a su hermano gemelo. El matrimonio de Alex no había cambiado el vínculo que los unía más de lo que el suyo propio lo cambiaría en el futuro: nada. Como también había descubierto un vínculo igualmente imperecedero, una cadena de luminosos eslabones que lo conectaban de por vida a la mujer que amaba.

De pie al lado de Alex, Con vio cómo Sabrina se reunía con ellos ante el altar con expresión radiante de felicidad. Pero justo en aquel momento su mirada voló hacia el otro lado de la puerta abierta, donde Lilah aguardaba acompañada de su tío, La luz de la mañana arrancaba reflejos a su cabello rubio rojizo. El color del crepúsculo, pensó Con como si fuera la primera vez que la veía. Era también, ahora se daba cuenta de ello, el color del amanecer.

Iba a pasar el resto de su vida con aquella mujer. Disfrutaría del gozo de descubrirla cada día, de aprender cada giro y cada vuelta de su mente y de su corazón. Ella estaría siempre a su lado; engendraría a sus hijos, sería la roca que anclaría su alma. Indudablemente también lo frustraría y fastidiaría y lo volvería del revés como solo ella sabía hacerlo. No podía esperar.

Lilah empezó a avanzar hacia el altar del brazo de su tío, con la mirada fija en él. Y Con sonrió mientras se mantenía al lado de su hermano, viendo cómo su nueva vida caminaba hacia su encuentro.